Brigitte Pons
Bauernopfer

Weitere Titel der Autorin

Frank Liebknecht ermittelt im Odenwald:
Lärmfeuer (Kurz-Krimi zwischen Band 1 und 2)
Raubjagd (Band 2)
Rachekreuz (Band 3)
Totengesang (Band 4)

Über die Autorin

Brigitte Pons schreibt Romane und Kurzgeschichten und ist
Mitglied der »Mörderischen Schwestern«. Bei beTHRILLED
sind bislang vier Regionalkrimis sowie eine Kurzgeschichte mit
dem sympathischen Polizisten Frank Liebknecht erschienen,
der in Vielbrunn im Odenwald ermittelt. Ein weiterer Band ist
in Planung. Als Isabella Esteban veröffentlicht die Autorin Bar-
celona-Krimis bei Bastei Lübbe (Band 1: »Mord in Barcelona«).
Brigitte Pons ist verheiratet, Mutter von zwei erwachsenen Kindern und lebt in der Nähe von Frankfurt am Main.

BRIGITTE PONS

BAUERNOPFER

Ein Odenwald-Krimi

Frank Liebknechts erster Fall

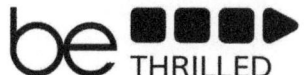

beTHRILLED
Vollständige ePub-to-Print-Ausgabe des in der Bastei Lübbe AG
erschienenen eBooks »Bauernopfer« von Brigitte Pons
beTHRILLED in der Bastei Lübbe AG

Copyright © 2014/2019 by Bastei Lübbe AG, Köln
Titel der Originalausgabe: »Celeste bedeutet Himmelblau«

Dieses Werk wurde vermittelt durch die
Agentur EDITIO DIALOG, Dr. Michael Wenzel

Redaktion: Lisa Kuppler
Covergestaltung: Kirstin Osenau unter Verwendung
von Motiven © shutterstock/evannovostro,
© LeicherOliver/Shutterstock, © wedninth/Shutterstock,
© Evgenii Emelianov/Shutterstock
Satz: Greiner & Reichel, Köln
Druck: Books on Demand GmbH, Norderstedt
ISBN 978-3-7413-0133-9

www.be-ebooks.de
www.lesejury.de

Prolog

Kein Vogel sang, kein Auto war zu hören, nicht einmal ein entferntes Flugzeug erfüllte die Luft mit leisem Motorengeräusch. Vielleicht lag es nur am geschlossenen Fenster, dass die Welt in einer Lautlosigkeit verharrte, die friedlich hätte wirken können, aber ganz im Gegenteil in diesem Augenblick etwas ungemein Beängstigendes mit sich brachte.

Wieder einmal fragte sie sich, wann sie den Mann zuletzt gesehen hatte, der hinausgegangen war, hinter die Mauer, auf die Straße, die am Grundstück vorbei- und nach einer lang gezogenen Rechtskurve weiter ins nächste Dorf führte.

Sie öffnete den Wasserhahn, der, begleitet von einem dünnen braunen Rinnsal, nur ein tiefes Röcheln ausstieß, ehe die Rohre in ein dumpfes Vibrieren verfielen, das sich durchs ganze Haus zog und den Fußboden erzittern ließ. Eine Weile erfreute sie sich an den Lauten und der Bewegung, gab sich ihrer tröstlichen Gesellschaft hin. Sie legte die Hand an das pulsierende Wasserrohr, strich beinahe zärtlich darüber, drehte dann den Hahn zu und ging hinaus auf den Flur.

Voll Unbehagen zog sie den Kopf zwischen die Schultern, als ihr Blick die Kellertreppe streifte und weiter zu der Leiter glitt, die aus einem viereckigen Loch in der Decke ragte. Lange war die Klappe geschlossen gehalten worden, und die Stange mit dem Haken, mit dessen Hilfe sie sich öffnen ließ, hatte im Wandschrank gestanden.

Jedes Mal, wenn sie nach oben kletterte, beschlich sie dieses eigentümliche Gefühl, sie könnte nie wieder hintersteigen und wäre gezwungen, oben zu bleiben für alle Zeit, oder würde ganz verschwinden, ohne ein Zeichen zu hinterlassen, dass es sie je gegeben hatte. Dennoch spürte sie den Drang immer wieder, vermochte sich ihm nicht zu entziehen, sosehr sie es auch wünschte.

Das Atmen fiel ihr schwer in der aufgeheizten Luft des Dachbodens, zwischen Erinnerungen, die sie nicht fassen konnte, und verhüllten Möbelstücken, die wie Spukgestalten halb lebendig, halb tot nach ihr zu greifen schienen.

Sonnenschein tropfte wie flüssiger Honig durch das kleine Fenster mit dem verrosteten Metallbügel, das zwischen zwei Sparren klemmte und sich nicht mehr öffnen ließ. Filigrane Staubpartikel tanzten im einfallenden Licht einen stummen Reigen, bald hinauf zur Glasscheibe, dann abwärts zu den hölzernen Dielen. In den Spinnweben am Fenstergriff baumelten Fliegen, wehrlos gefangen, tot wie die einstige Jägerin, die mit eingerollten Beinen noch am eigenen Faden neben ihnen hing.

Ein muffiger Geruch schlich sich aus den alten Schränken, in denen die Vergangenheit eingelagert darauf wartete, wiederauferstehen zu dürfen.

In einem sinnlosen Anflug von Mitgefühl zerriss sie das Netz, befreite die längst vertrockneten Kreaturen und weinte tränenlos um das vergeudete Dasein.

Rückwärts bewegte sie sich in Richtung der Leiter, stieß den Stuhl um, von dem eine Staubwolke emporstob, berührte dabei versehentlich den Rest des Seils, das vergessen bleiben sollte. Sie hastete die Stiege hinab, rannte blindlings ins Freie, keuchend und getrieben von dem Gefühl, das einzige lebende Wesen zu sein. Überall umgaben sie nur Sterben und Stille, der Atem verflossener Jahre, des Todes und des Verfalls.

Begierig sog sie die frische Luft in ihre Lungen und hustete den Nachgeschmack des Dachbodens aus sich heraus. Endlich,

als der Anfall vorüber war, vernahm sie ein tiefes, zunächst lei-
ses, dann lauter werdendes Brummen, das jäh verstummte, als
ein grün schillernder Käfer auf ihrem Arm landete. Federleicht
berührte er ihre Haut und reckte die Fühler zur Sonne. Der un-
erwartete Kontakt mit diesem lebendigen Geschöpf löste ihre
lähmenden Fesseln.

Sie drehte dem Haus den Rücken zu, ließ die Finger durch die
Blätter der Hecken gleiten und trat durch das Tor auf die Stra-
ße. Ein Falter erhob sich taumelnd aus einem Gebüsch, und sie
folgte seinem Weg, der sie immer weiter fort führte.

Die feuchte Erde verstopfte schon nach wenigen Metern das Profil seiner Schuhe. Zwischen den blühenden Kartoffelpflanzen hindurch bahnte Frank Liebknecht sich einen Weg quer über den Acker den Hügel hinauf. Sein Fahrrad lag hinter ihm im Straßengraben. Bei jedem Schritt klatschte ihm das tropfende Kraut gegen die nackten Waden, und er fragte sich, warum er nicht auch das letzte Stück um den Acker herumgefahren war. Am Feldrand hätte er bequem über die Obstwiese laufen können. Dafür war es jetzt zu spät. Er schob die Sonnenbrille zurecht und wappnete sich innerlich gegen Brunhildes unvermeidlichen taxierenden Blick. Sie musste kein Wort sagen, damit er sich unbeholfen vorkam. Das Hochziehen ihrer Augenbrauen genügte. Dann würde sie vermutlich lächeln, freundlich und ein wenig mitleidig, und dabei den silbergrauen Schopf zur Seite neigen. Er atmete tief durch. Mit den Fingern der linken Hand simulierte er ein paar fetzige Gitarrenriffs zur Beruhigung.

Im Schatten eines Apfelbaums erkannte er Brunhilde, die auf einen Mann einredete. Unmittelbar daneben stand der Streifenwagen. Seine Kollegin hatte keinen Umweg gemacht und keinen Kompromiss und war bis auf wenige Meter herangefahren. Irgendwie hatte die Frau es echt drauf. Frank ließ den letzten Akkord in seinem Kopf ausklingen und schob sich die braunen Locken hinter die Ohren. Von optischer Seriosität war er dennoch meilenweit entfernt.

»Gut, dass du da bist«, empfing ihn Brunhilde Schreiner und

sah tatsächlich erleichtert aus. Ihre Augenbrauen bewegten sich nicht. »Das ist Herr Wörner. Er hat mich angerufen.«

Die funktionale Trekkingbekleidung wies Wörner als Profi im Gelände aus, für alle Fälle gerüstet.

»Und das ist mein Kollege Frank Liebknecht.«

»Vielen Dank, dass Sie uns sofort informiert haben.« Frank streckte Wörner die Hand entgegen und sparte sich eine Erklärung für seinen Aufzug. Es war Samstagmittag; dass er gerade nicht im Dienst gewesen war, als Brunhilde ihn zum Einsatz beordert hatte, konnte man sich denken.

»Frau Wörner habe ich in den Streifenwagen gesetzt. Sie ist ein bisschen mitgenommen.« Brunhilde deutete über ihre Schulter, während Wörner Franks Hand kräftig schüttelte. In seinen Augen lag keine Spur von Unbehagen. Offensichtlich brachte ihn nicht einmal der Fund einer Leiche aus der Fassung.

»Mein GPS hat mir gesagt, dass wir hier abkürzen können – wir waren auf dem Weg nach Laudenbach und dann wollten wir an den Main. Tja, und da lag er.«

Frank drehte sich um und folgte dem ausgestreckten Arm mit den Augen. Unweit der Stelle, an der er selbst durch den Kartoffelacker gestapft war, sah er eine unförmige Erhebung zwischen den Furchen, die ihm zuvor nicht aufgefallen war. Fragend schaute er Brunhilde an. »Bist du sicher, dass er tot ist?«

»Mehr als sicher.«

»Da waren schon Viecher dran. Die haben ihn angefressen«, erklärte Wörner unbeeindruckt.

»Doktor Kreiling ist unterwegs, um den Tod offiziell festzustellen.« Brunhilde bedeutete Frank mit Handzeichen, sich selbst ein Bild zu machen.

Doch er blieb neben ihr stehen und schaute hinüber zum Wagen, in dem zusammengesunken Wörners Frau kauerte.

»Zu reanimieren braucht Kreiling den Mann jedenfalls nicht mehr«, fuhr Brunhilde fort. »Herr Wörner, Sie dürfen sich jetzt gerne um Ihre Gattin kümmern. Sie kann Ihren Beistand bestimmt ganz gut brauchen. Sobald es ihr besser geht, können Sie weiterziehen. Ihre Aussage und die Adresse habe ich ja.«

Unschlüssig betrachtete Frank die abgeknickten Kartoffelpflanzen, dann hob er langsam den Zeigefinger. »Moment noch, Herr Wörner. Haben Sie eine Ahnung, wer der Mann ist?«

»Ich? Woher sollte ich den denn kennen? Wir sind ja nicht von hier. Kommen nur manchmal zum Wandern in die Gegend.«

»Haben Sie den Toten angefasst?«

»Nein!« Jetzt klang Wörner zum ersten Mal entsetzt. »Ich fasse doch keine Leiche an.«

»Das heißt, Sie haben ihn genau so gefunden, wie er jetzt daliegt, und nichts verändert?«

Wörner zögerte und schob den Unterkiefer vor und zurück. »Na ja, ich habe nur so mit dem Stock …« Er pikte mit einem seiner Teleskopstöcke in Richtung Boden. »Geschubst habe ich ihn, ob er sich noch bewegt. Und dann umgedreht, auf den Rücken. Vorher hat er auf der Seite gelegen, also halb auf dem Bauch. Aber sonst habe ich nichts gemacht.«

Frank schnaubte verärgert. *Nichts gemacht.* Nur einmal um den Toten herumgetanzt, mit seinen dicken Wanderstiefeln. Und die Lage der Leiche verändert. Damit gab es dann wohl keine Originalspuren mehr, auf die er Rücksicht zu nehmen brauchte.

»Ich musste doch nachsehen, was los ist«, verteidigte sich Wörner.

»Schon in Ordnung.« Brunhilde beschwichtigte ihn freundlich. »Der Mensch hat es ja nicht täglich mit Toten zu tun, nicht wahr? Das ist gar kein Problem. Aber vielleicht bleiben Sie dann doch besser noch einen Moment. Falls meinem Kollegen noch mehr Fragen einfallen.«

Kein Problem. Na klar. Gar kein Problem! Wenn der Kerl nicht mit einem eindeutigen Herzinfarkt zusammengeklappt war, sondern Doktor Kreiling nur den geringsten Zweifel an einem natürlichen Tod äußerte, dann wimmelte es hier in Kürze nur so von Kommissaren der Kriminalpolizei und Mitarbeitern der Spurensicherung aus der Stadt. Und die Landeier hatten mal wieder ganze Arbeit geleistet beim Vernichten von Beweismaterial. Für Brunhilde war das kein Problem. Die stand da lässig drüber, mit einem Schulterzucken. Keine Aufregung wert, die Angelegenheit. Die Kriminalkommissare kamen und gingen auch wieder, so sah sie das Ganze. Sollten sie doch denken, was sie wollten. Nur er schwitzte schon jetzt bei der Vorstellung. Matuschewski würde dabei sein. Und bei seinem Glück auch Neidhard.

»Danke, aber im Augenblick habe ich keine Fragen mehr an Sie, Herr Wörner. Den Toten schau ich mir gleich an. Aber zuerst sehe ich mal nach Ihrer Frau.« Die Aussage eines zweiten Zeugen konnte möglicherweise aufschlussreicher sein, vor allem, wenn er nicht durch den danebenstehenden Ehepartner beeinflusst wurde. Frank joggte die paar Schritte zum Streifenwagen.

»Frau Wörner?«

Die Angesprochene nickte, ihre Unterlippe zitterte, und sie tupfte sich verlegen die Augenwinkel.

Frank stellte sich vor und setzte sich neben sie in der offenen Autotür auf die Trittleiste. »Sie waren dabei, als Ihr Mann die Leiche entdeckte?«

Frau Wörner schluchzte auf, brachte aber kein Wort heraus.

»Und Sie haben sie auch angesehen?«

Frank konnte ein schwaches Nicken erahnen.

»Ich weiß, das ist schwer für Sie, aber es ist wichtig, dass Sie genau überlegen. Ist Ihnen irgendetwas aufgefallen an dem Toten oder in der direkten Umgebung?« Geduldig wartete Frank, bis sie sich einigermaßen unter Kontrolle hatte. »Jede Kleinigkeit kann von Bedeutung sein.«

»Die Augen«, wisperte sie. »Es war so schrecklich, als mein Mann ihn umgedreht hat. Wie er sich bewegt hat, fast lebendig, aber doch irgendwie eher so wie eine Gummipuppe. Und dann habe ich in die Augen gesehen. Und dann nichts mehr. Ich bin weggerannt und habe ...« Sie verbarg ihr Gesicht in den Händen und rang verzweifelt nach Atem.

Frank konnte riechen, dass sie sich übergeben hatte.

»Es ist vorbei«, versuchte er sie zu trösten. »Sie müssen das nie wieder sehen. Ich schicke Ihnen Ihren Mann, und dann«, er kramte im Handschuhfach und fand eine Tüte Pfefferminzbonbons, »dann lutschen Sie eines hiervon. Das beruhigt.«

Aufmunternd nickte er ihr zu, ehe er sie allein ließ und sich dem Toten näherte.

Langsam ging Frank neben dem Leichnam in die Hocke. Die Kleidung des Mannes war alt und abgetragen, aber vollständig. Gezielt atmete Frank dreimal in die Körpermitte, ehe er den Toten einer genaueren Betrachtung unterzog. Vielleicht hätte er sich vorher auch ein Pfefferminz gönnen sollen.

Die Augen. Er verstand nun, was Frau Wörner so aus der Fassung gebracht hatte. Sie waren nicht mehr da. Fraßspuren entstellten das ganze Gesicht. Nicht gerade das, was man auf nüchternen Magen sehen wollte. Eine Identifikation durch bloße Betrachtung war somit ausgeschlossen. Auch der Bauch des Mannes wies auf der linken Seite eine große Wunde auf. Unwillkürlich sog Frank die Luft durch die Zähne.

Brunhilde war hinter ihn getreten und schaute ihm über die Schulter. »Alles okay mit dir?«

»Ja. Ja klar.« Er wippte auf den Zehenspitzen auf und ab und federte dann nach oben. »Ist nicht meine erste Leiche. Was machen wir mit Herrn Wörner?«

»Gar nichts, der ist sich selbst Programm genug und genießt die Show.«

Auf Brunhildes Anweisung war Wörner unter dem Apfelbaum stehen geblieben. Von dort aus beobachtete er sie neugierig. Er machte weiterhin keine Anstalten, sich um seine Frau zu kümmern.

»Ich habe vorhin schon mal in die Taschen des Toten geguckt. Ausweis hat er keinen bei sich, aber einen Schlüsselbund. Der kann uns sicher noch weiterhelfen. Jetzt sichern wir zuerst mal den Fundort und sperren weiträumig ab. Komm mit.« Brunhilde holte ihr Handy hervor und ging gemächlich Richtung Wagen. »Auch wenn Kreiling beleidigt sein wird, schätze ich, dass wir nicht mehr auf sein Urteil warten müssen und die Erbacher Kripo gleich anrufen können. Das ist zumindest ein Unfalltod.«

Widerwillig stimmte Frank ihr zu. Es nutzte nichts, das Unvermeidliche hinauszuzögern. Immerhin hatte er noch mit einem kleinen Trumpf aufzuwarten. »Mach das. Ich habe zwar keine Ahnung was passiert ist, aber ich denke, ich weiß, wer unser Toter ist.«

Innerhalb der nächsten halben Stunde trafen nacheinander Doktor Kreiling und eine Handvoll missmutiger Kollegen aus der Kriminalinspektion Odenwald ein, deren Wochenendplanung sich gerade erledigt hatte. Obwohl der Juli viel zu feucht und zu kühl war, nutzte fast jeder das Wochenende zum Grillen und vertrieb sich die bundesligafreie Zeit mit den Spielen der Frauenfußballweltmeisterschaft. Frank hatte zwischenzeitlich den Fundort markiert und dann sein Fahrrad geholt, das nun an einem Baum lehnte. Er stand daneben, als ob es ihm Deckung geben könnte sowie eine Rechtfertigung für seinen Aufzug. Seht her, ich hatte auch frei, genau wie ihr. Obwohl es sich bei dem Rad um ein offizielles Dienstfahrzeug handelte. Beamter des besonderen Bezirksdienstes in der Anlernphase. Der Schutzmann an der Ecke, der Dorfschupo. Das war in den Augen der anderen wahrscheinlich schon lächerlich genug. Warum zum Teufel hatte er im Halbschlaf ausgerechnet die Bermudas mit den hawaiianischen Blumen greifen müssen, um zum Leichenfund auszurücken?

Brunhilde spürte seine Anspannung und boxte ihm aufmunternd gegen die Schulter, während die Ermittler aus ihren Autos kletterten. »Jetzt entspann dich doch. Wir überlassen denen die Drecksarbeit, dann sind sie glücklich. Jedem das, was er verdient. Wir zwei Hübschen sollten uns nicht mit halb verwesten Leichen rumärgern müssen.«

Als höherrangige und dienstältere Beamtin begrüßte sie die Kollegen und übernahm die Kommunikation, während Frank zunächst Herrn Wörner beaufsichtigte, damit dieser niemandem in die Quere kam oder sich ungefragt einmischte.

Doktor Kreiling machte ein saures Gesicht und schnauzte Frank stellvertretend für alle anderen an, als er mit dem Toten fertig war. »Wenn die sowieso mit dem ganz großen Zirkus anreisen, hätten sie auch gleich einen Rechtsmediziner mitbringen können. Wozu braucht ihr dann noch einen alten Mann wie mich?«

Frank verkniff sich die zustimmenden Worte, die ihm auf der Zunge lagen. Noch einer, der lieber sein Verdauungsschläfchen nach dem Mittagessen gehalten hätte, als sich um eine Leiche zu kümmern. Kreiling sollte ohnehin schon längst nicht mehr praktizieren. Alles, was über eine deutlich hörbare Erkältung hinausging, konnte der kurzsichtige Arzt nicht mehr diagnostizieren, geschweige denn behandeln. Aber für viele seiner Patienten war er die einzige Anlaufstelle und der Weg in die nächste Stadt mit dem Bus einfach zu weit. Darum machte Kreiling weiter und erfreute sich großer Beliebtheit.

»Konnten wir doch vorher nicht wissen, Herr Doktor, was da draus wird«, entschuldigte Frank sich halbherzig.

Mühsam schaukelnd setzte Kreiling seinen Weg hangabwärts über die unebene Streuobstwiese fort. Fehlte nur noch, dass der jetzt in eines der tausend Karnickellöcher trat und sich den Fuß verknackste.

Frank fluchte leise und folgte ihm. Mit ein paar schnellen Schritten hatte er Kreiling eingeholt. »Warten Sie, lassen Sie mich die nehmen.« Er griff sich die schwere, altertümliche Arzttasche. »Ich begleite Sie zum Wagen. Und danke noch mal, dass Sie gekommen sind.«

Besorgt verfolgte Frank kurz darauf das Wendemanöver des PS-starken BMW. Aber fahren konnte Kreiling eindeutig besser als laufen.

Dicht neben seinem Ohr hörte er plötzlich Marcel Neidhard flüstern: »Echt cooler Job, muss ich schon sagen. Taschenträger beim Landarzt. Mein Lieb-er-Knecht.«

Tolles Wortspiel. Frank vermied es, Neidhard anzusehen. Er spürte ein Ziehen unterhalb des linken Rippenbogens.

»Mir gefällt es hier«, antwortete er gepresst. Aber seine Stimme klang längst nicht so überzeugt, wie er gehofft hatte.

Brunhilde winkte ihn vom Kartoffelacker aus mit beiden Armen zu sich. Er hob die Hand zur Bestätigung, dass er sie gesehen hatte. »Ja, mir gefällt es hier«, wiederholte er und schaute an sich hinunter zu den bunten hawaiianischen Blüten auf seiner Hose. »Und die coolere Dienstkleidung habe ich auch.« Damit ließ er Neidhard stehen und sprintete quer über die Wiese.

Das Laufen tat ihm gut, befreite ihn für einen kurzen Moment von lästigen Gedanken. Sollte Neidhard sich doch mit der Gammelleiche herumschlagen, wenn ihm das Spaß machte.

»Was gibt es, Frau Schreiner?« An Brunhildes Seite stand der leitende Kommissar, weshalb Frank sie nicht wie sonst mit dem Vornamen ansprach.

»Du hattest eine Idee zu dem Toten, und die möchte Kriminalhauptkommissar Brenner gern hören.«

Brenner hatte sich bei Franks Ankunft umgedreht, lächelte ihn nun an und kniff ein Auge zu. »Moment, ich hab es gleich. Frank, nicht wahr? Aber den Nachnamen hab ich vergessen.«

»Liebknecht«, half Frank weiter und fühlte trotz der freundlichen Begrüßung schon wieder beklemmende Unsicherheit. »Aber Frank ist schon in Ordnung.«

»Wir kennen uns aus Darmstadt. Ich habe dort einige Seminare gehalten«, fügte Brenner zu Brunhilde gewandt hinzu. »Dann lass mal hören. Wer ist der Tote?«

»Na ja, ganz sicher weiß ich es nicht. Aber die Leiche muss schon eine Weile daliegen, nicht erst seit zwei, drei Tagen. Eher zwei bis drei Wochen. Da ist es doch seltsam, dass niemand den Mann früher gefunden hat. Ich weiß, hier am Feld geht kein offizieller Weg durch. Aber dem Bauern hätte der Tote auffallen müssen. Allerdings sieht der Acker aus, als ob sich schon länger keiner mehr darum gekümmert hätte. Zwischen den Pflanzen ist alles voller Unkraut, da hat keiner geharkt.« Er brauchte keinen Spiegel, um zu wissen, dass seine Ohren feuerrot glühten. »Meine Eltern haben auch ein paar Reihen Kartoffeln hinterm Haus; daher weiß ich …« Er unterbrach sich. »Na ja, jedenfalls bin ich deshalb der Meinung, dass der Tote der Bauer selbst sein muss.«

Brenner rieb sich die Nase. »Und warum hat ihn keiner vermisst?«

»Das kann ich erklären«, schaltete Brunhilde sich ein. »Die Felder hier auf der Lichtung gehören alle zum Brettschneiderhof. Das ist der da hinten am Waldrand. Von dort sind es nur noch ein paar Hundert Meter bis zur Grenze nach Bayern. Auf dem Hof lebt nur noch der Theodor. Oder lebte, wenn er das wirklich ist. Und das könnte schon gut sein.«

»Dann sollten wir das doch als Erstes überprüfen. Ich schicke am besten ...«

»Uns«, unterbrach ihn Brunhilde und hob dabei entschuldigend die Achseln. »Schicken Sie uns. Mal angenommen, Theodor ist nicht unser Toter, dann sollten wir ihm auf jeden Fall ein paar Fragen stellen. Aber der Brettschneider ist ein grober Klotz und, ich will es mal wohlwollend formulieren, ein Einsiedler. Mich kennt er, und den Frank hat er wahrscheinlich auch schon im Dorf gesehen. Aber er redet praktisch mit niemandem, und wenn Fremde auf dem Hof auftauchen, macht er gar nicht erst auf.«

Brenner schaute über die Felder in die von Brunhilde angegebene Richtung. Undeutlich erkannte Frank die Umrisse eines Gehöfts, die mit den angrenzenden Bäumen am Hang zu einer dunklen Masse verschmolzen.

»Einverstanden.« Brenner grinste. »Von einem Eremiten aufs Korn genommen zu werden, der ihm am Ende noch den Hofhund auf den Hals hetzt, das ist sicher nicht nach Neidhards Geschmack.«

Minuten später saß Frank neben Brunhilde im Auto, die kräftig aufs Gaspedal trat.

»Na, wie habe ich das gemacht?« Sie feixte. »Die dürfen weiter über den schlammigen Acker kriechen, und wir gucken mal, ob der Brettschneider noch schnauft.« Sie musterte Frank von der Seite. »Spuck's schon aus. Was ist heute los mit dir? Du hast nicht nur zu wenig Schlaf gekriegt, du hast ein Problem mit den Erbacher Kollegen. Wieso?«

Der Streifenwagen krachte durch die Schlaglöcher der schmalen Straße, die sonst nur von landwirtschaftlichen Fahrzeugen genutzt wurde.

»Neidhard kenne ich von der Polizeischule, und mit Matuschewski von der Spurensicherung hatte ich auch schon mal dienstlich zu tun. Reicht es, wenn ich dir sage, das sind Arschlöcher?«

Brunhilde lachte. »Schön, dass du das so präzise formulierst. Ich kenne dich jetzt gute drei Monate, Frank. Wenn du sagst, das sind Arschlöcher, dann glaub ich es. Und zum Stichwort glauben«, sie malte Anführungszeichen in die Luft, ergriff dann aber schnell wieder mit beiden Händen das Lenkrad, »du solltest endlich anfangen, an dich zu glauben. Du hattest sicher deine Gründe, aus Darmstadt wegzugehen. Und mein Nachfolger zu werden, wenn ich in Pension gehe, ist nicht der schlechteste Job. Die Leute hier werden sich schon noch an dich gewöhnen.« Sie tätschelte ihm mütterlich das Bein. »Aber an die Hose gewöhnen sie sich sicher nicht. Und die Locken müssen auch runter, auch wenn du das nicht wahrhaben willst. Vertrau einer Frau, die drei Söhne großgezogen und ihr ganzes Leben hier in der Prärie verbracht hat. Ein Polizist auf dem Dorf braucht einen ordentlichen Haarschnitt. Männlich kurz und keine Strubbellocken. Damit beeindruckst du vielleicht die Mädels, wenn du mit deiner Gitarre klimperst, aber nicht die Bauern rund um Vielbrunn.«

Sie lenkte das Auto auf den Grünstreifen neben der Straße, brachte es mit einem Ruck zum Halten und stieg aus. Den Zündschlüssel ließ sie stecken. Eine Angewohnheit, die Frank nur schwer akzeptieren konnte. Es war nicht zu erwarten, dass sie gleich in halsbrecherischem Tempo eine Verfolgungsjagd starten mussten, die diese Maßnahme notwendig machte.

Er folgte ihr, klappte die Tür zu und legte die Arme auf das Wagendach. »Warum hast du diesen Brettschneider eigentlich noch nie erwähnt?«

Bruni durchschritt zielsicher das fast zwei Meter hohe Holztor. Eine bröckelige Sandsteinmauer umschloss das große Grundstück. »Worauf wartest du?«, rief sie über die Schulter, statt ihm zu antworten.

Man hätte klingeln können, überlegte Frank, ließ die Sache aber auf sich beruhen. Im Vorbeigehen konnte er auch keine Klingel entdecken.

Hinter dem Tor umfing sie grünes Halbdunkel. Frank betrachtete misstrauisch einen Holzverschlag. Doch aus der finsteren Öffnung drang kein Knurren, und die massive Kette bewegte sich nicht. Er trat mit dem Fuß gegen den umgekippten Blechnapf, in dessen Unterseite sich Regenwasser und Blätter gesammelt hatten. Hier war schon ewig kein Hund mehr gefüttert worden. Dennoch schaute er sich nochmals gründlich um.

Mächtige Bäume und Hecken säumten den Hof, um den sich mehrere niedrige Gebäude an den Hang duckten. Auf einem Sandsteinsockel saß das eingeschossige Fachwerkhaus, eingeklemmt und abweisend unter dem dunklen, weit heruntergezogenen Krüppelwalmdach. Nur am Fuß der Steinstufen, die zum Eingang führten, gab es einen sonnenbeschienenen Fleck. Bienen summten. Mehr war nicht zu hören. Frank zuckte zusammen, als Brunhilde plötzlich laut nach Theodor Brettschneider zu rufen begann.

Nichts rührte sich, und sie stiegen die Stufen hinauf. Die Haustür stand weit offen.

»Bist du da, Theodor? Hallo?« Brunhilde klopfte mit der

Faust gegen das Holz und lauschte in die Stille. Sie kramte den Schlüsselbund des Toten aus der Hosentasche. Neben drei altmodischen dicken Schlüsseln fand sich nur einer mit einem flachen Bart, den sie probeweise ins Schloss steckte. Er hakte, ließ sich dann aber mühelos drehen.

»Sieht schlecht aus für den guten Theodor«, murmelte sie. »Na, dann lass uns mal reingehen.« Betont laut stampfte sie auf die Holzdielen. »Brettschneider – wo steckst du?«

Die Lampe im Flur funktionierte nicht, sodass der hintere, fensterlose Bereich dunkel blieb. Frank erahnte mehrere Türen und eine Treppe. Rechts hinter dem Eingang lag ein Paar verdreckter Gummistiefel, darüber hing an einem krummen Nagel ein Regenmantel. Als seine Augen sich an das Dämmerlicht gewöhnt hatten, schlüpfte er aus seinen Turnschuhen, die er neben den Stiefeln abstellte, und betrat auf Socken die Wohnküche.

Als Erstes fiel Frank auf, wie ordentlich aufgeräumt der Raum war. Kein Topf auf dem Herd, kein Geschirr in der Spüle, nicht einmal ein benutzter Teller. Er schnupperte, aber da lag keine Spur von Kaffee oder gebratenem Speck in der Luft. Und es war kalt, obwohl an diesem Tag die Temperaturen endlich auf sommerliche Werte gestiegen waren. Auf dem Esstisch vor einer Bank in der Ecke war ein weißes Tischtuch ausgebreitet, mit einem kleinen Strauß welker Wiesenblumen in der Mitte, davor einige ungeöffnete Briefe, die Kante auf Kante übereinandergestapelt lagen.

Vom Essplatz aus konnte er den Weg überblicken, der vom Tor heraufführte, und durch ein zweites Fenster den seitlich neben dem Haus gelegenen Kräutergarten. Mehrere Beete mit schnurgeraden Reihen kleiner Pflanzen.

Von der Küche aus gelangte Frank in ein winziges Bad. Auf dem Waschbeckenrand lag ein unförmiges Stück Kernseife.

Darüber hing ein Schränkchen mit einer Zahnbürste, Rasierzeug und einigen Medikamentenpackungen, daneben ein abgenutztes Handtuch. Einen Spiegel gab es nicht.

»Kommst du mal rüber, Frank?«

Eilig schloss er sich Brunhildes Rundgang an, die ihn vor einer Schlafkammer erwartete, in der etliche Kleidungsstücke herumlagen. Sie hatte bereits alle Türen auf dem Flur geöffnet, und da sie nichts weiter sagte, warf Frank zunächst auch in die anderen Zimmer einen kurzen Blick. Spartanisch schien ihm der passende Ausdruck für die Möblierung: Bett, Schrank, Stuhl. Überall das Gleiche, bis auf die verstreute Wäsche.

»Hast du Handschuhe für mich?« Frank kehrte mit einem verlegenen Grinsen die leeren Taschen seiner Bermudas nach außen. »Kommt nicht wieder vor. Versprochen.«

Brunhilde hob die Augenbrauen und reichte ihm ein Paar der dünnen Einmalhandschuhe, die zur Grundausstattung ihrer Dienstausrüstung gehörten. »Wozu brauchst du die?«, fragte sie. »Wir sind fertig. Der Brettschneider ist nicht da, der Schlüssel passt – du hattest den richtigen Riecher. Ich denke, wir können die Geschichte getrost an deine Freunde übergeben. Dann tippen wir noch schnell einen Bericht, und das Wochenende kann weitergehen.«

»Ja, schon …« Der Latex legte sich wie eine zweite Haut auf Franks Finger. »Aber können wir damit noch einen Moment warten? Ich meine, wenn wir schon da sind, spricht doch nichts dagegen, dass wir uns auch ein wenig umschauen. Und außerdem sind es nicht meine Freunde.«

»Was glaubst du denn, was du hier finden kannst? Brettschneider war nur etwas sonderbar, sonst nichts.« Sie deutete auf das ungemachte Bett. »Und schlampig ist er gewesen, so viel steht fest.«

Frank blickte sie überrascht an, schob sie ein Stück beiseite und schlüpfte an ihr vorbei ins Zimmer. »Nein, eigentlich eher nicht. Die Küche sieht jedenfalls aus wie geleckt und alle anderen Zimmer auch.« Er deutete vor sich auf den Boden. »Hier ist irgendein Dreck. Mach doch bitte mal das Licht an.«

Brunhilde betätigte den Kippschalter, aber nichts passierte. Sie klappte den Hebel mehrfach hin und her.

»Kein Strom«, verkündete sie, nachdem sie es auch in den Nebenzimmern probiert hatte.

»Hast du eine Taschenlampe?« Frank kauerte auf allen vieren auf dem Boden und konnte trotzdem nichts erkennen.

»Selbstverständlich, Herr Kommissar. Wie viel Watt hätten Sie denn gern?«

»In Darmstadt hatten wir immer … ach, egal.« Er tupfte vorsichtig mit dem Finger auf die undefinierbare, eingetrocknete Substanz.

»In Darmstadt, aber da bist du nicht mehr, mein Junge. Und ich bin kein wandelnder Kramladen.«

»Entschuldige, Bruni, ich habe es schon kapiert. Hör mal, das könnte durchaus Blut sein.« Er kratzte mit dem Fingernagel über den Fleck und hoffte, dass der Handschuh nicht einriss.

»Lass das! Wenn es wirklich Blut ist, sollen sich die Spezialisten drum kümmern. Das da drüben könnte ein Schuhabdruck sein. Die ziehen dir das Fell über die Ohren, wenn du hier was durcheinanderbringst. Ich rufe die jetzt an.«

»Fünf Minuten, Bruni!«, bettelte Frank und brachte seine Nase ganz nah an den Boden. »Riechen tut's nicht.« Langsam rutschte er vorwärts. »Hier ist noch mehr.« Als er sich umsah, stand Brunhilde direkt hinter ihm. Er kam sich lächerlich vor, wie er da vor ihr herumkroch, den geblümten Hintern in die Luft gereckt. »Siehst du?« Er tippte gegen ein zusammengeknülltes Stück Stoff, und Brunhilde streckte ihm die Hand hin, um ihm aufzuhelfen. Auf seinen nackten Knien zeichnete sich die Maserung der Holzdielen ab.

»Ja, sehe ich. Da neben dem Kissen, das ist ein Hemd, da sind auch Flecken drauf. Und unter dem Fenster liegt noch ein Tuch. Der Tote im Feld hatte eine Verletzung am Bauch. Sieht fast aus, als hätte sich hier jemand selbst verarztet. Spricht also auch dafür, dass es Brettschneider ist. Passt alles zusammen.« Sie behielt Frank fest im Blick, als sie das Handy zückte, um Kriminalhauptkommissar Brenner genau diese Überlegungen umgehend mitzuteilen.

Mit einem kurzen Kopfnicken fügte Frank sich ihrer Entscheidung. Nichts zu machen. Das war nicht ihre Baustelle und auch nicht seine.

»Hallo, Herr Brenner, sieht so aus, als hätten wir einen Treffer …«

Brunis sachliche Erklärung wollte Frank sich nicht anhören. Die Geschichte war gelaufen. Er trollte sich auf den schmalen Flur, den der Abgang zum Keller und eine Leiter zusätzlich verengten. Durch ein dunkles Loch in der Decke führte die Leiter hinauf zum Dachboden. Die höher steigende Sonne schickte bei jedem Windstoß, der draußen die Bäume bewegte, zuckende Reflexe über die Fußmatte vor dem Eingang. Der Luftzug richtete die Haare an Franks Waden und Unterarmen auf. Die offene Tür war ein leuchtendes Rechteck.

Wie in einem Horrorfilm. Wenn er jetzt losrannte, würde die Tür im letzten Augenblick vor seiner Nase zuschlagen, und er wäre gefangen.

Er schüttelte sich. Es hatte eindeutig auch etwas Gutes, wenn er sich nicht länger in dieser miefigen Bude herumdrücken musste. Noch drei Stunden bis zum Spiel um den dritten Platz. Frankreich gegen Schweden. Vorher noch ein bisschen Radfahren in der Sonne. Dann ein Bier.

»… Stichverletzung … Unfall? Na ja, könnte … Sollen wir? Okay … nein, wir fassen nichts an … garantiert nicht.« Wortfetzen von Brunis Telefonat drangen zu ihm herüber.

Eine Stichverletzung. Nachdenklich legte Frank die Hand auf seinen Bauch. Der Mann hatte sich wohl kaum freiwillig selbst aufgeschlitzt. Das verdammte Fußballspiel interessierte ihn, wenn er ehrlich war, nicht die Bohne.

Rasch ging er zurück in die Küche und blätterte vorsichtig die Briefe durch. Drei Umschläge vom Stromversorger, der offenbar inzwischen den Saft abgedreht hatte, einer von der Stadtverwaltung und fünfmal Werbung. Die ältesten Briefe waren bereits vier Wochen alt, aber er konnte nicht alle Daten auf den Poststempeln entziffern. »Mist!« Er richtete die Post wieder genauso aus, wie sie zuvor platziert gewesen war. Gelber Blütenstaub rieselte auf das Tischtuch, als er gegen die Stängel in der Vase stieß. In seinem Bauch klopfte es herausfordernd unter der Narbe. Das war nicht die viel beschworene Intuition eines Polizisten, der eine Fährte witterte, da machte er sich keine Illusionen. Eher ein diffuser Cocktail aus Widerwillen, Furcht und Unzufriedenheit. Trotzdem wollte er die Zeit bis zum Eintreffen der Kollegen unbedingt nutzen, um sein Bild von Theodor Brettschneiders Leben zu vervollständigen.

Er ignorierte Brunhildes fragenden Blick und nahm noch einmal die anderen Schlafkammern in Augenschein. Kissen und Decke auf den Betten waren frisch bezogen, als warteten sie darauf, benutzt zu werden. Er wischte über das Fensterbrett. Kein Staub. Doch die Luft schmeckte abgestanden und muffig. Jedes billige Hotelzimmer erschien dagegen wie ein heimeliger Ort voll persönlicher Ausstrahlung. Erst im letzten Raum legte sich Franks Unbehagen etwas. Er lehnte sich mit dem Rücken gegen den Schrank. Ein Hauch von Sommer streifte seine Nase. Woher dieser Eindruck kam, konnte er nicht sagen. Für einen Moment ließ er sich davon einfangen.

Bilder der vergangenen Nacht rauschten ihm durch den Kopf. Die Bar, die Band, laute Musik, Lachen. Eine spontane Jam-Session, in blindem Verständnis gespielt. Ein Groove, wie zuletzt im gemeinsamen Urlaub am Mittelmeer vor ein paar Jahren. Dort hatte es auch so gerochen … In Gedanken ließ er die Finger über die Saiten tanzen. Doch die angeblich so gefühlsechten Handschuhe wehrten sich gegen die schnelle Akkordfolge.

»Wir sollten am Tor warten.« Bruni stand im Türrahmen, als er die Augen öffnete. »Der Feierabend ruft.«

Mit den Schultern drückte Frank sich vom Schrank ab. »Was waren das bloß für Leute?« Die halblaute Frage richtete sich nicht direkt an Bruni. »Haben die überhaupt gelebt?«

»Leben ist relativ.« Sie neigte den Kopf zur Seite. »Und Einstellungssache. Die Familie hat sehr zurückgezogen gelebt; sie waren in keinem Verein, gingen auf kein Fest, auch nicht am Sonntag in die Kirche. Na ja, da wird schnell viel dummes Zeug geredet. Theodors Frau Marie ist schon vor Jahren abgehauen; nicht lange nach dem Tod seines Vaters. Für Marie war hier wohl auch zu wenig Leben. Und Theodors Mutter Johanna hat es im vergangenen Winter erwischt. Ist die Kellertreppe runtergestürzt.« Fröstelnd rieb Brunhilde sich die nackten Unterarme. »Du siehst, viel Leben und vor allem viel Glück gab es wirklich nicht in dem Gemäuer. Und darum brauche ich jetzt frische Luft und Sonne. Hier kann man ja vor lauter Gespenstern kaum atmen.«

Über die Fanmeile am Frankfurter Mainufer schlenderte ein durchweg gut gelauntes Publikum. Die Musik der verschiedenen Bühnen mischte sich mit dem Lachen von Kindern, dem Kreischen der Teenager und vielfältigen Sprachfetzen. Dieter Strobel machte einen kleinen Bogen um eine Pfütze und hakte die Daumen unterhalb seiner Rot-Kreuz-Weste in den Gürtelschlaufen ein. Am vorletzten Tag der Weltmeisterschaft erwartete er eine ruhige Schicht, ohne besondere Vorkommnisse beim Public Viewing. Zufrieden genoss er den Anblick der vielen weiblichen Fans, die leicht bekleidet dem kühlen und feuchten Wetter trotzten. Gewohnheitsmäßig rüttelte er alle paar Meter an den Absperrgittern an der Uferkante und ließ den Blick erst über das graue Flusswasser und dann über die Sitzplätze und Fressbuden wandern. Alles fest, alles sicher, alles im grünen Bereich.

Eine Wolke aus Popcornduft streifte ihn. Eigentlich hatte er keine Zeit mehr. Aber die anderen Jungs im Sanitätszelt würden sicher auch zugreifen, wenn er einen Eimer mit noch warmem Popcorn auf den Tisch stellte.

Seufzend gab er der Versuchung nach und kramte in seinem Portemonnaie nach den passenden Münzen. Ein Zweieurostück rutschte ihm durch die Finger, plumpste auf den Kies und rollte davon. Das hatte er nun von seiner Gier. Schimpfend folgte Dieter dem Geldstück um den Popcornwagen herum, wo es direkt vor den Füßen eines Mädchens liegen blieb, das an einen Baum gelehnt auf dem Boden saß. Er bückte sich und lächelte verlegen, als er sich aufrichtete. Hoffentlich hatte die Kleine seine unflätigen Flüche nicht gehört.

Sie erwiderte das Lächeln nicht. Ihre Hände lagen gefaltet auf den angewinkelten Knien. Eine einzelne Haarsträhne lugte unter ihrem hellen Kopftuch hervor. Dieter musste sich konzentrieren, damit ihm der Mund nicht offen stehen blieb. Unter seiner Zunge sammelte sich Speichel, und er schluckte hastig. Dann rieb er sich mit der flachen Hand über die Wangen und zog an seinem Kragen, während er mit der anderen Hand das Eurostück umklammerte.

»Hallo«, krächzte er und schalt sich zugleich einen Vollidioten. Es gab keinen Grund, die Kleine so anzustarren, dass sie am Ende noch Angst vor ihm bekam. In ihrem Gesicht konnte er keine Gefühlsregung erkennen. Dennoch wirkte sie verloren. »Ist alles in Ordnung? Geht es dir gut?«

Ihre Augen folgten jeder seiner Bewegungen mit ernsthafter Aufmerksamkeit. Das war kein Kind, sondern eine junge Frau. Und Augen waren das auch nicht. Jedenfalls nicht von dieser Welt.

»Ich bin der Dieter.« Er zupfte an seiner Weste und zeigte ihr den Aufdruck. »Siehst du? Ich bin Sanitäter. Also, wenn ich etwas für dich tun kann …«

Sie fixierte ihn weiter. Stumm. Auf seiner Stirn bildete sich ein feiner Schweißfilm. Er rief sich zur Ordnung. Natürlich waren das Augen. Ganz normale Augen. Nur sehr groß. Und so unglaublich blau, wie er es noch nie gesehen hatte.

Samstag, 16. Juli, Borntal, 14:15 Uhr
– Frank Liebknecht –

Neben einem verblühten Fliederstrauch machte Brunhilde Kriminalhauptkommissar Brenner ordnungsgemäß Meldung über alle Erkenntnisse und Vermutungen, zu denen sie bei ihrer Ortsbegehung gelangt war. Insgeheim zollte Frank ihr dafür Respekt. Sie bewahrte eine tadellose Haltung, während er sich wie ein ausgespuckter Kaugummi vorkam, um den alle einen Bogen machten. Die Spurensicherer schleppten ihre Ausrüstung ins Haus. Er war nutzlos und stand im Weg.

Neidhard klopfte ihm im Vorbeigehen auf den Rücken. »Na, dann wollen wir mal sehen, was du uns an Spuren übrig gelassen hast, Lieb-er-Knecht.«

Brenners Kopf schnellte im selben Moment hoch. »Marcel!«, bellte er, packte Neidhard am Arm und zerrte ihn ein Stück beiseite. Leise, aber eindeutig verärgert zischte er ihm einige Worte zu, die Frank nicht verstehen konnte. Dann wandte Brenner sich mit entschuldigendem Lächeln wieder Brunhilde zu, wirkte jedoch weiter angespannt.

Sie deutete mit dem Kinn Neidhard hinterher und grinste verständnisvoll. »Der Bursche schreit nach der kurzen Führungsleine, was? Hören Sie, wenn Sie uns hier nicht mehr brauchen, Herr Brenner, würde ich gern meinen Bericht schreiben. Dann wartet der schon auf Ihrem Schreibtisch, wenn Sie zurück sind. Sie und Ihre Leute kommen ja wohl alleine klar, oder?«

»Sicher. Gehen wir mal davon aus, dass es sich bei dem Toten um Brettschneider handelt – und die Indizien sprechen ja dafür –, dann sollte das keine allzu große Sache werden. Draußen auf dem Feld deutet nichts auf einen Kampf hin. Und im Haus auch nicht, so wie ich Sie verstanden habe. Dazu das Verbandsmaterial im Schlafzimmer und kein Telefon, mit dem er einen Arzt hätte rufen können … Wenn er sich die Fleischwunde auf dem Hof zugezogen hat, haben wir es vermutlich mit einem Unfall zu tun und nicht mit einem Verbrechen. Dafür sollten sich genügend Beweise finden lassen.«

»So ist es«, bestätigte Brunhilde.

»Klingt für mich nach unglücklichen Umständen, aber das finden wir heraus. Staatsanwalt Kreim müsste auch gleich da sein. Der wollte nur erst noch raus aufs Feld.« Brenner lachte ein wenig gezwungen. »Dem wäre es sicher auch lieber gewesen, wir hätten Fremdeinwirkung gleich ausschließen können. Aber bei dem Zustand der Leiche, da muss einer genauer hinsehen als nur mit dem bloßen Auge, um das zu entscheiden.«

Frank trat unruhig von einem Fuß auf den anderen und vermied es, Bruni anzusehen. »Ich kann noch bleiben«, platzte er heraus. »Mir sind da ein paar Dinge aufgefallen, und ich würde gern …«

»Frank«, unterbrach ihn Brunhilde sanft, aber bestimmt, »ich habe Kommissar Brenner doch alles gesagt. Du fährst mit mir. Ich bringe dich zu deinem Fahrrad.«

Brenner nickte. »Danke trotzdem für das Angebot, Frank. Aber es reicht, wenn *wir* uns das Wochenende um die Ohren schlagen.«

Für einen Augenblick ließ Frank die Schultern hängen und starrte auf seine erdverkrusteten Schuhe. Wenn die Kollegen nur nach der Bestätigung für die Unfalltheorie suchten, dann würden sie vielleicht auch nichts anderes finden. So wie Bruni. Die konnte ja gar nicht schnell genug von hier wegkommen. Er musste wieder in das Haus. Unbedingt.

»Ist Matuschewski schon drin?«, fragte er und drehte sich um. »Nur ganz kurz, ich muss ihn was fragen. Warte nicht auf mich, Bruni.«

Am oberen Ende der Treppe kickte Frank wieder die Schuhe von sich und stürmte durch die Tür.

Matuschewski kommandierte zwei seiner Mitarbeiter in Theodor Brettschneiders Schlafzimmer herum und grunzte nur missmutig in Franks Richtung, als der ihn ansprach.

»Sind das Schuhabdrücke vor dem Bett?«

»Nach erstem Augenschein, ja.«

»Und die Flecken sind Blut?«

»Nach erstem Augenschein, ja.«

»Aber nur hier drin, oder? Auf dem Flur ist nichts, weder Abdrücke noch Blut, richtig?«

»Liebknecht! Ich bin erst seit fünf Minuten an der Hütte dran, was willst du eigentlich?« Matuschewski musterte ihn grimmig. »Warte gefälligst die Analyse ab. Wenn ich alles vorher wüsste, wäre ich Hellseher. Und zieh verdammt noch mal Einwegschuhe über. Das ist möglicherweise ein Tatort, du Anfänger! Ich will nicht überall deine Sockenflusen aufsammeln.« Matuschewski drückte Frank ein paar Überzieher gegen die Brust und wandte sich wieder seiner Arbeit zu. Frank zog die Plastikhüllen an und blieb auf der Schwelle stehen.

»Was denn jetzt noch?« Matuschewski richtete einen Scheinwerfer aus.

»Ist schon jemand im Keller? Und oben auf dem Dachboden? Die Luke steht offen, und ich dachte …«

»Denken ist Glückssache.« Neidhard streckte den Kopf ins Zimmer. »Habe ich schon beides gecheckt. Ich bin nämlich ein fixer Bursche. Der Keller war abgeschlossen. Schlüssel steckte von außen und keine weitere Leiche drin. Zufrieden? Und da oben ist nichts von Bedeutung, alles eingestaubt und uninteressant. Kannst du gerne überprüfen, dort richtest du wenigstens keinen Schaden an. Jetzt geh uns aus dem Weg, wir haben zu tun.«

Keiner schenkte ihm weitere Beachtung, und Frank zog sich leise auf den Flur zurück. Er knirschte mit den Zähnen. Nein, er würde die Kollegen nicht weiter belästigen. Aber er hatte auch nicht vor, einfach so zu gehen. Vielleicht war Matuschewski nachher etwas zugänglicher, wenn dieser Kotzbrocken Neidhard nicht dabei war. Matuschewski musste doch merken, dass etwas nicht stimmte, wenn zwar das Zimmer voller blutiger Abdrücke war, nicht aber der Flur, die Küche oder das Bad. Es war auch ungewöhnlich, dass Brettschneider das ganze Haus so sauber und ordentlich hielt, nur sein eigenes Zimmer nicht.

Draußen im Hof sah Frank Hauptkommissar Brenner auf und ab schreiten, der telefonierte und hektisch rauchte. Der groß gewachsene Mann, der neben ihm wartete und im Sekundentakt auf seine Armbanduhr schaute, musste Staatsanwalt Kreim sein. Er schaute übellaunig drein.

Frank trug immer noch die Handschuhe und nun auch die Überzieher über den Socken. Warum sollte er nicht tatsächlich selbst schnell die Leiter zum Speicher hinaufklettern? Schließlich musste es für die offene Luke einen Grund geben. Er wippte auf den Zehenspitzen und lauschte, aber außer dem Knistern des Kunststoffs an seinen Füßen war nur leises Gemurmel aus den angrenzenden Räumen zu hören.

Die Sprossen federten beim Hochklettern unter seinem Gewicht. Abgedeckte Möbelstücke und Kisten überzog eine weiche Staubschicht. Eine deutliche Laufspur führte auf direktem Weg von der Luke bis zum vorderen Giebelfenster und zurück, dann noch eine quer dazu. Sie stammte vermutlich von Neidhard. Frank legte den Kopf zur Seite und kniff die Augen zusammen. Manche Dinge brauchten einen anderen Blick und zeigten sich erst, wenn das Offensichtliche in den Hintergrund trat. Waren da noch andere Abdrücke unter denen von Neidhard?

Direkt neben seiner Hand, mit der er sich noch am Holm der Leiter festhielt, war der Boden dunkler, die Staubschicht dünner, als hätte jemand vor nicht allzu langer Zeit darübergewischt oder draufgesessen. Frank zog sich das letzte Stück nach oben und bemühte sich, in Neidhards Spur zu treten. Vorsichtig machte er Schritt um Schritt, vorbei an einem umgekippten Stuhl, hob hier und da ein Tuch an und spähte darunter: ausrangiertes Geschirr, Körbe mit Ballonflaschen und andere vorsintflutlich anmutende Gerätschaften, möglicherweise noch aus den Anfangsjahren des vergangenen Jahrhunderts. Ein Karton mit Stoffresten und einer mit Kinderkleidern stand daneben, vor Schmutz geschützt durch einige Lagen Zeitungspapier. Die trockene Luft kitzelte Frank in der Nase, und er presste die Hand davor, um nicht niesen zu müssen. Langsam atmete er aus. Um einen Balken geschlungen hing ein Seil herab. Frank schnippte mit dem Finger dagegen, beobachtete missmutig die schaukelnde Bewegung und wandte sich ab.

Wirklich zielgerichtet war es nicht, was er gerade machte. In Neidhards Fußabdrücken balancierte er zurück zur Leiter und ließ sich dort auf dem Boden nieder, um die Umgebung auf sich wirken zu lassen. Es gab keine Anzeichen, dass jemand etwas angefasst hatte. Aber wieso war dieser Jemand dann heraufgekommen? Was gab es hier zu sehen? Und wieso war die Luke offen geblieben? Die Leiter stand auf dem Flur im Weg, wenn man zur Hintertür oder in die letzte Kammer wollte.

»Wo ist denn unser geblümter Dorfsheriffsgehilfe hin?«

Neidhards Schritte näherten sich. Automatisch hielt Frank die Luft an und zog die Füße und den Kopf ein Stück zurück.

»Könnte sein, dass ich das Corpus Delicti entdeckt habe, das für das Loch im Bauch der Leiche verantwortlich ist. Ich will natürlich nicht, dass sich das Lockenköpfchen erschreckt.«

»Halt den Schnabel!« Direkt unter der Luke blieb Brenner stehen. »Dein Geschwätz kann ich heute echt nicht ertragen. Zeig her, was hast du?«

»Den Treppenhaken, mit dem man die Klappe für die Schiebeleiter zum Dachboden öffnet. Ganz schön spitz, ganz schön verbogen und ganz schön verdreckt. Lag da hinten an der Wand, ich hätte ihn fast nicht gesehen. Ist aber auch dunkel wie in einem Bärenarsch hier.«

Brenner gab ein unwirsches Schnauben von sich. »Das ist keine Entschuldigung. Ich dachte, ihr hättet was dazugelernt.«

»Was willst du denn? Ich habe ihn doch! Und das ist nicht alles. Draußen steht eine Mülltonne voll mit Altglas. Vornehmlich Flaschen mit ehemals hochprozentigem Inhalt. Schätze, der Hausherr hat sich einen hinter die Binde gekippt, mit dem Haken rumhantiert und ist dann über eins dieser ausgelatschten Bodenbretter oder eine Türschwelle gestolpert. Fertig war der Odenwälder Bauernspieß.«

»Verflucht, reiß dich zusammen mit deinen blöden Sprüchen, Marcel!«

»Gib her, ich pack ihn ein.« Das war Matuschewski. Die Hakenspitze durchquerte Franks Blickfeld. »Wir haben schon den kompletten Inhalt der Besteckschublade eingetütet. Kommt natürlich noch alles mögliche andere in Betracht. Es stehen ein halbes Dutzend Schuppen, Ställe und Verschläge auf dem Gelände, wo er sich überall irgendwie verletzt haben könnte.« Matuschewski zögerte, ehe er weitersprach. »Peter, mir wäre es trotzdem lieb, wir könnten zuerst dieses Ding überprüfen, bevor wir das ganze Grundstück auf den Kopf stellen. Es sieht vielversprechend aus. Und …«

Brenner unterbrach ihn. »Und? Dann gemütlich Fußball gucken, oder was? Vergiss es. Wenn es eine Sackgasse ist, geht zu viel Zeit verloren. Von mir aus schick dein Team nach Hause und leite die Untersuchung von diesem Hakending in die Wege. Aber wir drei bleiben hier, bis wir hinter jede verdammte Tür geguckt haben. Dann wird das gesamte Grundstück erst mal versiegelt, damit kein Unbefugter sich hier reinverirrt und damit der Nachlass für das Amtsgericht gesichert ist und die Herrschaften in Ruhe nach möglichen Erben Ausschau halten können. Ganz vorschriftsmäßig. Ja, ich weiß, wenn Brettschneider nachher höchst lebendig über den Hof gelatscht kommt, war der ganze Aufstand umsonst. Rein von der Wahrscheinlichkeit her und in Anbetracht der Indizienlage können wir darauf aber nicht spekulieren. Und wenn wir warten, bis die DNA der Leiche mit dem Blut aus dem Zimmer abgeglichen ist, springt uns die Staatsanwaltschaft mit dem nackten Hintern ins Gesicht. Kreim hat sich unmissverständlich ausgedrückt. Der ist immer noch angepisst, weil wir ihm neulich zu langsam waren. Allerdings kann ich euch ein kleines Zugeständnis machen angesichts der Überstundensituation und der Personalknappheit. Wenn wir nirgendwo einen griffigen Hinweis auf Fremdeinwirkung finden, machen wir Montag weiter, sobald die Obduktion durch ist. Das heißt aber trotzdem, dass wir jetzt ratzfatz jeden Stein umdrehen. Klar? Ich werde mir nicht noch mal vorwerfen lassen, dass wir Indizien übersehen haben, weil wir pünktlich Feierabend machen wollten! Und du«, Brenners Zeigefinger bohrte sich in Neidhards Brust, »darfst gerne mit zur Obduktion gehen und mir Bericht erstatten, ob der Tote Brettschneider ist, ob er alkoholisiert war und ob es sich beweisen lässt, dass der Mann zufällig in den Spieß gestolpert ist.«

Am Anfang hatte Dieter gar nicht gemerkt, dass sie ihm folgte, und es für bloßen Zufall gehalten, dass er ihr noch mehrfach auf der Fanmeile begegnet war. Aber dann war es den Kollegen aufgefallen. Wenn die auch weniger auf die Augen des Mädchens achteten als auf seine wohlproportionierte Figur, die sich unter dem seltsam altbackenen Kleid erahnen ließ. Dieter Strobel versuchte, das alles zu ignorieren. Das Mädchen an sich. Und die Kollegen. Es war doch nichts falsch daran gewesen, ihr eine Tüte Popcorn zu schenken. Ganz ohne Hintergedanken.

Wie eine Schlafwandlerin schritt sie durch die Menge, die Augen aufgerissen in einer Mischung aus Neugier und auch Furcht. War sie eine Außerirdische, eine Zeitreisende? Dieter atmete schneller. Oder vielleicht doch nur eine illegale Osteuropäerin, die sich in der Anonymität der Großstadt versteckte? Die Haare hatte sie unter dem Kopftuch zu einem strengen Knoten gebunden, ihre schmutzigen Füße steckten in abgetretenen Sandalen. Sie sprach mit niemandem und blieb stets in seiner Nähe. Die Kollegen begannen ihn deshalb aufzuziehen, und er lachte bemüht mit ihnen über seinen zweiten Schatten. Aber wenn er in ihr Gesicht schaute, verdorrte das Lachen in seiner Kehle. Sie war immer noch allein. Ganz allein.

Im Schankraum des Dorfkrugs herrschte subtropisches Klima. Ein kurzer, heftiger Regenguss am späten Nachmittag hatte den Anflug von Sommer beendet. Die durchgeweichten Sitzpolster aus dem Biergarten lagen gestapelt neben der Garderobe, wo sie im Dunst von Röstzwiebeln und Bratwurst langsam trockneten. Jetzt, mitten in den Ferien, erfreute sich der Gasthof großer Beliebtheit. Sommerfrischler aus der Ferienhaussiedlung vertrieben sich den Frust eines weiteren nassen Urlaubstages mit deftiger Kost und hauseigenem Schnaps.

»Guten Abend.« Frank Liebknecht grüßte den voll besetzten Stammtisch. Mehr als murmelndes Kopfnicken bekam er nicht zur Antwort. Erst als er weiterging und sich in die letzte freie Nische setzte, nahmen die Männer ihr lebhaftes Gespräch wieder auf. Sie sprachen jetzt etwas leiser, aber er musste sich trotzdem nicht anstrengen, um herauszuhören, dass der Tote vom Feld ihr zentrales Thema war.

In den letzten Monaten war Frank oft im Dorfkrug zu Gast gewesen. Für sich allein zu kochen machte ihm keinen Spaß, und der ewigen Tiefkühlpizza konnte er auf Dauer auch nichts abgewinnen. Er bestellte ein Bier und blätterte durch die Speisekarte, die er längst auswendig kannte. Sie pappte von innen an einer abwaschbaren Schutzhülle, die schnörkeligen Buchstaben eingebrannt von zu viel Sonne und verschütteten Getränken.

Nach Neidhards Bemerkung über den Dorfsheriffsgehilfen hatte er sich klammheimlich davongemacht. In seiner Wohnung war für den Rest des Nachmittages der Fernseher gelaufen. Ab und zu hatte er den Schiedsrichter pfeifen gehört, die Fußballerinnen rannten von links nach rechts und wieder zurück. Ein Tor war gefallen, vielleicht auch zwei. Irgendjemand jubelte. Wie das Spiel ausgegangen war, wusste er nicht.

Frank bestellte die Bratwurst, die er schon beim Eintreten gerochen hatte, und gleich noch ein zweites Bier. Das erste trank er hastig fast bis zur Neige. Ein Trottel war er. Ein Traumtänzer, der auf staubigen Dachböden Löcher in die Luft starrte, und den niemand ernst nahm. Und das war seine eigene Schuld. Frank umklammerte das nahezu leere Glas. Seine Pulsfrequenz stieg an, als er zum Stammtisch hinüber ging.

»Was dagegen, wenn ich mich kurz dazusetze?«

Überrascht schauten ihn die Männer an, zogen die Köpfe ein, brummten. Einer der Anwesenden, ein kleiner kahlköpfiger Pensionär, rutschte wortlos auf der Bank einige Zentimeter zur Seite. Mehr an Entgegenkommen konnte Frank nicht erwarten. Kuhnert, der Metzger, zog die Nase hoch und putzte sie ausgiebig mit einem großen Stofftaschentuch. Döring, der ehemalige Herrenfrisör, der zwar den Laden geschlossen hatte, aber immer noch jeden Samstagvormittag in seiner Küche die Haarschneidemaschine surren ließ, trommelte mit den Fingern auf den Tisch. Inzwischen kannte Frank sie alle, brachte zwar manchmal noch die Namen durcheinander, doch er wusste genau, wer von ihnen Rentner, Pendler oder Nebenerwerbsbauer war. Mit so etwas konnte man punkten. Eines von Brunis Erfolgsrezepten.

»Ich bin nicht im Dienst«, sagte er. »Und den Todesfall bearbeiten die anderen.« Er gab seiner Stimme bei dem Wort *anderen* einen leicht abfälligen Ton, um zu unterstreichen, wem er sich zugehörig fühlte. Die folgende Pause zog sich quälend in die Länge. »War eine hässliche Sache«, versuchte

Frank es wieder. »Ich meine, es ist ja noch nicht ganz sicher, ob es wirklich der Brettschneider Theodor ist, aber wenn, na ja, wäre schon tragisch, wenn er so nah am eigenen Hof verblutet ist.« In der Küche klapperten Töpfe, Fett zischte in der Pfanne. »War er denn manchmal hier, Herr Döring, auf ein Bierchen?«

Döring unterbrach sein Trommeln für eine Schrecksekunde, nickte dann andeutungsweise.

»Weiß jemand, wann das zuletzt gewesen ist?«, fragte Frank.

»Hör mal, das habe ich den Knülchen von der Kripo vorhin schon alles erzählt.« Immerhin ließ sich jetzt der Wirt, Gerhard Unger, vom Zapfhahn her zu einer Antwort herab.

»Ja, schon klar«, beeilte sich Frank zu sagen. »Es ist nur, weil ich mich gewundert habe, dass er nicht vermisst wurde.« Er schaute in die Runde. »Hat ihn niemand näher gekannt?«

Kuhnert, der ihm direkt gegenüber saß, hob die Schultern und ließ sie wieder fallen. Sein rundes Gesicht mit der fleischigen Nase blieb ausdruckslos.

»Nä. War halt 'n Stoffel.« Unger kam mit einem vollen Teller in der Hand hinter der Theke hervor. »Hat mit keinem geredet, einfach 's Maul nicht aufgekriegt.«

Frank war sich sicher, dass angesichts der schweigenden Stammtischbrüder hinter der Komik dieser Aussage keine Absicht steckte.

Demonstrativ trug Unger die Bratwurst an Frank vorbei zu dem Platz, an dem er zuvor gesessen hatte. »Iss, sonst wird's kalt. Dein Bier kommt gleich.«

Frank kapitulierte. Beim Aufstehen klopfte er kurz auf den Tisch. »Na dann. Wenn noch jemandem was einfällt …«

Er machte sich keine Illusionen, von den Stammtischlern würde keiner freiwillig auch nur ein Wort mit ihm wechseln. Er hieb die Gabel in die Wurst und schob Kartoffelsalat obendrauf. Das Essen schmeckte ihm trotzdem.

»Siebenundzwanzig Jahre.« Der Mann, der plötzlich neben ihm stand, nahm seine Baskenmütze von den zerzausten grauen Haaren. »Solange hat er hier gewohnt, der Brettschneider. Darf ich?« Er zog sich einen Stuhl heran und nahm, ohne eine Antwort abzuwarten, Platz. »Und ich wohne genauso lange hier. Karl Hofmeister mein Name.«

Frank kaute schneller, schluckte und stellte sich ebenfalls vor.

Hofmeister winkte ab. »Ich weiß schon, wer Sie sind, auch wenn wir noch nicht persönlich das Vergnügen hatten. Dorfgespräch seit drei Monaten. Der Polizist, der aus Heppenheim stammt und sich freiwillig von Darmstadt nach Vielbrunn hat versetzen lassen. Und dann so jung, so still und, Sie verzeihen, so schmächtig. Nichts für ungut, so reden sie halt, unsere netten Mitbürger. Obwohl, neben Brunhilde Schreiner wirken ja viele Bauern selbst nur wie eine halbe Portion.« Hofmeister grinste übers ganze zerfurchte Gesicht. »Trotzdem, Herr Liebknecht, haben Sie die besten Chancen von uns dreien, eines Tages dazuzugehören. Ein Polizist, der stellt schon was dar. Der Brettschneider wollte gar nicht dazugehören. Und ich«, er hob die Hände, »bin ein Künstler und somit per se suspekt.« Aus seiner Hemdtasche nestelte er eine Visitenkarte und legte sie neben Franks Teller. »Skulpturen, am liebsten aus Holz, aber auch aus Metall – und groß, richtig groß. Besuchen Sie mich in meinem Atelier, jederzeit. Ich würde mich freuen. Sie können mich auch zuerst googeln, ich bin gar nicht mal so unbekannt. Habe Ausstellungen in aller Welt gemacht und Besucher von überall her empfangen. Wie gesagt: sehr verdächtige Umtriebe.« Sein Bass glitt in ein weiches, tiefes Lachen, und er zwinkerte. Offenbar genoss er die Rolle des verschrobenen Künstlers.

Frank drehte die Karte zwischen den Fingern.

»Was wissen Sie noch über Theodor Brettschneider? Was haben mir die Herren vom Stammtisch vorenthalten?« Frank hatte keine Lust, länger zu warten. Der Mann wollte reden, sonst wäre er nicht zu ihm gekommen.

Karl Hofmeister verzog das Gesicht zu einem schelmischen Grinsen. »Was kann man schon mit Sicherheit über einen anderen Menschen wissen? Wer kann in fremde Köpfe sehen? Meine Erfahrung hat mich gelehrt, Geduld zu haben. *An ihren Taten sollst du sie erkennen.* Und auch an ihrem Geschwätz!« Sein Lachen gluckste. »Nicht fragen, aber die Ohren aufsperren und als Fremder am besten nichts dazu sagen. Von einem Fluch wird getuschelt und von Hexerei.«

Frank ließ die Gabel mit dem letzten Rest Kartoffelsalat sinken. »Ein Fluch?«

»Ein kleiner Hof, der wenig Ertrag bringt, aber problemlos vier Mäuler ernährt, und das schon im ersten Jahr. Die Brettschneiders waren Selbstversorger mit wenig Ackerfläche, aber sie hatten noch genug, um Produkte auf dem Markt anzubieten. Der Neid schürt böse Gedanken. Verhext, verflucht, mit dem Teufel im Bunde? Fruchtbar die Erde, aber nicht der Leib. Keine Nachkommen im Haus. Eine junge Frau, die man fast nie draußen sieht und die noch weniger spricht als die anderen. Hat nicht viel gefehlt, und sie hätten auf dem Scheiterhaufen gebrannt – sicher ist sicher.« Hofmeister zwinkerte. »Kleiner Scherz, Sie wissen, was ich meine. Mit der Zeit wurden die Leute ruhiger. Als der alte Bauer an einer Lungenentzündung gestorben und danach die Marie durchgebrannt ist, ging es aber wieder los. Und nun sind auch die anderen beiden auf tragische Weise ums Leben gekommen. Vielleicht ist das die Strafe für die jahrelange Hexerei. Oder Maries Fluch.« Hofmeister winkte Gerhard Unger heran. »Bring uns mal zwei Apfelschnaps, aber mach ordentlich voll.« Dann wandte er sich wieder Frank zu. »Sie glauben doch nicht an Gespenster, Herr Liebknecht, oder? Was tragen Sie um den Hals, ist das ein Kreuz?«

»Nein. Ich bin weder gläubig noch abergläubisch.« Frank hob widerwillig die Hand und holte die kurze Lederschnur unter seinem T-Shirt hervor. »Es ist nur eine Urlaubserinnerung.«

»Schön. Sehr schön.« Hofmeister lächelte. »Ein Nazar. Sie kennen die Bedeutung?«

Der Wirt stellte zwei randvolle Schnapsgläser auf den Tisch. »Zum Wohl«, brummte er.

Hofmeister prostete erst Unger, dann Frank zu und kippte den Schnaps in einem Zug hinunter. Frank tat es ihm nach. Natürlich kannte er die Bedeutung des Nazars. In seinem Hals brannte ein kurzes, heftiges Feuer. Für einen Moment blieb ihm die Luft weg. Er sah sich selbst wieder auf dem dunklen Flur des Brettschneiderhofs stehen, vor sich das helle Rechteck der Tür.

»Wer weiß, vielleicht können Sie es jetzt und hier tatsächlich brauchen, das blaue Auge.« Hofmeisters Stimme unterbrach Franks seltsamen Flashback. »Zum Schutz vor dem bösen Blick.«

Der Sonntagmorgen erlöste Frank mit Kirchengeläut aus wirren Träumen von Hexen und einem aufgebrachten Mob. Ein leichter Regen schlug in unregelmäßigen Böen gegen das Fenster. Irgendwo bellte ein Hund. Automatisch griff er zum Handy. Keine Anrufe, keine SMS. Er sank zurück aufs Kissen. Was hatte er erwartet? Dass ihn jemand brauchte?

Es gab keinen Grund aufzustehen, dennoch warf er die Decke von sich und ging ins Bad. Aus dem Spiegel schaute ihm der Nazar entgegen, leuchtend blau auf seiner nackten Haut. Er berührte das gläserne Amulett mit den Fingerspitzen und dann die ebenso leuchtende weiße Narbe auf seinem Bauch. *Schutz.* Den hätte er damals brauchen können, als das Messer ihn unvorbereitet erwischte. Er war nicht im Dienst gewesen. Trotzdem glaubten alle, er hätte sich deshalb versetzen lassen. Sollten sie doch. Bis heute wusste er selbst nicht genau, warum er weggewollt hatte aus Darmstadt. War er feige? War er dem Job in der Stadt, dem ganz normalen Leben nicht gewachsen?

Er fuhr sich mit beiden Händen durch die Locken. Nein, auch wenn Bruni das behauptete, die Haare waren nicht sein Problem. Und auch nicht sein Alter. Mit achtundzwanzig gehörte er längst nicht mehr zu den ganz unerfahrenen Beamten. Frank wandte sich ab und stellte sich unter die Dusche. Er hasste diesen Hauch von Melancholie, diesen entrückten Ausdruck auf seinem Gesicht, der ihn jeder Autorität beraubte. Daran änderte auch seine große Adlernase nichts. Es war nur eine leichte Achsenverschiebung, die sein linkes Auge kaum merklich zur Mitte kippte. Silberblick, nannte seine Mutter das, niedlich. Und darum hielt ihn jeder für ein Weichei, einen Softie, den Frauenversteher mit Gitarre. Dabei spielte er E-Bass, und von Frauen hatte er nachweislich keinen Schimmer. Er zerrte den Duschvorhang zur Seite und schlüpfte, ohne sich abzutrocknen, in Jeans und T-Shirt. Keine Bermudas. Keine Blümchen.

Ein kurzer Anruf bei Brunhilde erbrachte nichts wirklich Neues. Weder war Brettschneider wieder aufgetaucht, noch war sein Tod bisher eindeutig bestätigt. Allerdings passte das Loch im Hemd aus dem Schlafzimmer zur Bauchverletzung der Leiche und zu einem Stichwerkzeug. Laut Brenner sollten sie getrost den freien Sonntag genießen. Man bleibe in Kontakt, aber für heute sei kein weiterer Einsatz vor Ort geplant. Immerhin etwas.

Keine fünf Minuten später saß Frank auf dem Fahrrad. Den Anstieg zur Römerstraße nahm er im Stand, wie ein Rennfahrer. Fast brusthoch reichten hier schon die Maispflanzen, die unmittelbar hinter den letzten Wohnhäusern wuchsen. Hier irgendwo musste dieser alte Künstler wohnen. Die Wolken rissen auf, die feuchten Felder dampften in der Vormittagssonne. Sattes Grün und Gelb. Die Rapsblüte neigte sich bereits dem Ende entgegen, es dauerte nur noch wenige Wochen bis zur Ernte. Die kühle Luft vertrieb den Rest von Müdigkeit aus Franks Körper. Links und rechts des Weges lagen auf einer Wiese verstreut die rund ein Dutzend Häuser des Weilers Bremhof. Verträumt, zwischen alten knorrigen Obstbäumen. Kurz dahinter tauchte Frank in die Stille des Waldes ein. Er ließ das Rad einfach laufen, abwärts im Schuss, bis zu der engen Rechtskurve, die von der Straße auf den wenig genutzten Fahrweg ins Borntal abbog.

Das letzte Stück schob Frank sein Rad abseits des Weges an der Sandsteinmauer entlang zur Rückseite des Grundstücks, bis er eine geeignete Stelle zum Überklettern fand. Als er auf die Mauerkrone griff, schnitt etwas Scharfkantiges in seine Handflächen, und er zuckte zurück. Fluchend saugte Frank das austretende Blut auf, setzte dann den Rucksack ab. Er streifte das T-Shirt über den Kopf und legte es über die Kante, ehe er einen zweiten Versuch machte. Was auch immer ihn verletzt hatte, diesmal würde er nicht reinlangen. Zuerst schob er den Rucksack hinauf, dann suchte er mit den Füßen Halt in den Ritzen zwischen den Steinen und stemmte sich hoch. Auf den Fersen hockend balancierte er sich auf der Mauer aus. Glasscherben – die gesamte Umfriedung war damit gespickt. Offenbar legte hier jemand großen Wert auf Privatsphäre. Nachdenklich betastete er die kleinen und großen Splitter, Bruchstücke von Flaschen, in allen Farben. Frank schlüpfte zurück in sein Shirt. Auf der anderen Seite erwartete ihn dichtes Gestrüpp, und er hatte nicht vor, sich an den dürren Ästen auch noch den Oberkörper zu zerkratzen. Doch in dem Gewirr konnte er unmöglich gezielt an der Wand absteigen. Es blieb ihm keine andere Wahl, als zu springen. Und zwar möglichst weit nach vorn, um nicht in den Brombeeren zu landen. Der freie Fleck davor war nicht gerade groß. »Du bist echt irre, Frank Liebknecht«, murmelte er, warf den Rucksack voraus und hechtete mit Schwung hinterher. Nach dem Aufprall bewegte er seine Gelenke vorsichtig der Reihe nach durch. Alles okay, obwohl es ihn ordentlich gestaucht hatte. Ohne sich weiter aufzuhalten, schlich Frank über das Gelände zur Vordertür, wo er das polizeiliche Siegel unberührt vorfand. So sollte es auch bleiben. Wenn er schon einbrach, dann besser durch den Hintereingang. Er zog Handschuhe über und umrundete das Haus. Auch hier war das Siegel intakt, doch dieses musste er brechen. Mit der Zungenspitze fuhr er sich über die Lippen. Er konnte ein neues Siegel anbringen. Die Erbacher verwendeten schließlich die gleichen alten weißen Marken, die er auch dabeihatte. Aber die laufende Nummer war natürlich eine andere, und das abweichende Handzeichen musste erst recht auffallen. Das war dann schon so etwas wie Urkundenfälschung und kam somit nicht infrage. Vielleicht würde niemand sein Eindringen bemerken, wenn er die Versiegelung vollständig entfernte, als wäre sie nie da gewesen?

Er verwarf auch diesen Gedanken und lachte dann kurz auf. Neidhard hielt ihn für einen Idioten. Den Umstand konnte er ausnutzen. Er würde die Kollegen am Montag hier auf dem Brettschneiderhof erwarten und die Hintertür aufreißen, ehe überhaupt jemand dazu kam, nachzusehen, ob das Siegel noch intakt war. Dazu musste er nur schnell sein – und den Kollegen im Weg stehen, was er nach Neidhards Meinung ja besonders gut konnte.

Zwischen seinen Fahrradwerkzeugen kramte Frank einen Drahthaken hervor. Ein kleiner Helfer für alle Fälle, mit dem sich die Tür mühelos öffnen ließ. Auf dem Flur verharrte er einen Moment und lauschte angestrengt. Doch alles blieb ruhig. Die Schlafkammern zu seiner Linken interessierten ihn nicht. Noch nicht. Er stellte seine Schuhe ab und stieg wieder die Leiter zum Dachboden hinauf.

Etwas, das Hofmeister am Abend gesagt hatte, rumorte in seinem Kopf. Etwas, das nicht passte und dem er jetzt unbedingt nachgehen musste. Aus der unveränderten Laufspur im Staub schloss er, dass nach ihm keiner der Kollegen mehr oben gewesen war. Er schaute aus dem rückwärtigen Fenster auf den verwilderten Garten. Zwischen den Brombeerbüschen, vor denen er unsanft gelandet war, und der Holunderhecke leuchtete ein vergessenes Blumenbeet. Sonnenblumengelb. Ein einzelner Farbtupfer zwischen all dem Gestrüpp und wahllos herumliegenden Gerümpel. Langsam bewegte Frank sich vorwärts, wiederholte jeden Handgriff, den er gestern getan hatte, ging jeden seiner Gedanken durch. Wo war dieser Karton? Endlich berührten seine Finger den weichen Stoff, und er zog triumphierend ein Babymützchen ans Licht.

»Fruchtbar die Erde, aber nicht der Leib«, murmelte er, klappte den Karton ganz auf und legte das Zeitungspapier beiseite. Jäckchen, Strampler, Stoffwindeln. Und die stammten garantiert nicht aus einem früheren Jahrhundert.

»Wessen Sachen sind das, wenn es auf dem Hof keine Kinder gab?« Seine Stimme klang merkwürdig laut, und er verstummte. Eine Antwort würde ihm hier niemand geben. Das Mützchen wanderte, in eine Plastiktüte verpackt, in seinen Rucksack, gewohnheitsmäßig beschriftet wie ein Beweisstück. Unter dem Latexhandschuh bildete sein Blut aus der Schnittwunde einen zähflüssigen Fleck. Es kümmerte ihn nicht. Langsam drehte er sich um sich selbst. Hinter einer der Schranktüren konnte sich eine Geburtsurkunde, ein Taufschein oder das Stammbuch der Familie verstecken. Ein bisschen fühlte Frank sich wie Indiana Jones. Tempel des Todes, Jäger des verlorenen Schatzes. Ja, so ein Draufgänger wäre er manchmal schon gerne, auch wenn Jones eher einem Grabräuber als einem Archäologen nahekam. Frank verzog das Gesicht. Anders als mit Sensationslust und Neugierde ließ sich sein eigenes Verhalten auch nicht erklären. Oder mit gekränktem Stolz. Weil dem Dorfpolizisten keiner zuhören wollte. Er biss die Zähne so fest aufeinander, dass sein Kiefergelenk knackte. Systematisch arbeitete er sich weiter voran. Er hatte keine Eile. Der ganze Tag lag vor ihm.

Sonntag, 17. Juli, Frankfurt, 9:25 Uhr
– das Mädchen –

Das Wasser lastete schwer auf der Zeltplane über ihrem Kopf, wo es sich während der schier endlosen Nacht in einer Kuhle gesammelt hatte. Einer weiteren Nacht, in der es weder dunkel noch still geworden war. Die erhellt gewesen war von Tausenden Lichtern und angefüllt mit fremden Stimmen, deren Worte sie nicht verstand, deren Sinn sie nicht erfasste und die sie ängstigten, wie die Schritte, die sie in unregelmäßigen Abständen an ihrem Versteck vorüberstapfen hörte. Bald schon würde der voranschreitende neue Tag sie von hier vertreiben, wenn sich die Buden wieder mit Leben und geschäftigem Treiben füllten.

Ihre Gedanken glitten zurück zu dem Augenblick, als die Männer auf dem Kahn sie entdeckt hatten, und sie presste die Hände auf die Ohren, als ob jene Männer noch immer brüllten und ihr mit Prügel drohten. Ans Licht hatte man sie gezerrt und dann doch nicht über Bord, sondern nur grob zu Boden gestoßen, in dieser lauten Stadt, in der sie kaum die Augen zu schließen wagte und an der sie sich doch nicht sattsehen konnte. Türme ragten in die Wolken, Händler boten Waren feil im Überfluss, und alle Welt feierte, statt zu arbeiten, als gäbe es nichts zu tun und Babylon wäre nicht gefallen an seinem Hochmut.

Tränen rollten über ihre Wangen, denn kein Weg führte zurück. Was ihr Trost spenden konnte, war längst dahin und verloren für immer. Zitternd nahm sie das letzte der süßen, luftigen Gebilde zur Hand, das ihr vom Vortag geblieben war, und zerkaute es mit Bedacht. Doch die Leichtigkeit war verflogen, und es klebte widerspenstig an ihren Zähnen.

Sie zog die Füße unter das Kleid, dessen Saum mit Schlamm vollgesogen um ihre Knöchel strich, schlang die Arme um die Knie auf der vergeblichen Suche nach etwas Wärme und schaukelte sachte vor und zurück. War dieser Ort die Verlockung des Teufels? Oder eine leise Verheißung von Hoffnung?

Sonntag, 17. Juli, Borntal, 11:20 Uhr
– Frank Liebknecht –

Die Stille im Haus machte sich in Franks Kopf breit. Unwillkürlich bemühte er sich leise zu sein, obwohl niemand da war, der ihn hören konnte. Neben Theodor Brettschneiders Bett war der Boden übersät mit den Kreidemarkierungen der Spurensicherung. Doch das interessierte ihn nicht. Die Kammer am Ende des Flurs zog ihn an. In der Türöffnung blieb er stehen und atmete tief durch die Nase ein. Ein merkwürdiger Geruch unterschied diesen Raum von den anderen. Er durchquerte das Zimmer, und die Duftspur wurde zum Fenster hin schwächer. Von hier aus waren Ställe zu sehen, aber er erinnerte sich nicht, bei seinem ersten Besuch Tiere gehört zu haben. Nicht einmal eine Katze war ihm auf dem Gelände begegnet, dabei waren die eigentlich auf jedem Bauernhof zu finden. Er musste Bruni danach fragen. Auch nach dem Verbleib des Wachhundes. Viel lieber noch hätte er Brenner angerufen, mit ihm gesprochen von Mann zu Mann, von Polizist zu Polizist, und ihn ausgequetscht über jede Kleinigkeit, die er und seine Leute gestern vielleicht noch herausgefunden hatten, nachdem er, der Lauscher, vom Dachboden geschlichen und weggerannt war.

Frank lehnte sich mit dem Rücken an die Wand und rutschte nach unten. Die Kalkfarbe bröselte. Es fehlte ihm an Durchsetzungsvermögen, an Konsequenz. Wie ein Schuljunge war er von Brunhilde vor Brenner ruhiggestellt worden – und hatte sich nicht gewehrt. Er schlug den Hinterkopf an. Einmal, zweimal, langsam und gezielt. Dumpf und irgendwie hohl klang der

Aufprall in ihm nach. Erstaunt drehte er sich um und klopfte mit den Fingerknöcheln die Wand ab. Das war Gipskarton, eindeutig. Die Kammern waren also nachträglich abgeteilt worden, was die sehr kleine Grundfläche erklärte, aber ihm nicht weiterhalf. Er wandte sich wieder nach vorn und streckte die Beine aus. Seine Füße landeten unter dem Bett, die rechte Ferse knallte gegen eine Bodenkante. Fluchend zog er den Fuß zurück.

Das war nicht sein Tag. Überhaupt eine blöde Idee, diese eigenmächtige Hausdurchsuchung. Mit dem linken Fuß tastete er vorsichtig nach der Kante, während er sich am anderen die Ferse rieb. Eins der Bodenbretter ragte wenige Millimeter empor. Frank beugte sich vor und schaute genauer hin. Dieses Haus war so tot, dass es nicht einmal Wollmäuse in den Ecken gab. Vor ihm lagen unschuldig weiß bezogen Decke und Kissen auf dem ebenso weißen Laken.

Frank schlug sich gegen die Stirn, sprang auf und rannte ins Nebenzimmer. Weiße Bettwäsche, frisch gebügelt, keine Wollmäuse. Er riss den Schrank auf und knallte ihn gleich wieder zu. Leer. Im zweiten Zimmer das Gleiche. Frisches Bett, kein Schmutz, leerer Schrank. Kein einziger persönlicher Gegenstand, kein Bild an der Wand, keine Deko, nicht mal Vorhänge. In allen Zimmern war die Luft abgestanden, als wäre schon lange nicht mehr gelüftet worden.

Er sprintete zurück in die Kammer am Ende des Flurs und hielt abrupt vor dem Schrank inne. Sein Puls klopfte laut in seinen Ohren, und vorsichtig öffnete er die Türen.

»Ich wusste es!« Wie ein Boxchampion reckte er die geballte Faust in die Höhe.

Zwei Kleider hingen an der Stange, auf dem Brett darüber lag Unterwäsche und dazwischen Bündel von Lavendel mit Blüten in leuchtendem Lila. Er zog einen Handschuh aus und zerrieb eine davon. Ein feuchter Film blieb auf seiner Haut zurück. Die Blüte war eindeutig frisch, aus diesem Sommer. Und genauso frisch mussten die feinen Liegefalten im Kissen und auf dem glatt gestrichenen Laken sein. Mit dem Unterarm wischte Frank sich über die Stirn, zog eilig den Handschuh wieder an, den er dabei beinahe zerfetzte. Eine Frau, die Kleider trug, das Haus sauber machte und Lavendel aus dem Garten in den Schrank hängte. Warum wusste niemand von ihr, und wo war sie? Sein Blick glitt von den Putzbröseln auf dem Boden hoch zu der beschädigten Stelle an der Wand, in deren Umgebung sich weitere Kratzer und ein leichter Farbunterschied im vergilbten Weiß zeigten. Die Höhe stimmte mit der Bettoberkante überein. Für ein zweites Bett war das Zimmer zu schmal, also war das Bett vermutlich verschoben worden, nachdem es lange an der gleichen Stelle gestanden hatte.

Frank packte das schwere Holzgestell erst an der Kopf-, dann an der Fußseite und rückte es ein Stück von der Wand ab, die ähnliche Schäden wie die gegenüberliegende aufwies. Nach und nach hob er das Bett weiter beiseite und ging dann vor der Wand in die Hocke. Winzige bräunliche Partikel bildeten ein paralleles Streifenmuster im Weiß. Weiter unten an einer Stelle, die zuvor vom Bett verdeckt gewesen war, reichten die Scharten bis auf die blanke Außenmauer. Vier Streifen im Abstand einer Fingerbreite. Jemand hatte die Farbe von dem Stein und sich selbst die Haut von den Fingerkuppen geschabt, bis sie bluteten.

Franks Kehle fühlte sich ausgetrocknet an. Auch der Schluck Wasser aus der Flasche, die er wie üblich im Rucksack bei sich trug, half dagegen nicht. Wer auch immer hier geschlafen hatte, war kein glücklicher Mensch gewesen. Sein eigenes verkrampftes Räuspern erschreckte ihn, und er presste beim nächsten Husten die Hand vor den Mund. Dabei kam er aus dem Gleichgewicht, ließ sich instinktiv zur Seite ins Zimmer kippen und fing sich mit einem kleinen Ausfallschritt ab. Er wollte weder mögliche DNA-Beweise vernichten noch Hinweise auf seine eigene illegale Anwesenheit zurücklassen, wenn er mit der Stirn über die Wand schrammte. Das verkantete Bodenbrett knarrte. Frank starrte es sekundenlang an. Verzogen sah es nicht aus.

»Du Idiot«, knurrte er gepresst. Er krallte die rechte Hand in den kleinen Überstand am Boden und hebelte das Brett millimeterweise weiter nach oben. »Komm schon, du verdammtes Ding.«

Seine Fingergelenke schmerzten, der Druck auf dem Nagelbett trieb ihm den Schweiß auf die Stirn. Keuchend sank er aus der Hocke auf die Knie, als das Brett sich ruckartig löste. In einer Vertiefung im Dämmmaterial lag ein in Stoff eingeschlagener, flacher rechteckiger Gegenstand. Frank lachte, als er das Zittern seiner Hände bemerkte. »Gratuliere, Indiana Jones, Sie haben einen Schatz gehoben.«

Das Pflaster auf der Handfläche störte bei jeder Bewegung. Frank stellte den Bass in den Ständer und schaltete den Verstärker ab. Zwecklos. Er war nicht in der Stimmung, an seiner Technik zu feilen, und an Entspannung war nicht zu denken.

Zwei Stunden lang war er bis in den letzten Winkel des Dachbodens gekrochen und hatte anschließend das Lavendelzimmer durchwühlt. Er war einem Geruch gefolgt, einer Intuition, die sich als Einbildung entpuppt hatte. Sein Schatz war nichts. Rein gar nichts, was auch nur im Entferntesten mit dem Todesfall zu tun haben konnte. Und für dieses Garnichts riskierte er eine Abmahnung, falls jemand herausfand, dass er auf eigene Faust den Brettschneiderhof durchsucht hatte. Nur weil er sich einbildete, dass es ein Geheimnis gab auf diesem düsteren Hof, der sich hinter einer hohen Mauer versteckte, wo doch alle anderen Höfe der Gegend höchstens ein Lattenzaun von der Straße trennte. Fehlte nur noch, dass er anfing, die Sache mit dem Fluch ernst zu nehmen.

Aufstöhnend massierte er sich die Schläfen. Sein persönlicher Fluch lag vor ihm auf dem Tisch. *Tom Sawyer und Huckleberry Finn*, in einer Ausgabe aus den Sechzigerjahren, mit dem Stempel der örtlichen Leihbücherei auf der ersten Seite. Nichts weiter als ein heimlich behaltenes oder vergessenes Buch. Sein Schatz, sein ungeheures Beutestück, das er unter dem Bodenbrett gefunden hatte, konnte genauso gut noch von den Kindern des vorherigen Hofbesitzers stammen.

Er riss das Pflaster herunter, und der Schnitt begann sofort wieder zu bluten. Zischend stieß Frank Luft aus. Er war eben doch nur ein Phantast und nicht Indiana Jones.

Aber die Glasscherben auf der Mauer waren real. Und auch die Kleider der nicht existierenden Kinder, die Blumen auf dem Küchentisch und der Lavendel im Schrank.

Das Blut auf seiner Hand schmeckte süßlich.

Marie, die Hexe.

Einfach vorbeikommen, hatte Karl Hofmeister gesagt, auf ein Schwätzchen, und dann noch etwas von selbst gemachtem Obstwein. Etwas Verlockenderes würde Frank dieser Tag garantiert nicht mehr bieten können.

Das Haus am Ortsrand machte von außen einen unspektakulären Eindruck. Hofmeister kam barfuß ans Tor, in einer abgetragenen Jeans voller Flecken. Darüber hing ein weites kariertes Hemd, das halb aufgeknöpft kräftige Brustbehaarung sehen ließ. »Herr Liebknecht! Das ist ja eine nette Überraschung.«

»Hätte ich anrufen sollen?«

»Ach was, ich habe doch gesagt, Sie können mich besuchen. Und was ich sage, das meine ich auch.« Mit kräftigem Händedruck bat Hofmeister ihn herein, wobei er die andere Hand auf Franks Schulter legte. Laute Musik drang durch die weit geöffnete Flügeltür eines Anbaus, neben der sich Metallteile stapelten und vor sich hin rosteten.

»Kommen Sie mit nach hinten durch. Ich bin gerade dabei, einer Holzfigur die letzte Ölung zu geben.«

Sein tiefes Lachen entspannte Frank sofort und gab ihm das Gefühl, wirklich willkommen zu sein. Hofmeister lief mit großen Schritten voraus und drehte die Musik leiser, die dennoch ins Ohr ging. Kraftvoll und dynamisch, mit großem Orchester.

Nicht ohne Stolz präsentierte der Bildhauer seine Arbeit, einen zwei Meter großen Frauenakt.

»Aus einem Stück. Und nun wird sie verwöhnt wie eine Göttin, gesalbt und massiert.« Er warf Frank einen Lappen zu und deutete auf ein Regal in der Ecke. »Dort liegt irgendwo noch ein Kittel. Ziehen Sie ihn an, dann können Sie mir helfen. Ich teile meine Schöne ein wenig mit Ihnen, wenn Sie mögen.«

Frank streifte eine graue Arbeitsjacke über und hörte Hofmeisters Erläuterungen zu, der sachte über die helle, zart gemaserte Oberfläche des Objekts strich.

»Lindenholz ist mein persönlicher Liebling. Es lässt sich besonders gut schnitzen und bekommt mit der Zeit durch die natürlichen Oxidationsprozesse eine leichte Rotfärbung. Obwohl für den Außenbereich eigentlich Buche und Eiche besser geeignet sind. Sie sind haltbarer, beständiger. Aber das interessiert mich nicht. Meine Werke leben. Und was lebt, verändert sich. Dabei nutze ich bei der Arbeit mit Holz prinzipiell nur manuelle Techniken und setze keine Maschinen ein. Ich brauche den ganz persönlichen Bezug. So wie jetzt, bei der abschließenden Versiegelung. Für Öl ist kein Pinsel als Hilfsmittel nötig.« Mit kreisenden Bewegungen rieb er die Rückseite der Skulptur ein, als streichelte er seine Geliebte. »Es ist ganz einfach, sehen Sie?« Auffordernd nickte er Frank zu und wies ihn an, sich der Figur von vorne zu nähern.

In dem ovalen Gesicht ließen sich Augen, Nase und Mund nur als Andeutung erkennen. Die weiblichen Formen waren jedoch klar ausgearbeitet; breite Hüften und schwere Brüste, die Frank irritierend nah vor Augen hatte. Das glatte Holz verströmte Wärme, fast wie ein menschlicher Körper. Ob es große Kunst war, konnte Frank nicht beurteilen, aber die außergewöhnliche Lebendigkeit der Frauengestalt beeindruckte ihn. Er folgte Hofmeisters Anleitung, ohne dessen Ausführungen weiter zuzuhören. Die Wärme griff auf ihn über und breitete sich in ihm aus.

»Meine Venus badet heute in Olivenöl, weil ich den Geruch angenehmer finde als den von Leinöl. Aber ich langweile Sie sicher mit diesen ganzen Details. Sagen Sie, was machen denn Ihre Ermittlungen? Hat man den Toten vom Feld inzwischen identifiziert?«

Das angenehme Gefühl verflog. Frank betrachtete abwechselnd das Tuch und den polierten Bauch vor sich. »Ich weiß es nicht. Die Bearbeitung liegt nicht in meinem Zuständigkeitsbereich.«

»Aha.« Hofmeister streckte den Kopf um die Figur herum. Die Hand legte er dabei zärtlich auf die Wölbung des hölzernen Oberschenkels. »Die Jungs aus der Stadt kochen also ihr eigenes Süppchen.«

»Nein, so kann man das nicht sagen. Das ist schon eindeutig geregelt. Sobald die Kriminalpolizei übernimmt, haben wir nichts mehr mit dem Fall zu tun. Aber …« Frank stockte. Es gehörte sich nicht, über Interna zu plaudern. Verlegen zuckte er die Achseln. »Vielleicht bin ich nur zu ungeduldig. Die Kollegen leisten gute Arbeit, daran gibt es keinen Zweifel.« Und wahrscheinlich hielten sie längst all die Dokumente in Händen, die er auf dem verfluchten Dachboden gesucht hatte. Konzentriert träufelte er mehr Öl auf den Lappen.

»Amen.« Hofmeisters faltiges Gesicht nahm einen schelmischen Ausdruck an. »So sei es. Ein jeder hat seinen Platz und seine Aufgabe. Und Ihre Mithilfe wird nicht gebraucht.«

Frank nickte, ohne aufzusehen. Über seinen unrühmlichen Alleingang auf dem Brettschneiderhof wollte er lieber nicht reden. »Genau. Ich wüsste auch nicht, was ich zu den Ermittlungen beitragen könnte. Bis gestern wusste ich nicht einmal, dass Theodor Brettschneider existiert.« Heftiger als beabsichtigt klatschte er das ölgetränkte Tuch auf den Nabel der Venus.

»Na, na, mein Freund! Lassen Sie Ihren Ärger nie an einer

Frau aus. Das rächt sich. Man sollte die holde Weiblichkeit niemals unterschätzen.« Hofmeister bückte sich und wischte die zähflüssigen Nasen auf, die sich dank Franks Unachtsamkeit schon dem Knie näherten. »Was genau nehmen Sie Frau Schreiner denn übel?«

»Bruni?« Einen Moment lang erwog Frank, zu leugnen, dass er sauer auf Brunhilde war.

»Brettschneider ist nicht der Typ, den man auf ein Schwätzchen und ein Bier besucht, um sich vorzustellen. So wie Sie es bei den Stammtischbrüdern gemacht haben und beim Ortsbeirat.«

»Und beim Carneval Club Rot-Weiß, der Sängervereinigung, der freiwilligen Feuerwehr und dem ganzen Rest. Sie hätte mir aber zumindest sagen können, dass er da draußen wohnt. Allein. Und was weiß ich, was es noch über den Brettschneider zu erzählen gibt. Ich verstehe einfach nicht, warum sie ihn nicht mal erwähnt hat. Schließlich hat sie mir den ganzen Bezirk gezeigt, für den wir zuständig sind. Dachte ich jedenfalls. Aber an dem Hof sind wir nicht vorbeigefahren.«

»Verstehe.« Hofmeister schraubte die Öldose zu, winkte Frank, ihm zu folgen, und ging hinüber zu einem großen irdenen Spülstein. Während er beide Unterarme bis zum Ellbogen unter dem Wasserstrahl hin und her bewegte, sprach er über die Schulter weiter.

»Sie gefallen mir, Herr Liebknecht. Sie sind neugierig im besten Sinne – reichen Sie mir doch mal die Seife –, Sie wollen alles wissen, alles verstehen und vermutlich alles richtig machen.«

Frank folgte Hofmeisters Blick und gab das Seifenstück von der Ablage auf der Fensterbank an ihn weiter.

Mit kräftigen Bewegungen schäumte der nun seine Arme und Hände ein. »Seien Sie nicht so streng zu Frau Schreiner. Von mir hat sie Ihnen doch auch nicht erzählt, oder?«

Frank schüttelte den Kopf. Als Hofmeister ihm Platz machte und zum Handtuch griff, nahm er die Seife und begann sich ebenfalls den Ölfilm von den Händen abzuschrubben.

»Sie hat Prioritäten gesetzt, und das völlig zu Recht. Zuerst müssen Sie die im Dorf kennenlernen, die etwas zu sagen haben. Dann die Querulanten, die gerne etwas zu sagen hätten. Und erst danach das gemeine Fußvolk. Auch das sonderbare.« Hofmeister hob den Zeigefinger. »Lassen wir der nackten Dame ihren Schönheitsschlaf. Wenn es Ihnen recht ist, vertagen wir die Atelierbesichtigung, nachdem ich Sie schon als Helfer in meiner Werkstatt eingespannt habe. Widmen wir uns nun dem bequemeren Teil des Lebens. Im Gegensatz zu Brettschneider bin ich nämlich durchaus ein gastfreundlicher Typ, der einen guten Tropfen in netter Gesellschaft zu schätzen weiß. Bier, Wein, Hochprozentiges, wonach steht Ihnen der Sinn, Herr Liebknecht?«

Genau in dieser Reihenfolge zu trinken, hätte Frank am liebsten geantwortet, entschied sich dann aber für ein Bier. Er war zwar nicht im Dienst, aber es machte in seiner Position sicher keinen guten Eindruck, am Sonntagabend volltrunken durchs Dorf zu torkeln.

Das Fenster im Wohnzimmer erstreckte sich über die volle Raumhöhe und eröffnete einen unverstellten Blick in die Landschaft. Frank nahm in einem der Sessel Platz. Die Abendsonne legte einen weichen Glanz über die sattgrünen Wiesen.

»Nicht übel diese Aussicht, oder?« Hofmeister drückte ihm ein eisgekühltes Bier in die Hand. »Hier lässt es sich vortrefflich sitzen und über die Welt nachdenken. Besonders um diese Zeit. Wenn alles so friedlich aussieht, kann man sich mit dem Leben versöhnen.« Er stieß mit Frank an und setzte sich zu ihm. »Dann wollen wir mal sehen, ob ich etwas für Ihren Seelenfrieden tun kann.«

Frank nahm einen großen Schluck und schaute Hofmeister fragend an, der nach draußen sah. Doch der erklärte ihm nicht, was er damit meinte. Schwere Regenwolken schoben sich über den Horizont. Schweigend tranken sie.

»Sie haben recht«, sagte Frank in den langsam dunkler werdenden Raum. »Ich gehe den Dingen gern auf den Grund. Auch wenn es nicht meine Sache ist. Sie sind der Einzige, der bereit ist, mit mir zu reden, und Sie wissen mehr über Theodor Brettschneider. Mehr als ich auf jeden Fall.« Brunhildes Kurzzusammenfassung zur Familiengeschichte reichte ihm bei Weitem nicht aus. Die ersten Tropfen klatschten auf die gepflasterte Terrasse, und ein Schwall kühler Luft wehte herein. Hofmeister machte keine Anstalten, die Glastür zu schließen oder das Licht einzuschalten.

»Es ist der Fluch, der Sie nicht loslässt«, konstatierte er, ohne dabei ironisch zu klingen. »Sie wollen also alles wissen, was ich weiß? Ich hoffe, ich enttäusche Sie nicht. Vielleicht ist es weniger, als Sie erwarten.« Er legte die Beine auf den niedrigen Holztisch und bewegte langsam die nackten Zehen.

»Dann wollen wir mal sehen … Wo fange ich am besten an? Im Jahr 1984, da kam ich nach Vielbrunn, kurz nach der Familie Brettschneider. Den Hof hatte ich mir vorher sogar selbst angesehen. War mir aber zu groß. Natürlich auch zu teuer und zu düster. Ich brauche die Sonne und habe schon auch gern Menschen in meiner Nähe. Nach vielen Jahren in der Stadt habe ich damals dennoch die Ruhe des beschaulichen Landlebens gesucht.« Ein Hauch von Ironie lag in Hofmeisters Worten. »Aber es ist nicht so leicht, in einer neuen Umgebung Fuß zu fassen. Ich hatte, sagen wir, gewisse Anpassungsschwierigkeiten. Darum habe ich den Versuch gestartet, mit Johanna und Friedrich Brettschneider in Kontakt zu treten – Theodors Eltern. Ich bin davon ausgegangen, den beiden müsse es ähnlich gehen wie mir. Außerdem waren wir beinahe gleich alt. Aber da stieß ich auf wenig Verständnis. Ich erinnere mich an ein bezeichnendes Gespräch auf dem Dorfplatz. Vor einer Menge Zeugen wurde ich von Johanna abgekanzelt, dass mir noch heute die Ohren klingeln, wenn ich daran denke. Der Herr habe den Menschen nicht zum Müßiggang geschaffen. Ich sei ein fauler Nichtsnutz. Mit unserer Hände Arbeit und im Schweiße unseres Angesichts sollten wir unser Tagwerk verrichten – und so weiter und so weiter. Dass ich meine Arbeit auch mit meinen Händen erledige, wagte ich gar nicht erst zu erwähnen. Friedrich stand daneben, hat den Hut, den er zum Gruß vom Kopf genommen hatte, vorm Bauch hin und her gedreht und keinen Mucks von sich gegeben. Dabei wollte ich nur ein bisschen Small Talk machen und hatte einen Besuch bei mir angeregt. Die Frau bekreuzigte sich und murmelte vor sich hin, als wäre ich der leibhaftige Satan. Dann sind sie davongerauscht. Johannas Vehemenz hat mich nachhaltig beeindruckt. Im Lauf der Zeit habe ich es dann doch geschafft, mit ihr auch freundlich ins Gespräch zu kommen, auf dem Wochenmarkt in Michelstadt, wo sie ihre Waren verkaufte. Obwohl immer ein gewisser religiöser Eifer in ihren Worten gelegen hat. Meistens war ihr Sohn dabei, Theodor. Aber der war so dynamisch wie sein Vater. Die Hosen hatte eindeutig Johanna an, obwohl sie auf keinen Fall welche getragen hätte. Ich habe sie nie anders als im Rock gesehen und mit Kopftuch. Aber geschäftstüchtig durch und durch. Die beiden Männer waren nur Staffage, Handlanger und Kistenschlepper. Unter ihrer Schürze steckte das Portemonnaie, und auch den Kombi ist sie gefahren und keiner sonst. Vermutlich hatte außer ihr niemand in der Familie einen Führerschein. Wirklich bemerkenswert.«

Überrascht registrierte Frank einen fast schwärmerischen Ton in Hofmeisters Stimme. Er schaute zu ihm hinüber, doch konnte er seinen Gesichtsausdruck im Halbdunkel nicht genau erkennen. »Und worüber haben Sie mit ihr gesprochen?«

»Ach, ganz banal über das Wetter und die Ernte, von der ich ja keinerlei Ahnung hatte. Doch sie war alles andere als dumm, das konnte man heraushören. Sie hat hart gearbeitet und viel gebetet, treu gedient. Das war alles, was sie vom Leben erwartete. Dabei …« Hofmeister seufzte leise und erhob sich. »Trinken Sie noch eins mit mir, Herr Liebknecht?«

»Gern. Aber nur, wenn Sie den Satz zu Ende führen!«

»Sie lassen mich nicht vom Haken, war mir schon klar.« Hofmeister blieb mitten im Zimmer stehen, ein Schattenriss vor dem Graublau des Gewitterhimmels. »Sie hätte mehr haben können als diesen Friedrich. Ein tumber Bauer, durch und durch. Ein Spatzenhirn, das gar nicht zu schätzen wusste, welch helles Köpfchen sich unter ihrem groben Wolltuch verbarg. Und ja«, er seufzte wieder, »zu allem Überfluss war diese Frau schön.«

Hofmeister griff die beiden leeren Flaschen und verließ das Zimmer.

Für einige Minuten blieb Frank allein mit dem Rauschen des Regens und dem leise in der Ferne rollenden Donner. War Hofmeister in Johanna Brettschneider verliebt gewesen? Frank kam sich beinahe unfair vor, weil er diese alte Geschichte wieder aufwühlte. Ehe er einen Entschluss fassen konnte, wie er weiter vorgehen sollte, stand Hofmeister wieder neben ihm. Er war so leise auf seinen nackten Sohlen zurückgekehrt, dass er ihn nicht hatte kommen hören. Frank fröstelte, trotz seiner langen Jeans und der Turnschuhe. Umsichtig schloss Hofmeister die Terrassentür, reichte Frank das versprochene Bier und setzte sich.

»Ja, schön war sie mit ihren blonden Haaren, die sie unter dem Kopftuch versteckte, und den blitzenden Augen. Auch wenn sie den Blick meist gesenkt hielt. Manchmal habe ich sie nur in eine Diskussion verwickelt, damit sie mich böse anfunkelte und ich diesen Anblick genießen konnte.« Er lachte verlegen. »Kindisch, ich weiß. Und nein, auch wenn Sie das jetzt sicher denken, richtig verliebt war ich nicht in Johanna. Obwohl, zu Anfang vielleicht schon ein wenig. Doch dann eher fasziniert von ihrer Andersartigkeit. Sie hat nie mit ihrem Aussehen kokettiert, im Gegenteil, und nichts über sich erzählt. Gerade weil ich so wenig wusste und von dem, was sie sagte, so wenig verstand, wuchs meine Neugierde. Die ist leider nie wirklich befriedigt worden. Na ja, das ist lange her. Und nun ist Johanna tot und begraben.«

Begraben. Frank erinnerte sich an Brunis Geschichte vom tödlichen Treppensturz. »Brunhilde, also Frau Schreiner, hat gesagt, dass die Brettschneiders nicht in die Kirche gegangen sind. Aber so, wie Sie Johanna beschreiben, scheint sie doch besonders fromm gewesen zu sein. Das verstehe ich nicht. Und wie passt das mit dem Fluch und der angeblichen Hexerei zusammen?«

»Das fragen Sie besser die Alteingesessenen. Ich habe nie an diese Gerüchte geglaubt. Aber Johanna hat sich schon gern archaischer Bibelzitate bedient, die durchaus auch als Flüche und Verwünschungen gedeutet werden können. Welchen Herrn man dabei anruft, ist nicht immer ganz eindeutig. Den da oben oder den Höllenfürst dort unten.« Er untermalte seine Ausführung mit großen Gesten. »Frau Schreiner hat schon recht, hier in Vielbrunn sind die Brettschneiders nie in der Kirche gewesen. Und sie sind auch nicht hier begraben. Wahrscheinlich ist so mancher unserer Nachbarn froh darum.«

Frank horchte auf. Bisher hatte er noch gar nicht daran gedacht, was eigentlich mit Theodors Leiche passierte, wenn der Gerichtsmediziner mit ihr fertig war. Das Ordnungsamt musste sich um seine letzte Ruhestätte kümmern, wenn es keine Angehörigen mehr gab. »Wo sind sie denn begraben, wenn nicht hier?«

»Sie sind ab und zu weggefahren zum Gottesdienst«, erklärte Hofmeister mit einem Schulterzucken. »Manchmal sogar für zwei Tage. Dann war aber Johanna allein unterwegs oder nur mit Marie.«

Ein Blitz machte den Hügel hinter der Talmulde sichtbar, doch es war kein Donner mehr zu hören. In ihre Gedanken versunken schwiegen sie beide eine Weile. Hofmeister stellte die Flasche neben seinen Füßen ab. Die Kälte des Fliesenbodens schien ihm nichts auszumachen.

»Und wie war das mit Theodor und Marie? Haben Sie die beiden näher gekannt?« Sie interessierten Frank viel mehr als Johannas Geschichte. Aber das wollte er Hofmeister so nicht sagen, für den diese Frau so offensichtlich etwas Besonderes gewesen war.

»Dumm war er, der Theodor. Und folgsam. Was die Eltern gesagt haben, hat er gemacht. Konnte gerade so den Traktor übers Feld lenken.«

»Moment, ich dachte, er konnte nicht Auto fahren?«

»Mit dem Trecker im Gelände schon. Ist das wichtig?«

Frank rieb sich die Augen. »Weiß ich nicht. Aber irgendwie unlogisch. Ich kapiere nicht, wieso er zu Fuß unterwegs war mit der schweren Verletzung, wenn er fahren konnte. Wieso hat er nicht den Wagen genommen oder eben den Traktor?«

»Da bin ich überfragt. Vielleicht konnte er nicht mehr klar denken vor Schmerzen. Wie gesagt, besonders helle war er nicht. Meistens hat er geschwiegen, und wenn er was gesagt hat, war er grantig. Er hat oft Bibelsprüche zur Antwort gegeben, wenn er etwas gefragt wurde. Allerdings nicht so passend und gescheit wie seine Mutter. Erst als die Marie weg war, ist er ab und zu im Wirtshaus aufgetaucht auf ein paar Schoppen. Auch mal ein paar mehr. Das war schlimm für die Johanna, peinlich. Ich habe ihn sogar einmal heimgefahren, als er gar zu wirr dahergeredet hat.« Nicht, um Theodor einen Gefallen zu tun, so viel war Frank klar, sondern um ihretwillen. »Es war ein sehr einfaches und entbehrungsreiches Leben, das die Brettschneiders auf ihrem Hof geführt haben. Von früh bis spät auf dem Acker und keinerlei Zerstreuung. Da kann man sich schon dem Suff ergeben.«

Langsam drehte Frank das Bier im Kreis, das er auf seinem Bauch abgestellt hatte. Er erinnerte sich an die von Neidhard entdeckten Schnapsflaschen auf dem Hof. Alkoholmissbrauch entwickelte sich oft schleichend über Jahre hinweg.

»Ist die Marie deshalb gegangen, weil er getrunken hat? Hat er sie vielleicht geschlagen?«

»Davon weiß ich nichts. Marie ist in der ganzen Zeit nur höchst selten gesehen worden. In den Feldern, meistens mit Friedrich oder an Theodors Seite. Oder mit Johanna auf dem Markt. Aber niemals allein. Sie war sehr schüchtern, direkt scheu, und blass. Ich glaube, sie hat niemandem je direkt in die Augen gesehen. Als sie weg war, gab es viele Theorien. Vor allem, weil Friedrich kurz zuvor an einer Lungenentzündung gestorben war. Doktor Kreiling hat im Dorf erzählt, dass ihn Marie aufopferungsvoll gepflegt hat bis zum Ende. Aber leider eben nur mit Naturheilkunde, und ihn hat man erst gerufen, als es zu spät war. Ganz so hat er es nicht gesagt, nur angedeutet. Er hält sich ja an die Schweigepflicht.« Hofmeister lachte trocken auf. »Aber das, was man nicht sagt, hat manchmal weitreichendere Folgen als das, was man ausspricht. Marie hätte ihn zu Tode gepflegt, hat man im Dorf gemunkelt. Aus Rache, weil er ihr nachgestellt habe, wo seine eigene Frau doch so zugeknöpft und frömmlerisch war. Und wieder wurde von Hexerei getuschelt. Schließlich haben sie auch Kräuter angebaut und verkauft. Andere meinten später, die Johanna habe Friedrich auf dem Gewissen und Marie sei auf und davon, weil sie Angst davor hatte, als Nächste dran zu sein. Auch weil sie den Alten viel lieber gehabt habe als den eigenen Mann. Gewusst hat natürlich keiner wirklich irgendwas. Die wenigen, die sich nach Marie zu fragen trauten, haben von Johanna nur eine kryptische Antwort bekommen, wie immer. Und Theodor hat einfach gar nichts dazu gesagt.«

»Und wie haben die beiden die Arbeit auf dem Hof dann bewältigt, so ganz allein?«

»Ein weiteres Mysterium. Nein, nicht wirklich. Gelegentlich hat man Hilfskräfte auf den Feldern gesehen, nicht nur zur Erntezeit. Von denen ist aber keiner je bis ins Dorf gekommen. Wie sie die bezahlen konnten? Mit Gotteslohn, nehme ich an. Es wurden Choräle gesungen zwischen den Ackerfurchen.«

Konnte das die Anwesenheit einer Frau im Haus erklären? War eine der Helferinnen geblieben? Frank konnte Hofmeister im Sessel neben sich kaum noch erkennen. Vor dem Fenster lagen die Wiesen in fast völliger Dunkelheit. Die dichte Wolkendecke verbarg den Mond und alle Sterne. Frank lauschte angestrengt. Regnete es noch?

»Ich habe Kinderkleider auf dem Dachboden gefunden«, sagte er leise.

Hofmeister atmete ruhig und gleichmäßig. Fast hatte Frank das Gefühl, als wäre er eingeschlafen. Doch dann beugte er sich über die Armlehne zu Frank hin und schaltete zwischen ihnen eine Lampe ein, die den Raum ganz allmählich in ein warmes Licht tauchte. In seinen Augen glaubte Frank so etwas wie Vergnügen zu erkennen. »Dann bin ich gespannt, ob Sie es schaffen, Johannas letztes Rätsel zu lösen.«

Montag, 18. Juli, Vielbrunn, 10:15 Uhr
– Frank Liebknecht –

Brunhilde Schreiner, Beamtin des besonderen Bezirksdienstes Vielbrunn, übergoss in ihrem Büro zwei gehäufte Löffel lösliches Kaffeepulver mit kochendem Wasser. Der Aufwand, den andere rund ums Kaffeekochen, die richtige Sorte oder aufgeschäumte Trendgetränke trieben, war ihr völlig unverständlich.

Ebenso unverständlich war es für Frank, dass sie ihr eigenes Gebräu als Kaffee bezeichnete. Für das Granulat aus dem Schraubglas hatte er üblicherweise nur ein Naserümpfen übrig, und an diesem Vormittag nicht einmal das. In Gedanken steckte er immer noch in Hofmeisters Geschichten fest. Frank hörte nur mit einem Ohr zu, als Bruni ihm von den anstehenden Aufgaben der Woche berichtete. Ihre Bemerkungen zum Endspiel der Frauenfußballweltmeisterschaft kommentierte er einsilbig. Er wollte nicht zugeben, dass ihm das Finale völlig entgangen war.

Brunhilde stützte sich mit beiden Armen vor ihm auf den Schreibtisch. Abwartend betrachtete sie ihn. Die grauen Haare lagen glatt um ihren Kopf und gaben die Ohren frei, an denen je eine weiße Perle baumelte und letzte Zweifel an ihrer Weiblichkeit zerstreute. Über ihrer Oberlippe wuchs ein kaum sichtbarer Damenbart, der Franks Aufmerksamkeit magisch anzog. Ihr Gesicht war seinem plötzlich sehr nah. Er richtete den Blick auf ihre hochgezogenen Augenbrauen. Doch was auch immer er von ihren Ausführungen verpasst hatte, musste warten.

»Ich rufe jetzt Matuschewski an«, brummte er und zog das Telefon näher.

Bruni legte die Hand darauf. »Was ist los mit dir?«

»Nichts. Ich meine nur, unter Kollegen sollte man ...« *Ehrlich sein*, hätte er beinahe gesagt und spürte dabei einen Stich. »Unter Kollegen sollte man sich austauschen. Jede Information kann wichtig sein.«

Brunhilde verzog die Mundwinkel und gab den Hörer frei. »Na, da bin ich mal gespannt. Wenn dir die Abfuhr heute früh nicht gereicht hat, dann nur zu.«

Der Anraunzer am Morgen auf dem Brettschneiderhof, auf den sie anspielte, ließ ihn kalt. Schließlich hatte er den einkalkuliert und ihn sich planmäßig abgeholt, damit keiner das gebrochene Siegel bemerkte. Es hatte ihn eine volle Stunde im Morgengrauen gekostet, in der er auf der Lauer gelegen und auf das Anrücken der Kollegen gewartet hatte. Wenn Brenner dabei gewesen wäre ... Frank schob den Gedanken beiseite.

Die Arme vor dem Busen verschränkt setzte Brunhilde sich ihm gegenüber. Sie ließ ihn die Nummer wählen und drückte die Lautsprechertaste, als sich Matuschewski am anderen Ende meldete. So hatte Frank sich das nicht vorgestellt, aber er konnte nichts dagegen tun. Schon bei der Nennung seines Namens entwich Matuschewski ein Stöhnen, und Frank geriet direkt ins Stottern.

»Ich wollte nur ... Ich weiß, dass ihr das im Griff habt mit unserem Toten, aber mir sind am Samstag im Haus ein paar Details aufgefallen. Ich wollte nur fragen, ob ...«

»Ob wir vielleicht doch blind sind?«

»Nein, genau das meine ich nicht. Es geht doch um ...«

»Ja ja, vergiss es. Schieß endlich los, Liebknecht, ich werde dich ja eh nicht daran hindern können.«

»Im Schlafzimmer, wo Brettschneider sich vermutlich den Verband angelegt hat, war Blut, aber auf dem Flur …«

»Da nicht. Weiß ich. Wurde aufgewischt. Weiter?«

»Die Blumen in der Küche und die Post, da ist mir auch was aufgefallen.«

»Post ist eingetütet, haben wir hier. Komm zum Punkt.«

»Die sind zu frisch, die Blumen. Die Leiche ist doch sicher drei Wochen alt, oder? Aber die Blumen nicht.«

»Aha. Wusste gar nicht, dass du was von Floristik verstehst. Hör zu, für die Leiche bin ich nicht unmittelbar zuständig, dazu kann ich nichts sagen. Ich habe hier aber noch einen Arsch voll Spuren auszuwerten, dringend. Die erzählen mir voraussichtlich alles, was ich wissen will. Vorausgesetzt, ich kann dranbleiben und werde nicht vom Telefon unterbrochen. Wenn ich damit fertig bin und wider Erwarten immer noch im Dunkeln tappe, werde ich deinen unschätzbaren Rat einholen. Okay? War es das jetzt?«

War es nicht. Frank knirschte mit den Zähnen und atmete tief in den Bauch.

Wieder stöhnte Matuschewski, diesmal eher resigniert als ungehalten. »Also schön. Ich gebe dir Neidhard. Vielleicht will der was von Bienchen und Blümchen hören. Ich konzentriere mich auf das, was ich schon vorliegen habe.«

Warteschleifenmusik zerrte an Franks Nerven, bis sich ein erstaunlich gut gelaunter Marcel Neidhard meldete.

»Wunderschönen guten Tag, Liebknecht. Du willst sicher das Obduktionsergebnis von mir. Kannst du kriegen. Und obendrauf noch ein paar richtig gute Extra-Neuigkeiten.« Er legte eine Kunstpause ein. »Gar nicht neugierig?«

Frank rollte die Augen, und Bruni grinste. Ob man diese fröhliche Stimmung als gutes Zeichen betrachten konnte, durfte durchaus bezweifelt werden.

»Wir haben einen Zeugen«, flüsterte Neidhard und hielt die Stimme weiter gesenkt. »Er redet nicht, aber wir sind sicher, dass er zum Zeitpunkt von Brettschneiders tödlicher Verletzung auf dem Hof anwesend war. Brettschneider ist inzwischen eindeutig identifiziert. Auch vom Zeugen gibt es DNA-Spuren an der Leiche und am Tatort.«

Aufmerksam beugte Brunhilde sich nach vorn. Franks Zunge lag wie gelähmt in seinem Mund. Eine Frau. Es musste eine Frau sein. Die Frau, von der er eigentlich gar nichts wissen sollte, aber vielleicht mehr wusste als alle anderen.

»Beeindruckt? Als Tatort konnten wir die Wurstküche ausmachen, wenn man den Raum neben dem ehemaligen Schweinestall so nennen kann. Und eine Tür weiter hockte unser Zeuge, der nebenbei auch dringend verdächtig ist, an Brettschneiders Tod eine Mitschuld zu tragen.«

Wieso hatten weder Bruni noch er bemerkt, dass sich noch jemand auf dem Gelände befand? Frank versuchte unaufgeregt zu erscheinen. »Ja, das klingt alles klasse, aber kannst du dich etwas deutlicher ausdrücken? Was ist das für ein Zeuge?«

»Mann, Liebknecht, die Geschichte war ein Unfall, wie ich von Anfang an vermutet habe. Ein verdammt blöder noch dazu.« Neidhards Stimme verlor den reißerischen Unterton und schlug um in beißenden Spott. »Kannst dir alle Mordspekulationen sparen. Euer Bauer war sturzbesoffen, auch damit hab ich richtiggelegen, amtliche 2,4 Promille, und er hat höchstwahrscheinlich in dem Zustand versucht, ein Huhn zu schlachten: unseren einzigen Zeugen, der mit ein paar kahlen Stellen im Hühnerhaus hockte. Sieht aus, als wäre Brettschneider in dem ganzen Durcheinander im Schlachthaus mit dem flatternden Vieh in der Hand ins eigene Messer gestürzt.«

»Das ist doch Schwachsinn! Willst du mich verarschen?«

»Keineswegs. Ein Teil der Federn, die dem Huhn fehlen,

hat an Brettschneiders Klamotten geklebt. Und das Blut neben der Schlachtbank ist seins. Mir fehlen nur noch ein paar Puzzlesteinchen, dann werde ich Staatsanwalt Kreim um einen Haftbefehl für das Huhn bitten. Oder vielleicht besser um einen Bratbefehl.«

Am anderen Ende der Leitung war Neidhards lautes Gelächter zu hören, und Franks Finger krampften sich um den Hörer. Brunhilde hob einlenkend die Hände und zuckte die Schultern. Neidhard lachte weiter, und Frank legte kommentarlos auf.

»Arschloch«, murmelte er.

»Da kann ich nicht widersprechen.« Bruni schlürfte ihren Kaffee.

»Ich wüsste zu gern, welche Puzzlesteinchen Neidhard noch fehlen. Das Messer, darüber hat er nichts gesagt, was es für ein Modell gewesen ist und wo sie es gefunden haben. Und die Sache mit dem Huhn …«

»Frank, lass es gut sein. Wenn es ein Unfall war, ist die Sache wenigstens zügig erledigt, und Theodor hat seine Ruhe. War wirklich ein armer Tropf bis zum Ende.« Brunhilde stand auf, schaute ihn aber weiter prüfend an. »Tu mir den Gefallen und halte dich zurück mit weiteren Spekulationen. Ich will nirgendwo im Dorf das Wort Mord hören, klar? Ein Unfall, Punkt. Keine Details. Schlimm genug, was Brettschneider passiert ist, da müssen jetzt nicht noch Gruselgeschichten auf seine Kosten erzählt werden. Der Quatsch mit dem Huhn geht die Leute so wenig an wie das mit dem Alkohol.«

Frank stieß den Bürostuhl zurück und griff im Aufstehen zum Fahrradschlüssel. »Gut, dann hätten wir also auch geklärt, wie du meine Kompetenz und Integrität einschätzt. Ich fahre jetzt raus nach Hainhaus zum Limesturm. Die von der Gästeinfo in Michelstadt haben vorhin angerufen wegen eines illegalen Lagerfeuers dort in der Nähe. Ich sehe mir das an.«

»Sei nicht beleidigt, Frank. Ich will nur nicht, dass du dich verrennst. Das geht leicht nach hinten los. Sollte ich Brenner noch mal an den Apparat kriegen, frag ich nach dem Messer. Versuche dich trotzdem schon mal mit dem Gedanken anzufreunden, dass es kein weiteres Geheimnis zu lüften gibt.«

»Schon gut.« Frank rang sich ein versöhnliches Lächeln ab. Aus ihrer Sicht musste das alles logisch und wünschenswert erscheinen. Doch es gab ein Geheimnis. Und er war fast sicher, es beim Namen zu kennen.

Montag, 18. Juli, Frankfurt, 10:20 Uhr
– Dieter Strobel –

Mit schnellen Schritten eilte Dieter Strobel am Hohlbeinsteg die Stufen zum Mainufer hinab. Die Buden und Bühnen der Fanmeile waren zum größten Teil bereits abgebaut worden. Der Grünstreifen würde Wochen brauchen, um sich zu erholen. Vom vielen Regen aufgeweicht, hatten ihn die Besucher in ein braun-schlammiges Schlachtfeld verwandelt. Die Kleinlaster und Pritschenwagen, mit denen Pavillons, Bänke und Sperrgitter abtransportiert wurden, gaben der Fläche den Rest. Japanische und amerikanische Papierfähnchen ragten aus den noch ungeleerten Mülleimern und schwammen in den Pfützen. Traurige Überbleibsel der Endspiel-Euphorie.

Dieter schimpfte vor sich hin. Es war verrückt. Er war verrückt. Und er sollte seinen freien Tag garantiert anders nutzen, als hier herumzuspazieren und sich unter kippenden Zeltstangen wegzuducken. Er wischte sich den Schweiß aus dem Nacken. Wie kam er eigentlich auf die Idee, sie könnte noch hier sein? Mitten in der Hektik der Abbauarbeiten. Wieso sollte sie? Nur weil er hoffte sie zu finden und nicht wusste, wo er sonst suchen sollte?

Aus dem Maincafé wurden leere Getränkekisten geschleppt. Die winzige Kneipe schmiegte sich an die Kaimauer, hinter der Sandsteinfassade einer ehemaligen öffentlichen Toilette. Auf den beliebten Liegestühlen mit Aussicht auf die Skyline konnte heute niemand entspannen. Die laufenden Motoren verbreiteten beißende Abgase.

Seit Samstag konnte Dieter an nichts anderes mehr denken

als an dieses Mädchen, dessen undefinierbarer Blick ihn bis in seine Träume verfolgte.

»Verhext«, murmelte er halblaut. Er ließ den Blick über den schmutzig grauen Fluss schweifen und wandte sich dann zurück zur Böschung.

Auf der Treppe neben dem Café saß sie und schaute zu ihm herüber. Sie trug immer noch das gleiche lange Kleid und das Kopftuch. Er schnappte nach Luft. Wo kam sie plötzlich her? Hatte sie auf ihn gewartet?

Zögernd hob er die Hand zum Gruß.

»Ein Huhn?« Karl Hofmeister gluckste vergnügt. »Ein Huhn als potenzieller Täter. Entschuldigen Sie, Herr Liebknecht, aber ich finde das tatsächlich amüsant.«

Frank legte die Unterarme auf den Fahrradlenker und schnaubte. Warum bloß hatte er bei dem Alten am Straßenrand angehalten und auf seine Frage nach Neuigkeiten geantwortet?

»Keine Angst, das behalte ich wie versprochen für mich.«

»Ich muss los, wenn ich noch was einkaufen will«, brummte Frank. In seinem Kühlschrank herrschte Notstand. Über den Tag hatte er keine Sekunde ans Essen gedacht. Jetzt knurrte sein Magen, was ebenso übellaunig klang, wie er selbst sich fühlte. Der einzige Laden in Vielbrunn hatte zwar schon geschlossen, doch bis neunzehn Uhr konnte er getrost einfach klingeln. Kundenservice. Ein Vorteil des Landlebens, wenn der Inhaber über dem Geschäft wohnte. Er rutschte auf den Sattel zurück, ohne loszufahren, kickte stattdessen mit der Fußspitze gegen das Pedal und versetzte es in schnelle Rotation.

Karl Hofmeister deutete auf das offene Hoftor. »Wie wäre es mit einem saftigen Stück Fleisch? Bin gerade dabei zu kochen, und an der Portion esse ich drei Tage lang, wenn mir keiner hilft. Sie sind also herzlich eingeladen, wenn Sie mögen.« Die Lachfalten in seinem Gesicht kräuselten sich. »Es ist auch kein Huhn. Ich habe ein Kaninchen im Backofen, mit Möhren, Zwiebeln und Thymiankartoffeln. Sie bereiten mir ein großes Vergnügen, wenn Sie erneut die Eintönigkeit meines selbst gewählten Dorfdaseins für eine Weile unterbrechen.«

Das Gurgeln in Franks Bauch beschleunigte die Entscheidung. Er lehnte das Rad im Hof an die Wand und betrat hinter Hofmeister das Haus. Diesmal brannten einige Lampen. Auf dem geräumigen Flur, über den sie zur Küche gelangten, hingen großformatige Schwarz-Weiß-Fotografien, die Hofmeisters Skulpturen zeigten oder auch ihn selbst, ergänzt durch handschriftliche Kommentare zu Ort und Zeit der jeweiligen Ausstellung. Monte Carlo, Johannesburg, Buenos Aires. Im Vorbeigehen entzifferte Frank einige der Beschriftungen. Eine sehenswerte Sammlung, die ihn jedoch momentan weit weniger interessierte als der Duft des gebratenen Kaninchens.

»Eine Viertelstunde noch«, verkündete Hofmeister, der gerade den Kopf wieder aus dem Dampf der Bratröhre zog. Er stellte zwei Gläser und eine Flasche ohne Etikett auf den Tisch. »Lässt sich hervorragend mit einem Schluck Brombeerwein überbrücken. Eigene Ernte!« Er goss ihnen von der dunkelvioletten Flüssigkeit ein und hielt sein Glas kurz gegen das Licht. »Das schmeckt nach Sommer, ist süß wie ein Bonbon und macht einen mächtigen Schädel, wenn man nicht rechtzeitig aufhört.«

Frank setzte sich auf einen der geflochtenen Stühle und kostete. Eigentlich nicht nach seinem Geschmack, dieses klebrige Gesöff. Doch schon nach dem zweiten kleinen Schluck breitete sich wärmende Trägheit in seinem Inneren aus. Urplötzlich musste er selbst über das Mörderhuhn lachen, wenn auch nicht wirklich fröhlich. Das war einfach zu blöd.

Hofmeister verschränkte die Hände ineinander, sagte aber nichts. Die Einrichtung seiner Küche erinnerte Frank an eine spanische Finca und wollte nicht so recht in die bodenständige Odenwälder Landschaft und zu dem schweren Obstwein passen. So wie auch Karl Hofmeister nach all den Jahren offenbar nicht in die Dorfgemeinschaft passte. Zum ersten Mal bemerkte Frank die vielen Altersflecken auf seiner Haut. Der Mann besaß die Lebenserfahrung und Gelassenheit, die ihm selbst abging. Er wusste viel und redete wenig.

Frank nippte wieder an dem Brombeerwein. »Ich habe auf dem Brettschneiderhof nicht nur Kinderkleider gesehen«, sagte er mit leichtem Zögern. »Mir sind noch mehr Dinge aufgefallen.« In groben Zügen berichtete er von seinem ersten Besuch auf dem Hof. »Heute Morgen habe ich in der Kriminalinspektion in Erbach angerufen und mit der kriminaltechnischen Abteilung gesprochen. Wegen der Blumen in der Küche und der fehlenden Blutspuren und Abdrücke auf dem Flur. Weiter bin ich nicht gekommen. Raushalten, Maul halten, stillhalten. Natürlich hat das keiner so gesagt, aber ich habe die Botschaft trotzdem verstanden. Und dann kam die bescheuerte Hühnertheorie.«

»Was genau ist daran so bescheuert?«

»Haben Sie schon mal ein Huhn geschlachtet?«

Hofmeister schüttelte den Kopf.

»Man dreht ihm den Hals um, bricht ihm das Genick und durchtrennt dann die Halsschlagader oder hackt dem Tier einfach den Kopf ab, nachdem man es durch einen Schlag betäubt hat. Man tötet kein flatterndes Huhn mit einem Messer.«

Über die Klingenform konnte der Rechtsmediziner aus Frankfurt keine Aussage treffen, hatte Bruni von Brenner erfahren, dazu war die Verwesung der Leiche zu weit fortgeschritten. Was vom Stichkanal noch zu erkennen war, deutete auf ein Messer hin. Mehr aber auch nicht. Alles andere bewegte sich im Bereich der Spekulation. Ein Einstich von etwa fünfzehn Zentimetern Tiefe. Die Waffe war bisher nicht gefunden worden, weshalb es in Neidhards Puzzle ein durchaus beachtliches Loch zu schließen gab. Und Frank selbst saß möglicherweise auf einem wichtigen Puzzlestein und fragte sich, wie er den ausspielen sollte, ohne sich verdammt großen Ärger einzuhandeln. Ganz davon abgesehen, dass ihn vermutlich wieder keiner beachten würde, wenn er seine Argumente vorzubringen versuchte.

Das Brombeeraroma legte sich weich auf seinen Gaumen und kitzelte ihn beim Schlucken in der Nase. Hofmeister schenkte ihm bereits zum zweiten Mal nach und holte dann das Essen aus dem Ofen.

»Die sehen nur das Offensichtliche«, murrte Frank und beobachtete Hofmeister beim Zerteilen des Tieres. »Und eigentlich nicht mal das. Ich begreife nicht, wie man alles, was gegen einen Unfall spricht, einfach so ausblenden kann. Das ist borniert, geradezu fahrlässig.« Er biss sich auf die Lippen. Es war höchste Zeit, die Klappe zu halten. Ungeniert tratschte er hier über eine laufende Ermittlung, lästerte über Kollegen und setzte sich auch sonst permanent über Vorschriften hinweg. Auf seinem Teller türmte sich ein verführerisches Mahl. Entschuldigend schüttelte er den Kopf. »Tut mir leid, dass ich Sie schon wieder mit diesem ganzen Unsinn zutexte. Wahrscheinlich sehe ich tatsächlich Gespenster, weil ich mit meiner Neugier den Brettschneider-Fluch auf mich gezogen habe.« Sein Lachen klang selbst in seinen Ohren gezwungen, und Karl Hofmeister stimmte nicht mit ein.

»Es ist kein Unsinn«, erwiderte er. »Und wir wissen beide, dass es nur eine Lösung gibt, den Fluch der Neugierde loszuwerden. Sie müssen ihr nachgeben.« Jetzt lächelte er. »Sie können gar nicht anders, weil Sie ein Künstler sind, so wie ich. Sensibel und mit feinen Antennen. Musiker, Ihre Hände verraten Sie.« Er zeigte mit der Messerspitze auf Franks Finger und kleckerte dabei einen Soßentropfen auf den Tisch. »Die Nägel sind links kürzer als rechts. Ist mir schon bei unserer ersten Begegnung aufgefallen. Gitarre, vermute ich?«

»E-Bass«, präzisierte Frank.

Hofmeister nickte zufrieden. »Doch nun genug davon. Erweisen wir dem Kaninchen die letzte Ehre durch unsere ungeteilte Aufmerksamkeit, und danach erzählen Sie mir, weshalb Sie ein schlechtes Gewissen plagt.«

Für die Dauer des Essens wechselte Hofmeister zum lockeren Plauderton und erläuterte die Zubereitung des köstlichen Fleisches. Dass Frank ihm dabei offensichtlich nicht folgen konnte, brachte Hofmeister nicht aus dem Konzept.

Anschließend räumten sie gemeinsam den Tisch ab und wie selbstverständlich die Spülmaschine ein, ehe sie sich wieder einander gegenüber an den Küchentisch setzten.

Frank griff zum nun bereitstehenden Wasser und trank in hastigen Zügen. Er hatte nicht damit gerechnet, dass man ihm sein schlechtes Gewissen so deutlich ansah. Oder lag es nur daran, dass Hofmeister ein aufmerksamer Zuhörer war, der ihn mühelos durchschaute? Wenn er es recht bedachte, musste das kein Nachteil sein. Frank hasste es, Versteck zu spielen.

Hofmeister lehnte sich zurück und hatte dabei wieder dieses wissende Lächeln im Gesicht. »Ihr Fluch hat Sie längst zum Handeln gezwungen, nicht wahr?«

Umständlich nahm Frank seine Brieftasche aus der hinteren Hosentasche und stellte sie aufrecht vor sich auf den Tisch. »Ich war noch mal auf dem Hof am Sonntagabend. Allein. Heimlich. Jemand muss dort gewesen sein, als Brettschneider starb. Dort gewohnt haben, meine ich. Eine Frau.«

»Das klingt, als ob Sie keinen darüber informiert hätten?«

Daran gedacht hatte er. Mehrfach. Und es doch gelassen. »Die Spurensicherung war im ganzen Haus. Sie müssen das Gleiche gesehen haben wie ich, und sie haben ihre eigenen Schlüsse gezogen. Andere als ich. Ich konnte ihnen ja schlecht sagen, dass ich ihrer Arbeit misstraue. In einem Zimmer ist das

Bett vor Kurzem benutzt worden. Ich habe dort ein Buch gefunden, versteckt unter einem Bodenbrett. Alles belanglos, dachte ich zuerst. Doch dann habe ich das hier entdeckt.« Frank klappte die Brieftasche auf und zog ein kleines, zerdrücktes Passbild heraus, das er Hofmeister zuschob. Es fühlte sich leicht klebrig an und musste so fest zwischen den Seiten geklemmt haben, dass es ihm beim ersten Durchblättern entgangen war. Vor dem Schlafengehen gestern Abend hatte er das Buch noch einmal zur Hand genommen, entschlossen seiner Niederlage ins Gesicht zu sehen. Eine Art Selbstbestrafung, mit der er seine Versuche, das Geheimnis des Hofes zu lüften, hatte beenden wollen – einfach aufgeben, aus Mangel an Beweisen. Auf der Rückseite der Fotografie war mit dünnen Bleistiftstrichen der Name Kirchgäßner vermerkt und das Jahr 1984. Auf der Vorderseite richtete eine junge Frau den Blick starr in die Kamera.

»Ja«, bestätigte Hofmeister Franks unausgesprochene Vermutung, »das ist Marie.«

Montag, 18. Juli, Frankfurt, 21:05 Uhr
– Dieter Strobel –

Sie sprach kein Wort. Dieter beobachtete das Mädchen aus dem Augenwinkel, wie es neben ihm mit leicht geöffnetem Mund auf dem Sofa saß und auf den Fernsehschirm starrte.

Genau wie am Vortag hatte er ihr auch heute zunächst etwas zu essen angeboten, als er sie auf den Stufen am Mainufer entdeckte. Wie bei einem streunenden Hund, damit er nicht beißt. Dabei war Dieter zwei Schritte entfernt stehen geblieben, sie sollte sich nicht bedrängt fühlen. Und so hielt er es auch jetzt. Immer ein wenig Abstand, keine einzige Berührung bisher.

Während sie aß, hatte er geredet. Über alles und nichts: das Fest und den Fußball, den Regen und das Wetter im Allgemeinen; den Himmel, der eigentlich im Sommer so blau sein sollte wie ihre Augen. Sie schaute ihn plötzlich ganz aufmerksam an und hörte auf zu kauen. Da waren die Sätze weiter aus ihm herausgesprudelt. Von Schutz und einem Dach über dem Kopf, einem sauberen Bett.

Er konnte noch immer kaum fassen, dass er sie zu sich eingeladen hatte und sie ihm gefolgt war. Sein Bademantel reichte ihr bis zu den Füßen und verdeckte ihre Hände. Darunter trug sie eines seiner langen T-Shirts. Erst als er ihr beides zur Verfügung gestellt hatte, war sie bereit gewesen, ins Bad zu gehen und ihr vollkommen verdrecktes Kleid abzulegen. Nun baumelte es gewaschen über der Wanne. Dreimal hatte sie den Schlüssel hin- und hergedreht. Zu, auf – zu, auf – zu, auf, ehe sie die Tür für mehr als zwei Stunden verschlossen hatte. Unruhig war er derweil durch die Wohnung gelaufen. Er wollte ihr helfen, weiter nichts. Er war ein guter Mensch. Sie musste nichts befürchten. Sie konnte jederzeit wieder gehen. Sie war höchstens halb so alt wie er; zwanzig, dreiundzwanzig. Viel zu jung, um Interesse an ihm zu haben.

Ihr feuchtes Haar war wieder zu einem Knoten gesteckt und kräuselte sich leicht an den Schläfen, wo es unter dem Kopftuch herauslugte. Auf ihrer Stirn glänzten winzige Schweißperlen. Dieter richtete sich auf und schlug verkrampft die Beine übereinander.

Er konnte doch nichts dafür, dass der Geruch ihrer frisch gewaschenen Haut ihn erregte.

Brunhilde summte vor sich hin. Nicht laut, beiläufig, so wie sie es häufig machte. Wie ein Schwarm wilder Bienen jagte das Geräusch durch Franks Gehirn. Nie wieder Brombeerwein, schwor er sich nicht zum ersten Mal an diesem Morgen.

Seit sie ihn über das Gespräch mit Kommissar Brenner informiert hatte, war für Brunhilde der Haussegen wieder im Lot. Sie sah keinen Grund für weitere Missstimmung zwischen ihnen. Natürlich lag sie damit richtig. Zumindest, wenn Frank die Tatsache ignorierte, dass er sie belog. Die Bienen drehten eine weitere schmerzhafte Runde in seinem Kopf. Nein, gelogen hatte er eigentlich nicht, nur die Wahrheit verschwiegen. Wobei ihm *Wahrheit* in diesem Zusammenhang nicht das richtige Wort zu sein schien. Was wusste er denn schon mit Sicherheit, das er ihr hätte sagen können? Für den Alleingang auf dem Hof konnte er nicht mit ihrem Verständnis rechnen. Also war es besser, wenn er auch alle daraus folgenden Erkenntnisse für sich behielt. Der höllische Kater erwies sich als hilfreich bei diesem Unterfangen. Die Symptome hatte Bruni sofort erkannt und ließ ihn in Frieden leiden. Sie stellte zur Linderung eine Tasse ihres Kaffees vor ihn, den er mit Todesverachtung wortlos trank. Immerhin Koffein.

Als die Tür gleichzeitig mit einem energischen Klopfen aufgerissen wurde, unterbrach Bruni ihr Summen. Frank hob den Kopf in Zeitlupentempo und musterte den Fremden. Er sah erhitzt aus, verkniffen, mit fest zusammengepressten Lippen, was nicht zu seinem ansonsten smarten Äußeren passte. Graue

Schläfen, graue Augen, grauer Anzug, Aktenmappe unterm Arm und Autoschlüssel in der Hand. Ein Modell, das eindeutig zu einem teuren Wagen gehörte.

»Guten Morgen«, grüßte Brunhilde freundlich. »Kann ich Ihnen helfen?«

»Das hoffe ich doch, darum bin ich ja hier.« Der Mann entledigte sich seines Mantels und plumpste auf den Stuhl, den Brunhilde ihm mit einladender Geste anbot. »Ich kann nicht auf das Grundstück, das ist abgesperrt. Von der Polizei, also von Ihnen.« Schon schnellte er wieder in die Höhe. Automatisch tat Frank es ihm gleich und bereute die ungestüme Bewegung in der gleichen Sekunde. Verdammter Schädel!

»Ich verlange eine Erklärung und sofortigen Zugang!« Der Besucher knallte die Tasche auf Brunhildes Schreibtisch, wühlte darin herum und hielt ihr dann ein Schriftstück vor die Nase. »Hier. Ich bin dazu berechtigt, sehen Sie?«

»Nehmen Sie doch bitte wieder Platz.« Bruni ignorierte das Papier und lehnte sich zurück. »Und jetzt wäre es nett, wenn Sie uns zunächst mitteilen, mit wem wir das Vergnügen haben. Mein Name ist Brunhilde Schreiner, ich bin die leitende Beamtin hier. Und der Kollege an meiner Seite ist Polizeioberkommissar Frank Liebknecht.«

Aufs Stichwort stellte Frank sich neben sie. Der Mann zwinkerte mehrmals hintereinander, sichtlich angespannt, dann setzte er sich seufzend. »Verzeihung. Ich bin ein wenig echauffiert. Das ist sonst nicht meine Art, ich wollte nicht unhöflich sein.« Er legte die Aktentasche auf seine Knie und das Schreiben obenauf. »Clemens Büchler mein Name. Ich bin hier, um das Erbe des Brettschneiderhofs anzutreten.«

Der Satz löste bei Frank eine Flut von Fragen aus, die er am liebsten alle sofort gestellt hätte. Während Bruni verblüfft schwieg, schnappte Frank sich das Dokument, das mehrere

Seiten umfasste, und las einige Worte laut vor: »Eröffnungsprotokoll. Rechtspfleger Heiner Zänger, Amtsgericht Michelstadt.
Betreffend den letzten Willen von Johanna Brettschneider, da-
tiert auf den 17. Januar 2011.«

Clemens Büchler nickte dazu, und Bruni wedelte unwillig
mit der Hand. »Gib mir das. Da möchte ich selbst einen Blick
draufwerfen.« Sie nahm eine Lesebrille aus dem Schreibtisch,
die Frank noch nie an ihr gesehen hatte, klappte die Bügel aus-
einander, pustete über die Gläser und rückte sie dann auf der
Nase zurecht. Büchler durfte definitiv nicht damit rechnen,
dass sie sich seinetwegen beeilte. Frank jedoch brannte darauf,
Details zu hören.

»Die Testamentseröffnung liegt schon ein gutes halbes Jahr
zurück.« Bruni senkte das Blatt und schaute Büchler über den
Rand der Brille hinweg an. »Wie wäre es, wenn Sie uns einfach
kurz Ihr Anliegen erklären.«

»Warum genau sind Sie hier und warum erst jetzt?«, fiel
Frank ihr ins Wort. *Ausgerechnet jetzt*, korrigierte er sich selbst
im Stillen.

Clemens Büchler rümpfte die Nase. »Es bleibt mir wohl
nichts anderes übrig, wenn Sie sich nicht die Mühe machen
wollen zu lesen …«

Frank bemerkte, wie Brunis Augenbrauen zuckten. Ihr
Mund verhärtete sich, obwohl sie weiterlächelte. Kein gutes
Zeichen. Er hoffte, dass nicht er sich gerade ihren Unmut zu-
gezogen hatte.

Büchler seufzte nachdrücklich. »Unsere langjährige Schwester im Glauben, Johanna Brettschneider, hat testamentarisch
verfügt, dass der Hof mit all seinen zugehörigen Liegenschaf-
ten nach ihrem Ableben in den Besitz der Matthäaner-Gemeinde Paderborn übergehen soll, deren rechtlicher Vertreter ich
als Geschäftsführer bin. Für ihren Sohn Theodor bestand ein

lebenslanges Wohn- und Nutzungsrecht.« Clemens Büchler begegnete Brunhildes abweisendem Blick mit professioneller Verbindlichkeit. »Dieses Recht wird er in Zukunft nicht mehr in Anspruch nehmen. In dem Punkt sind wir uns wohl einig, oder?«

Schweigend spitzte Brunhilde die Lippen.

Frank kämpfte mit seiner Selbstbeherrschung. »Sie verlieren ja wirklich keine Zeit!«

»Nun, unsere Zeit auf Erden ist begrenzt, Herr Liebknecht, darum habe ich gelernt, diese effektiv zu nutzen. So wie Sie ein Staatsdiener sind, bin ich ein Diener des Herrn und seiner Kinder, die sich in der Matthäaner-Gemeinde zusammengefunden haben, um ihm nachzufolgen. Dementsprechend bin ich den lebenden Gemeindemitgliedern ebenso verpflichtet wie den toten.« Er senkte die Stimme und legte eine kurze Pause ein, um dann, sichtlich berührt von seinen eigenen Worten, fortzufahren. »Im Sinne der Lebenden bin ich hier, um die nächsten Schritte für die künftige Verwendung der Immobilie in die Wege zu leiten. Selbstverständlich kümmere ich mich auch um die Beisetzung unseres geliebten Bruders Theodor und die Wahrung seines Andenkens sowie um die Umsetzung von Johannas Wünschen. Und ihr Wunsch war es nun mal, dass die Gemeinde das Anwesen nutzt. Darum möchte ich Sie auffordern, mir nun offiziell zu bestätigen, dass ich das Grundstück ungehindert und rechtmäßig betreten kann.«

Eiskalt, trotz des religiös anmutenden Geschwafels. Oder nur besonders geschäftstüchtig? Frank wusste nicht, was er von Büchler halten sollte. Seine glatte Stirn ließ keine Rückschlüsse darauf zu, was dahinter vor sich ging. Frank fragte sich, wie Büchler so schnell von Brettschneiders Tod erfahren hatte, verkniff es sich aber, diese Überlegung laut zu äußern. Wenn nur Bruni nicht einknickte und seinem Verlangen nachgab. Es konnte unmöglich sein, dass es auf dem Grundstück nichts mehr zu finden geben sollte, was die Ermittlungen weiterbrachte.

»Ganz so einfach ist das nicht, Herr Büchler. Wie Ihnen sicherlich bekannt ist, sind die genauen Umstände noch nicht geklärt, unter denen Theodor Brettschneider ums Leben gekommen ist. Und solange die Kollegen noch keine Gewissheit haben, kann das Grundstück nicht freigegeben werden.«

Hörte Frank da eine gewisse Genugtuung in Brunhildes Stimme?

»Aber wir können gerne schon mal Ihre Angaben überprüfen, damit sich die Sache für Sie beschleunigt, wenn es dann so weit ist.«

»Wie soll ich das verstehen?«

»Zunächst Ihren Personalausweis, bitte, damit wir Sie eindeutig als Berechtigten identifizieren können.«

»Den können Sie mir geben«, forderte Frank. »Ich gleiche dann auch sofort die Daten mit dem Amtsgericht ab. Wie wäre es in der Zwischenzeit mit einem Kaffee?«

Büchlers Gesicht verfärbte sich leicht rosa, während er seinen Ausweis aus der Tasche holte. »Das ist doch lächerlich. Wieso denn Rücksprache mit dem Amtsgericht? Das Dokument berechtigt mich ganz eindeutig. Was Sie hier veranstalten ist nichts weiter als Behördenwillkür.«

Mit grimmigem Lächeln griff Frank zum Telefon, zog die Schnur lang und drehte Büchler den Rücken zu, während er auf Antwort wartete. Mit dem Spruch von der Behördenwillkür hatte der Kerl sich Brunis grauenvolle Pulverbrühe endgültig mehr als verdient. Frank war sicher, dass sie das Granulat für ihren neuen Freund besonders sparsam dosieren würde. Auf solche Vorwürfe reagierte sie garantiert allergisch.

Er überflog die Angaben auf dem Eröffnungsprotokoll. Paderborn. War die Familie Brettschneider von dort gekommen? War auch Marie Mitglied der Matthäaner gewesen, und war sie es noch? Wusste Büchler vielleicht sogar, wo sie sich aufhielt? Wenn sie nicht von Theodor geschieden worden war, bestand dann nicht noch ein Erbanspruch ihrerseits? Was war das überhaupt für eine Kirche? Vielleicht hätte er doch freundlicher zu Büchler sein sollen, dann wäre es leichter gewesen, ihn nach all diesen Dingen zu fragen. Auch nach dem Kind, das es angeblich nicht gab. Verärgert über sich selbst biss Frank sich auf die Lippe.

»Amtsgericht Michelstadt«, schnarrte es in sein Ohr, und er schob die Überlegungen beiseite. In wenigen Worten trug er sein Anliegen vor und erhielt schneller als erwartet die Bestätigung, dass die Matthäaner-Gemeinde Paderborn als alleinige Erbin des Brettschneiderhofs eingesetzt war. Weitere Erben Johannas gab es nicht, und ob Theodor selbst etwas von Wert zu vererben hatte, konnte man ihm noch nicht sagen. Den Apparat in der Hand, war Frank während des Gesprächs ans Fenster getreten. Er sprach leise, damit Büchler nicht mithören konnte oder sich einmischte. In der Scheibe spiegelte sich das ganze Büro, und er konnte sehen, dass Clemens Büchler ihn ebenso genau beobachtete wie er ihn. Büchler rührte die Kaffeetasse nicht an, die Brunhilde ihm hingestellt hatte. Frank drehte sich seitlich weg vom Fenster, um seinem Blick zu entgehen. »Können Sie mir noch sagen, von wann die testamentarische Verfügung zugunsten der Matthäaner ist? Also, wann Frau Brettschneider das geändert hat?«

»Da wurde nichts geändert. Das Testament ist, so wie es jetzt vorliegt, schon im Jahr 1984 verfasst worden. Mit Wohnrecht für den Sohn.«

»Und der Ehemann, Friedrich?«

»Der erscheint hier nicht gesondert, kein Sitz im Haus, keine Extrazuwendungen. Die Dame hat offenbar nicht damit gerechnet, dass ihr Gatte sie überlebt – und das hat ja wohl auch gestimmt.«

Sehr pragmatisch festgestellt, doch vollkommen richtig. Mit seiner spontanen Vermutung, Büchler habe einer alten Frau den Besitz abgeschwatzt, hatte Frank jedenfalls falschgelegen.

»Sonst noch was?«

Frank spürte die wachsende Ungeduld der Sachbearbeiterin. »Nein«, sagte er langsam. Zumindest nichts, wobei sie ihm weiterhelfen konnte. Er schob noch ein »Danke« nach, dann hängte er ein.

»Wenn Sie den weiten Weg hierher schon mal gemacht haben«, hörte er Brunhilde im Hintergrund liebenswürdig vorschlagen, »dann bleiben Sie doch ein paar Tage und genießen unsere schöne Landschaft. Möglicherweise haben wir bis Ende der Woche das Okay …«

»Ende der Woche?« Büchler fuhr erneut in die Höhe und wandte sich Frank zu. »Das ist ja wohl nicht Ihr Ernst.«

»Doch«, erklärte Frank und gab Büchler das Schreiben zurück. »Wenn alles gut läuft, ist Ende der Woche realistisch. Ihr Anspruch ist rechtmäßig und amtlich geprüft. Also steht Ihrem Zugang nichts im Weg, sobald die Freigabe da ist. Aber vorher sind uns die Hände gebunden. Wir haben in Vielbrunn wirklich einige sehr nette Hotels und Gasthöfe, sollten Sie bleiben wollen.« Ihm wäre es allerdings lieber gewesen, wenn Büchler wieder verschwand. Möglichst nicht nur aus dem Dienstzimmer, sondern zurück nach Paderborn. Er konnte es kaum erwarten, seiner neusten Idee zu folgen und weiter in der Vergangenheit der Familie Brettschneider zu graben. Doch dazu brauchte er Zeit und das Büro für sich allein.

Brunhilde drückte Clemens Büchler eine Visitenkarte in die Hand. »Sie können sich auch gerne telefonisch von zu Hause aus nach dem Stand der Dinge bei uns erkundigen. Das würde Ihnen Kosten und Zeit sparen.«

»Wobei wir natürlich keine Auskünfte über die laufenden Ermittlungen geben dürfen. Aber warten Sie …« Hastig kritzelte Frank eine Telefonnummer auf ein Blatt Papier. »Das ist die Durchwahl des zuständigen Kollegen in Erbach. Kriminaloberkommissar Neidhard wird sich sicher gern persönlich um Sie kümmern. Entschuldigung, das hätte mir auch früher einfallen können.«

Brunhilde unterdrückte ein Grinsen. Marcel Neidhard diesen Büchler auf den Hals zu hetzen, war offenbar ein Schachzug, den sie guthieß. Und rein faktisch war es völlig korrekt.

Büchler straffte die Schultern, sein Gesicht wirkte entschlossen, und seine Stimme nahm wieder den leisen, leicht pathetischen Ton an, in dem er über Johanna Brettschneiders Erbe gesprochen hatte. »Ich weiß nicht, weshalb Sie sich gegen mich stellen. Vielleicht ist es eine grundsätzliche Frage des Glaubens?« Sein Blick glitt über den Nazar, der aus Franks Hemd hervorlugte, und dann suchend über die Wände.

Automatisch schloss Frank den oberen Knopf. Ein merkwürdig heißes Kribbeln blieb auf seiner Haut zurück.

»Hier hängt kein Kreuz, wenn Sie danach Ausschau halten.« Brunhilde blieb gelassen. »Wir sind in Hessen. Das Kruzifix finden Sie in den Amtsstuben drüben in Bayern, nicht bei uns. Wir folgen den Gesetzen des Staates. Religion ist Privatsache.«

»Diskriminierung und Benachteiligung aufgrund des Glaubens sind garantiert keine Privatsache. Dieser Staat basiert auf christlichen Grundsätzen, und Religionsgemeinschaften genießen seinen Schutz, vergessen Sie das nicht. Unsere Gemeinde ist als gemeinnützig anerkannt; sie hat für jeden ein offenes Ohr und einen Platz auch für weit verirrte Schäfchen. Es ist nie zu spät, den eingeschlagenen Weg zu ändern. Auch für

Sie. Doch rein rechtlich wird der Weg, den Sie beide gewählt haben, ein Nachspiel haben. Darauf können Sie sich verlassen. Sie haben keine Ahnung, welche Tragweite Ihr Verhalten und diese sinnlose Zeitverzögerung haben. Ich werde mich beschweren, und das hat dann dienstliche und persönliche Konsequenzen für Sie.« Er entriss Frank den Zettel mit Neidhards Telefonnummer und hielt ihn in die Höhe, wie eine Trophäe, eine Kampfansage. Dann vollzog er eine Kehrtwende, warf sich den Mantel über den Arm und verschwand ohne ein weiteres Wort.

Frank sah Büchler durchs Fenster zu seinem Wagen eilen, hörte den Motor aufheulen und das Aufspritzen des Wassers, als er durch eine Pfütze fuhr.

»Der hat uns gerade gedroht«, stellte Brunhilde lapidar fest. »Und meinen Kaffee hat er stehen lassen.« Sie nahm die Tasse und kippte den Inhalt in den Spülstein. »War wohl doch noch zu stark für ihn.«

Sie nahm das Summen wieder auf und machte nicht den Eindruck, als wollte sie weiter über den Vorfall reden, was Frank zwar ein wenig erstaunte, ihm aber auch entgegenkam. Was immer er auch zu dem Thema sagen könnte, müsste zwangsläufig dazu führen, dass er selbst in Erklärungsnot geriet. Immerhin waren mit Clemens Büchler auch seine Kopfschmerzen verschwunden.

Unkonzentriert arbeitete er vor sich hin und wartete darauf, dass Brunhilde sich endlich in die Mittagspause verabschiedete. Er musste ungestört telefonieren, brauchte Antworten, die er vorerst nicht mit ihr teilen wollte. Frank schielte zur Uhr über dem Aktenschrank. Fünf vor zwölf. Das reichte nie und nimmer, um alles zu klären, bevor sie wiederkam.

»Was hältst du davon, mir den Laden hier heute Mittag mal allein zu überlassen?« Frank sah nicht hoch.

»Du kannst es wohl nicht mehr abwarten, mich in den Ruhestand zu schicken, was?«

»Nein! So meine ich das nicht. Nur sollte ich vielleicht mal … üben.«

Im Vorbeigehen zog Brunhilde ihn an den Haaren, schlüpfte in die Jacke und nahm ihren Schirm aus der Tasche. Es schüttete schon wieder. »Na gut, wenn ich mir das Wetter so ansehe – ist genehmigt. Für den Rest des Tages bist du Chef in der Hütte – und dort draußen im Gelände. Ich bleibe auf der Couch und trainiere schon mal das süße Nichtstun. Sollte es tatsächlich Ärger geben wegen diesem Kirchenchorknaben, ruf mich an.« Mit der Klinke in der Hand ließ sie den Schirm aufspringen, stemmte sich gegen den hereindrückenden Wind und verschwand im Regen.

Einen Moment lang starrte Frank hinter ihr auf die geschlossene Tür und erwartete beinahe, dass sie umkehrte und ihn für seine Unehrlichkeit zur Rede stellte. Aber die Tür blieb zu.

Zwei Minuten vor zwölf. Er wählte die erste Nummer.

Seit einer Viertelstunde schüttelte sie den Kopf. Dieter Strobel knetete sein Doppelkinn und zwang sich zur Ruhe. Dass sie sich geweigert hatte, sein Schlafzimmer zu betreten, konnte er ja noch nachvollziehen. Es war ein dummer Fehler gewesen, über den er sich ärgerte. Er hätte sich denken können, dass sie sich durch den Vorschlag kompromittiert fühlen würde. Andererseits musste sie doch endlich begreifen, dass sie nicht im Bademantel auf die Straße gehen konnte. Ihr altes Kleid war über Nacht noch nicht vollständig getrocknet, und alles, was er ihr als Alternative anbot und zur Ansicht ins Wohnzimmer schleppte, lehnte sie wortlos, aber energisch ab. Nur im Kleid, so viel hatte er verstanden, war sie bereit, das Haus zu verlassen. Und raus musste sie. Denn er wollte zum Dienst, und sie den ganzen Tag allein in der Wohnung zu lassen kam nicht infrage. So weit reichte sein Verstand gerade noch, an dem er inzwischen selbst zu zweifeln begann.

Das Blau ihrer Augen verschwamm, bis sich zwei große Tropfen lösten, die einen Moment in den Wimpern hingen und dann über ihr Gesicht rollten.

»Nein, nicht weinen!« Er streckte die Hand nach ihr aus, und sie wich furchtsam einen Schritt zurück. Rasch zog er die Hand weg und suchte in seiner Hosentasche nach einem Taschentuch. »Bitte nicht weinen. Zieh das nasse Ding eben an, in Gottes Namen, wenn du unbedingt willst. Ich weiß jetzt, was wir machen. Wir fahren in die Stadt und besorgen dir ein anderes Kleid, ein schöneres und vor allem ein trockenes. Und

93

das behältst du dann gleich an, sonst holst du dir noch den Tod. Danach wirst du allein ein bisschen bummeln, weil ich arbeiten muss. Und heute Abend gehen wir miteinander essen.«

Sie zog die Augenbrauen zusammen und schürzte die Lippen. Dieter konnte den Ausdruck ihres Gesichts nicht deuten, wie so oft. Immerhin hatte sie aufgehört, den Kopf zu schütteln, und weinte nicht mehr.

»Ich gebe dir Geld, und du kannst einkaufen gehen«, legte er nach. »Schuhe oder was immer dir Spaß macht.«

Ihre feuchten Augen weiteten sich, und Dieter schmolz dahin. Auffordernd nickte er ihr zu und wartete lächelnd, als sie im Bad verschwand. Na bitte, die Einladung zum Shoppen funktionierte. Er freute sich über diese normale Reaktion und steckte ein paar Scheine mehr ins Portemonnaie. Nein, er hatte nicht vor, sie zu kaufen. Aber er konnte die Kleine doch ein bisschen verwöhnen. Sie sah aus, als ob ihr das in letzter Zeit eher selten passiert wäre. Wenn überhaupt jemals. Es machte ihn glücklich. Und das wiederum war *ihm* schon eine ganze Weile nicht mehr passiert. Außerdem war sie den ganzen Morgen fleißig gewesen und hatte sich eine Belohnung verdient. Sie hatte aufgeräumt und Staub gewischt, gekocht und geputzt. Dabei hatte sie die ganze Zeit seinen Bademantel getragen. Der würde noch nach ihr riechen, wenn er ihn das nächste Mal überzog. Ein heißes Ziehen erfasste seinen Unterleib.

Erschrocken riss er die Augen auf, die er traumverloren geschlossen hatte. Das Mädchen stand direkt vor ihm. Hastig wandte er sich ab und öffnete die Wohnungstür, um sie nicht ansehen zu müssen. Sie wirkte so zerbrechlich und schutzlos. Das Letzte, was er beabsichtigte, war, sie zu ängstigen. Ein väterlicher Freund wollte er ihr sein, dem sie vertrauen konnte. Und falls sich eines Tages doch etwas anderes daraus entwickelte, ablehnen würde er nicht. Man durfte das Glück nicht zwingen, doch die Hoffnung konnte ihm niemand verbieten.

Dieter lauschte ins Treppenhaus. Er war nicht scharf darauf, einem seiner Nachbarn zu begegnen. Wie er die Anwesenheit eines stummen Mädchens in einem nassen Kleid in seiner Wohnung erklären sollte, konnte er sich beim besten Willen nicht vorstellen.

Der Regen ließ endlich nach. Den halben Nachmittag hatte Frank gebraucht, um alle Informationen über die Familie Brettschneider zusammenzutragen, an die er ohne offiziellen Antrag herankommen konnte. Ein Anruf beim Grundbuchamt bestätigte ihm, dass der Hof Johanna alleine gehört hatte, und das von Beginn an. Frei von Hypotheken, ebenfalls von Beginn an. Das kam Frank ausgesprochen seltsam vor. Wer konnte schon einen kompletten Hof einfach so auf einen Schlag bezahlen?

Zum Glück zeigte sich die städtische Mitarbeiterin ebenso überrascht und obendrein noch kooperativ. Da der Kaufpreis im Zuge einer Zwangsversteigerung an die Stadt entrichtet worden war, ließ sich die Herkunft des überwiesenen Geldes selbst nach all den Jahren nachvollziehen. Doch leider nur bis zum Treuhandkonto eines Anwalts, das von einer Bank in Paderborn geführt wurde. Es erschien Frank naheliegend, dass die Matthäaner-Gemeinde für den Kauf aufgekommen war oder zumindest bei der Finanzierung geholfen hatte. Fragte sich nur, wieso.

Die letzten Regentropfen malten Kreise in die Pfützen vor dem Fenster der Dienststelle. Ein Sonnenstrahl brach sich darin, als eine der Wolken sich auflöste, andere rückten nach, doch eine kleine Lücke blieb.

Beim Einwohnermeldeamt hatte Frank die gleiche Mitarbeiterin am Telefon erwischt, bei der er selbst sich wenige Wochen zuvor als neuer Bewohner Vielbrunns hatte registrieren lassen.

Dass sie sich an ihn erinnerte und an seinen Beruf, kam ihm sehr gelegen. Sie verriet ihm, dass alle vier Brettschneiders ab Juni 1984 unter der Adresse im Borntal gemeldet waren. Genau wie erwartet. Doch Angaben über frühere Wohnorte der Familienmitglieder gab es nicht. Nach längerem Zögern hatte sie ihm erklärt, dass die Informationen möglicherweise durch einen Übertragungsfehler bei der Umstellung auf elektronische Speicherung verloren gegangen sein könnten. Das Einpflegen ins neue Computersystem habe sich über Monate hingezogen, eine Sisyphusaufgabe mit ungeahnten Tücken. Für Frank hatte das alles nach hilflosen Ausreden geklungen. Und nach einem verdammt merkwürdigen Zufall.

Frank beschloss, die Wetterberuhigung für eine Patrouille durchs Dorf zu nutzen, um Präsenz zu zeigen. Die Leute mussten sich noch an ihn gewöhnen, so wie er sich an sie. Er knöpfte die Uniformjacke zu und schaltete die Rufumleitung zum Handy ein.

Wenn er schon unterwegs war, konnte er bei der Gelegenheit auch gleich noch einem weiteren Einfall nachgehen.

Der Regen hatte die Luft merklich abgekühlt. Frank setzte sich aufs Fahrrad und rollte die Limesstraße entlang, scheinbar direkt auf die dottergelbe Laurentiuskirche zu, die seit rund fünfhundert Jahren auf ihrer kleinen Anhöhe in der Dorfmitte thronte. Kurz vorher machte die Straße jedoch nochmals einen Schwenk, und die Kirche geriet außer Sicht. Manchmal irritierte es ihn, wie unvermittelt sich hier der Blickwinkel änderte, Gebäude verschwanden oder plötzlich vor einem emporragten.

Nur wenige Kurven später kam er an der noch jungen katholischen Kirche an. Er lehnte das Fahrrad an die Wand und folgte dem bunten Schild mit der Aufschrift: *köb.*

Als er die Tür öffnete, kam unter dem Schreibtisch gegenüber dem Eingang ein grauer Wuschelkopf zum Vorschein.

Eine feuerrote Haarsträhne über dem rechten Auge und eine blaue hinter dem Ohr setzten ein selbstbewusstes Statement.

»Ist was passiert?« Die Frau musterte Frank von oben bis unten. Die Uniform wirkte.

»Nein.« Frank streckte ihr die Hand entgegen und nannte seinen Namen, obwohl er sicher war, dass sie den längst kannte. »Ich hatte nur noch keine Gelegenheit, mir die Bücherei anzusehen, und da dachte ich mir, ich komme mal eben schnell vorbei, wenn offen ist, und sage Hallo. Ja, und dann beantrage ich auch gleich eine Mitgliedschaft oder einen Büchereiausweis. Wenn Sie mir verraten, was ich dafür tun muss.«

»Ach, das ist ja nett. Ein lesender Mann! Das haben wir hier nicht so oft. Den Ausweis mache ich Ihnen gleich fertig. Ich bin übrigens die Frau Beck.«

»Freut mich, Frau Beck. Darf ich mich ein bisschen umsehen?«

Sie machte nicht den Eindruck, als wollte sie seine Hand so schnell wieder loslassen. »Ja, sicher. Suchen Sie was Bestimmtes, Herr Liebknecht?«

»Eigentlich« – er überlegte kurz – »ja. Haben Sie etwas über Vielbrunn? Ortsgeschichte, Anekdoten oder so?« In dieser Hinsicht hatte er ganz eindeutig noch Nachholbedarf.

»Selbstverständlich. Da hinten links, ganz unten im Regal. Warten Sie, ich zeige es Ihnen.« Sie erhob sich halb von ihrem Stuhl.

»Nicht nötig. Ich finde es schon.« Frank steuerte direkt auf das angegebene Regal zu. Einige Meter weiter rechts saß eine Frau mit zwei Kindern an einem niedrigen Tisch. Vor ihnen lag ein Stapel Bilderbücher, den die Kleinen mit großer Ernsthaftigkeit in Augenschein nahmen. Offenbar war die Anzahl der Schätze begrenzt, die sie am Ende mit nach Hause nehmen durften. Mäßig interessiert blätterte Frank durch ein paar

Bücher zur Odenwälder Historie und mit mundartlichen Heimatgeschichten. Mit einer alten Ortschronik im Arm machte er schließlich kehrt. »Kann ich das gleich mitnehmen?«

»Ei sicher können Sie das. Sie sind schon registriert. Ich brauche für meinen Computer nur noch Ihr Geburtsdatum.«

»Und meine Adresse?«

Sie winkte ab. »Eulbacher Weg, weiß ich doch, hinten links, genau wie das Buch im Regal. Alles längst eingetippt.«

Frank lachte leise. »Sie sind eine ganz Flotte, Frau Beck. Betreuen Sie die Bücherei schon lange?«

»Über dreißig Jahre. Ehrenamtlich.«

»Wow! Und Sie gehen mit der Zeit.« Anerkennend klopfte er auf das Gehäuse des Computerbildschirms.

Frau Beck nickte gewichtig. »Jawoll. Sie können bei uns sogar online gucken, ob das Buch, das Sie haben wollen, da ist. Wenn ich da an früher denke, die Ausfüllerei und die Karteikärtchen …«

Frank zeigte sich angemessen beeindruckt, hörte zu, lächelte. Abwarten und kommen lassen. Lange konnte es nicht mehr dauern. Auffällig diskret schaute er zur Uhr.

»Wann ist er denn jetzt, Ihr Geburtstag?«, unterbrach sie unerwartet ihren eigenen Redefluss, und er schob ihr seinen Dienstausweis zu. »Ach Gott, wie jung!«, seufzte sie und schenkte ihm einen kurzen sehnsüchtigen Augenaufschlag, ehe sie die Zahlen in die Tastatur hackte. »Wird sofort ausgedruckt.« Sie wirbelte mit dem Bürostuhl zum Drucker. »Ist die Sache mit dem Theodor jetzt eigentlich aufgeklärt?« Beiläufiger hätte sie die Frage nicht anbringen können, zwischen zwei geschäftigen Handgriffen, mit dem Rücken zum Adressaten. Frank grinste in sich hinein. Da merkte man die jahrzehntelange Übung. Die Büchereileiterin war ein echter Verhörprofi.

»Na ja«, sagte er gedehnt und atmete dabei hörbar aus.

Frau Beck drehte sich um und schaute ihn erwartungsvoll an. Statt etwas zu sagen, setzte Frank sich mit einer Pobacke auf den Tresen vor ihr und erwiderte den Blick.

»Das war aber auch ein komischer Kauz«, eröffnete sie die nächste Runde.

»Ja? Ich habe ihn leider nie gesehen, solange er lebte. Leseratte war er sicher keine, nehme ich an.«

Frau Beck prustete. »Der Theodor hat wahrscheinlich sein ganzes Leben lang kein Buch angefasst.«

»Und der Rest der Familie? Frauen lesen doch dauernd, habe ich mir sagen lassen.«

»Die alte Hexe? Glaub ich nicht, und wenn, dann höchstens Zaubersprüche oder Rezepte für was weiß ich für geheime Tinkturen. Die wollte ja mit niemandem was zu tun haben.«

Die Hexerei stand also noch immer im Raum. Aber das Thema wollte er nicht vertiefen. »Dann ist also keiner von den Brettschneiders jemals in Ihrer Bücherei gewesen? Ehrlich gesagt, hätte mich das auch gewundert.«

Frau Beck wackelte mit dem Zeigefinger vor seiner Nase herum. »Ganz so stimmt das nicht. Wobei es mir lieber gewesen wäre. Manchmal hat einer von denen doch in den Ort gemusst. Weil was am Traktor kaputt war. Oder vielleicht, um was auf dem Amt zu regeln. Was weiß ich. Und da ist die Marie hier drin gewesen. Genau zweimal.«

»Das ist doch dann auch schon mindestens zehn Jahre her. Dass Sie sich daran so genau erinnern?«

»Ja, noch länger sogar, und ich sage Ihnen auch, wieso ich das noch weiß. Weil die Marie beide Male ein Buch mitgenommen hat.«

»Also doch ein Brettschneider mit Leihausweis?«

»Von wegen!« Sie drehte die Hand mit einer greifenden Geste und pfiff dazu durch die Zähne. »Heimlich eingesackt. Fünf Minuten, länger war sie nicht da. Dann kam schon die Alte und hat rumgekeift. Hat mir ja irgendwie auch leidgetan, die junge Frau. Immerzu den Drachen im Genick! Aber Bücher klauen geht halt trotzdem nicht. Wenn sie wieder aufgetaucht wäre, ich hätte sie nicht mehr reingelassen! Bei mir kommt sonst nie was weg. Natürlich wird mal was verschlampt und nicht wieder abgegeben. Aber zwei Bücher sind ganz sicher geklaut worden, und jedes Mal ist die Marie kurz vorher reingeschneit. Nur beim ersten Mal habe ich es eben nicht gleich gemerkt. Aber Zufall ist das keiner gewesen. Das sag ich Ihnen.«

Frank legte die rechte Hand auf die Brust und hob die Linke zum Schwur. »Ich gelobe, die Ausleihzeiten nicht zu überschreiten und alle Bücher ordnungsgemäß wieder abzuliefern. Wenn Sie jetzt sagen, dass Sie sich auch noch an die Titel erinnern, dann geh ich vor Ihnen auf die Knie, Frau Beck.«

Sie stieß ein quietschendes Lachen aus und hielt sich die Hand vor den Mund. »Aber nicht, dass Sie mir einen Antrag machen, wenn Sie schon mal unten sind, gell?« Triumph blitzte in ihren Augen. »Und jetzt kommt's: *Tom Sawyer* war das erste, und danach eins von einer der Brontës. *Sturmhöhe*.«

Frank rutschte von der Tischkante, bereit zum Kniefall, aber Frau Beck bremste ihn. »Herr Liebknecht! Sie werden doch jetzt nicht … bleiben Sie schön oben. Wenn das einer sieht.«

»Ich hab es versprochen«, protestierte Frank der Form halber, bestand aber nicht weiter darauf. Stattdessen klopfte er gegen das Bonbonglas, neben dem er gerade gesessen hatte. Drei einsame Exemplare pappten auf dem Boden fest. »Dann sorge ich ersatzweise für eine neue Befüllung. Einverstanden?«

Frau Beck strahlte. »Sie sind ja goldig. Das dürfen Sie gern machen.« Sie hob den Deckel an und hielt ihm das Glas ent-

gegen. Ihm blieb nichts anderes übrig, als seine Hand hinein-
zuquetschen und anschließend das klebrige Beutestück in den
Mund zu schieben. Himbeer. Es hätte schlimmer kommen
können.

Nach Dienstschluss drehte Frank eine ausgiebigere Runde mit
dem Fahrrad. In Zivil. Am Ortsausgang wählte er den Weg zum
Golfplatz, dann durch das Geierstal, hielt sich rechts und folgte dem Weg durch den Wald bis ins bayrische Laudenbach, wo
er sich zwang, nicht am Brettschneiderhof vorbei durch das
Borntal, sondern noch weiter nach Norden und im Bogen über
den Weiler Bremhof zurückzufahren. Er quälte sich den kilo-
meterlangen, steilen Anstieg hinauf und genoss die folgende
Schussfahrt. Das hohe Tempo setzte in seinem Körper Schü-
be von Adrenalin frei, besonders in den rutschigen Kurven,
aber er bremste nicht ab. Der Forstweg war verschmutzt von
Erdbrocken, die die Traktorreifen aus den Äckern mit auf die
Fahrbahn geschleppt hatten. Ausweichen konnte und wollte er
nicht. Schlamm klatschte auf seine Waden, und der Schweiß
auf seinem Körper mischte sich mit Regen, der ihm den Kopf
freispülte.

Ihm lief die Zeit davon, wenn er »Johannas letztes Rätsel«
lösen wollte, wie es Hofmeister ausgedrückt hatte. Er musste
schneller sein als die Erbacher Ermittler, schneller als dieser
Büchler, bei dem er sich fragte, ob er wirklich der gute Hir-
te war, der sich nur um die Interessen seiner Mitbrüder und
Schwestern kümmerte. Vermutlich würde der bald mit einem
Anwalt auftauchen – wenn Neidhard ihn so zuvorkommend be-
handelte, wie Frank es von ihm erwartete.

In Sichtweite der ersten Häuser Vielbrunns riss ihm ein Stein
den Lenker aus den Händen. Das Vorderrad schlug zur Seite
um, blockierte, er überschlug sich und schlitterte mehrere Me-

ter über den Asphalt. Benommen blieb er am Feldrand liegen und starrte hinauf ins Grau des wolkenverhangenen Himmels.

»Scheiße, verdammte!« Mit den Fingerknöcheln klopfte er gegen den Helm und rollte den Kopf hin und her. Alles intakt. Sein rechtes Bein brannte. Doch die Schürfwunde interessierte ihn nicht. Der Achter im Rad war das größere Problem, der verheilte nicht von selbst. Dass er nun schieben musste, kostete ihn eine gute Viertelstunde. Als er endlich zu Hause ankam, fror er erbärmlich.

Frank stellte das ramponierte Rad auf den Flur und schleppte sich unter die Dusche. Das brennende Bein ignorierte er stoisch. Seine Gedanken kreisten weiter um Büchler und die Verbindung der Matthäaner zu den Brettschneiders.

Kein Pflaster, entschied er, nach kurzer Überlegung, obwohl kleine Blutstropfen aus der Wunde am Schienbein sickerten. Frische Luft und Geduld mussten reichen. Das heiße Wasser hatte seinen Kreislauf angekurbelt. Er öffnete das Badezimmerfenster, um die Dampfschwaden abziehen zu lassen. Mit dem Handtuch rubbelte er sich die Haare trocken und ging dabei hinüber ins Schlafzimmer. Auf seinem Nachttisch lag Tom Sawyer. Maries Buch, das sie in der katholischen öffentlichen Bücherei geklaut hatte, als sie Johanna, der Hexe, kurz entkommen war. Ein weiteres winziges Mosaikteilchen für seine Sammlung, mit dem er nichts anzufangen wusste.

Nur mit den Hawaii-Bermudas bekleidet warf er sich aufs Sofa, um die anderen Bruchstücke des Tages zusammenzufügen. Frank schaltete den Laptop an und gab aufs Geratewohl den Namen *Brettschneider, Paderborn* und die Zahl *1984* in die Suchmaske ein – und landete sofort einen Treffer. Überrascht setzte er sich auf, um gleich darauf mit einem kurzen Fluch zurückzusinken. Die im genannten Jahr gegründete Diabetessportgruppe eines Professors konnte man nicht gerade als heiße Spur bezeichnen. Immerhin gab es zahlreiche Eintragungen unter dem Namen Brettschneider. Es war also durchaus denkbar, dass die Familie tatsächlich ihre Wurzeln in Paderborn hatte. Aber es war keineswegs sicher.

Unschlüssig trommelte Frank auf die Tastatur. So kam er nicht weiter. Zu alt und zu kalt, diese Fährte. Wieder tippte er. Die Anfrage zu *Clemens Büchler* lotste ihn direkt zur Seite der Matthäaner-Gemeinde. Mit ernstem Gesicht präsentierte sich der Geschäftsführer als Kontaktperson. Mehr gab er über sich nicht preis. Aber es widersprach wohl auch dem Selbstverständnis seiner Kirche, sich als Person in den Vordergrund zu stellen. *Urchristen.* Was sollte diese Bezeichnung konkret bedeuten? Wenn er schon mal auf der Homepage war, konnte es nicht schaden, herauszufinden, bei wem genau er sich heute die Sympathie verscherzt hatte.

Vorher musste Frank nur dringend etwas gegen das anhaltende Rumoren seines Magens unternehmen. Sehnsüchtig dachte er an die Mahlzeit mit Kaninchen und Wein, die heute Abend ausfallen musste. Schon wieder bei Hofmeister aufzukreuzen, nur um seine Gastfreundschaft auszunutzen, kam nicht infrage. Den geplanten Einkauf hatte er immer noch nicht erledigt, und der Blick in den Vorratsschrank fiel entsprechend ernüchternd aus. Eine Dose Kokosmilch, eine Packung Mehl, ein Netz Zwiebeln. Und ein Schraubglas mit Würstchen. Immerhin. Der Verschluss saß fest und der Schnitt in der Handfläche hinderte Frank daran, genügend Druck auszuüben. Er kramte in der Besteckschublade. Irgendwo in dem Durcheinander musste ein Dosenöffner sein.

Jäh hielt er inne, nahm stattdessen ein Messer heraus, drehte es behutsam in der Hand. Klingenlänge zehn Zentimeter. So wie damals. Als es ihn erwischt hatte. Mit dem kalten Stahl strich er über die Narbe, hin und her, setzte die Spitze auf seine

Haut. Noch fünf Zentimeter tiefer war das Messer in Theodor Brettschneiders Bauch eingedrungen. Wie viel Wut, welchen Hass brauchte es, um ein Messer mit solcher Wucht in einen Körper zu stoßen? In einen lebenden Menschen?

Das Vakuum löste sich mit einem leisen Knacken, als Frank die Schneide unter den Rand des Blechdeckels drückte. Er ließ das Messer auf die Arbeitsplatte fallen, warf den Deckel in den Müll und goss die Brühe ab. Er durfte sich nicht dauernd ablenken lassen. Diese Geschichte war nicht seine Geschichte. Ein anderer Mensch, ein anderes Messer, ein anderes Motiv. Sein Herzschlag beruhigte sich.

Die erste Wurst fischte er noch in der Küche aus dem Glas, dann ging er mit seiner Beute zurück ins Wohnzimmer.

Den Laptop auf dem Schoß, steckte er den letzten Bissen in den Mund und klickte auf die Startseite der Matthäaner-Gemeinde.

Unsere Glaubensgrundlage ist die Heilige Schrift allein, das geoffenbarte Wort Gottes, dem von Menschen nichts hinzugefügt werden darf. Das Wort Gottes ist eindeutig und nicht interpretierbar, es bedarf keiner kirchlichen Auslegungen und Dekrete, die es durch menschliche Unzulänglichkeit verzerren und verfälschen. Unsere Mission ist die Verbreitung der reinen Lehre, die nur durch Umkehr und Rückbesinnung auf die Tradition der urchristlichen Apostelgemeinde erreicht werden kann. Nur wer sich dem Urteil Gottes stellt, kann seine Gnade erfahren; nur wer Glauben aus der Predigt des Wortes schöpft, kann wahrhaft erlöst werden.

Das hörte sich verstaubt an, aber nicht bedrohlich. Die Amtskirchen mit ihrer über Jahrhunderte gewachsenen Hierarchie und Bürokratie infrage zu stellen konnte ja durchaus Sinn machen.

Zwei Würstchen später hatte er genug von den umständlichen Formulierungen über heilsbringende Verhaltensweisen und die Lobeshymnen auf den Missionsgründer und Prediger Walter Jung.

Ein Blick auf die Kritiker der Matthäaner versprach spannender zu werden. Nach wenigen Klicks durch ein Forum zu Religionsfragen stellte Frank das Schraubglas beiseite. Die Frau als Sünderin, Samen der Schlange, niedere Lebensform und Werkzeug des Satans? Er konnte gar nicht schnell genug neue Seiten aufrufen, um all den Links und Schlagworten nachzugehen. Immer wieder tauchte der Name Paul Schäfer auf, der ihm vage bekannt vorkam. Plötzlich prangte auf dem Bildschirm die Fotografie eines Eisentores, welches der Schriftzug *Benefactora Dignidad* krönte. Das Eingangsschild zierten stilisierte schneebedeckte Berge. Dahinter konnte man ein Gebäude erkennen und einige Bäume vor einem strahlend blauen Himmel. Es sah einladend aus wie ein Feriencamp. *Kolonie der Würde*, stand darunter. Dunkel erinnerte Frank sich an Zeitungsartikel über eine deutsche Ansiedlung in Chile mit menschenverachtender Ausrichtung, die er nicht gelesen hatte. Was ging es ihn an, wenn sich irgendwo in der Prärie Exildeutsche gegenseitig drangsalierten? Höchstwahrscheinlich hatte das alles nicht das Geringste mit Theodor Brettschneiders Tod zu tun. Vielleicht aber doch. So oder so: Diesmal würde er nicht wegsehen, sondern die Artikel lesen.

Frank beschloss, die beiden letzten Würstchen vorsorglich gleich zu essen, obwohl er keinen Appetit mehr verspürte. Das konnte eine lange Nacht werden.

Mittwoch, 20. Juli, Vielbrunn, 7:45 Uhr
– Frank Liebknecht –

Die kurzen Wege in Vielbrunn hatte Frank schnell schätzen gelernt. Schon nach wenigen Minuten erreichte er von seiner Wohnung aus die Hauptstraße. Heute zu Fuß, denn das Fahrrad konnte er nach dem gestrigen Sturz vorläufig nicht mehr benutzen. Die Metzgerei und die Bank lagen an der gleichen Ecke, gegenüber die Bäckerei, in der sich um diese Zeit die Kundschaft drängte. Kurz vor acht ebbte der Zustrom üblicherweise wieder ab. Dass man ihn beim Eintreten neugierig musterte, war Frank gewohnt. So würde es wohl noch eine Weile bleiben. Er grüßte in die Runde und reihte sich als Letzter in der Warteschlange ein.

Das Anstellen weckte die Erinnerung an die vergangene Nacht. Er konnte nicht schlafen, wälzte sich im Bett auf den Rücken. In seinem Kopf blitzten in schneller Folge Bilder auf wie in einem Videoclip. Hässliche Bilder voller Gewalt, unterlegt mit Schreien und Marschmusik. Seine Hände zupften ein paar nervöse Gitarrengriffe. Songtexte murmelnd entkam er ins Blau eines Sommertages. Dort folgte er dem Flug des Kondors über die Höhen der Anden bis auf ein ausgedörrtes Feld, auf dem er sich einreihte in eine endlose Kolonne von Menschen und mit der Hacke Steine aus dem Boden holte. Die Sonne brannte auf seinen gebeugten Nacken, bis er glaubte, nur noch einen einzigen Atemzug von der erlösenden Ohnmacht entfernt zu sein. Dann hatte ihn sein Wecker zurück ins Leben gerufen.

Frank schüttelte sich. Es war an der Zeit, die Gespenster der

Nacht zu vertreiben, und zwar gründlich. Vor ihm in der Auslage stapelten sich Apfeltaschen, Mohnstreusel, Nussecken und zahlreiche weitere Köstlichkeiten. Damit wollte er sich jetzt beschäftigen und mit nichts sonst. Er deckte sich mit einer großen Tüte belegter Brötchen und süßer Plunderstückchen ein, die garantiert ausreichten, um die fehlende Kalorienzufuhr des Vortages auszugleichen und ein Polster für den kommenden Tag zu bilden. Dazu nahm er noch vier Dosen Cola, damit er auf Brunis Möchtegernkaffee verzichten konnte. Aber Koffein musste sein, wenn er auf Hochtouren laufen wollte.

Die Verkäuferin hinter der Theke bediente ihn überaus freundlich, wobei sie sich nicht sonderlich beeilte. Hingebungsvoll knickte sie die Tütenecken und verpackte alles noch mal in eine Plastiktasche, die sie ihm über den Tresen reichte, aber nicht losließ. Ihre Augen folgten dem letzten Kunden, dem sie noch einen schönen Tag hinterherrief, bis zur Tür. Erst dann gab sie die Tasche frei und nahm Franks Geld entgegen.

»Haben Sie heute Besuch zum Frühstück, von den Kripo-Herren aus Erbach?« Sie beugte sich vertraulich über die Kasse etwas näher zu ihm. »Was ist denn eigentlich genau passiert, da draußen auf dem Feld?«

Darum also die Verzögerung. Unter vier Augen versprach sie sich mehr Erfolg beim Ausfragen. Verschlafen suchte Frank nach einer Antwort, doch bevor er noch ein Wort sagen konnte, erntete er schon ein gekränktes Schnauben.

»Typisch! Sie sagen also auch wieder nichts. Da kriegt man es doch mit der Angst zu tun und traut sich nicht mehr aus dem Haus, wenn einem niemand was Genaues erzählt! Mein Mann hat gehört, dass der Brettschneider von einem Tier angefallen worden ist. Ist es wirklich ein Wolf gewesen?«

Frank steckte das Wechselgeld ins Portemonnaie und schüttelte überrascht den Kopf. »Ein Wolf? Nein, eher nicht.«

»Sind Sie sicher? Was soll es denn dann gewesen sein?«

Den spontanen Gedanken an ein Wildschwein behielt er für sich, der war unappetitlich, und die Spurenlage auf dem Acker sprach dagegen. Ein Wildschwein kam selten allein, und eine ganze Rotte hätte mehr Schaden in der Umgebung angerichtet. Außerdem trug die Erwähnung eines Menschenfleisch fressenden Wildschweins sicher nicht zur Beruhigung der Gemüter bei. Er musste davon ausgehen, dass alles, was er seiner aufmerksamen Zuhörerin erzählte, anschließend die Runde durchs Dorf machen würde.

»Ich habe noch zu meinem Mann gesagt, das wäre nicht passiert, wenn der den Hund noch gehabt hätte. Da hätte sich kein Wolf dran getraut.«

Der Hund, der in die verlassene Hundehütte auf dem Hof gehört hatte. Den hatte Frank völlig vergessen. »Was hatte der Brettschneider denn für einen Hund? Muss ja ein großer gewesen sein, wenn er einen Wolf in die Flucht schlagen konnte ...« Einladend ließ er das Satzende offen und machte ein beeindrucktes Gesicht.

Sie rieb sich die mehligen Hände an der Schürze ab. »Einen Schäferhund. Reinrassig, aber ein böses Vieh. Jedenfalls zuletzt. Die Alte hat ihn im Griff gehabt, bei ihr hat er gekuscht und aufs Wort pariert. Aber der Theodor kam gar nicht mit ihm zurecht.«

»Ah. Sie kannten Herrn Brettschneider demnach näher?«

»Nein, woher denn? Es wurde halt drüber geredet, dass der Hund so grässlich heult und alle Leute verbellt, die am Hof vorbeigehen. Die Alte ist einem schon manchmal begegnet mit dem Tier. Groß und fast schwarz, zum Fürchten. Aber als die tot war, hat es nicht mehr lange gedauert, und der Hund war weg, weil er gebissen hat. Das weiß ich vom Doktor, denn da habe ich den Brettschneider getroffen, mit verwickelter Hand.

Eklig hat das ausgesehen, blutig und nur so ein dreckiger Lappen drum herum … Und mein Mann hat gesagt, dass der den Hund bestimmt geprügelt hat. Sonst wäre der nicht so geworden. Mein Mann kennt sich nämlich aus mit Tieren.«

»Ja dann«, murmelte Frank und packte die Tüte fester. »Wo ist der Hund denn hin? Hat er ihn verkauft oder ins Tierheim gebracht?«

»Das weiß ich nicht. Nur, dass er nicht mehr auf dem Hof ist.« Sie riss die Augen auf und schlug die Hand aufs Herz. »Meinen Sie, das war sein eigener Hund? Läuft der etwa frei herum?«

»Nein, nein. Sicher nicht. Herr Brettschneider ist nicht angefallen worden und wurde auch nicht von einem Tier getötet. Das dürfen Sie gerne weitersagen. Die Hinweise auf ein Tier stammen« – er zögerte – »von hinterher, verstehen Sie?« Wenn es eine Möglichkeit gab, Fraßspuren schonend zu umschreiben, dann war er offenbar nicht in der Lage, sie zu erkennen. Nicht um diese Uhrzeit und nicht nach dieser Nacht. »Jedenfalls müssen Sie sich keine Sorgen wegen eines Wolfes oder eines wilden Hundes machen«, schob er nach, ehe die Verkäuferin nach weiteren Details fragen konnte.

Hinter ihm öffnete sich die Tür.

»Ich muss dann mal los.« Schnell nutzte Frank die Gelegenheit, um sich davonzumachen. Hoffentlich reichte seine Entwarnung aus, um ihren Ehemann und Tierkenner von der Wolfsjagd abzuhalten und ein neues Gerücht von einer streunenden Hundebestie zu verhindern. Eine selbst ernannte und bewaffnete Bürgerwehr im Wald konnten sie nicht wirklich brauchen.

Frank traf noch vor Brunhilde auf der Dienststelle ein. Nur ein kleines Schild an der Glastür auf der Straßenseite verwies auf den Seiteneingang, durch den man direkt zu ihnen ins Büro gelangte. Der Haupteingang der Limeshalle führte zur Verwaltungsaußenstelle und zum Gemeindesaal. Bei seinem ersten Besuch hatte er prompt vor der falschen, verschlossenen Tür gestanden, bis er eher zufällig den Hinweis auf die Polizeistation zwischen den Veranstaltungsplakaten entdeckt hatte.

Es konnte nicht schaden, Bruni ein wenig zu bauchpinseln, wenn er sie weiter ausfragen wollte. Er nahm den Wasserkocher in Betrieb und trank bereits die zweite Coladose aus. Kaum dass sie den Fuß durch die Tür setzte, goss er ihr Kaffeepulver auf. Eines der Plunderteilchen lag einladend auf ihrem Schreibtisch bereit.

Fragend hob sie die Augenbrauen. »Sag mir lieber gleich, was du ausgefressen hast.« Sie schälte sich aus der Jacke. »Guten Morgen übrigens.«

»Guten Morgen, Bruni. Die Antwort ist: Gar nichts hab ich ausgefressen. Wieso bist du so misstrauisch?«

»Weil es im Leben nichts gratis gibt, mein Lieber. Das wissen wir beide. Also, wenn du nichts angestellt hast, dann willst du was von mir.«

Seufzend platzierte Frank ihre Tasse neben dem Teller, zog sich einen Stuhl heran und setzte sich ihr gegenüber. Es war zwecklos, ihr weiter etwas vormachen zu wollen, damit konnte er sie nur verärgern. »Ja, ich will was. Ein paar zusätzliche Infos über Theodor Brettschneider. Ich hatte gerade ein anregendes Gespräch beim Bäcker und konnte dabei hoffentlich eine Treibjagd auf einen angeblichen Wolf abbiegen. Da ist mir Brettschneiders Hund wieder eingefallen, von dem noch die Hütte und der Napf da sind. Ich wüsste gern, was aus ihm geworden ist und seit wann er nicht mehr da ist.«

»Und wieso interessiert dich das?«

»Verbuche es unter sinnloser Neugier. Also?«

»Ehrlich gesagt habe ich keinen Schimmer, wo der Hund hin ist.« Brunhilde setzte sich. »Im April war er jedenfalls noch da. Das weiß ich, weil so um Ostern herum eine Anzeige wegen Tierquälerei erstattet wurde. Von Urlaubern, die mit ihren Kindern im Borntal spazieren gegangen sind. Die hatten selbst so eine kleine Töle dabei, weiß nicht mehr, was für eine Sorte. Ein Modehund eben. Auf dem Hof ist der Köter an der Kette fast durchgedreht, als die davorstanden. Das Tor war offen und sie haben gesehen, wie der gezerrt und gegeifert hat, dann kam der Brettschneider, hat gebrüllt und ihm ein paar Tritte verpasst, bis Ruhe war. Da ging der Ärger natürlich erst richtig los. Der hatte absolut kein Händchen für Viecher, auch sonst nicht. Ich habe dem Brettschneider dann ins Gewissen geredet, dass er den Hund so nicht behandeln darf. Mit Bußgeld und Tierschutz gedroht. Das Übliche eben.«

Gedankenverloren verspeiste Frank das süße Teilchen von Brunhildes Teller. »Und die Marie?«, nuschelte er. »Konnte die besser mit Tieren umgehen? Ich meine, irgendwer muss sich doch um die Tiere auf dem Hof gekümmert haben.«

Brunhilde nahm ihm den Plunderrest aus der Hand und biss ab. »Wieso denn jetzt die Marie? Die ist doch schon ewig weg.«

Frank fegte ein paar Krümel vom Tisch. In seinem Kopf formte sich ein undeutliches Bild. Wie in einem beschlagenen Spiegel, der nur kleine Stellen scharf umrissen zeigt, solange man mit einem Tuch darüberwischt, um sie anschließend wieder zu verschleiern.

»Allerdings glaube ich schon, dass die Marie sich früher um die Tiere gekümmert hat«, stimmte Brunhilde ihm zu. »Aber viele sind das sowieso nie gewesen. Ein paar Hühner und Schweine, nur für den eigenen Bedarf und zur Resteverwertung. Die Hunde waren immer Johannas Sache.« Sie leckte sich die Finger ab. »Was hast du denn noch alles in deiner Tüte?«

Frank kippte den Inhalt auf den Teller, und Brunhilde langte nochmals zu.

»Hunde? Ich dachte es gab nur den einen?«

»Das war der letzte. Früher hatte sie bis zu vier Stück gleichzeitig. War aber keine eigene Zucht, dafür hätte sie ja eine Genehmigung gebraucht. Reine Schutzhunde. Na ja, auf dem einsamen Hof gar kein Fehler. Obwohl es dort sicher nichts zu stehlen gab.«

Vier scharfe Hunde und eine Mauer voller Glasscherben. Das hielt ungebetene Besucher garantiert fern.

Brunhilde sprach kauend weiter. »Der Theodor war weder ein Menschen- noch ein Tierfreund. Worte wie Bitte und Danke kannte der nicht. Hat er auch von anderen nicht erwartet. Und untereinander hat dort ein rauer Ton geherrscht. Kein Wunder, dass er die Tiere getriezt hat. Ich schätze, der Johanna saß die Hand auch recht locker, wenn du weißt, was ich meine. Aber das ist nur eine Vermutung.« Erst jetzt schluckte sie und spülte mit einem Schluck Kaffee nach.

»Komisch, findest du nicht? Ich hätte erwartet, dass es in einer so religiösen Familie besonders herzlich und freundlich zugeht. Klingt für mich nicht gerade nach großer Nächstenliebe.«

»Darauf willst du also hinaus. Die Beziehung zu diesen Matthäanern und Herrn Büchler. Ja, das stimmt. Seltsam finde ich das auch. Gerade weil der Büchler die Gemeinschaft der Glaubensschwestern und -brüder so betont hat. Vielleicht hat er die Brettschneiders persönlich doch nicht so gut gekannt. Aber wir haben es amtlich, dass er die Erben vertritt, also wird es schon seine Richtigkeit haben. Und bevor du dich zu einer Motivkonstruktion hinreißen lässt: Ich glaube kaum, dass der Hof viel wert ist.«

Der Einwand überzeugte Frank nicht. »Du meinst, nicht genug, um dafür einen Mord zu begehen?«

Sorgsam verbarg sie die Angst in der Tiefe ihres Herzens, von dem sie wusste, dass es ein schlechtes war und ein falsches. Aus der Sünde geboren und unfähig, dieser zu entkommen. Sie hatte gelernt, Prüfungen sofort zu erkennen, sie zu hassen und sie zu überleben. Niemals durfte der Prüfer ihre Furcht spüren, und niemals durfte sie antworten, denn nichts konnte jemals richtig sein. So wie auf jeden Tag eine Nacht folgen musste, folgte auf die Prüfung der Schmerz.

Mit den Fingerspitzen strich sie über die Blumen auf dem weichen Stoff, der ihren Körper trügerisch umschmeichelte, umkreiste die Blüten mit steter Geschwindigkeit in immer gleicher Folge.

Der Mann, der sich Dieter nannte, verzog die Lippen und zeigte die Zähne. Ihre Finger verloren den beruhigenden Rhythmus, der zu der Musik passte, die er mit einem Knopf leiser und lauter werden ließ. War diese Prüfung eine Strafe für die Eitelkeit, die ihr zu Kopf gestiegen war und sie vor dem Spiegel hatte posieren lassen? Herausgeputzt wie eine Hure. Sie hatte sein Geld nicht angetastet, als er sie allein in der Stadt zurückgelassen hatte und es ihm am Abend wieder überreicht. Doch sah er nicht zufrieden aus. War ihre Geste zu stolz gewesen, hochmütig gar, weil sie der Verführung widerstanden hatte? Was erwartete er von ihr?

»Du bist nicht stumm«, sagte der Mann und ging vor ihr in die Hocke. »Du kannst mich gut hören, und wenn du allein bist, dann summst du zur Musik. Irgendwann wirst du mit mir reden. Jeder Mensch will reden. Dann wirst du mir dein Geheimnis verraten und mir deinen Namen sagen.«

Sie hielt den Atem an. Seine Hände umfassten die ihren, die sie ihm nicht zu entziehen wagte. Hilflos wartete sie darauf, dass sein Griff sich verstärkte, bis die Gelenke brannten und Taubheit die Finger wie tot werden ließ.

»Weißt du, was ich machen werde? Ich gebe dir jetzt jeden Tag einen anderen Namen. Und wenn ich den richtigen getroffen habe, dann sagst du mir das. Oder wenn du es nicht sagen willst, dann, dann zupfst du mich am Ohr. Na, wie klingt das?«

Seinen Worten folgte ein kurzes, meckerndes Stakkato, das seine Wangen zum Zittern brachte.

Still!

Die Stimme dröhnte in ihrem Kopf, und sie presste die Lippen fest aufeinander.

Still sein soll es, das nichtsnutzige Balg!

»Für heute bist du Melanie. Ja, das gefällt mir. Melanie ist ein hübscher Name. Findest du nicht auch?«

Ihr Blick huschte über seine behaarten Hände, über das Blumenkleid und hin zum Sofa, auf dem sie die Nächte verbrachte, ohne dass er sich ihr näherte. Die Alte hatte gesagt, dass das passieren würde. Dass es passieren musste, weil es ihr Schicksal war und sie es nicht besser verdiente. Aber es passierte nicht. Wieso nur tat er ihr nicht weh, gab ihr stattdessen zu essen, ohne eine Bedingung zu nennen?

In das Rauschen ihres Blutes mischte sich ein fernes Flüstern. Eindringlich und beschwörend.

Ich schenke dir ein Geheimnis. Du darfst es ihnen nie verraten. Du kannst niemandem vertrauen. Niemandem.

Sie wollte stark sein und wachsam, folgsam und still. Wer still war, konnte nichts verraten. So still, wie die Alte es verlangt hatte. Immer und immer wieder.

Sie hörte das Zischen in ihrem Kopf.

Wer seine Zunge hütet, bewahrt sein Leben.

Ihre Lider flatterten, bald musste die Erlösung folgen. Sie sehnte die Dunkelheit herbei. Ihr Körper verlangte nach Luft, die sie ihm verweigerte, das runde Gesicht des Mannes vor ihr verschwamm …

»Was machst du denn, Kleines? Atme! Hörst du mich? Atme!«

Das Vergessen umfing sie mit sanften Armen.

Mittwoch, 20. Juli, Vielbrunn, 10:45 Uhr
– Frank Liebknecht –

Wilhelm Ruckelshaußen machte ein säuerliches Gesicht, als er die Dienststelle betrat. Frank begrüßte er mit einem Kopfnicken und wandte sich dann Brunhilde zu. »Morgen, Hildchen.«

»Guck mal an, der Herr Ortsvorsteher. Guten Morgen. Hast du dich in der Tür geirrt?«

»Sag mal, was war denn hier gestern los?«

»Gar nichts war los. Ruhiges Geschäft.«

»Komm, stell dich nicht dumm, Hildchen, raus damit. Was habt ihr – du und dein junger Kollege da – mit dem Herrn Büchler angestellt? Der war fuchsteufelswild und hat sich bitterst bei mir beklagt.«

»Ach der.« Brunhilde lehnte sich zurück und überkreuzte die Arme. »Na, wenn er bei dir war, dann weißt du doch Bescheid.«

Wilhelm Ruckelshaußen setzte sich und spitzte die vollen Lippen. »Ich hätte gern deine Version gehört, wieso ihr dem Mann das Leben schwer macht.« Mit einem hellen Klatschen verschränkte er die Finger ineinander. »Hast du eine Ahnung, welche Pläne er in der Tasche hatte? Der kann uns richtig Geld ins Dorf bringen und Prestige. Aber er kann uns genauso sehr schaden, wenn er der Presse erzählt, er wurde in Vielbrunn aus Glaubensgründen von der Polizei schlecht behandelt.«

»So ein Unfug!« Brunhilde schnaufte. »Auch wenn das Herrn Büchler nicht schmeckt: Das Gelände ist nicht freigegeben. Und für eine Sondergenehmigung sind wir nicht zuständig.«

»Das mag sein. Doch du hättest dich deutlich hilfsbereiter

zeigen können und bei der entsprechenden Stelle ein gutes Wort für ihn einlegen.« Vorwurfsvoll runzelte Ruckelshaußen die Stirn, um gleich darauf einzulenken. »Und genau darum bin ich hier. Wir können die Sache hoffentlich noch geradebiegen, wenn du dich jetzt ans Telefon setzt und bei der Kripo in Erbach nachbohrst. Das muss sich doch beschleunigen lassen. Mit ein bisschen Überredungskunst.« Er rang die Hände und neigte sich dabei nach vorn. Eine theatralische Gebärde, die er vermutlich zu hundert Prozent von Büchler kopiert hatte.

»Mein lieber Wilhelm«, säuselte Brunhilde zuckersüß und kniff für eine Sekunde die Augen zusammen.

Frank zog automatisch den Kopf ein. Wenn er eins gelernt hatte in den letzten drei Monaten, dann, dass keiner Bruni Anweisungen erteilte. Es funktionierte nicht, auch wenn man versuchte, sie als Bitte zu tarnen.

»Nur weil wir zwei im gleichen Gesangsverein sind, kann ich dir zuliebe weder Vorschriften missachten noch Entscheidungsebenen verschieben. *Wir*«, sie betonte das Wort mit einer Geste, die Frank unmissverständlich in das Gespräch mit einbezog, »haben nichts getan, was man *geradebiegen* müsste.«

»Das sieht Herr Büchler aber ganz anders.«

Brunhilde faltete nun ebenfalls die Hände und ahmte Ruckelshaußens Körperhaltung nach. »Du kannst dir gar nicht vorstellen, wie wurscht mir das ist.«

Diese Frau konnte jeden in Grund und Boden starren, da war Frank sicher. Um das fruchtlose Kräftemessen zu beenden, holte er drei Gläser aus dem Schrank und öffnete eine Wasserflasche.

Mit dem zischenden Entweichen der Kohlensäure löste sich die Anspannung auf Brunhildes Gesicht. »Welche Pläne hat dieser Büchler überhaupt, die so eilig sind?«

Ruckelshaußen schlug die Beine übereinander, offensichtlich erleichtert, dass sich das Gespräch nun in die von ihm bevorzugte Richtung bewegte. »Seine Kirche plant eine Ferienanlage auf dem Gelände.«

»Kirche würde ich das nicht nennen«, warf Frank dazwischen.

Ruckelshaußen schaute ihn irritiert an. Er hatte wohl eine andere Reaktion auf seine Aussage erwartet.

»Die Matthäaner machen auf mich eher den Eindruck einer Sekte. Ich habe ein bisschen im Internet gestöbert«, legte Frank nach.

»Ferienanlage? Was soll ich mir darunter vorstellen?« Brunhilde nahm das Wasserglas, das er ihr hinhielt und setzte es an die Lippen. Dass auch sie seinen Einwurf einfach überging, ärgerte Frank. Statt sich wieder zu setzen, lief er ungeduldig auf und ab.

»Ein christliches Erholungsheim, Begegnungsstätte, Seminarzentrum für die Mitglieder der Kirche …«

»Das ist keine Kirche«, knurrte Frank leise.

»… gebaut und renoviert unter Einhaltung der Denkmalschutzbestimmungen für den alten Hof. Außerdem …« Ruckelshaußen schmetterte das Wort mit Nachdruck und hörbarer Begeisterung in den Raum. »Außerdem alles auf dem neusten Stand der Umwelttechnik. Solaranlagen, Erdwärme. Das wird ein fabelhaftes Vorzeigeprojekt, mit dem wir an unsere Traditionen anknüpfen können. Gleich in mehrfacher Hinsicht.«

Frank schaute von Ruckelshaußen zu Brunhilde. »Kann mich jemand aufklären? Ich verstehe den Zusammenhang nicht. Welche Tradition?«

»Klar, kannst du nicht wissen.« Brunhilde nickte. »Tradition heißt in dem Zusammenhang erstens: 1980 wurde die Ferienhaussiedlung gebaut, am Ortsrand, wenn du von hier aus die

Limesstraße weiterfährst, und am Friedhof vorbei. Die kam dann aber leider nicht so gut in Schwung. Der Tourismus in Vielbrunn könnte schon mal wieder einen Schub vertragen. Und zweitens haben sich draußen auf dem ehemaligen Militärgelände Hainhaus mehrere Firmen mit grüner Technologie angesiedelt. Biomasse, Photovoltaik, Windenergie und so Zeug. Das hat Vielbrunn sehr positiv ins Gespräch gebracht. Gerade jetzt kämpfen wir aber gegen die Genehmigung weiterer Windräder, die zu nah an Bremhof gebaut werden sollen.«

Ruckelshaußen klopfte zu jedem ihrer Sätze auf die Schreibtischplatte und fiel ihr dann ins Wort. »Dadurch bekommt unser Image als guter Standort für erneuerbare Energien einen kleinen Schönheitsfleck, der die Investoren abschrecken könnte. Wobei es uns lediglich um eine Verschiebung der Windräder geht. Wenn wir aber in der nächsten Sitzung im Bauausschuss ein neues Projekt vorstellen können, das sich ökologisch engagiert, dann wäre das von großem Vorteil für die gesamte Region. Und es erleichtert uns, die kleinen Sonderwünsche durchzudrücken.«

»Sonderwünsche?« Frank blieb stehen und lehnte sich ans Fensterbrett. Er bemerkte, wie Ruckelshaußen leicht zusammensackte. Da hatte er wohl etwas ausgeplaudert, was er eigentlich lieber für sich behalten wollte.

»Der Bebauungsplan muss minimal angepasst und der Verbindungsweg nach Laudenbach um einige Hundert Meter verlegt werden; weg vom Hof um die Felder herum«, erläuterte er schnell, mit einer wegwerfenden Bewegung, als wäre das eine zu vernachlässigende Kleinigkeit.

»Wieso das denn?« Auch Brunhilde wollte den Punkt nicht so einfach abhaken.

»Die Anlage soll ein Ort der Stille und der Einkehr sein für die Gläubigen. Für eine gewisse Abgeschiedenheit ist es von Vorteil, wenn keine Wandergruppen am Haus vorbeiziehen.«

Frank hörte förmlich Büchlers Stimme, wie er leise zitternd und mit Inbrunst von religiösen Exerzitien faselte. Abgeschottet von der Außenwelt. Mit einer Welle aus Ekel schwappten die Bilder der Nacht zurück in sein Bewusstsein. Die scheinbar heile Welt hinter dem Eisenzaun, die sich bei näherer Betrachtung als Gefängnis entpuppte, mit Aufsehern, mit Stacheldraht und drakonischen Strafen. »Was ist mit der Mauer um den Hof?«, fragte er ruppiger als beabsichtigt. »Reißen die Matthäaner die ein, oder erweitern sie die rund um das gesamte Areal, damit sie ungestört beten können?«

»Es gibt keinen Grund, sarkastisch zu werden, Herr Liebknecht.«

»Aber bei einer Sekte gibt es ausreichend Grund, skeptisch zu sein, Herr Ruckelshaußen. Wenn Sie sich die Berichte im Internet ansehen, werden Sie feststellen …«

»Dass nirgendwo so viel gelogen wird wie in diesem Medium der unbegrenzten Möglichkeiten!« Ruckelshaußen setzte sich aufrecht. »Ich halte mich lieber an handfeste Fakten. Und die habe ich in Form eines detaillierten Nutzungsplans, den mir Herr Büchler überlassen hat.«

»Die haben Kontakte zur Colonia Dignidad in Chile.« Frank hob die Stimme. »Das können Sie doch nicht einfach wegignorieren!«

Ruckelshaußen stutzte kurz. »Unsinn.« Er winkte ab und warf Frank einen schon fast mitleidigen Blick zu. »Die Matthäaner-Gemeinde hat ihren Sitz in Paderborn. Sie sind als Religionsgemeinschaft anerkannt und eingetragen. Das reicht mir. Büchlers Plan enthält auch die Zusicherung, dass sie sich an den Kosten für die Zufahrtsverlegung beteiligen und selbstverständlich die örtlichen Handwerker und Unternehmen bei den auszuführenden Arbeiten berücksichtigen. Und dabei bleibt es ja nicht. Bei einem solchen Betrieb fallen immer wieder Aufträge an. Ich sag nur: Reparatur und Wartung, Lebensmittelversorgung; Jobs für unsere Bürger. Die Angelegenheit werde ich heute Abend mit dem Ortsbeirat in einer Sondersitzung durchsprechen und dann zügig vorantreiben. Und, Hildchen, ich verlasse mich darauf, dass ihr da nicht künstlich irgendwas verzögert.«

»Nun mach mal halblang, Wilhelm!« Brunhilde schlug auf den Tisch.

»Nichts für ungut, aber sehr kooperativ sieht euer Verhalten für mich wirklich nicht aus. Ich muss doch an die Leute hier denken, verstehst du das nicht? Die Matthäaner haben noch eine zweite potenzielle Niederlassung im Auge. Im Schwarzwald. Wenn wir uns hier jetzt zickig anstellen, geht uns das Geschäft durch die Lappen.«

Ein Geschäft. Klar. Und ein lukratives noch dazu. Nur für wen eigentlich genau, das musste Frank noch herausfinden. In Gedanken ging er die Liste der möglichen Profiteure durch, fand aber niemanden, der einen spektakulären Gewinn zu erwarten hatte. »Gehören die Wiesen und Äcker rund um den Hof eigentlich alle zusammen, oder sind auch welche im Besitz anderer Eigentümer?«

Brunhilde zog die Stirn in Falten und nippte an ihrem Wasser. Endlich hörten sie ihm zu, aber anscheinend verstanden sie noch nicht, worauf er hinauswollte. Dann musste er wohl deutlicher werden. »Ich frage mich gerade, ob die Änderungen im Bebauungsplan nur das Hofgrundstück betreffen oder ob die noch weitergehen? Wollen die Matthäaner eventuell noch zusätzliches Land kaufen und bebauen?«

Ruckelshaußen schnappte nach Luft, seine Nasenflügel bebten vor Empörung. »Ist Ihnen klar, was Sie mir da gerade unterstellen?«

Frank unterdrückte ein Auflachen. Triumphierend, aber freudlos registrierte er den Volltreffer. »Ich unterstelle Ihnen überhaupt nichts. Ich bin nur wissbegierig. Das liegt an meinem Beruf. Genau darum schätze ich handfeste Fakten ebenso sehr wie Sie. Zur abschließenden Beurteilung einer Sachlage braucht man jedoch die Kenntnis aller Gegebenheiten.« Den Beamtenjargon hatte er auch drauf. Er schaute Ruckelshaußen direkt in die Augen. Geradeaus, ohne auszuweichen, ohne arrogant zu wirken. Und ohne Schwäche zu zeigen. Die Ader unter Franks Narbe pochte. »Was ich mich die ganze Zeit über schon frage: Woher wusste Herr Büchler eigentlich so schnell von Theodor Brettschneiders Tod? Gibt es vielleicht noch mehr Brüder und Schwestern der Matthäaner in Vielbrunn, oder hat Büchler hier schon vorher geschäftliche Kontakte geknüpft?«

»Da fragen Sie den Falschen.« Wilhelm Ruckelshaußen kämpfte sichtlich um Selbstbeherrschung und erhob sich. »Ich habe Herrn Büchler erst gestern kennengelernt. Und glauben Sie mir, es war beileibe nicht leicht, ihn zu beruhigen und ihn dazu zu bewegen, mir sein Anliegen überhaupt noch zu präsentieren.«

Eine diplomatische Meisterleistung, garantiert. Frank schluckte die Bemerkung hinunter, um sich einen neuerlichen Sarkasmusvorwurf zu ersparen. Büchler manipulierte professionell, und Ruckelshaußen sprang auf Knopfdruck in die gewünschte Richtung. All seine Argumente gegen die Matthäaner konnte Frank getrost einpacken, dafür war Ruckelshaußen garantiert nicht mehr zugänglich.

»Halten Sie Ihre Wissbegierde im Zaum, junger Mann, und vor allem Ihre Zunge, ehe Sie uns alle damit in Teufels Küche bringen. Eine als gemeinnützig anerkannte Organisation als zwielichtige Sekte zu verunglimpfen, ist keine Kleinigkeit.« Ruckelshaußen tippte Frank mit dem Zeigefinger gegen die

Schulter. Bruni bedachte er mit einem knappen Kopfnicken. »Hildchen – wir sehen uns bei der Chorprobe.«

Geräuschvoll atmete Brunhilde durch, als sie wieder alleine waren. Dabei schaute sie Frank aufmerksam an. »Das war nicht übel«, sagte sie schließlich. »Inhaltlich bin ich unschlüssig, aber dein Auftreten hat mir gefallen. Wilhelm fühlt sich zwar als Sieger, weil er das letzte Wort hatte, aber der wird dir in Zukunft trotzdem mit mehr Respekt begegnen. Die breite Brust solltest du dir öfter gönnen, Frank. Die wirst du vermutlich in nächster Zeit auch noch brauchen. Wenn Wilhelm den Ortsbeirat im Sack hat, zieht er als Nächstes den Stammtisch auf die Seite des Bauprojekts. Das bedeutet kalten Gegenwind für alle Kritiker.«

»Dann sollte ich meine Hütte besser wetterfest machen.« Frank grinste, aber ohne die Souveränität, die er gerne dabei empfunden hätte. »Und auf welcher Seite bist du, Bruni?«

»Auf der Seite von Recht und Gesetz, mein Lieber. Darum halte ich mich aus solchen Querelen raus. Ich habe es dir schon mal gesagt und ich meine es wirklich gut: Verrenn dich nicht. Du könntest dir mehr als nur die Hörner abstoßen.« Sie seufzte und klang dennoch ein bisschen stolz auf ihn. »Ich weiß natürlich auch, dass du das durchziehen musst. Nur, wenn du dich auf Fakten berufst, dann müssen die stehen wie Stahlbeton.«

Frank schubste sich vom Fensterbrett ab und setzte sich neben sie auf die Schreibtischkante. »Du hast recht. Und ich werde dich nicht mit reinziehen, versprochen. Aber von der ganzen Sektensache mal abgesehen, siehst du immer noch kein Mordmotiv?«

Mittwoch, 20. Juli, Vielbrunn, 18:55 Uhr
– Frank Liebknecht –

Direkt vor der Haustür stellte Frank das Rad auf den Sattel und breitete sein Werkzeugsortiment daneben aus. Er stupste das Vorderrad an und betrachtete die eiernde Bewegung. Nichts zu machen. Hier brauchte es Geduld und Geschick, um die Speichen wieder ordentlich auszurichten. Abmontieren und gerade biegen hätte ihm besser gefallen. Am liebsten mit ein paar Fußtritten. Aber so funktionierte das leider nicht. Wenigstens wagte sich die Sonne noch mal hervor und wärmte seinen Rücken.

Mit einer Bürste entfernte Frank zuerst grob den Dreck vom Rahmen.

»Das muss Sie ja ordentlich gebeutelt haben. Darf ich mit ein bisschen alternder Muskelkraft behilflich sein?«

Ein langer Schatten fiel auf das Pflaster, und unwillkürlich lächelte Frank, als er Karl Hofmeisters Stimme hinter sich erkannte.

»Gern.« Entschuldigend hob er die schmutzigen Hände.

Hofmeister winkte ab. »Kein Grund für Förmlichkeiten.«

Er nahm die Baskenmütze vom Kopf und krempelte die Ärmel hoch. Frank suchte den Spanner aus dem Werkzeugkasten. Ohne viele Worte zu verlieren, werkelten sie gemeinsam weiter, brachten jede einzelne Speiche wieder in die richtige Position. Zum Schluss stieß Frank das Vorderrad erneut an. Kein Schleifen mehr und kein Schlingern. Eine runde Sache.

»Einwandfrei, danke. Sie haben Glück, Herr Hofmeister, ich kann mich heute immerhin mit einem Bier bei Ihnen revanchieren. Gestern hätte ich nur Leitungswasser anbieten können.«

»Da sag ich nicht Nein.«

Frank ging ins Haus und holte zwei Flaschen aus dem Kühlschrank, dann ließen sie sich nebeneinander auf der Türschwelle nieder und stießen miteinander an.

»Karl«, sagte Hofmeister und blinzelte in die Abendsonne. »Und von nun an: du, wenn es recht ist.«

»Ist es. Sehr sogar.« Das Zusammensein mit Karl tat Frank gut, seine Gegenwart wirkte irgendwie beruhigend. »Kann ich dich um etwas bitten, Karl? Vorausgesetzt, du hast noch Zeit.«

»Nur zu. Auf mich wartet keiner.«

»Ich brauche jemanden mit gesundem Menschenverstand, der mir hilft, meine Gedanken zu sortieren.«

»Und da denkst du an mich? Ich fühle mich geehrt und bin verwundert. Sollte ein junger Mann wie du nicht ausreichend Freunde haben, mit denen er sich austauschen kann?«

»Sollte er. Hat er aber nicht. Wie du siehst, wartet auch auf mich niemand, wenn ich Feierabend habe. Der junge Mann neben dir gilt gemeinhin als langweilig und bestenfalls als eigenartig.« Frank zog eine Grimasse. »War früher anders, als ich noch regelmäßig in der Band gespielt habe. Da waren die Freundschaften enger. Aber dann kam die Ausbildung, Lehrgänge, zuletzt der Umzug hierher. Man trifft die Freunde nur noch sporadisch und entwickelt sich in verschiedene Richtungen. Und plötzlich weiß man kaum mehr, über was man reden soll. Es reicht gerade noch zum gelegentlichen miteinander Feiern.« Obwohl er auch nicht gerade ein großer Partylöwe war. Er hob die Achseln. »Wahrscheinlich ist das ganz normal.«

»Jedenfalls für die Eigenartigen unter uns«, bestätigte Karl. »Aber das ist es nicht, was du gedanklich auf die Reihe kriegen willst. Oder doch?«

Frank schüttelte den Kopf. »Die Sache mit dem Brettschneider lässt mich nicht los. Und bevor du fragst: Ich habe Bruni versprochen, sie da außen vor zu lassen. Sie sieht mich kopfüber in einen Haufen Schwierigkeiten rennen, dabei will ich nur … Also, wie soll ich sagen …« Er zögerte. »Ich will doch nur verstehen.«

»Ein wahrhaft großes Vorhaben. Dann lass uns beginnen.« Tatkräftig klopfte Karl sich auf die Schenkel.

»Gehen wir rein. Ich möchte das ganz methodisch anpacken.« Frank reichte Karl die Hand, um ihm aufzuhelfen.

Eilig verstaute er Fahrrad und Werkzeug im Schuppen nebenan, während Karl auf dem Sofa im Wohnzimmer Platz nahm. Der Raum war klein und beengt, im Vergleich zu Karls Domizil.

Franks Laptop stand eingeschaltet und griffbereit auf dem Tisch. Karl bewegte die Maus. »Du dokumentierst deine Erkenntnisse?«

»Ich sammle Informationen. Bis zu echten Erkenntnissen bin ich noch nicht vorgedrungen. Aber ich speichere alles, was mir rund um den Todesfall auch nur annähernd wichtig erscheint«, rief Frank aus der Küche. Er kam mit einer Chipstüte im Arm zurück, die er aufriss und neben den Laptop warf.

»Dir liegt demnach immer noch das Huhn im Magen?«

»So kann man es auch ausdrücken. Ich glaube einfach nicht an einen Unfall. Ganz egal ob mit oder ohne Huhn. Kann sein, dass die Tat nicht planmäßig verübt wurde, sondern im Affekt. Aber es steckt mehr dahinter als ein unglücklicher Zufall. Und sehr vieles spricht dafür, dass es um den Hof geht.«

Mit schnellen Klicks öffnete Frank ein leeres Dokument und tippte drauflos. *Verdächtigenliste.* Fett und unterstrichen.

»Ist die Geschichte vom freundlichen Investor Clemens Büchler, der Vielbrunn eine neue Zukunftsperspektive eröffnet, schon bei dir angekommen?«

»Nicht allzu viele Details, aber ja, gehört habe ich davon.«

»Büchler und seine Matthäaner-Gemeinde haben auf den ersten Blick den größten Vorteil davon, dass Brettschneider nicht mehr existiert.« Beide Namen setzte Frank ganz oben auf das Blatt. »Solange Theodor lebte, besaß er das Nutzungsrecht am Hof. Ein echtes Problem, wenn man vorhat, dort eine religiöse Begegnungsstätte zu bauen. Und auch unser Vielbrunner Ortsvorsteher zeigt sich sehr eifrig, was die Umsetzung der Baupläne betrifft. Seine Reaktion auf meine Fragen war eindeutig. Getroffener Hund bellt, sagt man doch. Er macht mittelbar oder unmittelbar ein dickes Geschäft, wenn die Matthäaner ihre Pläne umsetzen. Und möglicherweise auch noch ein paar andere unserer Nachbarn. Sie wollen den Bebauungsplan im Borntal ändern, was sich natürlich positiv auf die Grundstückspreise auswirkt.«

»Ein Mord ist schon eine sehr radikale Problemlösung«, gab Karl zu bedenken.

»Darum sage ich ja, es kann durchaus Totschlag gewesen sein. Eine Diskussion um eine vorzeitige Übergabe, eine verweigerte Unterschrift, die zum Desaster führte. So in der Art.« Frank fuhr sich durch die Locken. »Außerdem sind da noch die Hinweise auf eine Frau. Ich glaube, sie war auf dem Hof, als Theodor ums Leben kam. Und ich frage mich die ganze Zeit, wer sie sein könnte. In dem benutzten Zimmer lag das Buch mit dem Foto. Hältst du es für möglich, dass Marie zurückgekommen ist? Ich meine, immerhin hast du sie gekannt.«

Karl rieb die Hände aneinander. Es hörte sich rau an wie Schmirgelpapier. »Die Theorie solltest du besser niemanden hören lassen, sonst packen sie im Dorf gleich wieder die Hexengeschichten aus. Gib mir einen Moment zum Überlegen.« Er stand auf und streckte sich, schlenderte durchs Zimmer und strich über die Saiten des Basses. »Darf ich?«

Auf Franks Nicken hob er das Instrument aus dem Ständer. »Ganz schön schwer.« Auffordernd reichte er den Bass an Frank weiter. »Gegenfrage: Welches Motiv könnte Marie haben, und wohin ist sie anschließend gegangen?«

Frank lehnte sich zurück und zupfte eine Tonleiter rauf und runter, verhalten und gedämpft, ohne den Verstärker. Er spielte eine Melodie an, die sich vibrierend in ihm ausbreitete, bis er sie mit der flachen Hand auf den Saiten abrupt stoppte. »Vielleicht«, sagte Frank, »wollte sie sich mit Theodor versöhnen, nachdem seine Mutter nicht mehr zwischen ihnen stand. Auch wenn du ein Faible für Johanna hattest, war sie für viele doch eher das Modell Hausdrachen, soweit ich das bisher nachvollziehen kann.«

Karl lachte kurz auf, häufte sich einen Berg Chips in die hohle Hand und bröselte dabei den Teppich voll. »Dann wäre die Versöhnung aber gründlich schiefgelaufen, wenn sie mit einem Messer in Theodors Bauch endet.«

»Kann man so sagen. Es kommt mir auch unlogisch vor, dass Marie anschließend im Haus bleibt und sauber macht. Entweder hätte sie panisch flüchten müssen oder aber Theodor reumütig zum Arzt bringen. Zu bleiben, ohne zu helfen, das ergibt keinen Sinn.«

»Ich denke doch«, widersprach Karl. »Wenn sie, oder sagen wir besser, wenn der Täter sicher war, dass Theodor es nicht schafft. Also, es nicht schafft, am Leben zu bleiben und auch nicht bis ins Dorf. Dann konnte der Täter bleiben und in aller Ruhe Spuren beseitigen.«

Frank stellte den Bass neben dem Sofa an die Wand. »Das wäre verdammt abgebrüht, findest du nicht? Wobei es natürlich dazu passt, dass sie noch mehrere Tage geblieben ist. Und ja, ich bin sicher, dass da eine Frau gewesen ist. Jemand hat die Post hereingeholt und Blumen hingestellt, nachdem Theodor längst tot war. Erzähl mir nicht, dass du auch nur einen

Mann kennst, der Blumen pflücken und in eine Vase stellen würde.«

»Die Person hat vielleicht nichts von Theodors Tod gewusst.«

»Du meinst, es könnte mehrere Besucher gegeben haben? Den Mörder, der das Blut aufwischte, und die Frau, die erst später ins Haus kam? Das klingt plausibel, wenn man außer Acht lässt, dass Theodor ein notorischer Einzelgänger war.« Frank schloss die Augen und stöhnte auf. Nichts passte zusammen. »Und sie hat nicht in sein Schlafzimmer geschaut und die Blutflecken dort bemerkt? Und wenn sie das Blut doch bemerkt hat, wieso hat sie sich nicht an die Polizei gewandt? Und wieso hat der Mörder das Blut ausgerechnet dort nicht auch beseitigt?«

»Ich sehe dein Problem.« Karl ließ seinen Zeigefinger über das fast leere Dokument auf dem Bildschirm gleiten. »Zu viele Eventualitäten mit zu wenig Grundlage. Wir sollten die gesicherten Punkte aufschreiben und dann auch mal rückwärts denken.«

»Okay, versuchen wir es so.« Frank ergänzte den Ortsbeirat und die geheimnisvolle Frau auf der Liste, dann schob er sich einen Stapel Kartoffelchips in den Mund. Er kaute und überließ es Karl, das nächste Stichwort zu geben.

»Wer geht garantiert nicht zur Polizei?«

Der Cursor auf dem Bildschirm zuckte herausfordernd. »Jemand, der schon Ärger mit der Polizei hatte. Jemand, der selbst nicht gefunden werden will, oder eben doch der Mörder. Und der fehlende Blick ins Schlafzimmer könnte daher rühren, dass …« Frank starrte auf die weiße Fläche, bis seine Augen brannten. »… dass die Person das Zimmer nicht betreten durfte!« Er schob den Laptop wieder direkt vor sich und packte die Maus. Irgendwo in den unsortiert abgespeicherten Dateien musste der Bericht über die Colonia Dignidad sein, den er jetzt brauchte. In schneller Folge öffnete er eine Handvoll Dokumente. »Hier, das ist es: *Männer und Frauen lebten streng getrennt. Die Anhänger verpflichteten sich zu harter Arbeit und absoluter Glaubenstreue. Jede Form von Sexualität galt als Sünde.* Und warte, da war noch etwas ganz Ähnliches.«

Karl stützte sich neben dem Laptop auf den Tisch und verfolgte jeden seiner Handgriffe. »Was machst du da?«

»Sekunde, ich habe es gleich.« Frank öffnete eine weitere Textdatei. Bingo. *»Die Gästehäuser, in denen sich die Schlafzimmer befinden, sind in zwei Bereiche aufgeteilt«*, las er vor. *»Jeweils ausschließlich für Männer oder Frauen.* Das bezieht sich auf den Hauptsitz der Matthäaner-Gemeinde. Und das erste Zitat stammt aus einem Bericht über die Colonia Dignidad in Chile. Über diesen Zusammenhang bin ich gestern Abend gestolpert und habe die halbe Nacht damit verbracht.« Frank redete immer schneller. Karl musste alles hören, was ihm gerade durch den Kopf ging. Sofort. »Walter Jung ist der Missionsgründer der Matthäaner und somit der Chef meines neuen Freundes Clemens Büchler. Dieser Jung ist in den letzten Jahren etliche Male in Chile gewesen, um in der deutschen Kolonie zu predigen. Die nennen sich heute *Villa Baviera*. Wahrscheinlich hoffen sie, dass dadurch ihre Vergangenheit als Colonia Dignidad irgendwann ganz vergessen wird. Wenn man sich die Glaubensprinzipien und die Lebenseinstellung ansieht, gibt es haufenweise Übereinstimmungen zwischen den Matthäanern und der Dignidad. Wobei in Chile unfassbare Schweinereien passiert sind. Die haben mit der rechten Pinochet-Diktatur gemeinsame Sache gemacht und nicht nur ihre eigenen Leute unterdrückt. Und …«

Sachte legte Karl die Hand auf seinen Arm. »Langsam, Frank.«

»Was ist?«

»Ich will nur, dass du mal durchschnaufst, bevor dir der Sauerstoff ausgeht. Die ganze Sache bringt dich ganz schön in Rage, und ich verstehe, dass du dir Luft machen musst. Auch wenn ich noch nicht sehe, was das mit Brettschneider zu tun hat. Jetzt nimm mal für einen Moment an, ich hätte noch nie von der Kolonie in Chile gehört, und du müsstest mir die wichtigsten Eckpunkte präsentieren. Versuche mal, nur die Tatsachen zeitlich zu sortieren, um sie von deinen Emotionen zu trennen.«

»Okay, ich versuche es. Ich gebe zu, das fällt mir in dem Fall schwer.« Wieder blitzte das Feld aus seinem Traum vor ihm auf, die Angst zu verdursten, zusammenzubrechen unter Hitze und Erschöpfung. Er spürte den Luftzug auf dem Flur des Brettschneiderhofs, sah die helle Öffnung der Tür, unerreichbar weit weg. Mit leisem Ächzen schüttelte er sich. Nein, er hatte seine Gefühle kein bisschen unter Kontrolle. Karls Vorschlag machte somit durchaus Sinn.

»In den Fünfzigerjahren gründete Paul Schäfer in Deutschland einen Missionsverein, zu dem auch eine Erziehungseinrichtung für die Kinder der Mitglieder gehörte«, begann er zögernd. »Als die Staatsanwaltschaft 1961 gegen ihn Anklage wegen Kindesmissbrauchs erhob, ist er mit etwa zweihundert Anhängern nach Chile verschwunden, wo die Colonia Dignidad entstand. Ein Großteil der Leute dort wusste nichts von den Hintergründen der Ausreise. Die einen glaubten an eine Chorfreizeit, den anderen hat Schäfer eingeredet, ein Einmarsch der Russen in Deutschland stünde bevor. Im gleichen Zeitraum bildete sich auch die Matthäaner-Gemeinde Paderborn unter dem Missionsvorsteher Walter Jung. Beide Gruppen berufen sich auf das Urchristentum und die wörtliche Einhaltung der Bibel. Sie verteufeln jede Form der Sexualität.«

Karl lauschte mit geschlossenen Augen, die er nun öffnete.

»Gab es dabei eine direkte Verbindung zwischen Schäfer und den Matthäanern?«

»Nein. Jedenfalls ist nichts bewiesen. Aber ich habe im Netz Aussagen von Leuten gefunden, die behaupten, dass Jung und Schäfer sich schon vor dessen Flucht nach Chile kannten. Was bedeuten könnte …«

»Stopp. Wir suchen keine Möglichkeiten oder Hypothesen, nur Tatsachen.«

Frank nickte. »Du hast recht. Also, gesichert ist, dass die Colonia Dignidad für ihre Bewohner zu einem Gefängnis wurde, mit Elektrozaun drum herum. Paul Schäfer hat ein System aus körperlicher und seelischer Unterdrückung aufgebaut, in dem er als Alleinherrscher Macht ausübte. Sex war verboten, aber er vergriff sich hemmungslos an kleinen Jungs. Darüber gibt es anerkannte Zeugenaussagen, und Schäfer wurde tatsächlich 2006 in fünfundzwanzig Fällen wegen Kindesmissbrauchs von einem chilenischen Gericht verurteilt. Fünfundzwanzig! Das ist echt ein schlechter Witz.« Frank hatte mehr Details gelesen, als ihm lieb war, und er kämpfte schon wieder damit, sich davon nicht mitreißen zu lassen. Den Mädchen in der Kolonie war es nicht besser ergangen als den Jungs, nur waren andere die Täter gewesen. Für Mädchen hatte Schäfer sich nicht interessiert. Franks Finger suchten unwillkürlich den Nazar, umfassten das glatte Glas. »Das Ganze hat auch eine politische Komponente, die ich noch nicht annähernd begriffen habe. Ich habe mich bisher in erster Linie mit dieser verlogenen pseudoreligiösen Fassade befasst. Jedenfalls ist Schäfer inzwischen tot, im Gefängnis gestorben. Doch Fakt ist, dass ehemalige Koloniebewohner Chile verlassen und sich um den Obermatthäaner Walter Jung in Paderborn versammelt haben, und das auch schon vor Schäfers Tod. Wenn das kein Beleg für eine enge Beziehung ist, dann weiß ich auch nicht.«

Karl verspeiste die letzten Chips aus der Tüte. »Auf den ersten Blick gebe ich dir recht, Frank. Doch kannst du aus dieser Tatsache auch auf die Art der Beziehung schließen?«

»Wie meinst du das jetzt?«

»Wenn die Kolonie in Chile ein Gefängnis war, wie hat man sie dann verlassen können?«

»Die Leute sind geflüchtet. Manche haben mehrere Versuche gebraucht, weil sie wieder aufgegriffen und zurückgebracht wurden. Solange Schäfer noch dort war, haben es nur wenige geschafft, nach Deutschland zu kommen.« Frank schlug sich mit der Hand vor die Stirn. »Ach, jetzt kapier ich. Du meinst, die ehemaligen Colonia-Dignidad-Mitglieder in der Paderborner Mission sind Flüchtlinge? Abtrünnige, die dort Zuflucht finden? Dann wäre Jung ja doch auf der guten Seite. Oder wenigstens auf einer besseren, als ich dachte.«

»Wäre das ein Problem für dich?« Ein Schmunzeln zog über Karls Gesicht. Der leise Vorwurf dahinter machte Frank verlegen. Wollte er in Walter Jung wirklich lieber einen Bösewicht sehen? Machte ihn seine persönliche Abneigung gegen die strengen Regeln der Sekte intolerant? Hatte er die Zeichen so gedeutet, wie es ihm in den Kram passte?

»Kein Problem«, sagte er langsam und versuchte sich selbst davon zu überzeugen. »Aber eine Überraschung ist es schon, wenn ich ehrlich bin. Clemens Büchler wirkt auf mich nicht gerade wie ein uneigennütziger Samariter. Natürlich kann ich mich auch täuschen. Vielleicht haben wir nur den falschen Tag miteinander erwischt.«

»Jeder hat eine zweite Chance verdient. Gute Einstellung.« Karl lehnte sich mit zufriedenem Lächeln zurück. »Haben wir das Durcheinander deiner Nachforschungen nun etwas gelichtet? Ich befürchte nur, in Bezug auf Theodor Brettschneider hat uns das nicht vorangebracht.«

Mit den Zeigefingern trommelte Frank auf das Laptop-gehäuse. Das stimmte. Aber er war noch nicht am Ende seiner Überlegungen angelangt. Es gab noch genügend lose Fäden zu verknüpfen.

»Es sind nur wenige Leute entkommen«, brummte er halblaut und durchforstete die gesammelten Daten. Sein Blick flog über die Zeilen, seine Lippen bewegten sich lautlos. *Aussteiger, Zeugen, Fluchtversuche.* Hofmeister schaute ihm über die Schulter.

»Treffer!« Frank gönnte sich eine kleine, triumphierende Pause. »Es gab offenbar eine Phase, in der die Kontrolle über die Kolonie-Bewohner nicht perfekt funktioniert hat. Im Dezember 1984 und im folgenden Februar ist es gleich zwei Paaren gelungen zu entwischen. Sie sind namentlich bekannt und haben bei der deutschen Botschaft und Amnesty International ausgesagt. Überleg mal: Was, wenn das nur das Ende einer Fluchtwelle gewesen ist? Ich konnte weder bei Johanna und Friedrich noch bei Theodor und Marie herausfinden, wo sie vor Juni 1984 gemeldet waren. Könnte doch sein, dass das kein Wunder ist und auch kein Fehler im Melderegister. Vielleicht war ich wirklich auf dem völlig falschen Dampfer und muss Abbitte leisten. Wenn die Paderborner Gemeinde den Hofkauf im Borntal über einen Notar finanziert hat, dann möglicherweise als Fluchthelfer! Die Familie hat den Weg in die Anonymität dem Schritt in die Öffentlichkeit vorgezogen und ist untergetaucht.« Theodor der Einzelgänger, der Sonderling. Die Begründung, die sich Frank aufdrängte, war ebenso einleuchtend wie erschreckend. »Er muss zum Zeitpunkt der mutmaßlichen Flucht ungefähr zwanzig gewesen sein«, murmelte Frank und räusperte sich. »Wenn meine Annahme stimmt, dann wurde er in Chile geboren und hatte bis zur Ausreise nichts anderes kennengelernt als die Kolonie.« Und höchstwahrscheinlich die fehlgeleitete Zuwendung eines pädophilen Sektenführers. Wie alle kleinen Jungs dort. Gute Gründe für späteren Alkoholmissbrauch und andere psychische Schwierigkeiten.

Karl sammelte ein paar verstreute Chipskrümel vom Boden und häufte sie am hinteren Tischende auf. »Und wie geht es nun weiter? Hilft das deinen Kollegen bei der Ermittlung?«

»Ich sehe keinen direkten Zusammenhang. Noch nicht. Bis ich den gefunden habe, behalte ich meine Vermutungen besser für mich.« Eine Frau aus der Kolonie hätte das Zimmer eines Mannes womöglich nicht betreten, auch nicht das des eigenen Ehemannes. Selbst Verheiratete schliefen dort fast immer getrennt. Auf dem Hof gab es vier Einzelschlafkammern, obwohl dort zeitweise zwei Paare gelebt hatten. Das passte verdammt gut.

Karl hob erwartungsvoll den Kopf. »Ich sehe ein Aber in deinen Augen. Was passiert gerade hinter deiner Stirn?«

Beim nächsten Telefonat mit Brenner oder Neidhard musste er mehr vorzuweisen haben als ein wackeliges Gerüst aus Möglichkeiten. Stahlbeton, hatte Bruni gesagt. Er brauchte die Hilfe eines Statikers, und jetzt wusste er, an welcher Stelle er ansetzen musste.

»Marie«, sagte Frank leise. »Es ist immer wieder Marie, an der ich hängen bleibe.«

Die Sonnenbrille machte den schnellen Wechsel von Licht und Schatten zwischen den Bäumen erträglicher. Dennoch musste Frank sich konzentrieren, um den Wagen in der Spur zu halten. Er fuhr zu schnell. Die Julisonne entfaltete am wolkenlosen Himmel ihre volle Kraft. Das schöne Wetter und die günstige Gelegenheit reizten ihn. Eine knappe Stunde Freiheit, dann würde er wieder abtauchen in merkwürdige Seelenwelten, sich düsteren Geheimnissen widmen. Und jederzeit konnte das Diensthandy klingeln und seinen Ausflug beenden.

Das hatte er auch der netten Dame am Telefon gesagt, als er sie um einen Termin bat. Sie war bereit, seine Fragen zu beantworten, egal wie umständlich er sich anstellte. Schließlich war sie daran gewöhnt, mit komplizierten Menschen umzugehen.

Er ließ die waldreichen Hügel hinter sich und kurvte entlang weiter Ackerflächen durch den Nachmittag. Aus dem CD-Player dröhnte Max Mutzkes *Marie*. Frank sang laut mit. Der Song machte ihm gute Laune. Er trat das Gaspedal weiter durch. Wie immer, wenn er an Marie dachte, tastete er automatisch nach dem Nazar. Wieso nur ließ ihn diese blöde Geschichte vom bösen Blick nicht mehr los?

In rekordverdächtiger Zeit leitete ihn das Navigationssystem zum alten Pfarrhaus der Gemeinde Leibenstadt. Frank drückte auf die Klingel, neben der ein Schild mit der Aufschrift *Wohnhof e. V.* hing. In das melodische Läuten mischte sich das Geräusch schneller Schritte, die sich über den gepflasterten Weg zum Garten näherten.

»Herr Liebknecht?« Die Frau mit dem dunklen Pagenkopf ergriff kurz seine Hand. »Ich bin Dagmar Lorenz. Willkommen in Leibenstadt.« Ihre kraftvollen Bewegungen strahlten Dynamik und Selbstbewusstsein aus. »Offensichtlich haben Sie gut hierher gefunden. Sie sind auf die Minute pünktlich.«

»Das war gar nicht so schwer, obwohl dieses Kaff tatsächlich noch kleiner ist als Vielbrunn.« Frank zuckte zusammen. Mist, das hätte er vielleicht nicht unbedingt laut sagen sollen! »Ich meine, also, Leibenstadt ist bestimmt wirklich perfekt geeignet, um sich eine Auszeit von der Welt zu nehmen. Da-das wollte ich sagen.«

»Die Ruhe ist von großem Vorteil, wenn man sich auf den Weg zu sich selbst macht. Und auch die Sache mit dem Kaff würde ich durchaus unterschreiben.« Ein spitzbübisches Lächeln huschte über Dagmar Lorenz' Züge. »Keine Sorge, dass ich seit über fünfunddreißig Jahren mit Sektenopfern arbeite, heißt nicht, dass ich den ganzen Tag über nur schwermütige Gedanken wälze. Humor hilft. Es geht in unserer Einrichtung darum, das eigene Leben neu zu entdecken und positiv in die Zukunft zu sehen. Was natürlich bedeutet, zunächst das Erlebte zu reflektieren und aufzuarbeiten.«

Frank nickte eilig. Dagmar Lorenz führte ihn um das Haus herum, wo zwei bequeme Gartenstühle in der saftigen Wiese aufgestellt waren, daneben ein Tisch, Gläser und Getränke. Das Gras stand knöchelhoch, ein Schirm spendete Schatten.

»Mein Mann und ich haben hier ehemalige Sektenmitglieder betreut und auf ihrem Weg in die Normalität begleitet. Manchmal besonders schwierige Fälle, Menschen, die ausgedehnte Psychiatrieaufenthalte hinter sich hatten. Leider wurde die Finanzierung für das Modellprojekt nicht verlängert. Darum stehen unsere Gästezimmer zurzeit meistens leer und werden nur noch von Seminarteilnehmern genutzt.« Dagmar Lorenz winkte ab. »Aber was erzähle ich da, die beantragten Fördergelder haben Sie sicher nicht in der Tasche. Sie haben Fragen. Und das ist gut. Es kann nicht schaden, wenn mehr Polizisten für die Sektenproblematik sensibilisiert werden. Also, schießen Sie los.«

»Woran erkenne ich, dass jemand einer Sekte angehört? Oder dass er aussteigen will? Wie schwierig ist es, sich von einer Sekte zu trennen, und wie macht man das? Wo geht man dann hin? Und kann man Aussteiger aufspüren, die untergetaucht sind? Wieso fällt man überhaupt auf diesen ganzen Kram herein? Und gibt es viele Fälle, in denen ein Mitglied aussteigt und dann wieder zurückkehrt in die Sekte? Was kann man tun, um zu helfen? Wie gehe ich richtig vor? Woran …«

»Das reicht, das reicht!« Dagmar Lorenz schüttelte belustigt den Kopf. »Ich habe schon verstanden: Sie wollen alles wissen. Sofort. Am liebsten mit einer Pauschalanleitung und Erfolgsgarantie.« Die Heiterkeit verschwand aus ihrem Gesicht. »Ihr Eifer in Ehren, aber so funktioniert das nicht. Selbst wenn ich Ihnen alles erzähle, was ich weiß, ersetzt das nicht die tatsächliche Erfahrung, das Fingerspitzengefühl, das erarbeitete Know-how.«

Frank nahm die Sonnenbrille ab. Im gebogenen Glas verzerrte sich die Welt. Sie dehnte sich in die Länge oder Breite, je nachdem, wie man das Glas bewegte.

»Jetzt schauen Sie doch nicht so traurig, Herr Liebknecht. Ich sage nicht, dass Sie am Ende nichts mitnehmen, was Ihnen weiterhilft. Sonst hätten wir uns diesen Termin von vornherein sparen können. Nur will ich nicht, dass Sie mit einer Illusion in das Gespräch gehen.«

Vollidiot, schimpfte Frank sich im Stillen und nickte ergeben dazu. Es gab nie eine bequeme Lösung. »Ich halte Sie von der Arbeit ab«, sagte er entschuldigend, obwohl Dagmar Lorenz keinerlei Anzeichen von Ungeduld zeigte. Doch vor den Stufen zur Terrasse wartete der Rasenmäher, daneben lagen ein Spaten und grobe Handschuhe.

»Mein Rücken wird es Ihnen danken. Ich will schon seit dem Frühling ein neues Beet anlegen und habe es immer wieder verschoben. Da stecken einige Rosenstöcke ganz schön fest in der Erde, und ich bin leider nicht so kräftig, wie ich aussehe.« Mit unverkennbarem Neid in den Augen musterte sie Franks Oberarme.

»Wenn Sie wollen, kann ich es ja mal versuchen.« Er stand sofort auf. Der körperliche Einsatz kam ihm plötzlich weitaus verlockender vor als das Gespräch, das ihn eigentlich hergeführt hatte.

»Da kann ich nicht Nein sagen. Herzlich gern. Und ich versuche währenddessen, Ihre Fragen so gut wie möglich zu beantworten.«

Frank legte die Sonnenbrille auf den Tisch und holte sich den Spaten. Dagmar Lorenz ging ihm voraus. Im hinteren Teil des Gartens begrenzten Obstbäume und Beerensträucher das Grundstück. Davor wogte ein buntes Blumenmeer. Nur an der Mauer zum Nachbarn gab es einen verwahrlosten Fleck. Dagmar Lorenz zog mit der Fußspitze eine Linie um die betroffene Fläche, etwa zwei Quadratmeter. »Einmal umgraben bitte!«

Mit einem knirschenden Geräusch versank der Spaten im Boden, und Frank brach die erste Scholle. Dagmar Lorenz stellte sich an den Rand des Beetes und sah ihm dabei zu. »Entschuldigen Sie, wenn meine Ausführungen manchmal wie ein Vortrag klingen. Aber es geht ja schließlich darum, Ihnen Fachwissen zu vermitteln.«

»Klar, kein Problem.« Franks Muskeln spannten sich an.

»Um zu bemerken, dass ein Mensch aussteigen will, muss

man erst einmal wissen, dass er einer Sekte angehört. Nicht jeder, der freudlos und verkniffen durchs Leben stolpert, ist ein Sektenangehöriger. Und auch nicht jeder, der dauernd über Gott und die Sünden der Welt schwadroniert. Bei den meisten Menschen, die in einer Sekte sind, ist das Verhalten unauffällig, normal und angepasst. Vielfach werden sie innerhalb der Sekte gezielt darauf getrimmt. Anders ist es zum Beispiel bei den Zeugen Jehovas, die leben ihre Zugehörigkeit ganz offen und reden bekanntlich auch gerne darüber. Aber so einfach ist die Sache sicher nicht, die Sie umtreibt.«

Frank unterbrach das Graben. Bisher ging es ihm leicht von der Hand, auch wenn er bereits ins Schwitzen geriet. Es roch nach feuchter Erde, Regenwürmer schlängelten sich unter ausgerissenem Pflanzengeflecht davon. »Angenommen, eine Frau lebt mit Mann und Schwiegereltern unter einem Dach. Alle gehören der gleichen Sekte an, über viele Jahre. Doch dann will sie weg.«

»Ist das ein aktueller Fall?«

»Ein hypothetischer Fall. Ich habe nur einen Verdacht. Der Ausstieg liegt fast zehn Jahre zurück, wenn er denn stattgefunden hat. Könnte es sein, dass die Frau einfach so verschwindet und den Kontakt völlig abbricht? Und wer könnte ihr dabei helfen?«

»Der völlige Bruch ist in der Regel die einzige Möglichkeit, um sich wirklich von der Sekte zu lösen. Deshalb, ja, das ist durchaus vorstellbar. Es gibt Beratungsstellen, aber wenn Sie die Frau auf diesem Weg wiederfinden wollen, dann muss ich Sie enttäuschen. Man wird Ihnen ihren Aufenthaltsort nicht mitteilen.«

»Habe ich mir schon gedacht.« Der Sinn des Untertauchens würde sonst ad absurdum geführt. »Was passiert, wenn ihre Absicht, die Sekte zu verlassen, vorher bemerkt wird?«

»Die anderen Mitglieder üben Druck aus, der sehr massiv werden kann. Je nach Grundausrichtung der Gemeinschaft.«

»Apokalyptisch, würde ich sagen.«

»Dann wird man ihr im wahrsten Sinne des Wortes die Hölle heißmachen und jedes zur Verfügung stehende Mittel nutzen.« Dagmar Lorenz zeigte in die Mitte des Beetes. »Da stecken die Wurzelstöcke, die besonders fest sitzen.«

Frank rammte den Spaten in die angegebene Stelle und spürte sofort den Widerstand. Genau die richtige Herausforderung für ihn. Mit dem Fuß drückte er das Blatt tiefer nach unten, spürte, wie die feinen Wurzeln abrissen und sich der Boden lockerte, dann packte er den oberirdischen Teil des Rosenstocks mit beiden Händen und begann ihn zu rütteln und zu drehen.

»Eine Abkehr von der Sekte bedeutet die ewige Verdammnis, man wird sie ächten und schmähen«, erklärte Dagmar Lorenz. »Und wenn sie trotzdem geht, nimmt sie als Gepäck den Stachel des Zweifels mit: Was, wenn die anderen doch recht haben? Das Gleiche passiert im Übrigen auch, wenn ein Mitglied von der Sekte verstoßen wird. Der Ausstieg bringt eine ganze Welt zum Einsturz. Man muss sich nicht nur eingestehen, dass man einer Lüge auf den Leim gegangen ist, es bleibt auch ein unfassbares Gefühl der Leere zurück. Mit einem Schlag bricht das ganze soziale Netz weg, man verliert jeden Halt.«

Frank zerrte weiter an dem Rosenstock. Schweiß trat auf seine Stirn. Mit dem nächsten Ruck löste sich die Pflanze, und Frank landete auf dem Hintern. Na großartig. Jetzt lag er schon wieder einer Frau in lächerlicher Pose zu Füßen, wie vor Kurzem Bruni auf dem Brettschneiderhof, als er die Blutspur in Theodors Zimmer untersucht hatte. Er hielt Dagmar Lorenz sein Beutestück entgegen. »Entwurzelt, was?«

»Im wahrsten Sinne. Ja.« Sie nahm ihm den erdigen Strunk

ab und half ihm hoch. »Manipulation ist eine Kunst, und manche Menschen sind anfälliger dafür als andere.«

Ihr verschmitztes Lächeln irritierte ihn. Hatte er irgendwas Blödes gemacht? Frank schaute von ihr zur Wurzel und zum Beet. Er klopfte sich Dreck von den Kleidern, dann begriff er. »Das war Absicht, richtig?«

Ihr Lächeln vertiefte sich, aber sie sagte nichts.

»Sie haben mir mit den herumliegenden Gartengeräten ein schlechtes Gewissen gemacht – und deshalb habe ich Ihr Beet umgegraben. Und die Sekten machen ihre Mitglieder genau so gefügig: mit Schuldgefühlen.«

Sie schwieg weiter, er musste also noch etwas übersehen haben. »Das Beet?«

Dagmar Lorenz nickte.

»Okay, das Beet … Klar! Man muss es umgraben, um etwas Neues zu gestalten. Man muss alles Alte herausreißen, und erst dann kann man neu aussäen. Gehirnwäsche? Sie sind ein Fuchs, Frau Lorenz!«

Dagmar Lorenz deutete eine kleine Verbeugung an. »Manche Dinge lassen sich besser verstehen, wenn man sie nicht nur hört und über den Kopf begreift. Aussteiger oder Ausgestoßene sind wie ein umgepflügter Acker. Leer und oft innerlich wie tot. Ihr Selbstbewusstsein ist nicht mehr existent, und ihre Fähigkeit, selbst Entscheidungen zu treffen, entsprechend gering. Die meisten Sekten funktionieren streng hierarchisch. Der Einzelne ist Teil von etwas Großem. Gelenkt wird von oben. Doch eine Ameise allein ist nicht lebensfähig.«

»Okay, aber wenn man eine Therapie macht, dann kann man aus der Tretmühle herauskommen?«

Dagmar Lorenz nahm ihm den Spaten aus der Hand. »Lassen Sie es gut sein, den Rest schaffe ich schon. Sie haben sich eine Pause und eine Erfrischung verdient, Herr Liebknecht.«

Im halb umgegrabenen Beet klaffte die Lücke, die der Rosenstock hinterlassen hatte, wie eine offene Wunde. Frank spürte jetzt schon, wie sich auf seinen Handballen Schwielen vom Spatenstiel bildeten. Dagmar Lorenz hatte ihn gekonnt reingelegt, aber Rasenmähen würde er garantiert nicht auch noch. Er folgte ihr zur Sitzgruppe und leerte noch im Stehen das erste Glas Wasser, dann ließ er sich auf den Gartenstuhl fallen.

Sie wartete, bis er es sich neben ihr bequem gemacht hatte. »Eine Therapie wäre ein guter Ansatz. Leider suchen sich die wenigsten Betroffenen professionelle Hilfe. Sie gehen, wenn überhaupt, eher in eine Selbsthilfegruppe. Der Schritt kostet weniger Überwindung.«

»Und wenn man gar nichts macht? Ganz allein bleibt mit dem Erlebten?«

»Dann erhöht sich die Gefahr zu scheitern.«

Erregt richtete Frank sich auf. »Und man kehrt zur Sekte zurück?«

»Das ist eine der Möglichkeiten. Aber das passiert nicht erst nach zehn Jahren, wie in Ihrem hypothetischen Fall. Für eine so späte Rückkehr müsste es einen anderen Grund geben.«

Einen anderen Grund. Rache war ein verdammt guter Grund. Der Verdacht, der in Frank aufstieg, fühlte sich beißend an wie Sodbrennen. »Wenn die Frau, von der ich vorhin gesprochen habe, ein Kind hatte … Dann wäre sie doch nicht gegangen?«

Dagmar Lorenz schaute ihm aufmerksam in die Augen. Sie musste ihm bestätigen, was er nicht aussprechen wollte. Sein Blick glitt zur Seite, verlor sich im Grün der Büsche am Wiesenrand und kehrte dann zurück zu ihrem Gesicht. Sie musste!

»Frau Lorenz.« Fast flüsterte er. »Sie wäre doch nicht alleine gegangen? Keine Mutter lässt ihr Kind zurück.«

Donnerstag, 21. Juli, Frankfurt, 16:15 Uhr
– das Mädchen –

Nichts war geblieben von den Buden am Flussufer und den bunten Lichtern. Sie glaubte beinahe, geträumt zu haben. Doch die Türme des neuen Babel streckten sich noch immer über der Stadt in den Himmel, und die Menschen spazierten müßig herum.

So viele Menschen, so viele Stimmen, doch kein Wort galt ihr und kein Blick. Wie sehnte sie sich nach jener, die den gleichen Schmerz gekannt und weit Schlimmeres erlitten hatte als sie selbst. Jene, die sie geliebt hatte wie nichts sonst auf der Welt. Der sie nicht hatte helfen können und die dennoch immer bei ihr geblieben war, nah wie ihr eigener Herzschlag. Die eine, deren Name nie wieder genannt werden durfte. Denn verflucht war sie, verflucht.

Dem Menschen wird vergolten nach den Taten seiner Hände; und der Mund des Toren ruft nach Schlägen.

Doch ihr Schweigen hatte die Schläge nicht verhindert, und ihre Hände nicht die Qual lindern können, die jener auferlegt worden war, als die Alte sie zwang, die gallige Flüssigkeit zu trinken. Krämpfe und Schreie und Weinen und nichts, was sie tun konnte, nichts, nur ein klein wenig streicheln und die Stirn kühlen und mit ihr warten, bis es vorbei war. Und dann das winzige rosa Ding im Garten vergraben. Das Ding, das nicht hatte sein dürfen, so wie sie selbst nicht hätte sein dürfen.

Nichts ist geschehen. Kein Wort soll darüber gesprochen werden!

Schluchzend kauerte sie sich zusammen, mitten auf der Wiese neben dem großen Fluss, der so friedlich plätscherte und sie doch lockte, sich hineinzustürzen.

Ich will heimzahlen ihre Missetaten und ihrer Väter Missetaten miteinander, spricht der Herr.

Die Strafe, die sie erwartete, würde fürchterlich sein. So wie die Taten es gewesen waren.

Donnerstag, 21. Juli, Vielbrunn, 19:15 Uhr
– Frank Liebknecht –

Die hohen Fenster sorgten für einen perfekten Lichteinfall und setzten die Skulpturen gekonnt in Szene, mit Glanz und Schatten. Frank nahm sie nur am Rande seines Bewusstseins wahr. Er hatte versprochen, Karls Atelier zu besichtigen, und wollte nicht unhöflich sein, obwohl ihm der Sinn kein bisschen danach stand. Das Gespräch vom Nachmittag mit Dagmar Lorenz gärte in ihm. Noch immer gab es viel zu viele Unklarheiten, und er hatte Karl längst noch nicht alles erzählt. Der philosophierte begeistert über Oberflächenstrukturen und Materialeigenschaften und gab Anekdoten seiner zahlreichen Ausstellungen zum Besten. Im Hintergrund spielte die gleiche Musik wie bei Franks erstem Besuch, nur leiser. Ein Musical, wie er sich zu erinnern glaubte. Ein bisschen zu pompös für seinen Geschmack.

»Ich begreife es einfach nicht.« Frank setzte sich auf den Sockel unter einer wuchtigen Metallkonstruktion. »Angeblich kommt es gar nicht so selten vor, und dabei dachte ich, dass Mütter um ihre Kinder kämpfen. Mit allen Mitteln. Und sie niemals im Stich lassen.«

Karl blieb stehen und wandte sich zu ihm um. »Ich kann dir gerade nicht folgen, Frank.«

»Frau Lorenz, die von dem Sektenaussteigerzentrum, die sagt, dass manche Mütter ohne ihre Kinder flüchten. Und dass manche Kinder sich entscheiden, ohne die Mutter in der Sekte zu bleiben. Freiwillig! Na ja, was man so freiwillig nennt. Nach einer gehörigen Indoktrinierung. Sie sagt, dass manchmal die

Kraft fehlt, für zwei zu kämpfen, und dass es für die Mütter eine Möglichkeit ist, sich freizukaufen. Die einzige Möglichkeit manchmal. Du kannst gehen, wenn du die Kinder dalässt. Dann hoffen die Mütter auf später oder auf ein Wunder, aber das kommt nicht, weil der Kontakt abreißt. Und sie verlieren alles.« Er massierte sich die Stirn. »Jetzt frage ich mich die ganze Zeit, wie es wohl bei Marie gewesen ist.«

Welchen Weg war sie gegangen? Mit oder ohne Kind. Wer von beiden musste dabei mehr leiden. Und wo zum Teufel steckte dieses Kind jetzt? Frank lachte auf. Zum Teufel. Irgendwie waren alle zum Teufel gegangen in dieser vertrackten Familie, und er war drauf und dran, ihnen dorthin zu folgen. Er verrannte sich, wie Bruni fürchtete. Seit Tagen drehte er sich um diese vagen Hinweise, die nicht ausreichten, um die Kollegen darauf anzusetzen, ohne sich zu blamieren. Er sammelte nichts außer Schnitten und Schürfwunden. Wie tief wollte er noch in diese Vergangenheit eintauchen, die außer ihm offenbar niemanden interessierte? War es vielleicht wirklich besser, Dienst nach Vorschrift zu schieben und dabei nicht über den Tellerrand hinauszuschauen?

»Das kann ich nicht«, murmelte er und richtete den Blick auf Karl. Er war nicht allein. Sie waren zwei, die das Rätselraten nicht lassen wollten. »Frau Lorenz kennt die Matthäaner und hält sie bisher für eher unbedeutend. In Deutschland haben sie nur wenige Mitglieder. Ihre Missionsarbeit läuft vorwiegend im Ausland, und es gibt ein Problem mit dem hohen Durchschnittsalter der Gemeinde. Sie ist«, er lachte trocken auf, »sozusagen vom Aussterben bedroht. Eine freundschaftliche Verbindung zur Colonia Dignidad steht ihrer Meinung nach aber außer Zweifel. Und hier komme ich schon wieder ins Schwimmen. Wie kann es dann sein, dass sie die Aussteiger unterstützen?«

»Was meinte denn diese Frau Lorenz dazu?«

»Zu der Frage kam ich nicht mehr. Sie musste sich auf ein Seminar vorbereiten. Natürlich kann ich sie wieder anrufen, aber mir wäre wohler, wenn ich beim nächsten Mal mehr mit Sicherheit wüsste. Es gibt ja bislang nicht den geringsten Beweis dafür, dass die Brettschneiders jemals in Chile gewesen sind. Und auch keinen, dass Marie etwas mit den Matthäanern zu tun hatte oder deshalb abgehauen ist. Noch ist alles reine Theorie.«

»Dann lass es uns mal an Frau Lorenz' Stelle versuchen. Fällt dir etwas Besonderes ein, in Bezug auf die Dignidad-Aussteiger?«

Während Frank nach einer Antwort suchte, rieb er mit dem Handballen über sein Schienbein. Die Haut über der Abschürfung spannte. »Sie leiden unter extremen Entwicklungsdefiziten und haben starke Anpassungsschwierigkeiten. Ihren Berichten zufolge muss das Leben in der Kolonie der reine Horror gewesen sein. Andererseits sah es für Besucher immer nach perfekter Harmonie aus.«

»Wer kennt die ganze Wahrheit, wenn er nicht dabei war? Die Menschheit gruselt sich gern auf Kosten anderer, und kaum etwas regt die Fantasie stärker an als eine abgeschieden lebende Gemeinschaft, deren innere Systematik im Dunkeln liegt.« Karl pustete Staub von einem verschnörkelten Objekt und rieb mit dem Daumen erste Rostspuren ab. »Die Zeiten ändern sich, und unsere Realität unterscheidet sich in vielen Dingen ganz gravierend von der Gründungsphase der Kolonie. Außerdem haben wir den Vorteil, dass wir die Vorgänge rückblickend betrachten. Wer weiß schon vorher, wie sich die Dinge entwickeln? Nimm diese Skulptur.« Zärtlich tätschelte Karl den metallenen Koloss hinter Franks Rücken. »Am Anfang war die Idee. Eine Vorstellung von dem, was ich erschaffen wollte. Dann folgte die Planung ins immer feinere Detail. Ich habe das

Projekt euphorisch, voller Tatendrang und Begeisterung begonnen – und selbstverständlich war ich restlos davon überzeugt, dass ich genau das darstellen könnte, was ich geplant hatte.«

»Und was war das?« Frank erkannte rein gar nichts darin.

»Darum geht es nicht. Ich musste begreifen, dass ich mich den Gegebenheiten anzupassen hatte. Ich musste tun, was das Material von mir verlangte. Herauskitzeln, was es mir erlaubte. Verstehst du? Die Kunst erfordert das Miteinander von Künstler und Werk. Oder anders ausgedrückt: Es entsteht zwangsläufig ein Kompromiss.«

Unterschiedliche Materialien brauchten unterschiedliche Behandlung, das konnte Frank nachvollziehen. Doch rostiges Metall bereitete ihm Unbehagen und rief nur Assoziationen von Verfall hervor. Paul Schäfers Material waren Menschen gewesen, die er nach seinem Willen zu formen versucht hatte.

Hastig stand Frank auf und durchquerte die Halle auf der Suche nach den Holzobjekten. Er bewegte sich vorsichtig, um nirgendwo dagegenzustoßen.

Karl begleitete ihn. »Das hier ist kein Museum, du kannst ruhig alles anfassen.« Im Vorbeigehen streichelte er eine Säule, die unterschiedlich große Bohrlöcher aufwies. »Um wieder auf die Dignidad-Leute zurückzukommen: Vergiss nicht, dass wir von einer Generation sprechen, die den Zweiten Weltkrieg gerade hinter sich gelassen hatte. Eine Generation, die ihre Wertvorstellungen und Ideale auf den Prüfstand stellen und neu definieren musste. Schäfers Gefolgschaft suchte ihr Heil in den Ursprüngen der christlichen Religion. Andere taten das in der Politik, und so mancher stürzte sich mit vollem Einsatz ins Wirtschaftswunder. Und was ist dabei herausgekommen?«

»Beim Wirtschaftswunder? Wohlstand, Frieden, Sicherheit.«

»Kurzfristig betrachtet und im Kleinen.« Karl ließ den Satz ohne weitere Erklärung stehen.

»Du meinst, langfristig gesehen und weltweit folgten neue Konflikte, die Ölkrise und der Kalte Krieg?«

»Alles, was wir tun, kann auch unerwünschte Nebenwirkungen mit sich bringen. Auch wenn wir nach bestem Wissen und Gewissen handeln. Womit ich nur sagen will, dass es enorm wichtig ist, sich nicht blenden zu lassen und sich ein eigenes Bild zu machen, hinter die Dinge zu sehen. Aber wem sag ich das.« Karl legte die Hand auf Franks Schulter. »Du bist ja schon mittendrin.«

»Mit deiner Hilfe. Und mir dämmert möglicherweise gerade die fehlende Erklärung für die Beziehung der Aussteiger zu den Matthäanern. Die Ex-Kolonisten kommen mit unserer schnellen Welt nicht klar. Überall Konsum und Kommerz statt Kirche. Das macht sie anfällig für die Lehre des nächsten Gurus.« Der den brachliegenden Acker neu bestellte. »Da schlägt dann die Stunde des Seelensammlers Walter Jung. Der liest die Reste auf, die Schäfer übrig gelassen hat.« Frank blieb vor einem Holzkreuz stehen, dessen Querbalken an den Enden zerfaserte, feingliedrig, wie Finger. Er konnte nicht widerstehen, die Hände darüberzulegen. Die lebendige Wärme des organischen Materials beeindruckte ihn, wie schon bei seinem ersten Besuch. »Ist natürlich nur eine weitere Theorie, die noch geprüft werden muss. Am Wochenende haben die Brüder und Schwestern in Paderborn einen Tag der offenen Tür in ihrer Gemeinde. Steht auf ihrer Homepage.«

»Und das heißt?«

Frank ließ seine Arme sinken. Das wusste er selbst noch nicht genau.

»Du willst da hin?«

»Na jaa.« Frank zog das Wort in die Länge, sein vager Plan nahm gerade erst konkrete Form an. »Ich denke schon.«

»Und was genau versprichst du dir davon?«

»Ich sehe mich um, rede mit den Leuten und mache genau das, was du gesagt hast: Ich bilde mir ein eigenes Urteil, und zwar nicht aus zweiter, sondern aus erster Hand. Und ganz nebenbei werde ich mich umhören, ob jemand die Familie Brettschneider kannte. Vielleicht schon vor 1984 und vielleicht aus Chile. Eine andere Spur habe ich im Moment nicht.« Die Euphorie, die ihn bei dem Gedanken überfiel, konnte er nicht begründen. »Marie könnte dort sein. Vielleicht ist sie in den Schoß der Sekte zurückgekehrt. Oder ihr Kind ist da.«

Karl kratzte sich den Kopf. »Ich bin nicht sicher, ob mir die Idee gefällt.«

»Wieso nicht? Ich habe nicht vor, unangenehm aufzufallen und zu provozieren oder während der Predigt *Heil Satan!* zu rufen. Wobei, ein bisschen provozieren werde ich vielleicht schon.« Wenn er Büchler auf die Palme bringen konnte, dann würde er es mit Freuden tun. Und diesen Jung gleich hinterherjagen, sollte ihm der Laden zweifelhaft erscheinen.

Karl runzelte die Stirn. »Das ist nicht lustig. Wenn diese Matthäaner etwas zu verbergen haben, lassen sie sich garantiert nicht gern in die Karten gucken. Schon gar nicht von der Polizei.«

Frank wehrte Karls Bedenken mit einer wegwerfenden Handbewegung ab. »Das muss ich ja niemandem aufs Brot schmieren. Außerdem richtet sich die Einladung im Internet an alle interessierten Mitbürger. Und wenn die hier ein Ferienheim bauen wollen, dann werden sie zu meinen direkten Nachbarn.«

»Und wenn du wieder mit Büchler kollidierst?«

»Was dann? Meinst du, er lässt mich verschwinden, wie man es mit den politischen Gegnern in Chile gemacht hat? Ich fahre nach Paderborn und nicht in die Pampa. So einfach ist das nicht!«

Karl kniff die Augen zusammen. Er dachte doch wohl nicht ernsthaft darüber nach, dass dieser Besuch gefährlich werden könnte?

»Also gut. Dann eben ein Ortstermin. Aber ich bin dabei. Der Kondor fliegt üblicherweise allein, aber nicht über der Pampa, sondern in den Anden, mein Junge.« Er zwinkerte Frank zu und grinste wieder. »Drum kommt der alte Geier mit und passt auf, dass du auf dem richtigen Kurs bleibst.«

Donnerstag, 21. Juli, Borntal, 22:55 Uhr
– Frank Liebknecht –

Nur wenige Sterne zeigten sich zwischen den dichten Wolken. Es war womöglich die letzte Gelegenheit, den Brettschneiderhof ungestört zu betreten. Frank stellte den Motor ab und rollte die letzten Meter über die unbeleuchtete Straße. Schon morgen sollte Büchler offiziell Zugang zum Gelände erhalten. Der konnte dann ganz bequem durch das jetzt noch abgesperrte Hoftor gehen.

Im Lichtkegel der Taschenlampe zeigte sich ein scharf umrissener Ausschnitt des Bodens in greller Deutlichkeit, zuerst der Asphalt der Straße, dann Grasbüschel, Erde und Wurzeln, als Frank zwischen den Bäumen in den Wald eintauchte. Frank blinzelte. Der Rest der Umgebung versank in undurchdringlichem Dunkel. Fluchend tastete er sich an der Mauer entlang, doch diesmal war er vorbereitet. Er warf die mitgebrachte Wolldecke über den splitterbesetzten Rand und kletterte auf die andere Seite. Seine eigenen Bewegungen, das Reiben von Stoff auf Stoff, stachen unnatürlich und laut aus den Geräuschen der Nacht hervor. Jedes Knistern ließ ihn zusammenschrecken, doch der Strahl der Lampe war nie schnell genug, um etwas zu erkennen. Er spitzte die Lippen, als wollte er pfeifen, ließ jedoch den Atem stumm ausströmen; in seinem Kopf spielte die Titelmelodie von Indiana Jones. Über das polizeiliche Siegel an der Hintertür dachte er nicht mehr nach. Ohne zu zögern, entfernte er es und ließ es in seiner Hosentasche verschwinden. So leise wie möglich öffnete er die Tür, schlüpfte hindurch und lehnte sich mit dem Rücken dagegen. In die

Stille hinein lauschte er, atmete flach, die linke Hand auf den Bauch gepresst. Fünf Minuten. Länger wollte er nicht in diesem Haus bleiben.

Es raschelte. Dass sich noch jemand außer ihm Zugang zum Hof verschafft haben könnte, daran hatte er nicht gedacht. Durch ein eingeschlagenes Fenster oder die Vordertür vielleicht, die er nicht überprüft hatte. Sein Brustkorb war zu eng für die harten Schläge seines Herzens.

Er hob die Hand, um den Radius der Taschenlampe zu erweitern, dann machte er einen Schritt. Fiepend rannte eine Maus vorbei. Frank zuckte zusammen, sah gleichzeitig gegenüber ein Gesicht, wurde geblendet und krachte rückwärts gegen die Wand.

Keuchend hielt er sich den Schädel. Verdammt! Sein Kehlkopf ruckte schmerzhaft auf und ab. Ganz langsam richtete er die Taschenlampe auf das andere Ende des Flurs. Nichts. Da war nichts, außer einer Spiegelung in der Glasscheibe der vorderen Eingangstür. Vollidiot! Das Fenster im oberen Drittel zeigte ihm sein eigenes Gesicht. Gespenstisch und blass, von der Taschenlampe wie mit einem Scheinwerfer angestrahlt.

»Der Kondor fliegt allein«, murmelte er. »Aber ich benehme mich, als wäre ich gerade erst aus dem Ei geschlüpft.«

Kein Wunder, dass Karl ihm nicht zutraute, dass er ohne ihn in Paderborn klarkam. Aber er würde Karl schon noch zeigen, dass er es draufhatte. Und Neidhard und Brenner. Und sich selbst.

Zügig kletterte er die Leiter zum Dachboden hinauf, steuerte zielsicher den Karton mit den Kindersachen an. Obenauf lag immer noch das Zeitungspapier, das vor Jahren zum Schutz darüber ausgebreitet worden war. Drei der vergilbten Bögen steckte er ein, dann verschwand er, ohne sich noch einmal umzusehen.

Keine zwanzig Minuten später saß Frank am Schreibtisch im Dienstzimmer. Der Computer surrte. Die Uhr über dem Aktenschrank zeigte Viertel vor zwölf. Grübelnd kaute er auf einem Fingernagel und zog die Nase hoch. Dieser verfluchte Sommer war zu kalt. Lausig kalt. Er rieb die Waden gegeneinander, fror trotz der langen Jeans, die er heute den Bermudas vorgezogen hatte.

Auf dem Bildschirm öffnete sich die Eingabemaske der IN-POL-Seite. Zuerst trug er die Dienststelle, seine Handynummer und seinen Namen ein. *Alleiniger Ansprechpartner für Rückfragen.* Das war leicht. Aber wie meldete man jemand als vermisst, dessen Existenz sich nicht belegen ließ? Schon wieder war er dabei, seine Kompetenz bis an die Belastungsgrenze zu strapazieren. Er breitete die Zeitungen vom Dachboden aus und legte Maries Foto daneben.

»Marie, Marie, Marie – you're holding the key …«, sang er leise und schüttelte dabei den Kopf. »Aber du bist es nicht gewesen.« Auf dem Weg vom Atelier nach Hause war Frank das klar geworden. »Nicht du hast das Buch versteckt und das Bild. Nicht du hast dir die Finger an der Wand blutig gekratzt. Es ist dein Kind gewesen. Das Kind, das zurückbleiben musste. Das Kind, das dich vergessen sollte, weil du eine Abtrünnige warst.« Er rief sich die Kleider aus dem Lavendelschrank ins Gedächtnis und stellte sich die ungefähre Größe der Trägerin vor. Die Zeitungen stammten alle aus dem Jahr 1990, das Kind war demnach früher geboren. Aber wie alt mochte es genau sein? Das Gesicht auf Maries Passfoto konnte er nur schwer schätzen. Achtzehn, vielleicht zwanzig. Jünger, als ihr Kind jetzt war.

Verdutzt schaute er auf die Zahlen. Die Zeitungen waren über zwanzig Jahre alt. Das »Kind« war längst erwachsen und konnte fast so alt sein wie er selbst. Darüber hatte er nie wirklich nachgedacht. Er entschied sich, eine Spanne von 18 bis 25

Jahren anzugeben, dann legte er das Bild auf den Scanner, lud es hoch und brachte den Vermerk »Phantombild« an. Es konnte sein, dass die beiden Frauen einander ähnelten. Er hoffte es. Als Datum des Verschwindens wählte er Theodors mutmaßlichen Todestag. *Gesucht als Zeugin.*

Fehlte nur noch der Name. Zögernd schwebte Franks Finger über der Tastatur, dann schlug er das M an. Er drehte das Foto um und betrachtete die Rückseite, dann tippte er *Marie Kirchgäßner* in die Eingabemaske. Wenn das Kind überhaupt einen ihm bekannten Namen benutzte, dann am ehesten diesen. Vom Bildschirm schaute Marie ihn mit melancholischem Gesichtsausdruck an. Wie blau ihre Augen waren! Das war ihm bisher noch gar nicht aufgefallen. Blau wie der Nazar, der vor dem bösen Blick ebensolcher blauen Augen schützen sollte. Oder vor schielenden Augen, so wie seinen. Langsam drückte er die Senden-Taste. Das Bild verschwand. Mochte man ihn doch für verrückt erklären.

»Wenn ich den Liebknecht in die Finger kriege, dreh ich ihm eigenhändig die Gurgel um.«

Peter Brenner grinste, als Marcel Neidhard sich vor seinem Schreibtisch auf den Stuhl fallen ließ.

»Ja, lach du nur! Dir hat er diesen Prediger ja nicht ans Bein gebunden, sondern mir. Mann, bin ich froh, dass der jetzt endlich auf das Grundstück darf. Der ist mir so was von auf die Nüsse gegangen.« Seit Dienstag hatte er sich die Lamentiererei wegen der Verzögerung anhören müssen. Das einzig Positive, was Marcel dem Mann abgewinnen konnte, waren seine Schimpftiraden auf Frank Liebknecht. Die hatte er genossen.

»Aber deshalb bin ich gar nicht hier. Ich komme gerade von Matuschewski, und der sagt, dass keins der Messer vom Hof als Tatwaffe infrage kommt. Er konnte inzwischen alle Fundstücke ausschließen, auch die diversen Metallteile, Uralt-Sichelblätter und was sie in den letzten Tagen sonst noch so zusammengeklaubt haben. Er schwört, dass sie sogar den kompletten Kartoffelacker umgepflügt haben. Wobei, wörtlich würde ich es nicht nehmen.«

Marcel drehte ein paar Seiten Papier in den Händen. Brenner wollte garantiert nicht von ihm hören, was sie alles nicht hatten, das war ihm klar. Trotzdem waren die Dinge, die fehlten, im Augenblick möglicherweise am aussagekräftigsten. Wie zum Beispiel das Ersatzteil für den defekten Traktor, den Theodor Brettschneider selbst zu reparieren versucht hatte, und der Schlüssel für den Kombi, der im Haus nicht zu finden war.

Das erklärte zumindest Brettschneiders Versuch, zu Fuß bis ins Dorf zu kommen. Aber es blieb ein ziemlich schwacher Trost dafür, dass sie keine Tatwaffe aufspüren konnten.

»Kein zur Wunde passendes Objekt weit und breit.« Auch der Treppenhaken war aus dem Rennen. Nichts war es mit dem Odenwälder Bauernspieß. Marcel ließ kurz den Kopf zwischen den Schultern durchhängen und nahm erneut Anlauf. »Wäre es ein Unfall gewesen, hätte der Mann keinen Grund gehabt, das Ding, an dem er sich verletzt hat – was auch immer es war –, verschwinden zu lassen.« Er hasste es, das sagen zu müssen. Aber jetzt war es raus. Und seine schöne Theorie war erledigt.

»Wir haben also nun ein gesichertes Fremdverschulden vorliegen?«

Marcel nickte. Natürlich hatten sie die ganze Zeit schon unter dem Gesichtspunkt gearbeitet, aber immer mit dem Gedanken im Hinterkopf, die ganze Geschichte könne sich in Luft auflösen. Nun war es amtlich. Hoffentlich bestand Brenner nicht darauf, dass er den Knackpunkt selbst aussprach, der ihm so zu schaffen machte. »Außerdem hat Matuschewski auf dem Flur nun doch das Blut von Brettschneider nachweisen können«, schob er nach, obwohl auch das zum gleichen Schluss führte: dass Liebknecht recht gehabt hatte. Ausgerechnet der. »Da hat wirklich jemand sehr, sehr gründlich geputzt. Aber in den Rillen zwischen den Dielenbrettern war noch ein winziger Rest, mit dem Matuschewski etwas anfangen konnte. Mit der Auswertung der weiteren DNA-Spuren ist aber so schnell nicht zu rechnen. Allein alle Haare aus dem Nebengebäude zu analysieren kann Wochen dauern. Und ob es was bringt, ist fraglich.«

Bei der ersten Untersuchung des Grundstücks am vergangenen Sonntag war er mit Brenner gemeinsam im Nebengebäude gewesen. Viel gab es dort nicht zu sehen: mehrere Zimmer mit einfachen Klappbetten für Erntehelfer und einen Waschraum, der sich wie im Haupthaus auf ein Waschbecken beschränkte, mit einem verdreckten Handtuch, einem hölzernen Kamm und einer vergessenen Zahnbürste.

»Matuschewski weiß schon, was er zu machen hat. Sonst noch was Neues?« Dass Brenner sich nebenbei der Unterschriftenmappe auf seinem Tisch zuwandte, veranlasste Marcel, schneller zu reden. »Die Ordner sind ein Witz. Bis zum Winter sieht alles superordentlich aus, aber die Rechnungen in den Büchern gehen nicht auf. Ich habe keinen Schimmer, wovon die existiert haben. Scheint, als ob die Mutter das Finanzielle in den Fingern hatte. Nach ihrem Tod wurde kein einziges Blatt mehr abgeheftet. Eine Steuererklärung haben die seit Jahren nicht gemacht. Und die Bankunterlagen geben auch nichts her. Der Brettschneider hat die meisten Briefe gar nicht erst geöffnet. Ein Teil hat unangetastet im Schrank gelegen, aber auch stapelweise im Müll.«

Brenner sah kurz hoch und rieb sich das Kinn. »Hilft uns das?«

Marcel hob die Achseln. Kein Stück, seiner Meinung nach, aber er war nicht sicher, ob die gerade erwünscht war. »Die Befragung der Dorfschönheiten, ʼtschuldigung, der Nachbarschaft, hat auch nicht viel zutage gefördert. Deckt sich alles mit dem, was wir von diesem Unger, dem Wirt vom Dorfkrug, gehört haben. Auskunftsfreudig sind die alle nicht gerade. Keiner will den Mann gut gekannt haben, keiner weiß was von Feindschaften, und sehen tut dort generell niemand was, das ihn nichts angeht. Und angehen tut sie nur ihr eigener Kram. Was annere Laid dehaam mache, interessiert die nicht. Sorry, die Aussprache krieg ich nicht korrekt hin, war ein Zitat. Ich glaube vom Frisör. Wo doch normalerweise gerade die immer alles wissen.«

»Wissen ja, weitersagen nein. Jedenfalls nicht, wenn es ein guter Frisör ist.« Brenner klopfte mit dem Kugelschreiber in schnellem Rhythmus auf den Tisch. »Hier brauchen wir dann vielleicht doch noch mal das Fingerspitzengefühl unserer Kollegin Schreiner. Ein Insider hat oft bessere Karten, wenn es darum geht, das Motiv herauszufinden.«

Marcel rümpfte kurz die Nase, sagte aber nichts, als er Brenners prüfenden Blick bemerkte. Noch ein Date mit der geschätzten Kollegin vom Lande. Das konnte Brenner gern selbst übernehmen. Der silbergrauen Matrone ging er lieber aus dem Weg. Die hatte Haare auf den Zähnen.

»Und als Nächstes sagst du mir, dass es auch noch keinen Hinweis darauf gibt, wo Theodor Brettschneiders Ehefrau abgeblieben ist, richtig, Marcel?«

»Genau so sieht es aus, Peter. Vor zehn Jahren ab- und nirgendwo wieder aufgetaucht. Kein Briefwechsel, keine Meldung auf irgendeinem Amt, keine Scheidungspapiere. Witzigerweise nicht mal eine Registrierung der Eheschließung im Personenstandsregister.«

»Wie war das?« Brenner ließ den Stift sinken.

Marcel grinste. Na dann konnte er vielleicht doch noch einen Punkt vorweisen, der Brenner beeindruckte. »Ja, echt. Ich dachte mir, die Dame könnte ja aus erbrechtlicher Sicht interessant sein, wenn sie tatsächlich noch mit Brettschneider verheiratet war. Aber ich finde keinen Eintrag. Und es kommt noch besser: Geboren scheint sie auch nicht zu sein.«

Brunhilde hatte ihn bis zum Hals mit Arbeit eingedeckt. Damit er die Füße still hielt, wie sie ganz offen sagte, und nicht wieder raus zum Brettschneiderhof radelte. Um zu sehen, wer sich dort heute rumtrieb, um das Gelände in Besitz zu nehmen.

Zu okkupieren, dachte Frank, zu annektieren. Aber er beschwerte sich nicht. Wie auch immer Bruni es angestellt hatte, auf seinem Tisch lag eine Kopie des Obduktionsberichts von Theodor Brettschneider. Viel Neues brachte der Bericht nicht, nur die Bestätigung, dass der Mann keine Chance gehabt hatte. Die Klinge war seitlich, oberhalb des Nabels, in den Bauch eingedrungen, wo sie Milz und Magen erwischt hatte. Die beschriebenen Spuren an der unteren Rippe deuteten auf eine ziemliche Wucht des Angriffs hin. Es war jedoch nicht die Schneide, sondern vermutlich der Messerrücken, der den Knochen getroffen hatte. Also wieder kein brauchbarer Hinweis auf die Tatwaffe. Den fortgesetzten Alkoholmissbrauch des Opfers hatten sie nun schwarz auf weiß und auch die Todesursache: Verbluten aufgrund der Perforation von inneren Organen. Außerdem fanden sich Anzeichen für einen übermäßigen Konsum von sedierenden Medikamenten.

Frank wartete einen günstigen Moment ab, um das Dokument verbotenerweise einzuscannen und auf seinem privaten Laptop abzuspeichern. Der lag im Rucksack zu seinen Füßen bereit. Er wollte jederzeit Zugriff auf seine gesammelten Informationen haben und Notizen machen können, sobald ihm etwas Neues in die Finger kam. Ohne seinen Rucksack machte er keinen Schritt mehr.

Die Details zu Brettschneiders Tod interessierten ihn kaum noch. Der Mord war nur das Ende der Geschichte. Die Antwort sozusagen. Was er brauchte, war die passende Frage. Und darum musste er den Anfang kennen. Darum musste er nach Paderborn.

Sie verließen die A33 an der Abfahrt Mönkeloh, folgten der Beschilderung Richtung Paderborn, vorbei an einem Fahrsicherheitstrainingsgelände, einer Tankstelle, einem Diner am Ausgang des Kreisels, und passierten schließlich rechter Hand einen verloren wirkenden Bauernhof. Dieser und die beiden Windräder zwischen den üblichen Speditionen, Zulieferfirmen und Warenlagern machten auf den ersten Blick den einzigen Unterschied zu den Industriegebieten anderer Städte aus.

Breite Straßen und Lasterverkehr, nur wenige Menschen waren zu Fuß unterwegs an diesem Samstagmorgen. Frank bog von der Hauptstraße ab. Vor ihnen glänzten die Tanks einer Brauerei in der Vormittagssonne. Er setzte erneut den Blinker und bog in eine Sackgasse ein. Noch immer gab es keinen Wegweiser zum Stammsitz der Matthäaner-Gemeinde. Nur die Autos mit den auswärtigen Kennzeichen, die die Straße blockierten, deuteten darauf hin, dass sie hier richtig waren. Im Schritttempo krochen die Wagen vorwärts. Frank legte den Rückwärtsgang ein, stieß ein paar Meter zurück und quetschte das Auto in eine winzige Lücke zwischen einem Baum und einem Container mit Bauschutt. Den leichten Ruck ignorierte er. Ob er die Mulde touchiert hatte oder nur in ein Schlagloch gerutscht war, kümmerte ihn nicht. Weit konnte es nicht mehr sein, das letzte Stück konnten sie laufen. Außerdem war es höchste Zeit, dass er nach draußen kam. Mehr als dreieinhalb Stunden Fahrt lagen hinter Karl und ihm, die sie ungewohnt schweigsam verbracht hatten.

Frank warf die Autotür hinter sich zu, gähnte ausgiebig und streckte sich, dann strich er mit beiden Händen die Locken zurück, was Karl mit skeptischem Blick beobachtete.

»Meinst du wirklich, dass das etwas nützt? Du siehst immer noch aus, als wärst du erst vor fünf Minuten aus dem Bett gekrochen.«

»Gib mir noch mal fünf Minuten an der frischen Luft, und ich sehe aus wie der junge Frühling.«

Die vergangene Nacht war kurz gewesen. Oder lang, je nachdem wie man es betrachtete. Freundschaften musste man pflegen, wenn man sie am Leben erhalten wollte. Die spontane Party mit den Jungs von der Band hatte Frank eine willkommene Abwechslung versprochen. Dafür konnte man schon mal seinen Schlaf opfern. Zwei Stunden auf der Luftmatratze vor dem Bett eines schnarchenden Kumpels forderten jetzt ihren Tribut. Doch den Mangel an Gesprächsstoff hatte ein Mehr an Alkohol nicht ausgleichen können, lediglich die Momente der Leere überdeckt. Diese Leere schleppte Frank nun mit sich herum. Die Zeit machte keine Kompromisse, kannte nur den Vorwärtsgang, kein Zurück. Der Abend hallte nach wie ein verhunzter Akkord.

Frank unterdrückte ein weiteres Gähnen. Am Ende der Sackgasse wehte ein freundliches Banner über dem Eingang zum Missionszentrum, das die Gäste willkommen hieß. *Im Namen des Herrn.*

Parkende Wagen verstopften den Gehweg, ein polnischer Reisebus steckte im Wendehammer quer. Sollte hier am Ende doch so etwas wie Volksfeststimmung aufkommen? Die Geräuschkulisse sprach dagegen. Keine Musik und Gespräche nur im diskreten Flüsterton. Bänder sperrten den kurz geschorenen Rasen rechts und links des Tores ab und leiteten die Besucher auf direktem Weg ins Innere des Gemeindehauses.

Langsam schob sich die Schlange vorwärts, in die Karl und Frank sich einreihten. Sehr langsam.

»Wieso geht das nicht schneller?« Automatisch senkte auch Frank die Stimme, und Karl antwortete mit stummem Schulterzucken. Schritt für Schritt kamen sie der Glastür näher. Dahinter erwartete sie Walter Jung, der Prediger. Er war ein kleiner, schmächtiger Mann, der genauso aussah wie auf dem einzigen Bild, das Frank von ihm im Internet gefunden hatte: unscheinbar. Seine Ausstrahlung war jedoch eine andere.

Jung nahm jeden Einzelnen in Empfang, indem er ihm beide Hände reichte und ein paar persönliche Worte an ihn richtete. Einen halben Meter hinter ihm stand Clemens Büchler, der die Begrüßung auf ein Kopfnicken beschränkte, die Arme hinter dem Rücken, nicht nur räumlich distanziert.

Frank spürte ein diffuses Unbehagen und stieß Karl leicht an. »Da ist er ja, mein neuer Freund.«

Noch während er sprach, traf ihn Büchlers Blick, der von ihm zu Karl und zurück wanderte, ohne sich die geringste Überraschung anmerken zu lassen. Nur das Erkennen huschte über sein Gesicht, die Andeutung eines Lächelns, das die Augen nicht erreichte.

Frank schauderte. Sehr professionell und beherrscht, das musste er Büchler lassen. Er neigte den Oberkörper leicht nach vorn zu Walter Jung. Setzte er ihn darüber ins Bild, wen er gleich vor sich hatte? Jung nickte knapp und ignorierte Büchler, als der noch etwas hinzufügen wollte. Weitere drei Minuten später stand Frank ihm gegenüber.

»Welche Freude!« Der Prediger barg Franks Hände in den seinen und drückte sie leicht, was sich erstaunlicherweise angenehm anfühlte. »Ein junges und mir noch unbekanntes Antlitz.« Er machte keine Anstalten, Frank wieder loszulassen. »Ein wacher Geist, noch voller Unruhe, Fragen und Tatendrang. Seien Sie willkommen, Herr Liebknecht, im Haus des Herrn Jesus Christus, der uns hierher gerufen hat, um ihm nachzufolgen. Sehen Sie sich um, stillen Sie Ihren Wissensdurst, was unser Missionswerk betrifft. Mögen Sie den Frieden finden, nach dem sich des Menschen Seele sehnt.«

»Danke«, murmelte Frank verwirrt. Der Blick des Alten hielt seinen fest; forschend und irgendwie gütig. Auch wenn Franks Gehirn sich dagegen wehrte, das zu glauben.

Das Lächeln des Predigers vertiefte sich. »Ich stelle Ihnen meinen lieben Vertrauten zur Seite, dessen Bekanntschaft Sie ja bereits gemacht haben. Du kümmerst dich doch um Herrn Liebknecht, Clemens?«, sagte er über die Schulter hinweg.

»Selbstverständlich.« Büchler verzog keine Miene.

Einen Augenblick erwog Frank die Gelegenheit zu nutzen, um sich von Karl abzusetzen. Vielleicht konnten sie getrennt mehr auskundschaften. Darüber hatten sie dummerweise nicht gesprochen. Doch Büchler blieb abwartend neben Jung stehen. Es war ihm also nicht entgangen, dass Karl und Frank gemeinsam gekommen waren und nicht nur ein paar Worte in der Schlange miteinander gewechselt hatten.

Karl ergriff an Walter Jungs Stelle die Initiative und die Hände des Predigers. »Ich fürchte, ich habe kein frisches, unverbrauchtes Antlitz mehr zu bieten.« Fast entschuldigend legte er die Stirn in Falten. »Aber eines, das schon viel gesehen hat auf Gottes schöner Erde, so wie das Ihre auch. Nicht wahr?« Seine Augenbrauen hoben sich. Er beschleunigte das Zeremoniell mit einem Lächeln. »Wenn Sie erlauben, schließe ich mich dem Rundgang an.«

»Natürlich. Natürlich.« Walter Jung gab Karls Hände bereitwillig frei. Mit einer Mischung aus Bewunderung und Verblüffung fragte sich Frank, wie Karl das gemacht hatte. Woher nahm er diese zwingende Souveränität, die sogar den alten Prediger verstummen ließ? Karl streckte Büchler die Hand entgegen, der sie schüttelte, was schon wieder ein Novum darstellte.

Die bunten Bilder an der Wand konnten Dieter nicht darüber hinwegtäuschen, dass dieser Ort den dunklen Seiten der menschlichen Seele gehörte. Ungeduldig ging er auf dem Flur der geschlossenen psychiatrischen Abteilung des Krankenhauses auf und ab. Jeden Moment musste sich die Zimmertür vor ihm öffnen. Die Therapiesitzungen folgten einem strengen Zeittakt. Fünfzig Minuten, Beginn immer zur vollen Stunde. Es galt die zehnminütige Lücke dazwischen zu nutzen, um sein Anliegen vorzubringen. Er hörte das Klacken einer Klinke, die Floskel zum Abschied, dann hastete ein Patient an ihm vorbei. Die Tür blieb offen. Das war seine Chance.

»Frau Doktor Jennerwein?«

Die Ärztin trank im Stehen einige Schlucke Wasser und brummte zur Bestätigung.

»Kann ich Sie ganz kurz etwas fragen?«

Sie senkte die Flasche. »Haben Sie noch einen Notfallpatienten für mich? Ich habe denen in der Ambulanz doch gesagt, dass die Station voll ist. Und nein, ich mache keine Ausnahme, nicht mal, wenn es Ihre Mutter ist. Oder meine.«

»Nein, nein, darum geht es nicht. Wir haben eine Zwangseinweisung gebracht, aber die war angekündigt und genehmigt; mein Kollege ist gerade schnell eine rauchen, und dann müssen wir wieder los. Ich habe ihm gesagt, ich muss mal zur Toilette. Es ist nur eine Fachfrage zu einem speziellen Verhalten. Ich weiß nicht, wie ich das einschätzen soll.«

Dass sie ihn nicht sofort verscheuchte, lag nur an seiner Rot-

Kreuz-Uniform. Genervt verdrehte sie die Augen. »Ach so, der Klassiker. *Ich habe da einen Freund …*« Bei den letzten Worten verstellte sie quäkend die Stimme. »Es geht also um Sie selbst. Richtig? Alkoholprobleme oder Depressionen, typisch für Ihren Job. Ist beides mein Fach, geht aber nicht zwischen Tür und Angel. Auch wenn Sie gerade sowieso schon mal hier sind. Ich habe vollstes Verständnis, einen Versuch war es wert, aber Sie müssen trotzdem einen Termin machen.«

Hartnäckig blieb Dieter im Türrahmen stehen. »Sie liegen völlig falsch.« Sie zu kritisieren war höchstwahrscheinlich keine gute Strategie. Hastig redete er weiter. »Es geht um eine Frau. Sie spricht nicht. Kein Wort. Sie versteht alles, meistens zumindest. Sie wirkt ein bisschen verträumt, wie nicht von dieser Welt irgendwie, schaut nur und nickt oder schüttelt den Kopf. Und ich wüsste gern, woran das liegen kann, dass sie nicht spricht.«

Doktor Jennerwein kramte ein Päckchen Zigaretten aus der Tasche. »Ach was soll's, von mir aus. Sie haben eine Kippe lang Zeit. Kommen Sie rein und schließen Sie die Tür.« Sie öffnete das Fenster und zündete die Zigarette an. Kurz tippte sie gegen den Filter und schaute Strobel auffordernd an. »Ihre Zeit läuft.«

Dieter fixierte die Glut, die kurz aufleuchtete, und dann die Asche, die in grauen Bröseln aufs Fensterbrett rieselte. Er suchte nach Worten, beschrieb umständlich noch mal das Verhalten des Mädchens.

»Und was erwarten Sie jetzt von mir? Da kann alles Mögliche dahinterstecken.« Doktor Jennerwein beugte sich vor, um sein Namensschild zu lesen. »Ich werde Ihnen keine Ferndiagnose stellen, Herr Strobel.«

»Das weiß ich, Frau Doktor, aber können Sie mir wenigstens einen Tipp geben, wie ich herausfinde, warum sie nicht reden will?«

»Wenn das so einfach wäre. Erst mal müssen Sie klären, ob die Frau überhaupt hört oder nur Lippen liest. Sprechen Sie sie von hinten an. Wie reagiert sie auf Musik? Liegt unter Umständen nur eine rein körperliche Funktionsstörung vor. Wippt sie im Takt, nimmt sie die Melodie auf, oder sind es nur die Schwingungen der Bässe?«

Dieter nickte zu ihren Worten. So weit war er auch alleine gekommen, aber das traute er sich nicht zu sagen.

»Schwieriger wird es, wenn es sich um eine psychische oder eine Persönlichkeitsstörung handelt. Davon gibt es fast so viele, wie es gestörte Menschlein gibt, jedenfalls, was die Ursachen betrifft.« Doktor Jennerwein saugte konzentriert und mit halb geschlossenen Augen an der Zigarette, ehe sie den Rauch ins Freie pustete. »Wir unterscheiden zum Beispiel zwei verschiedene Varianten des Mutismus. Den selektiven und den totalen Mutismus. Die erste wird vom Umfeld, grob gesagt, als Sprechversagen wahrgenommen, das nur in bestimmten Situationen auftritt. Als Sprechblockade außerhalb eines geschützten Rahmens, bei Abwesenheit einer bestimmten Bezugsperson oder als Hemmung vor größeren Menschenmengen. Man darf hier nicht den Fehler machen, zu glauben, die Betroffenen hätten eine Wahl. Es ist keine Entscheidung des Willens und sollte auch nicht mit Logophobie verwechselt werden. Die zweite Variante bezeichnet die vollkommene Sprachverweigerung. Alle Formen können durch Traumata ausgelöst worden sein, durch familiäre Dispositionen und äußere Umstände. Ob und wie sie behandelbar sind, hängt vom jeweiligen Einzelfall ab. Als Laie absolut unmöglich zu durchschauen.« Ihr Blick hatte etwas Beschwörendes, Einschüchterndes, und Dieter nickte wieder, obwohl er nur die Hälfte verstand. »Sie haben die Frau auf der Straße getroffen, sagen Sie? Eine Obdachlose, wer weiß, welche Geschichte da zugrunde liegt. Sie sollten sich nicht emotional auf die Sache einlassen, auch wenn sie vielleicht jung und hübsch ist. Das könnte gefährlich sein. Grenzen Sie sich ab; bleiben Sie Profi. Eine Störung kann immer auch mit Kontrollverlust und Aggressionen einhergehen, und was Ihnen zunächst als Zutrauen oder Freundlichkeit entgegenschlägt, wandelt sich von einer Sekunde zur anderen in blanken Hass.«

Dieter sah stur geradeaus auf die Baumwipfel, die sich jenseits des gesicherten Zauns im Wind bewegten.

Doktor Jennerwein ließ ein desillusioniertes Seufzen hören. »Ich fürchte, Sie haben ein kleines Helfersyndrom, lieber Herr Strobel, und Sie sind ein viel zu gutmütiger Typ. Schicken Sie ihr einen Sozialarbeiter, einen Streetworker. Wozu leistet sich die Stadt Frankfurt solche Leute, wenn nicht für diese Fälle? Lassen Sie sich bloß nicht dazu hinreißen, die Frau mit nach Hause zu nehmen.«

Sie wartete offenbar auf seine Antwort, doch Dieter schwieg. Waren das dort hinten Fichten oder Kiefern? Den Unterschied konnte er sich einfach nicht merken.

»Sagen Sie mir nicht, dass Sie das schon gemacht haben, Herr Strobel.«

Dieter errötete und wies auf den blanken Filter zwischen ihren Fingern, ehe er sich zur Tür drehte. »Ihre Zigarette ist zu Ende, Frau Doktor.«

Clemens Büchler hielt sich nicht mit langen Fragen oder Höflichkeitsfloskeln auf. Zielgerichtet marschierte er los. Frank und Karl folgten ihm in einen seitlich gelegenen, durch eine Zwischentür abgetrennten Flur des Gemeindezentrums. Dahinter stand ein einzelner Mann im dunklen Anzug, die Hände hatte er sich unter die Achseln geschoben. Ein wenig overdressed, aber immerhin passten Anzug und Pose zu seinem kantigen Gesicht.

Der Mann verschwand wortlos in der Halle, während Büchler ein Büro öffnete und zur Seite trat, um Frank und Karl eintreten zu lassen. »Hier entlang, bitte.«

Dem Schild an der Wand zufolge befanden sie sich im Zimmer des Geschäftsführers. Der Raum war in Beige und Brauntönen gehalten, altmodisch und zweckmäßig möbliert in abwaschbarem Holzimitat. In der Mitte stand ein Tisch mit einer Modelllandschaft: Miniaturbäumchen auf grünen Hügeln, moderne Gebäude, ein Fachwerkhaus, Windräder, Solaranlagen.

»Das dürfte Sie interessieren, Herr Liebknecht.« Büchler bedeutete ihm, näher zu kommen.

Mit Gottes Wort und Gottes Schöpfung – unser Weg in die Zukunft, las Frank auf dem erklärenden Lageplan. Der gleiche Spruch, gestickt auf grob gewebtem Leinenstoff, zierte als einziger Schmuck die Wand hinter dem Schreibtisch.

»Das ist unsere Vision. Das Alte bewahren, ohne uns dem Neuen zu verschließen. Der Herr stellt uns in seiner Weisheit und Güte die Kraft der Sonne, der Erde und des Windes in unendlichem Maß zur Verfügung. Sie zu nutzen kann seinem Willen nicht entgegenstehen. Entscheidend ist, wofür wir die Energie seiner Mächte einsetzen. Wenn wir auch sie dem Dienste am Herrn widmen, wird es gottgefällig sein.«

Ob er dafür Applaus erwartete? Frank presste die Lippen aufeinander, um nichts Falsches zu sagen. Schließlich hatte seine eigene Mission an diesem Tag noch nicht einmal richtig begonnen.

»Das Borntal. Gut getroffen«, stellte er anerkennend fest. »Gibt es auch ein Alternativmodell für den Schwarzwald?«

Der verklärte Ausdruck verschwand aus Büchlers Gesicht.

»Nur aus Neugier. So ein Ding«, Frank kreiste mit dem Finger über der Landschaft, »ist ja keine Kleinigkeit. Wie weit sind Sie mit Plan B? Nur für den Fall, dass Plan A nicht aufgeht?«

»In dem *Ding*, wie Sie es nennen, steckt monatelange Arbeit – das ist weit mehr als eine Bastelei aus Pappmaschee.«

Frank registrierte, dass Büchlers Stimme nicht mehr vor Rührung vibrierte. Der Typ wechselte die Gefühlslage wie ein Chamäleon die Farbe. Sogar noch schneller. Konnte der das steuern – auf Knopfdruck an und aus?

»Da unsere Präferenz bisher eindeutig auf dem Umbau des Brettschneiderhofs liegt, haben wir unser Engagement entsprechend fokussiert. Unsere Ressourcen sind begrenzt. Glücklicherweise lassen die räumlichen Gegebenheiten es zu, dass wir die Planungen ohne größere Änderungen auch auf den Schwarzwald übertragen könnten. Sie sehen, wir sind diesbezüglich gut aufgestellt, sollten unsere Bemühungen in Vielbrunn tatsächlich scheitern.«

Ihre Anwesenheit behagte Büchler nicht, wenn sie ihn auch nicht überrascht hatte, das war ihm unschwer anzumerken. Zu gerne hätte Frank gewusst, was es brauchte, um ihn richtig ausflippen zu lassen. Er war längst nicht mehr sicher, ob Büchlers

Auftritt in der Dienststelle echt gewesen war. Die ganze Aufregung konnte reine Show gewesen sein. Ein Test, ein erstes Kräftemessen. In Gedanken hörte er Brunhilde spöttisch lachen. Unwillkürlich biss er die Zähne zusammen. Ja, sie hatte recht. Er nahm das zu persönlich. Wie sollte Büchler es schon damals auf ihn abgesehen haben, als sie einander noch gar nicht kannten? Trotzdem. Sein Misstrauen saß tief. Verdammt tief.

Allerdings machte Büchler auf ihn den Eindruck, dass es ihm ebenso ging. Wachsam und immer auf Distanz bedacht, beobachtete er Frank, doch er wich seinem Blick aus. Jetzt deutete Büchler auf die sanften grünen Papphügel, wobei er sich kurz hoch auf die Zehenspitzen drückte. »Dieses Anschauungsobjekt dient dazu, die Essenz des Konzeptes für die Gemeindemitglieder erfassbar zu machen. Unser Ziel an sich. Die Unterschiede zwischen den Standorten sind marginal und insofern für unsere Brüder und Schwestern irrelevant. Das Große, das wir gemeinsam schaffen wollen, steht im Mittelpunkt.«

Karl umrundete das Modell schweigend. Frank begriff, dass er ihm die Initiative überlassen wollte. Seine Rolle blieb die des Begleiters, der ihm im Notfall den Rücken freihalten würde. Er musste grinsen. Der alte Geier wachte darüber, dass das Küken nicht in der Pampa verendete. Oder in den Anden. Und auch nicht in Paderborn.

»Das klingt gut durchdacht.« Er wandte sich wieder Büchler zu. »Und genau darum bin ich hier, Herr Büchler. Mich interessiert das große Ganze. Und auch das Kleine – die Brüder und Schwestern selbst.«

Wieder wippte Büchler auf und ab. »Wir streben nach Harmonie: in der Gemeinschaft, mit der Natur und mit unserem Schöpfer. Sie sind ein Mann der Tat, der sehr auf das bezogen ist, was landläufig als Realität bezeichnet wird. Sie sind weniger dem Spirituellen zugeneigt. Das darf ich doch so sagen, oder?«

»Dürfen Sie. Ich halte das nicht für eine Beleidigung.«

»Das läge mir auch fern, Herr Liebknecht. Nun, sehen Sie, Harmonie beginnt dort, wo das Individuum in den Hintergrund tritt. Sie ist ein Zustand der Ausgewogenheit, die es nur im Miteinander geben kann. In dieser, Ihrer Welt, dieser Wirklichkeit, in der die meisten Menschen leben, ist dafür kein Platz. Wir schaffen eine Oase, in der der Einzelne diesem Druck entfliehen kann. In der Rückbesinnung auf das wahre Gotteswort, dem bewussten Verzicht auf manche Annehmlichkeit, der Abkehr vom Egoismus der herrschenden Leistungsgesellschaft und der kollektiven Hinwendung zum Leben nach Gottes Gebot, darin liegt unsere Stärke, unsere Freiheit.«

Ein Kribbeln erfasste Franks Fingerspitzen. Konformismus als Heilslehre. Fehlte nicht mehr viel bis zum Einheitsgehirn, das den Brüdern und Schwestern das Denken abnehmen konnte. Von wegen Freiheit. *Wir sind die Borg.* Wie bei Star Trek. Aber das hier war real und keine Science-Fiction-Serie. Er versuchte, den Gedanken an gleichgeschaltete Maschinenmenschen abzuschütteln. Vielleicht sah er diese Gemeinschaft zu negativ.

»Klingt verlockend.« Franks Tonfall missglückte. Das klang nach Argwohn, unterlegt mit einem guten Schuss Pessimismus. Und genauso fühlte es sich auch an. »Tut mir leid, aber auf so viel Eintracht reagiere ich immer mit Skepsis. Was nicht heißt, dass ich meine Meinung nicht ändern kann. Ich möchte mich einfach ein wenig umsehen, ein paar Gespräche führen.«

»Gerne. Was ich mit meinen Worten ausdrücken wollte, und vielleicht war ich nicht deutlich genug: Wundern Sie sich nicht, wenn man persönlichen Fragen hier nicht die gleiche Relevanz beimisst wie draußen. Sie könnten unbeantwortet bleiben.« Frank öffnete den Mund, doch Büchler hob begütigend beide Hände. »Es steht Ihnen selbstverständlich frei, Ihre Fragen zu stellen.«

Doch stand es Frank offenbar nicht frei, dies unbeobachtet zu tun. Büchler klebte an ihm wie Fliegenpapier.

Sie verließen das Gemeindehaus durch den rückwärtigen Ausgang. Vorne schüttelte Walter Jung noch immer die Hände der ankommenden Schäfchen. Auf dem Freigelände reihten sich Stände aneinander wie auf einem Bauernmarkt. Rechts und links begrenzten die zwei Gästehäuser das Areal, gegenüber erstreckte sich ein Flachbau mit Küche und Speisesaal. Schnurgerade Kieswege unterteilten den Platz in vier gleichgroße Quadrate mit jeweils einem einzelnen Baum in der äußeren Ecke.

Während Karl mit den Händen in den Hosentaschen gemütlich neben Clemens Büchler herschlenderte, der ihnen die Nutzung der Gebäude erläuterte, konnte Frank seine Anspannung kaum verbergen. Wie ein Terrier war er bald drei Schritte voraus, blieb dann wieder zurück, um gleich darauf erneut vorzupreschen. Er scannte das Angebot der Verkaufsstände. Berge von Obst und Gemüse, prächtig bunt und verlockend frisch oder zu Marmeladen und Ähnlichem verarbeitet. Handarbeiten, Spielwaren aus Holz, alles hübsch präsentiert, mit nostalgischem Touch, verstärkt durch Schleifchen, Rüschen und Frauen in Schürzen, die permanent lächelten. Keine von ihnen ähnelte Marie. Daneben standen Männer mit gebräunten Gesichtern, denen das gesunde Landleben förmlich aus jeder Pore troff. Ob man die gecastet hatte? Ausgewählt nach ihrer verkaufsfördernden Ausstrahlung. Zu jedem Einkauf gab es einen Flyer in die Tüte und den Hinweis auf die weiteren Druckerzeugnisse zur geistigen Erbauung, gesammelte Predigten und die Visionen des Walter Jung in Buchform oder als DVD. Ein gut funktionierendes Unternehmen.

Frank blieb stehen. »Die Produktionsbetriebe gehören alle der Mission?«

Clemens Büchler stutzte. Konnte sein, dass Frank ihn gerade bei einer wichtigen Erläuterung unterbrochen hatte. Sicher war er sich nicht. Frank schaffte es nicht mehr, sich zu konzentrieren, wenn dieser Mann redete. Zu viele Silben mit zu wenig Information. Vielleicht hatte auch das Methode.

»Gehören? Nein. Kooperation ist das treffendere Wort. Unsere Mitglieder wirtschaften nach unseren Glaubensrichtlinien, und gelegentlich leisten wir eine finanzielle Unterstützung, meist nur als Anschub.«

»Und was hat die Kirche davon? Finanziell, meine ich. Die Arbeit, die hier geleistet wird, und das Zentrum müssen ja schließlich auch bezahlt werden. Gebäude, Angestellte …«

»Wir sind eine Gemeinde, die Bezeichnung Kirche wird von uns nicht verwendet. Wir sehen uns eher als Missionare, die die Frohe Botschaft des Herrn verbreiten. Und wir nehmen keinen Zins, wenn Sie darauf hinauswollen. Wir besitzen ein paar kleinere Beteiligungen, ja, und einen Teil unseres Grundstücks haben wir verpachtet. Doch ich versichere Ihnen: Wir wuchern nicht und erheben nicht einmal eine Steuer. Was auch immer unsere Mitglieder uns zukommen lassen, es geschieht auf völlig freiwilliger Basis. Viele legen einen bestimmten Anteil ihres Lohnes als regelmäßigen Spendenbetrag fest, andere stellen unentgeltlich ihre Arbeitskraft in den Dienst der Gemeinschaft.«

Na klar, die guten Missionare verzichteten auf eine Kirchensteuer. Aus reiner Freundlichkeit. Beinahe hätte Frank gelacht. Der Verzicht lag wohl eher in der unerwünschten Transparenz begründet. Freiwillige Beiträge konnten um ein Vielfaches höher sein als die staatlich eingezogenen Steuern. Sie konnten anders verbucht werden. Oder auch nicht verbucht.

»Unsere ehrenamtlichen Helfer sind ein wahrer Segen«, setzte Büchler wieder an und griff nach einer der Broschüren. »Ohne ihre Hilfe …«

Frank hörte nicht mehr hin. Es musste doch möglich sein, diesem Kerl zu entwischen, wenigstens für ein paar Minuten. Er brauchte unbedingt etwas Abstand. Karl nahm Büchler am Ellbogen und machte ein zustimmendes Gesicht zu dessen Ausführungen. Dankbar nutzte Frank den Augenblick, mischte sich unter die anderen Besucher und schlängelte sich an Tischdecken und Naturseifen vorbei bis zum Seitenweg. Karl konnte offenbar Gedanken lesen. Frank ließ die Finger über den nicht vorhandenen Gitarrenhals tanzen. Das war sein Solo, das durfte er nicht vermasseln.

Er wandte sich zurück zum Verwaltungstrakt, ging zügig, aber nicht auffällig schnell, den Kopf leicht gesenkt. In der Halle wurde es inzwischen ruhiger. Walter Jung hatte seinen Posten am Eingang verlassen. Dort standen an seiner Stelle zwei ältere Männer. Sie hielten sich so kerzengerade und so regungslos, dass Frank zweimal hinschauen musste, um sich zu vergewissern, dass es sich um echte Menschen und nicht um Pappaufsteller handelte. Die beiden waren nicht gerade das, was er sich unter Türstehern vorstellte, und auch als Begrüßungskomitee machten sie keine besonders gute Figur. Schlecht sitzende braune Anzüge und Totengräbermienen. Drei Besucher gingen an ihnen vorbei, ein Mann und zwei Frauen. Ihre sommerlich leichte und bunte Bekleidung setzte einen auffälligen Farbtupfer zwischen die weißen Wände und den dunkelgrauen Steinboden.

»Was sind 'n das für Freaks?« Der Mann gab sich betont lässig und schüttelte den langen Pony seiner Föhnfrisur aus dem Gesicht. »Wenn die alle so aussehen wie die zwei Vogelscheuchen, bin ich gleich wieder weg.«

»Pst! Nicht so laut.« Die Blonde stieß ihn mit dem Ellbogen an. »Ich finde die putzig. So ein bisschen wie die Amish in Amerika, nur fahren sie nicht mehr mit Pferd und Wagen. Aber die machen ganz viel mit Bio und solche Sachen.«

»Genau. Sie betreiben auch ein Tierasyl, wo alte Tiere bleiben dürfen, bis sie von selbst sterben.« Nummer drei könnte die kleine Schwester der Blonden sein. Ihre Worte beschworen das Bild von saftig grünen Wiesen herauf, wo ausrangierte Arbeitspferde ihren Lebensabend genossen. *Gut Abendsonne* oder so ähnlich. Die Flyer lagen draußen neben denen über ökologischen Landbau und Seelenfrieden durch Meditation und harte Arbeit.

Die beiden Männer am Eingang fest im Blick, schlich Frank vorwärts und lehnte sich gegen die Glastür zum Flur mit Büchlers Büro. Wieso stand eigentlich das schicke Modell des geplanten Erholungszentrums unter Verschluss, statt an diesem Tag der Öffentlichkeit präsentiert zu werden? Büchlers Vision der Erneuerung. Eine bessere Gelegenheit war kaum vorstellbar. Natürlich hätte er Büchler danach fragen können, und der hätte zweifellos auch eine Antwort parat gehabt. Doch auf die konnte Frank verzichten. Er musste mehr über die interne Hierarchie der Matthäaner herausfinden, damit er mit seinen Fragen ganz oben ansetzen konnte. Vielleicht hatte Büchler längst nicht so viel zu sagen, wie er vorgab. Lage, Größe, Ausstattung der Büros – aus solchen Dingen ließen sich Rückschlüsse auf die tatsächlichen Machtverhältnisse ziehen. Hoffentlich gaben die Schilder neben den Türen Auskunft über den Nutzer. Und vielleicht war die eine oder andere Tür unverschlossen. Schon wieder einbrechen zu müssen stand nicht gerade weit oben auf Franks Wunschliste. Langsam drückte er die Glastür mit dem Rücken einen Spaltbreit auf.

Eine Hand legte sich auf seinen Arm. Verdammt! Frank fuhr

herum. Eine Frau. Ihr blassblaues Kleid war mit Stickereien verziert und erinnerte vage an eine alpenländische Tracht. Über dem geflochtenen Haarkranz trug sie ein weißes Häubchen.

»Kann ich Ihnen helfen?« Ihr Gesicht war ungeschminkt und ausdruckslos, ihr Alter schwer einzuschätzen. Die glatte Haut sprach dafür, dass sie jung war. Ende zwanzig vielleicht, so wie er.

»Nein. Ich meine, na ja, vielleicht …« Angestrengt suchte er nach einer passenden Ausrede. Es konnte ja wohl nicht sein, dass er kurz vor dem Ziel an einer Frau scheiterte, die ihm zufällig vor die Füße stolperte.

»Haben Sie sich verlaufen? Kommen Sie, ich bringe Sie wieder zu Herrn Büchler.« Ihre Mundwinkel hoben sich zur Andeutung eines Lächelns. Sie fasste seine Hand. Er folgte dem Impuls ihrer Bewegung, blieb dann aber abrupt stehen. Wie war das? Zu Herrn Büchler? Das Lächeln erstarb, ihr Blick huschte über sein Gesicht, blieb für eine Millisekunde irgendwo hinter ihm hängen. Dann schaltete sie das Lächeln wieder ein. »Ich habe Sie vorhin miteinander gesehen. Da dachte ich …«

Aus dem Augenwinkel nahm Frank eine Bewegung wahr. Dort, wo sie es nun vermied hinzusehen. Demnach war ihr Aufeinandertreffen wohl doch kein Zufall. Jemand hatte die Frau geschickt, um ihn aufzuhalten. Er zwang sich dazu, sich nicht umzudrehen. Es war besser, wenn niemand ahnte, dass er sie durchschaute. Er wurde nicht gerne übertölpelt. Unbewegt schaute er in das Gesicht der Frau, das sich merklich verkrampfte. Dann ließ er seinen Blick langsam an ihrem Körper abwärtsgleiten bis zu ihrer Hand, die seine immer noch festhielt. Er hob eine Augenbraue, wie es Bruni nicht abfälliger geschafft hätte.

»Ich bin überrascht«, sagte er ohne eine besondere Betonung. Er sprach weder leiser noch lauter als sie. »Nicht nur, dass Sie einen fremden Mann einfach so ansprechen. Sie drängen mir auch noch eine Berührung auf.« Ihre Hand zuckte in seiner, aber er gab sie nicht frei. »Ich dachte, die Frauen der Matthäaner wissen, wie man sich anständig benimmt.«

Ihre Nasenflügel bebten, sie senkte das Kinn auf die Brust. »Verzeihung«, flüsterte sie. »Ich wollte nur helfen.«

»Na, dann helfen Sie mir jetzt mal und zeigen mir den Weg zur Herrentoilette.« Er betonte das letzte Wort und ließ ihre Hand los. Die Frau zitterte und gehorchte. Frank wusste nicht, ob sie sich seinetwegen fürchtete oder eine Strafe von anderer Stelle erwartete. Doch sie geleitete ihn in gebührendem Abstand nach draußen. Dabei sagte sie kein Wort. Die Wirkung seines Auftretens faszinierte ihn und ekelte ihn zugleich an.

»Nach links, zum Gästehaus, nicht wahr?« Er tippte sich an die Stirn, als wäre es ihm soeben wieder eingefallen. »Danke«, sagte er laut und legte dann den Finger an seine Lippen. Hoffentlich verstand sie, dass sie stillstehen sollte und er ihr noch etwas anderes zu sagen hatte. Über ihre Schulter hinweg suchte Frank eilig die Umgebung ab. Er glaubte den Kerl zu sehen, der vor Büchlers Büro herumgelungert hatte. Die Sonne im Innenhof blendete ihn. Der Mann mit dem dunklen Anzug stand im Halbschatten vor einem Tor neben dem Speisesaal. Oder war dort die Küche? Vielleicht hätte er Büchler doch zuhören sollen. Der Kerl strich sich mit der Hand übers Kinn, dann kratzte er sich an der Schläfe. Trug er einen Funksender? Schwer zu sagen auf diese Entfernung.

Frank beugte sich leicht nach vorn. Die Frau roch nach Kernseife. »Ich weiß nicht, wovor Sie Angst haben, aber vor mir müssen Sie sich nicht fürchten«, raunte er ihr zu. Er war ihr sehr nah, konnte die feinen Härchen auf ihrer Haut erkennen. Die weiße Haube ließ ihr Ohr frei. Kein Sender, kein verstecktes Mikro. Es sei denn, sie trug eines unter dem weißen Blusenkragen.

Hastig richtete Frank sich auf und schob sie auf Armeslänge von sich. Verflucht, das grenzte so langsam wirklich an Paranoia. Sein Mund war trocken. Er biss sich auf die Zungenspitze. Das wäre der Moment gewesen, ihr unbemerkt seine Telefonnummer zuzustecken. Cool und souverän. Damit sie ihn anrufen konnte und er sie retten. Aber er war eben kein Filmheld, er besaß nicht mal eine Visitenkarte.

»Schon gut«, sagte er laut, nur für den Fall, dass doch jemand mithörte. »Sie müssen mich nicht weiter begleiten. Den Rest schaffe ich alleine.«

Er schlug den Weg zum Gästehaus ein, spürte den Kies unter den Sohlen, die Sonne auf seiner Haut, einen leichten Luftzug, der nach Hefe roch. Seine geschärften Sinne gaukelten ihm vor, er könne Blicke fühlen, die ihm folgten. Doch er erreichte die Toilette gänzlich unbehelligt. Der Gedanke, Büchler oder der Anzugträger könnten plötzlich neben ihm stehen, während er sich erleichterte, behagte ihm ganz und gar nicht. Frank verschwand in einer der Kabinen, ließ die Hose runter und setzte sich. Paranoia hin oder her, die Frau hatte auf ihn gewirkt wie ferngesteuert. Irgendwer musste sie beide die ganze Zeit beobachtet haben. Und wer auch immer das gewesen war, er ließ ihn bestimmt auch weiterhin nicht aus den Augen.

Sein erster Plan war gescheitert. Doch das bestärkte ihn nur in seinem Glauben, dass man hier etwas zu verbergen versuchte. Vor ihm und allen anderen. Frank drückte die Spülung und lauschte in den Vorraum. Nichts. Er war immer noch allein. Ihm fehlte eine neue Strategie.

Nachdenklich wusch er sich die Hände und trocknete sie an der Jeans ab; das karierte Handtuch des glücklichen Kollektivs widersprach seiner Vorstellung von Hygiene. Über den Waschbecken hingen keine Spiegel, und Frank betrachtete seine Erscheinung auf dem schwarz glänzenden Display des Handys. Ein Griff in die weichen Locken brachte ihn zum Lachen. Dominant sah er nun nicht gerade aus. Er verstummte. Wie eingeschüchtert musste man sein, um vor einem wie ihm zu kuschen?

Das Handy zeigte guten Empfang, und er checkte rasch seine Mailbox. Keine Nachrichten. Er hatte Bruni gebeten, ihn sofort zu informieren, wenn es Neuigkeiten vom Ortsbeirat gäbe. Er selbst hatte seine Bedenken zum Bauprojekt der Matthäaner schriftlich dargelegt. Per Brief an den Vorsteher und in Kopie an sämtliche Beiratsmitglieder. Sollte hinterher keiner behaupten können, er habe nichts gewusst.

Durch den schmalen Fensterschlitz neben der Tür spähte Frank ins Freie. Über dem Platz lag eine friedfertige Atmosphäre. Besucher und Gemeindemitglieder unterhielten sich miteinander. Die naturnahen Produkte fanden sichtlich großen Anklang. Schonend für die Umwelt, voller Achtung für die Natur und alle Lebewesen erzeugt. So weit die Theorie. Es gab sogar einen Bereich zur Kinderbetreuung, wo bunte Bilder gemalt und an einer Wäscheleine aufgehängt wurden. Fröhlich schaukelten sie im Wind. Büchlers vielbeschworene Harmonie stand greifbar vor ihm.

Nein, Frank traute dem Frieden nicht, auch wenn er niemanden entdecken konnte, der ihn verfolgte. Vielleicht brauchte er gar keine Strategie. Vielleicht reichte es, weiter dorthin zu gehen, wo er nicht sein sollte. Zu dem Tor zum Beispiel, vor dem der Mann mit dem Knopf im Ohr stand. Mal sehen, ob er dort ungehindert fotografieren durfte. Er behielt das Handy in der Hand und öffnete die Tür. Kinderlachen schallte ihm entgegen. Es passte ebenso wenig in sein Bild wie der Jugendliche, der einen Mann im Rollstuhl über den Rasen schob und ihn fürsorglich unter einem Baum abstellte. Wobei Frank nicht hätte sagen können, was ihn an dem Anblick störte. Der Junge verschwand. Mehrere Minuten lang beobachtete Frank den Platz. Keine Spur von Karl und Büchler oder einem Anzugträger mit Knopf im Ohr. Ihm kam eine neue Idee. Er musste sich beeilen. Der Junge konnte jederzeit zurückkommen.

Samstag, 23. Juli, Frankfurt, 11:00 Uhr
– das Mädchen –

Der Mann, der sich Dieter nannte, hatte gesagt, sie sei heute Sabine. Dabei war sie an jedem Tag die Gleiche, egal wie viele Namen er ihr auch geben mochte. Falsche Namen, verlogene, fremde Namen. Sie hatte sich so sehr gewünscht, die Worte der Alten nie mehr hören müssen, sie durch Vergessen auszulöschen. Doch sie wusste, dass es nicht in ihrer Macht stand und dass eine schreckliche Wahrheit in ihnen lag. Das Kind der Schlange war geboren, um Schmerzen zu leiden und Schmerzen zu bringen, Tod und Verderben. Sie wollte es nicht, und doch würde es wieder geschehen. Wieder und wieder.

Sie schlang die Arme um die Knie und starrte auf die Tür. Dieter klapperte mit den Töpfen in der Küche herum, kochte für sie, obwohl er doch ein Mann war. Tränen stiegen ihr in die Augen, denn sie konnte nicht verstehen, was er damit bezweckte. Er stellte die Welt auf den Kopf und umging die vorherbestimmte Ordnung. Niemand durfte das.

Er hörte nicht auf, sie zu quälen mit seiner Freundlichkeit, er wiegte sie in Sicherheit, doch vermochte er sie nicht zu täuschen. Es würde der Tag kommen, an dem er die Geduld verlor. Es würde der Tag kommen, an dem er ihr Geheimnis lüftete. Sie tastete unter ihr Kleid, fühlte die kalte, beruhigende Klinge. Der Tag, an dem sie ihn töten musste.

»Hallo!« Frank ging neben dem Rollstuhl in die Hocke. Aus der Ferne würde man seine Silhouette kaum von der des in sich zusammengesunkenen Mannes unterscheiden können. »Ich bin Frank«, sagte er betont langsam und freundlich. »Vielleicht können Sie mir helfen.« Er nahm das verblasste Passfoto Maries aus der Brieftasche. »Wissen Sie, wer das ist?«

Die wässrigen Augen zwinkerten. Doch der Alte schwieg.

»Es ist sehr wichtig für mich, diese Frau zu finden, verstehen Sie?«

Aus der Mitte der Stände löste sich eine Gestalt und hielt genau auf sie zu. Frank lief die Zeit davon. Eindringlich fragte er: »Ist sie hier gewesen? Ihr Name ist Marie Brettschneider. Erinnern Sie sich? Vielleicht war sie mit ihrer Familie hier, mit ihrem Mann. Oder mit ihrer Tochter?« Frank legte ihm die Aufnahme in den Schoß.

Der Körper des Mannes bebte. »Nä«, krächzte er. »Nitt!«

»Na Opa, hast du Gesellschaft gefunden?«

Der Alte wischte mit einer fahrigen Bewegung das Foto zu Boden.

Ein Schatten fiel über sie. Frank blinzelte ins Gegenlicht. Unauffällig klaubte er das Foto auf und verbarg es in der Hosentasche.

Ein bulliger Kerl stand vor ihm, mit kurzen, hellen Haaren. Er war vielleicht zwanzig, trug eine schwarze Hose und eine Jacke im Retrostyle, wie die eines Fliegers. Das war nicht der Junge, der den Alten bei dem Baum abgestellt hatte.

»Hoffentlich hat er Sie nicht mit alten Geschichten belästigt. Er wird immer ein bisschen redselig, wenn er allein ist.« Der Bursche packte die Griffe des Rollstuhls.

»Nein, nein, ganz im Gegenteil. Ich wollte Ihren Großvater nur …«

Der Alte zupfte Frank am Arm und hob den Kopf.

»Ja?«

Unter dem Ärmel der Strickjacke lugten einige dünne weiße Haare heraus. Mit seiner runzligen Hand zog er fester, bis Frank sich wieder zu ihm hinunterneigte. Die Lippen des Alten bewegten sich tonlos, ein Mundwinkel hing schief. Mit der rechten Hand rieb er sich über die Linke. Frank entdeckte weißliche Narben an beiden Handgelenken.

»War auch bloß ein Scherz«, erklärte der Blonde feixend. »Mit dem Reden hat er es nicht mehr so, seit dem Schlaganfall. Er ist auch nicht wirklich mein Großvater. Ich nenne ihn nur Opa. Machen alle so. Ich bin übrigens Mirko. Opa, ist gut, lass den Mann in Ruhe.«

Doch der Alte ließ Frank nicht los. Er hustete. »Hannes«, glaubte Frank unter dem nächsten rasselnden Husten zu hören. Die tränenden Augen fixierten ihn, mit eigentümlicher Klarheit.

»Tut mir leid, aber ich schätze, er braucht jetzt sein Schläfchen.« Mirko legte dem Alten eine Hand auf die Schulter, mit der anderen holte er einen Inhalator aus der Innentasche seiner Jacke. »Und sein Asthmaspray, nicht wahr?« Er schüttelte die Dose.

Doch der Alte presste die Lippen fest aufeinander und drehte sich weg von Mirko.

»Na dann eben nicht.« Mirko packte das Medikament wieder ein und zog ruckartig den Reißverschluss seiner Jacke über dem schwarzen T-Shirt zu. Mit einem Schlag löste er die Bremse des Rollstuhls, bemühte sich dann aber um einen freundlicheren Tonfall, als er Franks irritierten Blick bemerkte. »Die vielen Menschen sind immer sehr anstrengend für ihn. Das gemeinsame Essen und die Rede, das schafft er nicht mehr. Darum bringe ich ihn besser ins Bett. Er ist halt leider schon ein bisschen …« Mit dem Zeigefinger machte er eine Drehbewegung neben seiner Schläfe und zuckte dabei entschuldigend mit den Schultern. »Und unvernünftig und ein bisschen bockig. Manchmal muss man ihn zu seinem Glück zwingen. Man kann die Alten ja nicht einfach …« Er grinste. »Nicht im Stich lassen, meine ich. Darum kümmern wir uns alle um sie. Nicht wahr, Opa? Wir passen alle auf dich auf.«

Frank trat einen Schritt beiseite, als Mirko sich mit dem Rollstuhl in Bewegung setzte. Der Alte wandte noch einmal den Kopf zu ihm zurück. Ob es eher Angst oder Wut war in seinem Blick, konnte Frank nicht erkennen. Das Gesicht des Alten verzerrte sich.

»Ohanne Hefaa«, sagte er lauter, gefolgt von einigen gurgelnden Lauten und einem heiseren Aufschrei. »Hefaa Ohoanna!«

Noch einmal streckte er die runzlige Hand nach Frank aus, doch Mirko fing sie ein und drückte sie herunter. »Er meint seine Frau«, erklärte er. »Nicht aufregen, Opa. Ich bringe dich heim.« Er beugte sich hinunter und flüsterte dem Alten etwas ins Ohr. Der rutschte tiefer in den Stuhl.

Frank blieb stehen und sah den beiden nach. Jede Wette, der Alte hatte nicht nach seiner Frau gerufen.

Frank hatte mit ausführlichen Psalmrezitationen vor dem Essen gerechnet, zumindest mit einer langen, demütigen Wartezeit vor den gefüllten Schüsseln auf dem Tisch. Doch das Gebet vor der gemeinsamen Mahlzeit gestaltete sich schlicht. Ein kurzer Dank nur, verbunden mit der Einladung, am Nachmittag einem Vortrag Walter Jungs zu lauschen. Seine Rede war der eigentliche Hauptakt des Tages, dem die Gemeinde entgegenfieberte. Clemens Büchler hatte sich neben ihm niedergelassen, und Karl saß Frank gegenüber. Noch einmal würde der ihn sicher nicht entwischen lassen. Und er gab ihm keine Möglichkeit, eine einzige Minute allein mit Karl zu reden.

Clemens Büchler lächelte und reichte Frank die Kartoffelklöße. »Nicht die Länge des Gebetes ist entscheidend, sondern die Aufrichtigkeit des Betenden«, erklärte er ungefragt. »Wenn die Stunde der Abrechnung kommt, werden hohle Worte keinen Wert haben. Was sind denn die meisten Gebete? Nichts weiter als Betteleien an den Herrn. Gib mir Gesundheit, gib mir eine gute Arbeit, hilf mir! Merken Sie es, Herr Liebknecht? Da läuft etwas verkehrt. Der Herr gibt und nimmt, nach seinem Willen. Wer sind wir, dass wir mit Gott rechten wollen, Römer 9, Vers 20, und seine Entscheidungen anzweifeln dürften? Die Frage ist nicht, was der Herr für uns tun kann, sondern was wir bereit sind, für ihn zu tun. Danach wird der Richtspruch gefällt, am Ende aller Tage. An unseren Taten werden wir gemessen. Es liegt an uns, die Hürden des Lebens zu überwinden und seine Aufgaben anzunehmen. Wir brauchen ihn nicht um Gnade zu bitten, die hat er uns längst gewährt, indem er uns sein Wort schenkte. Und dafür danken wir, mit ganzem Herzen. In unserem Versammlungsraum erinnern wir uns seiner Barmherzigkeit, durch die Vorträge unseres Predigers, der uns die Offenbarung zu Gehör bringt. Wir schöpfen unsere Kraft aus dem Wort, dem einzig wahrhaftigen Gotteswort.«

Na, darauf war er gespannt. Frank graute es jetzt schon. Wenn Jung dabei nur halb so sehr schwafelte wie Büchler, konnte das eine anstrengende Angelegenheit werden. Laut Internet redete Jung gerne auch mal zwei Stunden am Stück. Oder länger. Da brauchte Frank eine gute Mahlzeit als Grundlage, damit er bis zum Ende durchhielt. Alle langten kräftig und, wie es ihm schien, unbekümmert zu. Und doch hatte Frank den Eindruck, dass die Frauen, die zuvor die Schüsseln und Platten aufgetragen hatten, genau mitzählten, wer von den eigenen Leuten sich wie oft den Teller füllte. Er entdeckte die junge Frau, mit der er in der Halle zusammengetroffen war. Sie war darauf bedacht, ihn nicht anzusehen, was ihr aber nicht ganz gelang. Rechts und links von ihr hocken zwei männliche Gemeindemitglieder, gegenüber einige Besucher, mit denen man artige Konversation betrieb. Auch an den anderen Tischen, die er von seinem Platz aus sehen konnte, saßen ähnlich zusammengesetzte Gruppen. Die Gespräche gestalteten sich freundlich, wenn auch ein wenig einseitig. Die Gäste fragten, die Gemeindemitglieder antworteten in kurzen Sätzen, dauerlächelnd.

»Bunte Reihe«, murmelte Frank.

Büchler verschluckte sich und presste sich die Serviette vor den Mund. »Was?«

Eine dralle Mittvierzigerin an Franks Seite sprang auf und griff nach einer der Platten, die sie ihm unter die Nase hielt. »Noch a bisserl Flaisch?«

Ihre hastig ausgestoßene Frage lenkte Frank für eine Sekunde ab. »Nein, danke. Ich möchte nichts mehr.«

»Bitte scheen, nehmen Sie. Iss von glickliche Kiehe!«

»Nein, wirklich nicht. Danke.«

»Aber Sie sind doch a junger Mann, da missen Sie doch …«

Büchler brachte sie mit einem einzigen Blick zum Schweigen. Er war blass im Gesicht, seine Stimme klang unerwartet schneidend, als er wieder zu Atem kam. »Was sagten Sie gerade noch, Herr Liebknecht?«

Karl schaute von einem zum anderen. Frank las die unausgesprochene Warnung in seinen Zügen. Er durfte nicht zu weit gehen. *Bunte Reihe*, so hatte man in der Colonia Dignidad die Gelegenheiten genannt, bei denen Männer und Frauen, Alte und Junge gemeinsam für Besucher eine heile Welt vorspielten. Veranstaltungen, bei denen alle ordentliche Kleidung trugen, reichlich aßen und sogar Musik machen und tanzen durften, doch hinter den Kulissen waren sie genauso streng reglementiert gewesen wie das restliche Leben. Karl hatte seinen Gedankengang offenbar sofort verstanden. Und Büchler auch.

In Franks Kopf wirbelten die merkwürdigen Begegnungen des Tages durcheinander: die Frau mit der Haube, der Alte im Rollstuhl, Mirko. Er wusste immer noch nicht genug, um zu verstehen, was hier vor sich ging. Besser keine weitere Provokation. Er rang sich ein Lächeln ab. »Wenn ich mich hier umsehe, meine ich: eine bunte Mischung von Menschen, die einträchtig miteinander um die Tische sitzen.«

Büchler nickte, und Frank glaubte eine gewisse Erleichterung in seinen Zügen wahrzunehmen. »Ja, so könnte man es ausdrücken. Am Tisch des Herrn ist für alle Platz.«

Schon wieder eine schöne Weisheit, hinter der Frank sofort eine Lüge witterte. Doch er sagte nichts mehr.

Nach dem Hauptgang gab es Kaffee und Kuchen. Fast schon eine dekadente Schlemmerei für die sonst so spartanisch lebende Gemeinde.

»Eine Ausnahme. Zu Ehren unserer Gäste.« Erneut antwortete Büchler auf Franks Gedanken, ohne dass er sie ausgesprochen hatte. Langsam wurde es ihm unheimlich. »Greifen Sie zu. Es ist das größte Lob für unsere fleißigen Bäckerinnen, wenn keine Reste bleiben.«

Frank erinnerte sich an den Geruch von Hefe im Innenhof. »Sagen Sie, die ganzen Brote, die draußen verkauft werden – sind die auch alle hier gebacken?«

»Selbstverständlich. Wären Sie bei uns geblieben, hätten Sie die Führung durch die gläserne Bäckerei nicht verpasst.« Den kleinen Hieb konnte sich Büchler offenbar nicht verkneifen. Es verschaffte Frank eine gewisse Genugtuung, dass er sich diese Blöße gab. Er war beleidigt, weil Frank ihm entwischt war.

Karl grinste ihn von der anderen Seite des Tisches an. »Das war sehr interessant, Frank. Mit Blick hinter die Kulissen und in den Ofen des Backhauses. Das Bauernbrot ist der Hammer, sag ich dir.« Er küsste verzückt seine Fingerspitzen. Die Geste des Genießers. Na, immerhin hatte Karl seinen Spaß an ihrem Ausflug.

Frank versuchte, sich die Anordnung der Gebäude auf dem Gelände ins Gedächtnis zu rufen. Das Backhaus musste sich im gleichen Komplex befinden wie der Speisesaal. Vermutlich neben der Küche. Du Idiot, höhnte es in seinem Innern, und er packte die Gabel fester. Der Anzugträger ergab genau an der Stelle nun einen Sinn. Ein Ordner, der für Sicherheit sorgte, wenn sich Zuschauer in einen laufenden Bäckereibetrieb drängten. Heiße Backröhren, Knetmaschinen, Rührgeräte. Vielleicht eine etwas übertriebene Maßnahme, aber durchaus plausibel. Danach musste er Büchler also nicht fragen.

Allerdings erklärte das nicht das Funkgerät, dass Frank glaubte gesehen zu haben. Und auch nicht den Mann im schwarzen Anzug, der jetzt an der Seitentür des Speisesaals lehnte. Es war der Kerl aus dem Flur vor Büchlers Büro, Frank erinnerte sich an das kantige Gesicht. Der vor dem Tor schien ihm ein wenig kleiner gewesen zu sein.

Der Mann an der Tür starrte ihn unverhohlen an und zog sein Jackett kaum merklich zurecht. Einem unbedarften Menschen wäre die Bewegung sicher entgangen. Aber Frank verstand und hielt den Atem an. Für einen winzigen Moment war die Wölbung einer Waffe sichtbar geworden. *Für ihn.* Nur für ihn gedacht und in vollem Bewusstsein präsentiert. Was auch immer der Kerl für ein Spiel mit ihm spielen wollte, er hatte nicht vor, darauf einzugehen.

Frank führte die Gabel zum Mund, kaute, schluckte, trank einen Schluck Kaffee. »Wer ist der Typ mit der Knarre?«, fragte er bewusst undiplomatisch und deutete mit dem Kinn auf den Anzugträger. »Und warum beobachtet er mich?«

Seine Tischnachbarin präsentierte wie aufs Stichwort den Kuchenteller, aber diesmal war es Frank selbst, der sie durch simples Ansehen in ihre Schranken wies, noch bevor sie etwas sagen konnte. Ewa, so hatte sie sich vorgestellt, mit ihrem netten osteuropäischen Akzent, plumpste zurück auf den Stuhl. Frank erkannte das Dilemma, in dem sie steckte. Man hatte ihr eine Anweisung erteilt, die sie nicht ausführen konnte, und nun wusste sie nicht mehr weiter. Doch das Problem musste Ewa alleine lösen. Stur wartete Frank auf Büchlers Antwort.

Der verzog die Lippen zu einem schmalen Lächeln. »Ich habe mich schon gewundert, warum Sie die Frage noch nicht gestellt haben.« Langsam trank Büchler seinen Kaffee. Drei Schlucke hintereinander, mit jeweils einer kurzen Pause dazwischen. »Sehen Sie sich um. In dieser bunt gemischten Schar ist so ziemlich jede menschliche Komponente vertreten. Alle guten Eigenschaften, aber auch die schlechten. Leider. Der Mensch ist ein schwaches Wesen, erfüllt von Neid und Missgunst. Auch wir haben Gegner – und damit meine ich nicht Sie, Herr Liebknecht. Auch wenn es Sie vielleicht überrascht, ein gewisses Maß an Skepsis halte ich für durchaus vernünftig. Und ich möchte mich bei dieser Gelegenheit ganz ausdrücklich für mein aufbrausendes Auftreten in Ihrer Dienststelle entschuldigen. Sie haben Ihre Vorschriften, so wie wir die unseren haben. Nein, ich spreche von Feinden unseres Glaubens und unserer Missionsarbeit, die sich nicht die Mühe machen, das Gespräch mit uns zu suchen, die uns – und speziell Bruder

Walter – diffamieren. Und die auch vor Morddrohungen nicht zurückschrecken.«

»Mord – tatsächlich?« Karl nahm Ewa beiläufig den Kuchen ab und lud sich ein weiteres Stück auf den Teller.

»Wir können nicht ausschließen, dass solche Subjekte sich hier unter uns befinden, um unsere Veranstaltung und den Frieden der Gemeinde zu stören. Wenn nicht Schlimmeres«, sagte Büchler. »Leider fehlen die Beweise, sodass die hiesige Polizei keine Veranlassung sieht, uns Schutz zu gewähren. Das hat sicherlich dazu beigetragen, dass ich mich zu den Anschuldigungen gegen Sie und Ihre werte Kollegin habe hinreißen lassen. Nun, Walter Jung wäre nicht der, der er ist, wenn er sich erschrecken und in die Enge treiben ließe. Darum musste ich Maßnahmen zu seinem Schutz ergreifen. Speziell für den heutigen Tag sind vier Wachmänner hier, die für die Sicherheit der Besucher sorgen. Ein religionsfeindlicher Anschlag auf unserem Gelände …« Pathetisch bedeckte er erst die Augen mit der Hand, dann den Mund und schüttelte den Kopf.

»So weit, so gut, aber das beantwortet nur meine erste Frage.« Frank hatte nicht vor lockerzulassen.

»Ja, ich weiß.« Büchler fasste sich sofort wieder. »Dazu komme ich jetzt. Bei dem Herrn am Notausgang handelt es sich im Gegensatz zu den anderen um einen professionellen Leibwächter, der Walter Jung auf Reisen begleitet, seit die Drohungen begonnen haben. Er berät uns auch in Sicherheitsfragen. Sie können ihn gerne überprüfen, ein ausgezeichneter Mann, mit besten Referenzen, wie Sie feststellen werden. Sein Name ist Arndt Missenharter.« Er lachte ein wenig gekünstelt und hob entschuldigend die Hände. »Ich muss gestehen, Herr Liebknecht, dass ich ihm von Ihnen erzählt habe. Vielleicht hat er sich deshalb entschlossen, ein Auge auf Sie zu haben.«

Samstag, 23. Juli, Vielbrunn, 13:55 Uhr
– Brunhilde Schreiner –

Der letzte der sieben Ortsbeiräte, der durch die Tür des Dorfkrugs und direkt weiter ins Hinterzimmer stürmte, trug einen Ordner und ein Bündel loser Blätter unter seinen linken Arm geklemmt, die er schwungvoll auf den Tisch warf.

»Bring uns was zum Trinken, Gerhard! Wasser für alle«, schnauzte Wilhelm Ruckelshaußen über die Schulter in Richtung Theke. »Was Anständiges gibt es hinterher. Jetzt brauchen wir erst mal einen klaren Kopf«, verkündete er den anderen Anwesenden. »Hallo allerseits. Danke, dass ihr so kurzfristig gekommen seid. Ich denke, wir haben alle die gleiche Post im Briefkasten gehabt.«

»Ein Liebesbrief von unserem neuen Schupo.« Alfred Kraft wedelte mit einem Umschlag. »Der ist doch nicht ganz dicht!«

»Verschwörungstheoretiker«, schnaubte Thorsten Hilbert, ein schlanker Mann, Mitte dreißig und Rechtsanwalt, der seinen Posten als Beiratsmitglied erst seit Kurzem innehatte und noch um die Gunst der Altgedienten buhlte. »Der weiß wahrscheinlich auch, wer Kennedy erschossen hat.«

Die anderen lachten. Alle bis auf Brunhilde, die stumm in der Ecke am Fenster stand.

»Nichts für ungut.« Kraft machte ein verlegenes Gesicht. »Aber du musst doch zugeben, Brunhilde, dass das ganz schön verrückt klingt, was der Liebknecht da behauptet.«

Ruckelshaußen räusperte sich umständlich und lockerte den Hemdkragen. Offensichtlich hatte er ihre Gegenwart zuvor gar nicht bemerkt. »Ich, äh, ja, ich würde jetzt gern unsere außerordentliche Sitzung eröffnen. Daher, Brunhilde, müsste ich dich bitten, uns allein zu lassen. Da du nicht dem Ortsbeirat angehörst …«

»Wesche mir kann se ruuisch bleiwe.« Burkhard Görlich lehnte sich zurück und schaute fragend in die Runde. »Mir hawwe doch niggs zu fäschdägge, oder? Schon gar nädd vor de Bollidsei.«

Brunhilde wartete, bis sich das Stimmengewirr etwas gelegt hatte. »Danke, Burkhard. Ich habe nicht vor, mich in eure Entscheidungen einzumischen, und ich will auch gar nicht bleiben. Aber ich möchte euch darum bitten, dass ihr Frank Liebknechts Einwände nicht vorschnell verwerft. Nur weil er vielleicht ein bisschen übereifrig erscheint oder ihr euch *irrtümlich*«, sie betonte das Wort und fixierte Ruckelshaußen dabei, »persönlich angegriffen fühlt.«

»Inwiefern persönlich?« Hedwig Ketterer, die sich gerne selbst als Quotenfrau bezeichnete, hob die Stimme.

»Wegen der Grundstücke, die von der Änderung im Bebauungsplan betroffen sind und davon profitieren, sobald …«

»Irrtümlich, sagst du? Das kannst du mir doch nicht erzählen, dass das nicht persönlich gemeint war.« Ruckelshaußen stand immer noch hinter dem Tisch, eine Hand auf die Platte gestützt, während er die andere donnernd darauffallen ließ.

Brunhilde rollte die Augen. Na super, den Anfang hätte Frank selbst nicht besser vergeigen können. »Darum geht es ihm doch gar nicht. Ihm ist es wahrscheinlich völlig schnuppe, wenn ihr euch eine goldene Nase verdient bei dem Geschäft. Ihr sollt nur genau prüfen, mit wem ihr euch da einlasst.« Der letzte Satz ging in tosendem Durcheinander unter. »Er hält die Matthäaner für potenziell gefährlich.« Brunhilde zog einen Stuhl vom Tisch und setzte sich.

Phrasen prasselten auf sie nieder, gegen die sie nicht anbrüllen mochte. *Zukunft, Arbeitsplatzsicherung, Entwicklungspotenzial, Fortschrittsbremse.* Politikergefasel. Sie hatte den Kampf für Frank verloren, bevor er begonnen hatte. Es war zwecklos, noch länger zu bleiben.

Als sie wieder aufstand, brachte Gerhard Unger gerade die bestellten Wasserflaschen herein. Brunhilde schnappte sich eine davon und drückte sie Wilhelm Ruckelshaußen in die Hand.

»Vielleicht versucht ihr es nachher noch mal mit wirklich klarem Kopf. Wenn Frank recht hat, geht euer Projekt Zukunft nach hinten los. Und die Schlagzeilen, die Vielbrunn dann macht, reißen euch in den politischen Abgrund.«

Ruckelshaußen schaute stur an Brunhilde vorbei und überließ dem schäumenden Görlich das abschließende Urteil.

»Der klaane Querulant hat hier gar niggs zu melde! Der soll sisch widder haam mache unn uns die Ruu lasse. Des kannste ihm gern so von mir ausrischde, Brunhilde.«

Samstag, 23. Juli, Paderborn, 14:30 Uhr
– Frank Liebknecht –

Nach dem Essen machte sich Trägheit unter den Gästen breit. Sie hatten alle Leckereien probiert, und es gab keine weiteren Attraktionen, die warteten. Ein letzter Bummel durch den Hof. Die Sonne brannte, und die Reihen der Besucher lichteten sich rasch. Als es endlich an der Zeit war, im Versammlungsraum Platz zu nehmen, um Walter Jungs Vortrag zu hören, war die Gemeinde schon fast wieder unter sich. Die wenigen verbliebenen Gäste schauten sich unschlüssig um, und die meisten traten diskret den Rückzug an. Frank hätte es ihnen in Anbetracht der Umstände am liebsten gleichgetan. Unbequeme Holzstühle, drückende Schwüle. Immerhin hatten Karl und er einen Platz in der Nähe der Tür ergattert. Zum ersten Mal seit Stunden waren sie allein, ohne Büchler, der Walter Jung bei den Vorbereitungen zur Hand ging. Die ängstliche Frau mit der Haube kam als eine der Letzten und schlängelte sich durch die Reihen auf einen einzelnen freien Stuhl in der Mitte. Merkwürdig. Frank zählte. Sieben Leute mussten aufstehen, um sie durchzulassen, dabei gab es noch Plätze am Rand, die leichter zu erreichen gewesen wären. Unauffällig und ohne andere zu belästigen, wie er es eigentlich von ihr erwartet hätte.

Die Tür wurde geschlossen, und eine strahlende Ewa setzte sich neben Karl. Sie versperrte den Weg zum Ausgang und nahm Frank auch diese Gelegenheit, Karl von seinen Begegnungen auf dem Flur und im Hof zu erzählen. Die Frau mit der weißen Haube befand sich genau in Franks Blickrichtung. Er ahnte den Haarkranz mehr, als er ihn sah, die blasse Haut ihres Nackens, den Kernseifengeruch. Ein seltsames Kribbeln durchströmte seinen Körper.

Freudiges Murmeln erhob sich, als Walter Jung hinter das schmucklose Stehpult trat, gefolgt von Büchler, der als Erster das Wort ergriff.

»Willkommen, liebe Brüder und Schwestern.« In kurzen, monotonen Sätzen leierte er eine Begrüßung herunter und sagte ein Lied an. Zu Franks Überraschung sang die Gemeinde melodisch, begleitet von einem Klavier, was ansprechender klang als die verstimmten Orgelchoräle, an die er sich von früheren Kirchenbesuchen her erinnerte. Hinter sich hörte er einen leisen Piepton und wandte sich um. An der rückwärtigen Wand überragte ein dünnbeiniges Gestell die Köpfe, obenauf eine Videokamera, daneben Mirko, der die Aufnahme überwachte.

»Livestream-Übertragung«, raunte Karl ihm zu. »Im Internet jederzeit abrufbar, als Video- oder Audiodatei.«

Walter Jung übernahm mit gerührter Stimme. Er schaffte nur wenige Sätze, bis der Erste »Amen!« rief, von irgendwoher, ohne einen für Frank erkennbaren Anlass. Zwar sprach Jung mit stärkerer Modulation als Büchler, doch nach kürzester Zeit hatte Frank den Eindruck, nicht viel mehr als *Offenbarung* zu verstehen, gefolgt von Namen, Nummern, Versangaben. Zitate reihten sich aneinander, deren Richtigkeit Jung durch Wiederholungen bekräftigte, untermalt vom Gemurmel seiner Anhänger.

»Halleluja!« – »Ja, Herr!« – »Oh Gott!«

Den letzten Ausruf versah Frank innerlich mit einer anderen Betonung. Wie lange sollte das Spektakel dauern? Jung beschwor die Endzeit, die apokalyptischen Posaunenengel und das auserwählte Volk, welches unbeschadet aus dem ganzen Elend hervorgehen würde, weil es brav dem Wort gefolgt war.

Oder so ähnlich. Dem Wort, dem Wort … Frank seufzte. Und er tat sich das aus freien Stücken an.

Die Frau mit der weißen Haube senkte demütig den Kopf im Gebet, reckte dann wieder die Arme empor, um ins inbrünstige Rezitieren einzustimmen. Frank verlor den Faden, er beobachtete nur noch. Viele der Gläubigen sprachen ganze Passagen der Rede mit, repetierten Stellen unter eifrigem Nicken. Hier und da sprang einer auf. »Ja, mein Herr!«

Ein Bruder Konrad sprach ein Gebet, etwas später Bruder Etienne, auf Französisch, mit Übersetzung durch Büchler. Geleiert, wie zu Beginn. Und immer wieder Walter Jung.

»Ihr alle, die ihr wisst, was geoffenbart wurde und wahr ist und wahr bleibt, widersteht in dieser betrügerischen Zeit. Widersteht«, mahnte er sanft und leise. »Folgt nicht den falschen Propheten, die es euch leicht machen wollen. Entsagt den irdischen Verlockungen …«

Mirko hielt weiter die Kamera am Laufen, regulierte den Ton und folgte dabei den Fingerzeigen Büchlers. In der überhitzten Luft hatte Mirko die Jacke abgelegt. Mit dem Saum des T-Shirts wischte er sich die Stirn trocken. Ein schwarzes T-Shirt mit Aufdruck, sicher war er der Einzige im Raum, der so etwas trug. Wie passte der überhaupt hier rein? Das Klavier setzte wieder ein, und Frank fuhr zusammen.

Welcher Psalm, welches Lied? Achtundachtzig, nein, das war es nicht … und wieder ein »Oh Gott!«, von irgendwo. Wenn gleich jemand ohnmächtig vom Stuhl kippte, wäre das wahrlich kein Wunder. Selbstkasteiung durch Atemnot. Mit der aufgeschlagenen Bibel fächelte Frank respektlos ein wenig herum, bis Karl ihn am Handgelenk nahm und stoppte. Es nutzte ohnehin nichts. Die Luft lastete schwer und bewegungslos auf den Sängern. Frank grinste Karl entschuldigend an, der nachsichtig lächelte.

»… nicht der Verführung verfallen, wie sie der Satan uns anbietet, seit jeher und durch die Schlange …«

Die Schultern unter der weißen Haube zuckten. Weinte die Frau etwa? Vorne wetterte Jung gegen die Welt, rief auf zur Umkehr und versprach die Rettung der Seelen durch die Berufung zum Glauben. Und jeder, ja jeder, egal welcher Konfession, konnte erlöst und der Gemeinde Jesu zugehörig werden, was ewiges Leben durch Auferstehung bedeutete und die Vergebung aller Sünden. Die Schultern kamen zur Ruhe, der zarte Nacken streckte sich.

»Halleluja«, murmelte Frank. Dann war es für ihn wohl auch noch nicht zu spät. Ohne Zögern erhob er sich beim nächsten Gebet und erwischte sich dabei, wie er die Hände faltete und in den allgemeinen Singsang einfiel. Er musste hier raus, weg von Jung und seiner einlullenden Stimme! Garantiert lag es an der Unterversorgung seines Gehirns, dass er plötzlich zum Teil der Herde wurde. Sauerstoffmangel, eindeutig. Hastig sog er Luft in seine Lungen, bis tief in den Bauch.

Als endlich das letzte Lied gesungen war, wirkte Walter Jung erschöpft, die Gläubigen, die nun schnell ins Freie drängten, ebenso. Auf dem Hof galt es für den Prediger, noch einmal viele Hände zu schütteln.

»Sieh sie dir an.« Frank und Karl standen etwas abseits und reckten die steif gewordenen Glieder. »Sie lächeln. Sie leuchten geradezu von innen.«

»Was hast du erwartet, Frank?«

Er machte eine vage Handbewegung. »Pfft, weiß auch nicht. Aber mal ehrlich, in der Hauptsache hat Jung von Sünde und Buße gesprochen; von den Verfehlungen unseres Daseins, von Mühsal und Leid. Und dass die Menschheit das auch so verdient hat. Da könnte man schon deprimiert auf dem Zahnfleisch aus der Hütte kriechen, wenn man ihm glaubt, oder?«

Karl verschränkte die Finger und ließ die Gelenke knacken.
»Könnte man. Und wie geht es dir?«

»Mir? Na ja. Prima geht es mir, nachdem ich aus der Vorhölle entkommen bin. Da drinnen war es ja heiß wie …« Der Sarkasmus schmeckte seltsam schal. »Nein, ernsthaft: Er macht das gut. Richtig gut. Ich hab es kapiert. Erst macht Jung die Leute klein, stutzt sie zurecht, die ewigen Sünder. Danach baut er sie auf, gibt ihnen Verhaltensregeln, wie sie schlimmere Strafen verhindern können.« Aber das war nicht alles. »Und er gibt ihnen Hoffnung«, fügte Frank zögernd hinzu.

»Hast du den Eindruck, dass er sie bewusst belügt, um sie zu manipulieren?«

Darauf konnte Frank nicht antworten. Er wusste es einfach nicht. In seinem Bauch, hinter der Narbe, pochte es. Im Augenblick kam es ihm vor, als wäre er selbst der größere Lügner.

Büchler wurde von den Mitgliedern der polnischen Delegation belagert, der Bodyguard hielt sich ein wenig abseits. Das konnte die letzte Gelegenheit sein, Jung aus der Deckung zu locken, um dann Karls Frage zu beantworten. Unentschlossen fuhr Frank sich mit der Zungenspitze über die Schneidezähne, dann marschierte er los.

»Herr Liebknecht! Wie nett, dass Sie noch einmal den Weg zu mir finden. Ich hoffe, Sie konnten sich einen Eindruck von unserer Gemeinschaft machen?«

Vorsorglich steckte Frank die Hände in die Hosentaschen. Er wollte sich nicht wieder von Jungs Händedruck beeinflussen lassen. »Schon. Nur mein Bild von Ihnen ist immer noch unscharf. Es gibt da ein paar dunkle Flecken, sozusagen.«

»Ich verstehe nicht …?«

»Ihre Beziehung zu Paul Schäfer, Ihr Engagement in Chile …« Mitten in dieses freundliche Gesicht schleuderte Frank den Vorwurf, den er seit Tagen mit sich herumschleppte.

Karl sog hörbar die Luft ein, doch Walter Jung nickte nur. Das Lächeln auf seinem Gesicht breitete sich aus, statt, wie Frank erwartet hatte, zu verschwinden.

»Ja, natürlich. Eine alte Geschichte, und Sie sind jung … Ein langes Leben führt uns über viele Wege. Gerade und krumme, und manche führen in die Irre. Nicht jeder, der das Wort Gottes verkündet, verkündet es wahrhaft in seinem Namen. Und Böses geschieht aus bester Absicht heraus. Selbst gute Menschen mit brillantem Geist sind nicht frei von Fehlern. An jeder Kreuzung liegt es an uns, die Richtung zu wählen und dem Irdischen zu widerstehen. Wer Gottes Gnadenangebot annimmt, wird errettet und erfährt Vergebung. Und so will auch ich es halten, wie die Schrift uns lehrt, und dem Urteilsspruch des ewigen Richters nicht vorgreifen.«

»Und wohin führt der Weg der Matthäaner?«

Walter Jung legte beide Hände auf Franks Schultern. »Unser aller Ziel liegt in der Zukunft, nicht in der Vergangenheit.«

»Schön gesagt. Doch dazu habe ich noch mehr Fragen.«

»Nur zu.« Jung hörte nicht auf zu lächeln, und Frank zwang sich, die Hände auf seinen Schultern nicht abzuschütteln.

»Mirko«, sagte er. »Gehört der auch zu Ihrem Plan für die Zukunft?«

Seit fast vierzehn Stunden waren Frank und Karl inzwischen unterwegs. Dass sie die letzten beiden davon mehr oder weniger dösend im Wagen verbracht hatten, machte die Sache nicht besser. Karl sah müde aus, seine Haut wirkte grau und die Falten noch tiefer als sonst. Auch Frank spürte jeden Knochen im Leib und wünschte sich nichts mehr als eine Dusche und danach einen tiefen, traumlosen Schlaf. Einmal mehr verfluchte er die lange Jeans, die ihm durchgeschwitzt auf der Haut klebte.

Zwei Blocks von der Mission entfernt parkte er den Wagen, um sicherzugehen, dass ihn niemand bemerkte. Ein weiterer Besuch bei den Matthäanern stand an, diesmal ohne Einladung. Sobald im Gemeindehaus Ruhe eingekehrt war, wollte er sich auf dem Gelände ungestört umsehen. Die Sonne glitt gemächlich auf die Horizontlinie zu. Ein leichter Dunstschleier tauchte den Abend in mildes Licht.

Dass Karl von seinem Vorhaben nicht begeistert war, konnte Frank verstehen. Einmal mehr rannte er drauflos, ohne genau zu wissen mit welchem Ziel. Doch die Fassade der Glückseligkeit passte nicht zu der Angst, die er in den Augen der Frau mit der Haube gesehen hatte, und auch nicht zu dem Alten im Rollstuhl. Und dieser Mirko passte nicht zu den tief religiösen Matthäanern, genauso wenig die Internetpräsenz und die Videoaufzeichnungen. Jungs ausweichende Antwort, Büchler sei für die Jugendarbeit und die Medien verantwortlich, erklärte gar nichts. Aber sie bestätigte Franks Verdacht, dass der Alte nur noch predigte und nicht mehr mitbekam, was in seinem Laden lief.

Frank öffnete die Autotür und unterdrückte ein Seufzen. Am allerwenigsten passte seine eigene Voreingenommenheit gegen die Matthäaner zu dem seltsamen Gefühl der Wärme und der Ruhe, das ihn gegen Ende der Predigt erfasst hatte. Aber davon sprach er nicht. »Du musst nicht mitkommen, Karl. Wenn du lieber hier warten willst …«

»Kommt nicht infrage. Ich bin alt, aber nicht zu alt.«

Frank beschränkte sich auf ein Nicken. Es war nicht der Moment, um viele Worte zu machen. Sie wählten einen Fußweg am Rande des Industriegebietes entlang. Die Autobahn rauschte, über die Felder wehte ein leichter Wind, der keine Abkühlung brachte.

Sie erreichten das Gelände der Matthäaner-Gemeinde von der Rückseite. Die weiß getünchte Mauer war zwei Meter hoch und glatt. Karl legte die Hände zur Räuberleiter ineinander. Das war eine der Seiten, die Frank an ihm so mochte: der Pragmatismus, mit dem Karl sich jeder Situation stellte. Und auch das wortlose Verständnis, das sie miteinander verband. Frank stützte sich auf Karls Schulter ab und drückte sich mit dem Fuß nach oben.

Auf dem Hof stand eine Reihe von Fahrzeugen. Zwei Dreißigtonner, mehrere Lieferwagen, ein Jeep und einige Pkw. Frank fluchte leise, als er spürte, dass Karl anfing zu schwanken. Wenn er sich nicht sehr täuschte, lief bei einem der Wagen im Hof der Motor, und er hörte Stimmen, die er jedoch nicht direkt orten konnte. Hastig versuchte er sich einen Überblick zu verschaffen, dann gab er Karl ein Zeichen und sprang neben ihm ins Gras.

»Da ist jemand. Viel habe ich noch nicht gesehen, aber es gibt eine Art Lagerhalle, einen Fuhrpark. Das Missionsgebäude mit dem Speisesaal und dem Backhaus steht genau auf der Grenze. Auf diese Seite rüber gibt es keine Fenster, nur Abzugschächte und ein Verbindungstor.«

Frank stapfte einige Schritte an der Mauer entlang, bis er die Schnittstelle zwischen der Gemeinde und dem fremdgenutzten Bereich erreicht hatte. Sträucher versperrten ihm den Zugang. Trotzdem wollte Frank es genau hier noch einmal versuchen.

Mit Karls Hilfe stemmte er sich wieder nach oben, nutzte das wirre Geäst, um sich ein wenig abzustoßen, und wuchtete sich mit dem Oberkörper auf die Mauer.

Seine Einschätzung stimmte. Von hier oben konnte er beide Teile des Grundstücks einsehen: Rechter Hand lag das Gästehaus für die männlichen Besucher, zur Mauer hin ein Grünstreifen von mehreren Metern Breite. Hinter zwei Fenstern brannte Licht. An der Ecke des Küchentraktes blitzte ein Lichtpunkt auf. Vermutlich eine Kamera. Unwillkürlich duckte

Frank sich tiefer auf die Mauer. Der Fokus des Lichts schien auf den Rasen und den Weg neben den Zimmern gerichtet zu sein. An allen Fenstern waren Gitter angebracht.

Frank zog die Beine nach oben und streckte sich lang aus, dann schob er sich ein Stück nach links, um besser am Dach des Backhauses vorbeisehen zu können. Er entdeckte sofort weitere Kameras, eine am Tor, eine an der Lagerhalle. Verdammt! Welchen Bereich überwachten die? Reagierten sie auf einen Bewegungsmelder? Flach auf die Mauer gepresst bemühte er sich, absolut ruhig zu liegen.

»Was ist los, Frank? Siehst du irgendwas?«, zischte Karl zu ihm herauf.

Frank streckte eine Hand in Karls Richtung, zum Zeichen, dass er ihn gehört hatte.

»Alles klar, ich warte«, brummte Karl unter ihm.

Vorsichtig fummelte Frank sein Handy aus der Hosentasche und machte einige Aufnahmen von den Fahrzeugen, die er aus dieser Position besser erkennen konnte. Die Laster schmückte Werbung für *Weizenbäck* und ein schnörkelloses Logo, gradlinig auf schmutzig grauem Blech. Daneben parkten Lieferwagen von *Ährentreu*, zum direkten Abverkauf auf Wochenmärkten. War das nicht der Name, unter dem die Mission produzierte?

Aus der Lagerhalle hörte Frank Stimmen, Gelächter, das lauter wurde, als sich die Tür öffnete. Drei junge Männer kamen in Sicht, Sporttaschen oder Rucksäcke über die Schulter gehängt. Einer drehte sich übermütig um sich selbst und rief etwas zurück ins Innere der Halle. Die Antwort kam prompt, so schroff, dass selbst Frank zusammenzuckte. Das Lachen brach ab, die Kerle nahmen tatsächlich Haltung an.

Frank kniff die Augen zu Schlitzen zusammen. Die von ihm herbeigesehnte Dämmerung kam genau im falschen Moment.

Er schoss ein weiteres Bild. War das Mirko gewesen, der da so vorlaut herumgeblödelt hatte?

Ein Hund bellte dumpf, zerrte an der Leine und stürzte ins Freie. Er stemmte die Füße in den Boden, wollte schneller, viel schneller laufen als der Mensch, der ihn am anderen Ende der Leine im Zaum hielt. Auf ein halblautes Kommando stand das Tier ebenso stramm wie die Burschen zuvor. Hinter dem Hund traten Missenharter und Büchler aus der Halle. Arndt Missenharter trug immer noch den schwarzen Anzug – mit lässiger Selbstverständlichkeit. Neben ihm wirkte Clemens Büchler unscheinbar, und doch war der es, der den Hund führte und dem dieser aufs Wort gehorchte. Frank drückte auf den Auslöser der Handykamera. Nur ein minimales Klicken war zu hören. Doch der Hund drehte aufmerksam die Ohren. Frank senkte den Kopf auf die Mauer. Das war es dann, keine weiteren Bilder mehr, lieber nichts riskieren. Wenn der Köter zu ihm herübersah, war er geliefert. Bisher schien Frank weder durch die Kamera noch von den Männern im Hof bemerkt worden zu sein.

Büchler sagte etwas, woraufhin zwei der jungen Männer salutierten und einer – der Vorlaute – stattdessen die Hacken zusammenschlug und den rechten Arm zackig nach oben riss. Missenharter lachte rau, verpasste ihm einen Schlag in den Nacken und nahm ihn leicht in den Schwitzkasten. Offenbar war das eine rein freundschaftliche Geste. Dabei drehten beide sich zu Frank um. Er starrte auf das schwarze T-Shirt, Mirkos T-Shirt, das er schon bei der Predigt gesehen hatte. Achtundachtzig. Die Zahl leuchtete weiß im Halbdunkel. Frank krallte die Fingerkuppen in den Stein, um nicht das Gleichgewicht zu verlieren. Büchler gab eine weitere Anweisung, Missenharter schubste Mirko von sich, der seinen Rucksack aufhob und den Staub abklopfte. Zu viert stiegen sie in einen weißen Kombi, in ausgelassener Stimmung. Missenharter setzte sich ans Steuer und fuhr los. Büchler öffnete und schloss das Tor für sie, dann ließ er den Hund im Hof von der Leine. Das Tier hob den Kopf und knurrte. Ohne lange zu überlegen, ließ Frank sich seitlich ins Leere fallen.

Tiefer und tiefer stürzte er in das namenlose Dunkel. Taumelnd, wie ein Ahornsamen, den der Wind vom Baum reißt. Fort, weit fort, allein, ohne Halt.

Hast du dich verlaufen?

Ein sanftes Wispern umschmeichelte ihn, das nach Seife roch.

Ich zeige dir den Weg.

Ein winziger, leuchtender Punkt zog ihn an. Dort wartete die Unendlichkeit, die in sanften Wellen wabernde Kreise zog, Schleifen, gleichmäßige Bahnen, sicheres Geleit.

Ich führe dich.

Er streckte die Arme aus, wurde aufgefangen. Mein Herr, ich folge dir. Mein Führer …

Mit einem Ruck fuhr Frank aus dem Schlaf. Keuchend und desorientiert tastete er um sich und blinzelte. Taghell, nicht dunkel. Gut, sehr gut. Sein Zimmer. Noch besser. Der Fußboden seines Zimmers? In Reichweite die Wasserflasche. Er trank. Schluck um Schluck. Allmählich verebbte das Donnern des Herzschlages in seinem Kopf. Seine Umgebung nahm wieder Konturen an. Auf dem Bett sein zerwühltes Laken, das kaum noch die Matratze bedeckte. Vor dem Bett er selbst, nackt. Die Wäsche vom Vortag in der offenen Tür, ein Badetuch über den Knauf gehängt. Auf dem Nachttisch der eingeschaltete Laptop. Er lehnte sich mit dem Rücken an die Bettkante und tippte auf das Touchpad. Zwei weiße Achten auf einem schwarzen Shirt erschienen auf dem Bildschirm.

Er erinnerte sich wieder. Nach dem Sturz von der Mauer waren Karl und er zum Auto gerannt, als wäre der Hund, den Büchler losgelassen hatte, tatsächlich hinter ihnen her. Ein fast schwarzer Schäferhund, wie ihn Johanna Brettschneider gehalten hatte. Dann hatte Frank geredet. Fast den ganzen Heimweg lang. Und Karl hatte zugehört. Ihn einfach laut denken lassen. Nur ab und zu nachgefragt und damit geholfen, seine Gedanken ein wenig zu sortieren. Wie so oft. »Schlaf dich aus«, hatte Karl ihm zum Abschied geraten. »Überstürze nichts. Alles hat mindestens zwei Seiten.«

Frank schaute grübelnd auf den Bildschirm. Was genau hatte er gesehen? Zwei Männer, drei Jungs. Militärisch anmutendes Gehabe und rechte Symbolik. Letzteres nur bei einem. Mirko. Die doppelte Acht, als Synonym für den achten Buchstaben des Alphabets, wie es die Neonazis verwendeten. *HH, Heil Hitler.* Und die Reaktion auf den zum Hitlergruß ausgestreckten rechten Arm? Keine sichtbare von Büchler und eine Kopfnuss von Missenharter. Daraus konnte er nun wirklich nicht zwingend eine Zustimmung herauslesen. Aber auch keine echte Ablehnung. Frank seufzte und zog das Laken über seinen Kopf bis hinunter zur Brust. Nichts wusste er, nichts. Einfach zum Kotzen.

Minuten vergingen, in denen Frank nichts tat, außer zu atmen. In das weiße Laken hinein. Sonne flutete sein Gesicht, durch den Stoff gefiltert, unwirklich hell. Schließlich wickelte er sich bis zum Hals in das Tuch, schleifte es über den Boden hinter sich her und trottete in die Küche. Beladen mit Cornflakes, Milch und dem Telefon zog er weiter aufs Sofa. Drei Hände voll Cornflakes stopfte er in den Mund, spülte mit Milch nach, direkt aus dem Karton. Er trank den Rest aus, warf die Packung quer durch den Raum in die Nähe des Mülleimers, hinterließ dabei eine Spur von Tropfen.

Auch ein Messer, das eine Ader durchtrennt, erzeugt ein Tropfenmuster. Charakteristisch, je nach Handhabung, Winkel, Krafteinsatz. Ein einziger Stich hatte Theodor Brettschneider getötet. Blut musste auf die Kleidung des Täters gespritzt und ihm über die Hand gelaufen sein. So wie sein eigenes Blut, damals. Er hatte es gesehen, sich gewundert, aber kaum etwas gespürt.

Frank verpasste der Sofalehne einen Tritt. Wenn er nicht mal auf sich selbst aufpassen konnte, wie wollte er dann ein guter Polizist sein? Oder einem Opfer helfen, das sich nicht selbst helfen konnte?

Zögernd nahm er das Telefon, rief eine der eingespeicherten Nummern auf, wählte. Nur drei Signaltöne später wurde das Gespräch angenommen. Ein undeutliches »Ja«, dann ein Rascheln. Sie hatte die Lautsprechertaste gedrückt. Vermutlich steckte sie mitten in der Arbeit und konnte den Hörer nicht ans Ohr nehmen. Aber nicht ranzugehen kam gar nicht infrage. Typisch. Unwillkürlich musste er lächeln.

»Hallo, Mama.«

»Frank! Das ist ja eine Überraschung. Alles in Ordnung bei dir?« Wie immer kamen sofort die obligatorischen Zweifel, wenn er sich von selbst meldete. Berechtigterweise, wie er zugeben musste.

»Ja, ja klar.« Er drehte einen Lakenzipfel zusammen und schlang ihn um sein Handgelenk. »Alles bestens, toll hier. Ich wollte nur einfach mal hören, wie es euch geht. Was es Neues gibt und so.«

»Na ja, es geht immer so weiter. Du weißt doch, wie das ist. Es ziept mal hier und mal da. So ist das in unserem Alter.« Im Hintergrund brummte es unverständlich, ein Kochlöffel schlug gegen den Rand einer Schüssel. »Grüße von Papa, soll ich dir sagen. Ja, und Neues? Hier bei uns passiert doch nichts. Alles wie gehabt. Ich mache gerade Rindsrouladen, und Kuchen habe ich auch gebacken, für heute Nachmittag.«

Frank schloss die Augen. Er konnte den Kuchen förmlich riechen. Sah seine Mutter vor sich, wie sie in der Küche hantierte, während sein Vater auf der Bank daneben saß und Kreuzworträtsel löste. Die Lesebrille auf der Nase, die Stirn in Falten gelegt. Alles wie immer. Ein Ort, an dem die Zeit stillstand, an dem er immer Kind sein würde. Umsorgt und beschützt.

»Frank, kommst du mal wieder vorbei? Du warst lange nicht hier.«

Da war kein Vorwurf in ihren Worten, nur ein Hauch von Wehmut. Er wischte sich mit dem zerknüllten Lakenzipfel über die Nase. Wenn dieser Fall erledigt war, würde er mit seinen Eltern reden. Wenn er Klarheit hatte, irgendwann. Die Sache mit der Messerstecherei war schlimm genug für sie gewesen. Jetzt war ihre Welt wieder einigermaßen in Ordnung, und das sollte auch so bleiben. Aber seine Welt war es nicht.

»Bald, Mama. Ich komme bald, ich verspreche es. Nur nicht heute.« Für ihn gab es kein Zurück. Und vielleicht auch keinen sicheren Ort.

Nach dem Telefonat entschied Frank, dass seine Sonntagmorgendepression nun lange genug gedauert hatte. Schnell duschte er und hielt sich nicht damit auf, sich anzuziehen. Er musste Fakten sortieren und bewerten. Im ersten Impuls wollte er das Lederband mit dem Nazar abnehmen. Dann ließ er es bleiben. Er glaubte nicht an Glücksbringer. Das reichte. Folglich konnte er ihn genauso gut behalten.

Die Qualität der meisten Handybilder, die er von der Mauer aus gemacht hatte, war mehr als bescheiden. Saumäßig. Dunkel, unscharf und alles viel zu weit weg. Mit Mühe entzifferte Frank die Beschriftung der Wagen. *Ährentreu* und *Weizen-*

bäck. Das stimmte mit seiner Erinnerung überein. Und auf der Heckscheibe des tiefergelegten Golfs mit den extrabreiten Reifen? *Pitbullfreunde* oder so ähnlich. Leider konnte er bei den Kennzeichen nichts erkennen, das wäre auch zu schön gewesen.

Ährentreu … Moment mal. Eilig kramte er in den Broschüren herum, die Karl und er im Gemeindezentrum eingesammelt hatten. »Bauernbrote nach traditioneller Art, handgemacht, Holzofen … Natursauerteig … blablabla«, murmelte er. »Da!« Er schlug die Hand auf den Flyer. »Nun guck mal an, wie viele Wochenmärkte und Verkaufsstellen die beliefern. Und jetzt sag mir einer, wie groß die Backstube ist, durch die sie die Leute gestern durchgeschleust haben.« Er wühlte weiter, bis er ein entsprechendes Foto fand. »Passt das zusammmen?« Er sprang auf, drehte eine Runde um den Tisch und setzte sich wieder. »Tut es nicht! Selbst wenn sie rund um die Uhr backen. So viele handgetätschelte Brote schaffen die niemals.«

Die Weizenbäck-Laster lieferten Tiefkühlteiglinge für Backshops aller Art, verriet ihm das Internet. Großindustrielle Produktion, die so rein gar nichts mit Büchlers Biobroten gemeinsam hatte. Bis auf den Parkplatz. Büchler, dieser verlogene Drecksack! Fragte sich nur, wie weit er gegen die eigenen angeblich so hohen Ansprüche verstieß. Kassierte er nur Kohle von dem Billigproduzenten, dem er offenbar einen Teil des Grundstücks verpachtet hatte? Oder steckte da eine noch schmutzigere Masche dahinter? Die einträchtig nebeneinander geparkten Wagen legten eine entsprechende Schlussfolgerung nahe. Konventionelle Ware umzudeklarieren und unter dem Biolabel der Mission teuer zu verkaufen, bedeutete sicher nette Gewinne für beide Seiten.

Die Türklingel schrillte laut und riss Frank unvermittelt aus seinen Gedanken. Besuch am Sonntagmorgen? Karl war das sicher nicht, dem steckte der Trip nach Paderborn garantiert auch noch in den Knochen. Frank raffte alles Papier auf dem Tisch zu einem Haufen zusammen und wollte das Duschtuch, das noch auf dem Sofa lag, darüberwerfen. Dann wurde er sich seiner Nacktheit bewusst und wickelte sich das Tuch stattdessen hastig um die Hüften. Egal, an den Unterlagen war ja nichts Verbotenes. Wer auch immer da draußen stand, würde schneller wieder verschwunden sein, wenn er ihn nicht länger warten ließ.

Mit dem nächsten Klingeln riss er die Tür auf.

»Komme ich ungelegen?« Brunhildes Blick kroch über Franks Körper. Wohlwollend und ein klein wenig anzüglich, bis er auf die Narbe traf. »Autsch!« Sie zog die Mundwinkel nach unten, und er packte das Tuch fester, trat einen Schritt beiseite und ließ sie ein.

»Ich zieh mir schnell was über. Geh einfach schon mal durch, du kennst den Weg.«

Im Schlafzimmer kickte er die Turnschuhe zur Seite und griff die erste Hose, die er auf dem Wäscheberg finden konnte. Hawaii-Blumen. Er stöhnte auf, aber noch nach einer anderen Hose zu suchen kam jetzt nicht infrage. War wohl nicht zu ändern.

»Was liegt an?«, brummte er auf halbem Weg zurück ins Wohnzimmer, den Kopf noch irgendwo im T-Shirt.

Brunhilde stand vor dem Tisch und legte gerade eine der Broschüren zurück. »Wege zur Erleuchtung?«

Frank ignorierte die Frage und setzte sich.

Sie nahm neben ihm Platz. »Wer ist das?«, fragte sie mit Blick zum Bildschirm. Von der letzten aufgerufenen Seite grinste ihnen der Inhaber von Weizenbäck entgegen.

»Niemand.« Frank klappte den Laptop zu.

Sie kräuselte die Lippen zu einer beleidigten Schnute. »Na dann nicht. Ich mache es kurz, Frank. Gestern war außerordentliche Ortsbeiratssitzung, und ich dachte, ich könnte als Vermittler die Wogen ein wenig glätten. In deinem Sinn. Hat nicht funktioniert. Es war wohl ein Fehler, die Sache mit den Eigentumsverhältnissen im Borntal klarstellen zu wollen. Danach haben sie gar nicht mehr zugehört.«

»Weißt du inzwischen, wer dort Grundstücke besitzt?«

Brunhilde rutschte auf der Sofakante nach vorne. »Ruckelshaußen selbst. Die Familie Mähliß. Die sitzen zwar nicht im Beirat, sind aber mit dem alten Görlich verwandt. Liegt alles komplett brach, ist unrentabel im Ertrag und schlecht zugänglich. Außerdem noch die Quotenfrau, Hedwig Ketterer. Die hat eine Wiese von der Oma geerbt.« Sie druckste einen Moment herum, ehe sie nachschob: »Und ich.«

Überrascht sah Frank sie an. »Du? Wieso hast du mir das nicht gleich gesagt?«

»Weil ich nicht dran gedacht habe. Es ist ein Waldstück oberhalb vom Hof, zur Straße hin. Damit kann man rein gar nichts anfangen. Das macht nur Mühe, sonst nichts. Forstwirtschaftlich gibt es nichts her, aber man muss regelmäßig prüfen, ob noch alles sicher ist, damit kein Wanderer von einem herunterfallenden Ast erschlagen wird. Alle paar Wochen geht ein Freund von mir da raus. Ich war schon lange nicht mehr mit. Außerdem bezweifle ich, dass der Bereich für die frommen Matthäaner von Interesse ist. Wie gesagt: Baumbestand am Hang, dicht bewachsen und dunkel. Da gibt es sicher keine Umwandlung zum Bauland.«

»Verstehe. Also, danke. Ich meine, immerhin hast du versucht, mir zu helfen. Kannst ja nichts dafür, wenn die vom Ortsbeirat nichts wissen wollen.« Er konnte nicht verhindern, dass er deprimiert klang. »Meine Ausgangsposition als neuer Bezirksbeamter hat sich dadurch sicher nicht gerade verbessert.«

»Mach dir darüber mal keinen Kopf. Querulant war bisher

das schlimmste Schimpfwort, das denen für dich eingefallen ist. Den Titel hat dir Görlich verpasst, und mal ehrlich: Den kannst du mit Stolz tragen. Eigentlich passt du damit nämlich ganz gut in die Reihen der örtlichen Sturköpfe. Das werden die schon noch merken.«

Frank grinste schwach. »Nimm es mir nicht krumm, Bruni, aber sehr tröstlich finde ich das gerade nicht. Außerdem …«

Brunhilde tätschelte ihm das Bein und stand auf. »Ja, schon gut. Ich verschwinde wieder. Es ist Sonntag, entspann dich. Vielleicht kann ich heute Abend noch mal ein gutes Wort für dich einlegen, bei der Chorprobe.«

»Musst du nicht. Mag sein, dass wirklich nichts dran ist an meinem Verdacht, und ich mache umsonst die Pferde scheu.«

Ihr Blick zeigte deutlich, dass sie ihm den Rückzieher nicht abnahm.

Frank zuckte mit den Schultern. »Soll schon den klügsten Köpfen passiert sein, dass sie sich irren.«

»Mach keinen Blödsinn, Kollege.« Bruni wies mit einer allumfassenden Geste auf den Laptop und die Flyer. »So ein Sumpf kann ganz schön tief sein. Sieh zu, dass du auf dem Weg bleibst. Wir sehen uns morgen, Frank. Du brauchst nicht mitzukommen, ich finde schon raus.«

Frank saß noch immer regungslos auf dem Sofa, als die Haustür hinter ihr zuschlug. *Sieh zu, dass du auf dem Weg bleibst.* War das nur eine ihrer üblichen Weisheiten oder eine ernst gemeinte Warnung?

Er klappte den Laptop wieder auf. Darüber nachzudenken war müßig. Er konnte Bruni morgen einfach danach fragen. Jetzt interessierte ihn der Kopf hinter *Weizenbäck.* Denn wenn der nachweislich ein Kumpel von Büchler war, traute er ihm definitiv jede Schweinerei zu.

Die Firmenseite pries die eigenen Waren an, wie sich das

gehörte. Die Aufmachung hätte ein Biobauer nicht idyllischer gestalten können. Alle Bestandteile der Erzeugnisse stammten aus heimischen Gefilden. *Deutschland ein Bauernmärchen.* Ein paar bunte Bildchen von glücklichen Tieren, und kaum einer machte sich noch die Mühe, genauer hinzusehen. Sollten sie doch Industrieware essen und sie für Bio halten, wenn sie so blöd waren und das Spiel nicht durchschauten. Genau wie der Ortsbeirat.

Er gähnte ausgiebig und streckte die Arme und Schultern, den Blick weiter auf den Bildschirm gerichtet. Getreidegarben, Feldblumen und karierte Schleifen drum herum. Die Ähnlichkeit zur Darstellung der *Ährentreu*-Produkte sprang ihn plötzlich an. Der Blick ins Impressum der *Weizenbäck*-Seite führte zum gleichen Webdesigner. Es konnte ein Zufall sein. Ein Auftrag aus der Branche zog den anderen nach.

Frank gab den Namen des Designers in die Suchmaschine ein und fand weitere Auftraggeber im Bereich des Tierschutzes, bei einer Bürgerinitiative gegen das Schächten von Schlachtvieh und einer deutschen Jungbauernorganisation. So weit, so nett, so nichtssagend. Gelangweilt klickte Frank weiter. Auch der Inhaber von *Weizenbäck* fand sich auf einigen dieser Seiten wieder, als Mitglied oder Förderer. Und auf der Kandidatenliste einer Partei, die ganz rechts außen stand.

Sonntag, 24. Juli, Frankfurt, 15:00 Uhr
– Dieter Strobel –

Die Fontänen schleuderten Tausende Tröpfchen in den Himmel, und das Mädchen wurde nicht müde, ihnen zuzusehen, wie sie wieder herabstürzten. Ein siebenfacher Sprühregen, der ihr Gesicht benetzte und einen verzauberten Hauch von Lebensfreude darüberlegte. Kerzengerade saß sie neben Dieter auf der Sandsteinkante, die den Odeonweiher einfasste. Ihre Finger glitten durch das Wasser.

»Der Baum dort drüben ist schon hundert Jahre alt.« Dieter deutete zu einer mächtigen Hainbuche. »Das kann man sich gar nicht vorstellen, nicht wahr? Und der Springbrunnen hier wurde früher als Löschteich benutzt, von der Feuerwehr, wenn es gebrannt hat.« Im Krieg, wie ihm jetzt wieder einfiel. Hörte sie ihm überhaupt zu? Noch war es nicht wichtig. Eigentlich redete er nur, um sich auf das vorzubereiten, was er wirklich zu sagen beabsichtigte. »Hast du Durst, Solvejg?« Er kramte in dem mitgebrachten Weidenkorb.

Sie reagierte erst, als er ihren Ellbogen antippte, und schüttelte den Kopf, ohne ihn anzusehen. Aha, verstanden hatte sie ihn also, nur wieder einmal den Namen abgelehnt, den er ihr an diesem Tag zugedacht hatte. Dieter seufzte ergeben und plauderte weiter. Auch wenn es ihr egal war, ihn beruhigte es.

»Ich habe mir morgen frei genommen, für dich. Wir können den ganzen Tag zusammen sein, Solvejg, so wie heute. Du weißt, dass ich gern mit dir zusammen bin, nicht wahr?«

Sie nickte, den Blick auf die mittlere der sieben Wassersäulen gerichtet.

»Du weißt auch, dass ich gerne mit dir rede. Und dass ich gerne, na ja, sagen wir mal, richtig mit dir reden möchte, meine ich.« Dieter wartete lange, bis sie nickte. »Es wäre so schön für mich, deine Stimme zu hören.« Er betrachtete ihr Gesicht im Profil, sah, wie ihr Blick den Halt verlor, den Tropfen in den Teich folgte, sich schließlich an einer Ente festklammerte. Sie drückte ihren geraden Rücken noch weiter durch.

Hastig sprach er weiter, versuchte ein fröhliches, unbeschwertes Lachen in seine Worte zu legen. »Wollen wir ein Spiel spielen? Eine kleine Wette abschließen? Nun, ich wette, dass deine Stimme klingt wie plätschernde Regentropfen. Was meinst du? Süß wie Vogelzwitschern, oder brummst du wie ein Bär?«

Die Ente erhob sich mit kraftvollen Flügelschlägen von der Wasseroberfläche. »Es gibt Menschen, die dir helfen können, deine Stimme wieder zu finden und wieder zu benutzen.« Er sprach nun ganz leise, langsam. Ihre Augen verengten sich. »Sie üben mit dir, machen Spiele, mit Musik, ganz entspannt. Ich möchte dich gerne dorthin bringen.« Ihre linke Hand krallte sich oberhalb ihres Knies in den Kleiderstoff. »Sie tun dir nicht weh, sie werden nur ein paar kleine Untersuchungen machen. Ich kenne den Arzt …«

Ihr Schrei zerriss ihm beinahe das Trommelfell. Noch nie hatte er einen derart schrillen Laut gehört.

Sie sprang auf. Er folgte ihrer Bewegung instinktiv. Sie schlug mit beiden Händen um sich, panisch und ziellos, eingeklemmt zwischen dem Wasserbecken und ihm. Er breitete die Arme aus und versperrte ihr den Weg in den Park. Vom Hauptweg hörte er lautes Rufen. Einige Passanten waren stehen geblieben. Das fehlte ihm noch, dass sich jemand einmischte, dem das Spektakel verdächtig vorkam.

»Pscht. Ruhig, Solvejg, ganz ruhig.«

Ihr Schreien nahm kein Ende. Mit der Faust hämmerte sie auf seine Brust. In ihrer Hand hielt sie ein Stück Stoff, das sie beim Aufspringen aus dem Kleid gerissen hatte.

»Bitte, beruhige dich doch. Nicht schreien, Solvejg. Sonst holt noch einer die Polizei. Ich habe verstanden – kein Arzt!«

Sie zog den Kopf zwischen die Schultern und riss die Augen so weit auf, dass sie weit aus den Höhlen heraustraten. Wie ein verletztes Tier, das in der Falle saß. Entschlossen packte Dieter ihre Oberarme und drückte sie eng an ihren Körper. Halt geben und sichern, das wollte er. »Okay, hörst du? Kein Arzt, wenn du nicht willst. Ich schwöre es.«

Endlich erstarb ihr Schrei. Dieter presste sie für eine Sekunde fest an sich. Aus dem Augenwinkel sah er, wie die Spaziergänger ihren Weg fortsetzten. »Ich bringe dich nirgendwohin, Kleines. Versprochen. Du bleibst bei mir, solange du willst. Kein Arzt, keine Untersuchung. Alles wird gut, mein Mädchen.« Er spürte, wie das Zucken ihres Körpers nachließ. *Alles wird gut.* Er hatte nur keine Ahnung, wie er das hinkriegen sollte.

Der Ausflug in das kleine örtliche Freibad hatte ihn ausgepo-
wert und doch erfrischt. Eigentlich hatte Frank sich vorgenommen, regelmäßig nach der Arbeit dorthin zu gehen, schließlich
lag das Bad direkt hinter der Dienststelle. Bei gutem Wetter
hörte man jeden einzelnen Sprung ins Becken, sogar bei ge-
schlossenem Fenster. Doch das feuchtkalte Wetter seit seinem
Dienstantritt hatte ihn bisher davon abgehalten. Außerdem be-
heizte der Förderverein, der den Badebetrieb am Laufen hielt,
das Wasser ziemlich sparsam. Heute war ihm das gerade recht
gewesen. Mit schnellen Zügen hatte er das Becken durchpflügt,
ohne Pause, bis seine Arme schwer und taub geworden waren.
Nun konnte sein Geist wieder neue Informationen aufnehmen,
während sein Körper von der Anstrengung nachvibrierte. Bä-
renstark fühlte er sich, fähig, Bäume auszureißen, mit einer
Hand! Gesunder Körper und gesunder Geist … Wie war noch
dieser Spruch? Er atmete tief ein und trommelte sich auf die
Brust, wie ein Gorilla. Dann musste er über sich selbst lachen.

»Hart wie Kruppstahl«, sagte er laut und biss sich gleich darauf auf die Lippe. Verdammt! Der Spruch war daneben, passte
er doch allzu gut zu den Parolen des Parteiprogramms auf seinem Bildschirm. Frank musste Brunhilde recht geben: Dieser
Sumpf war tief. Und braun. Es widerstrebte ihm, weiter darin
herumzuwühlen, außerdem fand er keine weitere erkennbare
Verbindung zu Büchler. Höchstens über Mirko. Doch auch die
war nicht besonders ergiebig. Nicht hinter jedem T-Shirt mit
einer aufgedruckten Zahl steckte eine Botschaft, und nicht hin-

ter jeder dieser Botschaften ein bekennender Neonazi. Und die Pose mit dem gestreckten Arm ...

Auf dem Weg zum Schwimmbad hatte Frank sich tatsächlich eingebildet, er hätte Mirko in einem Wagen gesehen, der zur Ferienhaussiedlung am Ortsrand hinauffuhr. Beinahe wäre er ihm gefolgt. Jetzt hatte er schon Gespenstervisionen am helllichten Tag.

Pass auf, dass du auf dem Weg bleibst.

Genau, das war der Punkt. Frank beschloss, die Spur in die rechtsradikale Szene vorerst nicht weiterzuverfolgen. Sie machte ihn neugierig, aber sie lenkte ihn von seinem eigentlichen Ziel ab: Maries Fährte aufzunehmen, um ihre Tochter zu finden. Diese Tochter, die offiziell nicht existierte und die es dennoch geben musste. Weil sie ein Buch hinterlassen hatte und ein Foto ihrer Mutter, Kratzspuren an der Wand und Blumen auf dem Küchentisch. Und weil sie möglicherweise ihren Vater erstochen hatte.

Frank packte sämtliche Missionsbroschüren in einen Karton und stellte ihn im Regal ab. Neben die CDs, die sie mit der Band eingespielt hatten, und den Stapel mit Fachbüchern, die er sich für eine Fortbildung besorgt, diese aber dann doch nicht gemacht hatte. Er zupfte an den Bass-Saiten, nahm das Instrument und hockte sich damit in der Zimmerecke auf den Boden. Seine Hand rutschte über den Gitarrenhals, jede Berührung mit den Bünden fühlte sich vertraut an und beruhigend unter den Fingerkuppen. Jeder brauchte ein Ritual zum Runterkommen. Einen Halt. Musik machen wirkte bei ihm immer. Wenn er da an diese dämliche Beterei von gestern dachte ...

Hart schlug er die Saiten an, brachte das Instrument zum Winseln und unterbrach es dann. Was bildete er sich eigentlich ein, darüber zu urteilen, wie dieser Halt aussehen durfte? Er sah die Frau mit der Haube vor sich, ihren zarten Nacken, die verzückt erhobenen Hände, er hörte das gestöhnte *Oh Gott!* der Gemeinde. Voller Hingabe, Glaube und Glücksgefühl. Konnte es wirklich falsch sein, wenn es den Menschen doch offenbar guttat? Nur weil er es nicht schaffte, sich in eine Gruppe einzufügen, konnte es doch für andere der richtige Weg sein. Anerkennung und Vertrauen waren nicht leicht zu kriegen.

Nicht einmal von den eigenen Eltern.

Wie sollte Frank jemals offen mit ihnen reden, wenn er an ihrem Tisch niemals ein Erwachsener sein konnte? Ihre Sorgen um ihn, ihre Bedenken bei jeder seiner Entscheidungen machten ihn klein.

Seine Linke glitt flach das Griffbrett runter und wieder rauf und schickte ein an- und abschwellendes Surren durch den Raum.

Offen reden. Der alte Mann im Rollstuhl, von dem er nicht einmal den Namen kannte, hatte Narben an den Handgelenken gehabt. Weiße wulstige Streifen, wie sie von zu engen Fesseln verursacht wurden, wenn diese lange über die Haut scheuerten. Was hatte er ihm zu sagen versucht? Laut wiederholte Frank die Worte, wie er sie erinnerte. »Hefaa ... O-ho-anna.« Wieder und wieder, mal laut, mal leise. »Hefaa ... O-ho-anna!« Der Bass surrte weiter dazu. Der Alte hatte das Bild von Marie betrachtet, als Mirko aufgetaucht war, und dabei so aufgeregt herumgefuchtelt, dass es von seinem Schoß ins Gras gefallen war. Oder hatte er es verschwinden lassen wollen, damit Mirko es nicht sehen konnte?

»Hefaa ... O-h-oanna!« Die schwer verständlichen Worte eines Schlaganfallgeschädigten. Aber waren sie deshalb auch ohne Bedeutung?

»Hefaa – Gefahr?«, murmelte Frank. Das passte. Hatte der Alte andeuten wollen, dass Marie sich in Gefahr befand? Gefahr und ... »Johanna?«

Johanna in Gefahr? Aber Johanna Brettschneider war tot. Möglich, dass der Alte das nicht wusste. Alte Menschen lebten oft in ihren Erinnerungen. Die Narben an seinen Händen deuteten darauf hin, dass auch er in Gefahr gewesen war. Vielleicht in Chile. Vielleicht hatte ihm die gleiche Gefahr gedroht, vor der auch Johanna mit ihrer Familie geflüchtet war.

Aber das gehörte vermutlich alles wieder in die Kategorie Mythen und Fantastereien. Franks Märchenstunde.

Der Bass jaulte auf. Keine seiner Vermutungen ließ sich belegen. Der Alte war womöglich nur wirr im Kopf und die Gefahr längst Geschichte. Eine Erinnerung, die Frank mit seinen Fragen aufgewühlt hatte, statt ihn einfach in Frieden zu lassen.

Ein leises Geräusch weckte Dieter Strobel, und er hob den Kopf. Die siebte Nacht lebte er nun schon unter einem Dach mit ihr. Ihre nackten Füße tappten über den Flur ins Bad. Oft stand sie dort vor dem Spiegel, ohne etwas zu tun. Schaute sich nur an oder hielt die Hand unter das warme Wasser. Manchmal drehte sie es auf, bis es fast kochend aus dem Hahn schoss und ihr beinahe die Finger verbrühte.

Dieter seufzte. Wenn er doch nur verstehen könnte, was in ihrem Kopf vor sich ging. Wenigstens ein bisschen davon.

Er lauschte nach draußen. Stille. Er schlug die Bettdecke zurück, schlüpfte in seine Pantoffeln und ging zur Tür. Nichts war zu hören. Leise trat er auf den Flur. Ein Rascheln im Bad. Mit einem Anflug von Melancholie lehnte er sich an die Wand, den Blick ins Wohnzimmer gerichtet, zu ihrem zerwühlten Lager. Es könnte so schön sein mit ihr. Seine Füße bewegten sich wie von selbst. Er setzte sich auf den niedrigen Couchtisch, streckte die Hand aus und legte sie in die warme Kuhle, die ihr Körper zurückgelassen hatte. So schön.

Das Wasser rauschte. Gleich würde sie wiederkommen, dann sollte er nicht mehr hier sein. Er schluckte. Seine Hand lag immer noch in ihrer Wärme. Sachte tastete er sich nach oben, berührte die Stelle, auf die sie ihren Kopf gebettet hatte. Er fasste das Gewebe fester. Seine Selbstbeherrschung wankte, ließ ihn im Stich. Er wollte sein Gesicht in den Stoff pressen und ihren Duft einatmen. Doch als er das Kissen emporriss, rutschte etwas darunter hervor und schlug mit einem dumpfen

Ton auf dem Teppich auf. Erschrocken fuhr Dieter hoch. Neben seinen Füßen lag ein Messer. Die Klinge war rostbraun, dennoch scharf. Für eine Sekunde stand er still. Er bückte sich, streckte die Hand aus, hielt inne.

Das Wasser rauschte nicht mehr.

Was, wenn sie ihn neben dem Bett erwischte, mit dem Messer? Was, wenn sie wieder anfing zu schreien?

Er warf das Kissen zurück an seinen Platz und stürzte ins Schlafzimmer. Dort drehte er den Schlüssel zweimal um. Er atmete schwer. Sieben Nächte und keine achte mehr. Sie brauchte viel dringender Hilfe, als er geahnt hatte. Und er auch.

Frank wippte mit der Rückenlehne seines Stuhls, die Beine hatte er überkreuzt auf dem Schreibtisch liegen. Für halb elf hatte ihn der Betreiber des Golfplatzes im Geierstal zu einem Ortstermin gebeten. Jemand hatte am Sonntagabend versucht, den Altpapiercontainer hinter dem Clubhaus abzufackeln. Zum Glück war nichts weiter passiert, nicht einmal die Feuerwehr war zum Einsatz ausgerückt. Aber er musste die Sache in Augenschein nehmen und klären, ob Fahrlässigkeit oder Absicht dahintersteckte. Die Golfer waren schon öfter zum Ziel von nächtlichen Randalierern geworden und gingen inzwischen relativ entspannt mit Sprayerattacken und Ähnlichem um. Aber bei Feuer hörte der Spaß auf, das konnte leicht außer Kontrolle geraten. Und vielleicht fand sich ja tatsächlich ein Hinweis auf den Verursacher.

Frank beschloss, früher aufzubrechen und statt des Streifenwagens das Fahrrad zu nehmen. Das Fahrradfahren war schließlich einer der Gründe, weshalb er den Job hier gewollt hatte. Mit der normalen Uniform fühlte er sich dabei allerdings nicht besonders wohl. Zu steif. Die spezielle Radpolizeimontur mochte er lieber. Die gleiche, die auch die Kollegen in den Innenstädten trugen. Sportlich und funktionell, dazu passte dann auch der Helm. Zu Hemd und Jackett nicht. Doch der musste im Dienst immer sein, ob ihm das passte oder nicht. Dass man ihm zusätzlich zur normalen Uniform noch die Radlervariante genehmigt hatte, war für ihn ein Indiz, dass man an höherer Stelle heilfroh gewesen war, einen Freiwilligen für den Bezirksdienst in Vielbrunn gefunden zu haben. An sich ein Stellenmodell, auf das ältere Kollegen scharf waren, nur nicht unbedingt in solch hügeligem Gelände und bei der großen Fläche, für die er künftig zuständig sein sollte. Wobei ihn genau das gereizt hatte.

Er schwang die Beine vom Schreibtisch, drehte das Radio laut und zog sich um. Die Zeit reichte locker, um endlich die versprochenen Bonbons für Frau Becks Büchereischraubglas einzukaufen und noch einen kleinen Extrahaken durch den Wald zu schlagen.

Es fühlte sich an wie Verrat. Dieter hatte dem Mädchen im Kiosk an der Ecke etwas zu trinken gekauft und sie dann auf einer Bank in der Sonne abgesetzt. Nun wartete er auf den passenden Moment, um von ihr unbemerkt in den Eingang des Hauses mit der Nummer 50 in der Mercatorstraße zu huschen. Ein grüner Altkleidercontainer bot ihm Deckung. Das Schild mit der weißen Aufschrift auf blauem Grund konnte sie von der Ecke schräg gegenüber sicher nicht erkennen. Wenn sie überhaupt lesen konnte.

Es kam Dieter nicht in den Sinn, sie direkt mit zur Polizei zu nehmen. Erst wollte er wissen, welche Möglichkeiten zur Wahl standen. Natürlich wusste er, dass es Anlaufstellen für Obdachlose gab, dass er sie an die Polizei oder auch ein Krankenhaus hätte übergeben können, eigentlich sogar müssen. Aber alles in ihm sträubte sich gegen den Gedanken, sie abzuliefern wie einen streunenden Hund im Tierheim. Sie war doch ein Mensch, seine Christina. Der Name gefiel ihm am besten, obwohl sie auch auf diesen nicht reagierte, genauso wenig wie auf alle anderen zuvor. Irgendwo musste es doch jemanden geben, der sie vermisste und der nach ihr suchte. Und diesen Jemand wollte er finden und Christina dorthin bringen, wo sie hingehörte.

Das Messer war nicht mehr unter dem Kissen gewesen, als Dieter am Morgen danach gesucht hatte. Das konnte nur bedeuten, dass sie es bei sich trug. Versteckt in den Taschen des geblümten Kleides, das sie aussehen ließ wie ein verspätetes

Hippiemädchen. Wenn sie nur auf das Kopftuch verzichten würde und auf die streng zurückgekämmten Haare.

Lange durfte er sie nicht allein lassen. Nach ihrem Ausraster am Vortag konnte er nicht ausschließen, dass sie bereit war, das Messer auch zu benutzen.

Als Dieter endlich einem Beamten gegenübersaß, verschränkte er krampfhaft die schwitzenden Hände und legte sie auf die Tischplatte. »Es geht um eine vermisste Person«, begann er leise. »Das heißt, eigentlich um eine gefundene Person.«

Der fragende Blick des Polizisten ließ ihn verstummen. *Polizeioberkommissar Weidinger* stand auf dem Namensschild an seinem Revers. Nach mehreren Anläufen schaffte Dieter es endlich, sein Anliegen verständlich zu formulieren, wobei er, wie schon im Gespräch mit Doktor Jennerwein, einige Informationen für sich behielt. Den Aufenthalt des Mädchens in seiner Wohnung zum Beispiel und nun auch das Messer, von dem er erst seit gestern wusste.

Weidinger kratzte sich mit einem Kugelschreiber an der Schläfe. »Wenn ich Sie richtig verstehe, wollen Sie die junge Dame nicht an uns übergeben?«

»Sie muss schon mehrere Wochen weg sein. Vielleicht wohnt sie in einem Heim, einer psychiatrischen Einrichtung«, erklärte Dieter. »Aber sie ist nicht verrückt – nur irgendwie – anders.« Dieser Polizist musste doch einsehen, dass Christina etwas Besonderes war. Mit einem Anflug von Neid bemerkte er den Ehering an Weidingers Finger. Der war also verheiratet, trotz Bauchansatz und schütterem Haar. Nur er hatte kein Glück. Nie.

»Okay, ich schau mal in die Vermisstenkartei. Also, blond, Anfang zwanzig, mittelgroß und stumm?«

Dieter nickte, besann sich dann aber anders und korrigierte die Aussage. »Nein, nicht stumm. Sie redet nur nicht. Und ihre Augen sind wichtig. Dieses Blau kann man nicht vergessen.«

Sein schwärmerischer Ton bescherte ihm den nächsten skeptischen Seitenblick. Aber diesmal hielt er ihm stand. Der Kerl hatte keine Ahnung von Christinas Augen.

Eine Weile schwiegen sie einander an. An den Wänden hingen Plakate, die für eine gute Zusammenarbeit zwischen Polizei und Bürgern warben, zur Rücksicht im Verkehr mahnten und zur Gewaltprävention. In Aufstellern steckten Broschüren über Diebstahlsicherung von Fahrrädern und wie man seine Wohnung vor Einbrechern schützt. Auf den Schreibtischen stapelten sich Akten. Irgendwo klingelte ein Telefon, eine Tür schlug zu. Das Klappern der Computertastatur füllte den Raum.

»So.« In dem einfachen Wort Weidingers lag Genugtuung. »Da haben wir die Auswahl.« Er drehte den Bildschirm so weit zu Dieter, dass sie die angezeigten Bilder gemeinsam betrachten konnten. »Eine Stumme ist nicht dabei«, sagte er. »Der Hinweis war zumindest nirgendwo gespeichert. Na, dann wollen wir mal.« Langsam scrollte er die Bildergalerie abwärts. »Sagen Sie einfach stopp.«

Montag, 25. Juli, Vielbrunn, 10:30 Uhr
– Frank Liebknecht –

Der Anruf erreichte Frank auf Höhe des stillgelegten Wasserwerks, im Wald zwischen Bremhof und der Geiersmühle. Er bremste und nestelte das Handy hervor, ohne vom Rad abzusteigen. Im Display erschien eine unbekannte Frankfurter Rufnummer.

Mit einer Hand löste er den Riemen des Helms und schob ihn ein Stück zur Seite, um sein Ohr frei zu bekommen. »Polizeioberkommissar Liebknecht, Bezirksdienst Vielbrunn.«

»Zweites Revier, Frankfurt, POK Weidinger, Morgen. Hör mal, Kollege, du hast doch die Suchmeldung Marie Kirchgäßner eingestellt.«

»Ja, genau!« Frank ließ den Helm los. Marie? Sein Herzschlag beschleunigte sich.

»Kann sein, dass ich was für dich habe. Hier sitzt ein Herr Strobel, der glaubt, er kennt sie. Moment, ich gebe dich einfach mal weiter.«

Frank hörte eine leise Erklärung im Hintergrund, dann wurde der Hörer weitergereicht.

»Hallo!« Die Stimme klang etwas zögerlich. »Mein Name ist Dieter Strobel, ich bin Rettungssanitäter. Und ja, ich denke, also, ich bin mir sicher, dass die Frau, die Sie suchen, bei mir ist. Also, nicht direkt bei mir im Moment, aber ich weiß, wo sie ist.«

Frank atmete tief durch. »Sie kennen Marie Kirchgäßner?«

»Nein. Also, ja. Die Frau auf dem Phantombild, die kenne ich. Ihren Namen weiß ich aber nicht. Den hat sie mir nicht ge-

sagt. Es ist nämlich so, dass sie nicht redet. Überhaupt nicht.«
Er stockte. »Aber das müssten Sie doch eigentlich wissen, wenn
Sie nach ihr suchen.«

Was sollte das bedeuten, sie redet nicht? Und wieso hörte sich der Mann so misstrauisch an? »Entschuldigung, Herr
Strobel, können Sie mir noch mal kurz meinen Kollegen rüberreichen?«

»Weidinger, hier. Noch Fragen?«

»Allerdings. Hört Herr Strobel mit?«

»Nein.« Weidinger nahm seine Lautstärke etwas herunter.
»Stimmt was nicht?«

»Keine Ahnung. Wie ist der Mann auf meine Suchmeldung
gekommen? Es ist ja kein öffentlich sichtbarer Fahndungsaufruf. Macht er einen glaubwürdigen Eindruck?«

Weidinger schnaubte, was alles Mögliche bedeuten konnte. Festlegen wollte er sich offenbar nicht. Dann erläuterte er
knapp die Umstände, die Dieter Strobel ins Polizeirevier geführt hatten. »Er weigert sich aber, die Frau vorbeizubringen.
Er meint, sie hätte Angst, irgendwie vor allem.«

»Okay, dann versuche ich noch mal mein Glück. Danke.«

Während am anderen Ende wieder der Hörer gewechselt
wurde, stieg Frank vom Fahrrad und legte es neben dem Weg
ins Gras. Mit dem Rücken an die Sandsteinfassade des Wasserwerks gelehnt hockte er sich auf die Fersen.

»Glauben Sie mir nicht?«

Dieter Strobel hörte sich beleidigt an. Frank blinzelte in den
Himmel. Ein paar dünne, hohe Wolken durchzogen das Blau.
Der Tag konnte ein doppelt erfreulicher werden. Aber noch
wagte er nicht, daran zu glauben, dass er tatsächlich Maries
Tochter gefunden haben könnte. »Nehmen Sie das bitte nicht
persönlich, Herr Strobel. Ich bin nur etwas überrascht, denn
das eingescannte Bild ist ja nun nicht gerade besonders gut.

Was macht Sie so sicher, dass wir von der gleichen Frau sprechen?«

»Das sind ihre Augen.« Die Unsicherheit war verschwunden und auch der verschnupfte Unterton. »Hundert Prozent.«

Maries Augen. Mit dem bösen blauen Blick? »Der Kollege Weidinger sagt, Sie wollen die Frau nicht auf die Wache bringen, obwohl Sie selbst sagen, dass sie dringend psychologische Hilfe benötigt. Was schlagen Sie also vor, wie es weitergehen soll?«

»Ein Treffen an neutralem Ort.« Die Antwort kam ohne jedes Zögern, der Mann war vorbereitet. »Aber nur, wenn Sie mir vorher sagen, warum sie gesucht wird.«

Frank machte sich nichts vor, egal, was dieser Strobel forderte, er würde darauf eingehen. »Sie ist möglicherweise eine Zeugin. Mehr darf ich dazu nicht sagen.« Er konnte nicht riskieren, diese Spur zu verlieren.

»Sie hat also nichts verbrochen, oder? Sie hat niemandem etwas …« Er brach ab.

»Bitte fahren Sie fort, Herr Strobel.« Frank bemühte sich, unaufgeregt zu wirken und ruhig zu bleiben.

»Sie ist nur eine … Zeugin?«

Frank fischte einen Notizzettel und einen Stift aus dem Rucksack. Am Telefon würden sie nicht weiterkommen. »Eine Familienangelegenheit, Erbschaftssache. Herr Strobel, Sie wollen doch, dass ihr jemand hilft. Und Sie wollen, dass Ihnen geholfen wird, weil die Frau Ihnen unheimlich ist.« Das war ein Schuss ins Blaue. »Richtig?«

Strobels Atem zitterte. Frank hörte die kurzen Unterbrechungen, wenn er ansetzte, etwas zu sagen, dann aber doch schwieg. Demnach lag Frank genau richtig mit seiner Vermutung. Er ließ Strobel Zeit.

»Frankfurt, im Bethmannpark, heute Nachmittag um drei.

Am chinesischen Pavillon. Sie kommen allein, Herr Liebknecht. Nur Sie. Und nicht in Uniform. Ich will nicht, dass sie Angst bekommt und sich in die Enge getrieben fühlt.«

»Bethmannpark, fünfzehn Uhr, chinesischer Pavillon«, wiederholte Frank und kritzelte die Worte auf den Zettel, den er dann in die Hosentasche stopfte. Wo genau das war, musste er später noch herausfinden. Den Park kannte er nicht. »Allein und in Zivil. Ist in Ordnung, Herr Strobel. Machen Sie sich keine Sorgen.« Strobel war mindestens genauso durch den Wind wie er selbst in den letzten Tagen. »Wir beide reden, und ich sehe mir Ihre Bekannte an. Dann entscheiden wir weiter.«

Zur Sicherheit tauschten sie ihre Handynummern aus. Falls sie einander wider Erwarten im Park verfehlen sollten. Dann beendete Frank das Gespräch.

Was zuerst? Frank drehte sich im Kreis. Es war fünf vor halb elf. Noch fast viereinhalb Stunden, abzüglich einer Stunde für die Fahrt nach Frankfurt. Es bestand demnach kein Grund zu besonderer Eile oder überstürzten Handlungen. Oder dazu, sofort seine Dienstpflicht zu vernachlässigen. Also Helm auf und weiter zum Golfplatz. Er hasste den Schreibkram jetzt schon. Und zusätzlich nun noch das Geduldspiel.

Er nahm das Telefon wieder ans Ohr, drückte ein paar Tasten und redete sofort los, als er Karls Stimme hörte.

»Karl? Ich habe eine Spur zu Maries Tochter. Mit ein bisschen Glück stehe ich ihr heute noch gegenüber!«

Sekundenlang blieb es still am anderen Ende der Leitung, dann räusperte sich Karl. »Wie das? Was hast du gemacht?«

Frank lachte laut auf, Endorphine fluteten sein Gehirn. Die Überraschung war ihm gelungen. »Ich bin gut, was? Hab letzte Woche über die INPOL-Datenbank eine Suche abgeschickt, mit Maries Bild. Dass das funktioniert hat, haut mich echt vom

Hocker. Wenn sie das wirklich ist und wenn sie wirklich etwas weiß – kaum auszudenken. Nicht nur über Theodor. Ich meine, sie könnte doch auch das fehlende Puzzleteil zu den Matthäanern sein. Um zu verstehen, was da wirklich abgeht. Ein Insider, der ausgestiegen ist, verstehst du?«

»Gratuliere, Frank. Das nenne ich mal einen schnellen Fahndungserfolg.« Karl klang ehrlich beeindruckt. »Was sagt denn deine Kollegin dazu? Und die Herrschaften von der Kripo? Die sind sprachlos, oder?«

»Ach die.« Frank seufzte. »Bisher wissen sie nichts davon. War mal wieder ein Alleingang.«

»Du hast nicht mal Frau Schreiner eingeweiht? Auch nicht in die ganzen anderen Informationen, die du zusammengetragen hast?«

»Nein. Du kennst sie doch. Meine Erkenntnisse teile ich mit dir und meinem Laptop – sonst mit niemandem. Aber jetzt muss ich natürlich raus damit.«

Karl brummte etwas Unverständliches.

Frank stutzte. »Oder etwa nicht?«

»Sagen wir mal so. Kannst du einschätzen, wie heiß deine Spur wirklich ist? Du hast ja nicht mit der Frau selbst gesprochen, wenn ich dich richtig verstehe?«

»Nein, das nicht. Da ist so ein Typ, der behauptet, er kennt sie und dass er ein Treffen arrangieren kann. Heute noch, in Frankfurt.«

»Aha. Und wann genau?«

»Drei Uhr, heute Nachmittag. Allein, ohne Uniform.« Frank lachte verlegen. »Okay, der klingt schon so ein bisschen konspirativ und geheimnisvoll. Vielleicht auch paranoid. High Noon hätte besser gepasst. Aber was soll ich machen? Er sagt, er hat sie an den Augen erkannt. An Maries Augen, verstehst du? An diesem unglaublich intensiven Blau.«

»Ich will dir ja nicht die Hoffnung nehmen, aber viel ist das nicht. Darum überleg dir, kommt es auf ein paar Stunden Stillhalten noch an? Wenn sie es wirklich ist, kannst du sie live und höchstpersönlich bei der Mordkommission präsentieren. Ist sie es nicht …«

Frank wusste, was Karl sagen wollte. »Dann kann ich mir einen sehr peinlichen Moment ersparen. Du hast mal wieder recht, Karl. Ich mache zu oft den zweiten vor dem ersten Schritt.« Frank hob das Fahrrad auf und setzte sich auf den Sattel. »Okay, ich muss weiter. Hab noch einiges zu arbeiten, bevor ich hier loskomme. Ich melde mich sofort, wenn ich weiß, ob ich Johannas letztes Rätsel gelöst habe.«

»Johannas letztes Rätsel? Ach so, ja – das Kind. So hatte ich es genannt.« Karl lachte auf. »Ich bin wirklich gespannt, wie dieser Tag endet, mein lieber Frank.«

Brunhilde war nicht da, als Frank die Dienststelle betrat. Anderthalb Stunden vergingen, bis er die Brandsache fertig protokolliert und in einer Akte verewigt hatte. Dabei hatte er sich keinen nutzlosen Spekulationen hingeben können. Und nun lagen immer noch zwei Stunden vor ihm, bis er nach Frankfurt aufbrechen musste. Zwei verflucht lange Stunden, in denen er unbedingt einen Grund für Bruni finden musste, warum er den Nachmittag freihaben wollte. Jeden Moment konnte sie vor ihm stehen. Wenn er ihr jetzt in die Finger geriet, wurde es kompliziert. Hastig packte er die Golfplatz-Akte oben auf den Stapel. Er sollte besser nach Hause verschwinden – duschen, sich umziehen – und dann auf der Dienststelle anrufen mit einer Ausrede. Das war besser, als Bruni von Angesicht zu Angesicht zu belügen.

Die Haustür klaffte einige Zentimeter auf. Frank sah es schon vom Hoftor aus. Verdammt! Hatte er es heute Morgen so eilig gehabt? Ein metallischer Geschmack füllte seinen Mund. Adrenalin. Leise zog er die Waffe aus dem Holster. Er zögerte, dann entsicherte er sie. Wenn schon, denn schon.

Sein Blick huschte durch den Hof, glitt über das Haus seiner Vermieter, den Eingang, die heruntergelassenen Rollläden an den Fenstern. Sie waren verreist, drei Wochen Spanien. Oder Italien. Er hatte es vergessen. Aber er hatte sicher nicht vergessen, seine Wohnungstür zu schließen. Vor Anspannung knirschte er mit den Zähnen und schob sich an der Hauswand entlang näher heran. Atmen, Luft anhalten, horchen. Mit der Fußspitze drückte er die Tür weiter auf. Nichts zu hören außer dem Ticken der Uhr im Wohnzimmer.

Den Lauf der Waffe auf den Boden vor sich gerichtet, machte er den ersten Schritt über die Schwelle.

»Fuck!«, zischte er halblaut. Hier war keiner mehr. Er ließ den Schlaghahn zurückschnappen, steckte die Pistole weg. Da hatte einer richtig Spaß gehabt und ganze Arbeit geleistet. Nichts mehr im Regal, nichts in irgendeiner Schublade. Rasch durchquerte Frank den Raum, warf einen Blick auf die Küchenzeile, ins Bad, lief zurück ins Wohnzimmer. Der Bass lag mit dem Rücken nach oben hinter dem Sofa. Wenn der kaputt war … Schnell drehte er ihn um: alle Saiten intakt, kein Bruch, nicht einmal ein Kratzer. Zärtlich strich er über das Instrument und stellte es aufatmend zurück in den Halter.

Im Schlafzimmer bot sich Frank ein ähnlich chaotisches Bild wie in der restlichen Wohnung. Doch wie es schien, fehlte nichts. Stattdessen zierte eine tote Ratte sein Kopfkissen.

Eine Ratte. Aber nichts gestohlen. Frank raffte seine Haare zur Seite und klemmte sie sich hinter die Ohren. Es gab keine weiteren Anzeichen von Vandalismus. Keine mutwillige Zerstörung, keine Farbe an der Wand, keine stinkende Hinterlassenschaft. Nur Unordnung und eine tote, blutige Ratte. War das eine Warnung der deftigen Art, für den Mann, der selbst die Ordnung störte?

Wieder griff er zum Telefon und wählte diesmal Brunhildes Nummer. Sie ging sofort dran.

Frank sparte sich jede Einleitung. »Was haben deine Kollegen vom Gesangsverein gestern Abend eigentlich gesagt zu den Plänen der Matthäaner? Und zu meiner Haltung dazu?«

»Sie waren entzückt, was dachtest du denn?« Brunhilde versuchte es mit Ironie, um ihr Unbehagen zu verbergen. Aber Frank spürte es trotzdem. »Ich habe die Akte vom Golfplatz auf dem Schreibtisch gefunden. Wo steckst du, Frank?«

»Ich bin zu Hause, wollte nur schnell unter die Dusche. Ist jetzt aber egal. Wie sauer sind die auf mich?«

Brunhilde schnaubte. »Ziemlich. Ich meine, deine guten Absichten in allen Ehren, aber die Aktion mit den Briefen an den Ortsbeirat, das hat sich natürlich rumgesprochen. Einige von den Beiratsmitgliedern sind ja auch im Chor, und die aus dem Chor sitzen am Stammtisch. Und jeder gibt seinen Senf dazu und bauscht die Angelegenheit ein bisschen weiter auf. Aber immerhin sind die Matthäaner wieder weg – zumindest habe ich übers Wochenende nichts mehr von denen gesehen oder gehört. Ich gehe davon aus, dass sich dadurch die Lage erst mal wieder beruhigen wird. Hoffe ich. Jedenfalls habe ich die Geschichte gestern nicht mehr angesprochen.« Sie seufzte. »So weit bin ich gar nicht erst gekommen.«

Frank lehnte sich gegen die Wand. »Tut mir leid, wenn du meinetwegen Ärger hattest.« Die Beine der toten Ratte auf seinem Kopfkissen standen steif vom Körper ab. »Bruni, wie weit gehen die in ihrem Zorn? Bin ich für sie so was wie ein Verräter, weil ich ihren vielversprechenden Zukunftsplänen im Weg stehe?« Mit spitzen Fingern packte er das tote Tier am Schwanz und trug es zum Mülleimer. »Eine elende kleine Ratte.«

»So haben sie es nicht gerade ausgedrückt.«

»Aber so ähnlich?«

»Was ist eigentlich los, Frank? Können wir das nicht nachher in Ruhe besprechen, wenn du wieder da bist?«

»Bei mir wurde eingebrochen, Bruni. Es fehlt nichts, und es ist auch nichts kaputt. Aber meine Wohnung ist das reinste Chaos. Und als kleines Präsent hat man mir eine Ratte ins Bett gelegt. Das ist los. Und nun will ich wissen, ob das die netten Jungs vom Stammtisch oder vom Chor gewesen sind. Eine subtile Warnung, dass ich ihr schönes, idyllisches Dorfleben nicht durcheinanderbringen soll. Muss ich damit rechnen, dass die zu noch härteren Mitteln greifen?«

Brunis ungläubige Ausrufe gingen in lautes Fluchen über. »Ich bin in fünf Minuten da – nein, in drei – und nehme die Anzeige auf!«

Das konnte er nun gar nicht brauchen, dass sie bei ihm aufkreuzte. »Nein. Lass gut sein. Ich will den Einbruch nicht anzeigen. Ist ja kein großer Schaden. Nicht mal das Schloss ist wirklich hinüber.« Eine zynische Heiterkeit machte sich in Frank breit. Die Arschlöcher hatten ihm die perfekte Vorlage geliefert. »Keine Anzeige«, wiederholte er. »Ich räume die Scheiße hier weg und vergesse das Ganze. Und dann hoffe ich, dass sich auch das herumspricht. Das kannst du für mich tun. Der Einbruch war eine blöde Idee, aber ich habe nicht vor, irgendwem daraus einen Strick zu drehen. Ich habe aber genauso wenig vor, mich einschüchtern zu lassen.«

Brunhilde atmete langsam und laut aus. »Deine Entscheidung, Frank, aber mir gefällt das nicht.«

»Muss es auch nicht«, brummte er, während er das Waschbecken im Bad ausräumte. Zahnpasta, Rasierschaum, Klopapier, Pflaster. Er drehte den Hahn auf und hielt die Hände unters Wasser, um das Gefühl von toter Ratte auf der Haut loszuwerden.

»Nimm heute den Nachmittag frei, Frank. Ich komme vorbei und schieße wenigstens ein paar Fotos. Keine Widerrede. Zur Sicherheit, falls noch mal was Ähnliches vorfällt. Wir haben noch keinen Beweis, dass dein Verdacht stimmt.«

»Dann aber gleich, ich muss noch mal weg.« Verdammt, das hatte er nicht sagen wollen. Er presste die Lippen aufeinander, aber Brunhilde fragte nicht nach.

Es dauerte tatsächlich kaum mehr als fünf Minuten, bis sie inmitten des Desasters stand. Er hatte es gerade so geschafft, die Uniform auszuziehen und in etwas Bequemes zu schlüpfen. An duschen war jetzt nicht mehr zu denken.

»So eine Sauerei! Da hast du eine Weile zu tun, bis alles wieder an seinem Platz ist.«

Der Auslöser klickte unablässig, während Frank ein paar Sachen zu seinem Laptop in den Rucksack stopfte.

»Wo ist die Ratte?«

»Im Mülleimer in der Küche.«

Bruni holte das Tier ein letztes Mal ans Licht und fotografierte es. »Nimm dir morgen auch noch frei«, sagte sie, als sie den Deckel wieder zuklappte. »Schnauf erst mal durch. Dein Urlaubsantrag ist hiermit genehmigt.« Sie zog die Augenbrauen zusammen. »Ich hör mich um, Frank, ob sich im Dorf einer verplappert. Aber für meinen Geschmack passt das nicht. Der Kuhnert hätte vielleicht seinen Hund vor deine Tür kacken lassen. Oder der Görlich Eier geschmissen. Das wäre eher der Stil, den ich von den Kindsköppen erwarte. Einbruch geht zu weit. Wollen wir nicht doch schnell ein Protokoll …?«

Energisch schüttelte Frank den Kopf, ohne sie anzusehen.

Kuhnert besaß einen großen Hund, der hätte sicher einen prächtigen Haufen produziert. Frank konnte sich die stillvergnügte Schadenfreude im Gesicht des Metzgers gut vorstellen. Und dieser Görlich, der ihn als Querulanten bezeichnet hatte, engagierte sich im Ortsbeirat, bei der Blaskapelle und, wenn Frank sich recht erinnerte, auch im Karnevalsverein. Bruni hatte recht, das sprach nicht gerade für die kriminelle Energie, die ein gezielter Einbruch erforderte. Hatte jemand nach etwas gesucht? Das Einzige von Wert, das er besaß, war der Bass. Geld hatte er nie in der Wohnung und meistens auch nicht viel auf dem Konto.

Aber er brauchte Geld für eine Tankfüllung, die ihn nach Frankfurt und wieder zurück nach Vielbrunn brachte. Auf seine Karte wollte er sich lieber nicht verlassen. Hoffentlich reichte das, was er an Barem noch im Portemonnaie hatte. Hinter den Scheinen steckte das vergilbte Foto von Marie. Als er das Geld eilig durchzählte, rutschte es heraus und segelte zu Boden. Brunhilde war schneller als er.

»Hey, eine heimliche Freundin?« Schmunzelnd drehte sie das Bild um. »Packst du etwa für eine Verabredung?«, fragte sie mit einem Nicken Richtung Rucksack. Dann erstarrten ihre Mundwinkel. »Das ist doch die Marie! Woher hast du das Bild?«

Frank entriss ihr die Fotografie. »Das willst du nicht so genau wissen, okay? Ich habe einen Hinweis, dem ich nachgehen muss. Und darum, bitte, Bruni, ich habe für diesen ganzen Mist hier gerade gar keinen Nerv. Kannst du mich einfach in Ruhe lassen?«

Mit geschürzten Lippen betrachtete Brunhilde ihn, ehe sie eine Ecke auf dem Sofa frei machte und sich hinsetzte.

»Ich habe noch Nerven für den Mist, und ich schreibe ein Protokoll. Dazu brauche ich dich nicht. Keine Anzeige, ist klar.

Mach einfach, was du zu machen hast. Auch wenn ich wünschte, du würdest die Finger davon lassen, was auch immer es ist. Ich ziehe die Tür zu, wenn ich fertig bin. Und du, pass bitte auf dich auf. Ich habe es dir schon mal gesagt: Du verrennst dich, Frank. Das tut dir nicht gut.«

Wortlos packte er den Rucksack, rannte nach draußen, warf ihn ins Auto und fuhr los. Er bemühte sich, das Flattern in seinem Magen zu ignorieren.

Wo war bloß dieser Notizzettel hingeraten? Umständlich verrenkte Frank sich, um während der Fahrt seine Taschen zu durchsuchen. Vermutlich steckte der Zettel noch in seiner Uniformhose. Das passte ja mal wieder prächtig. *Bethmannpark*, er erinnerte sich zum Glück noch an den Namen. Wegen der Weihnachtsplätzchen aus Marzipan, der Bethmännchen, die er nicht leiden konnte und denen die Frankfurter Bankiersfamilie ihren Namen gegeben hatte.

Kurz entschlossen wählte er Kriminalhauptkommissar Brenners Nummer, drückte auf die Lautsprechertaste und legte das Handy auf den Beifahrersitz. Die kindischen Querelen mit Neidhard erschienen ihm plötzlich lächerlich, der Spott des Kollegen keine Rechtfertigung für die Geheimniskrämerei, die er sich angewöhnt hatte.

Es tutete dreimal, dann sprang die Mailbox an. Ohne weiter zu überlegen, redete Frank drauflos. »Ja, hallo, Herr Brenner. Hier ist Frank Liebknecht. Ich wollte nur sagen, dass ich einer Sache nachgehe. Es ist so, dass ich glaube, dass Theodor Brettschneider eine Tochter hatte, die mit ihm auf dem Hof lebte. Die er dort vielleicht eingesperrt hatte, aber das weiß ich noch nicht sicher. Kann sein, dass ich sie gefunden habe. In Frankfurt. Ich bin gerade auf dem Weg dorthin und treffe mich mit einem Dieter Strobel, in einer knappen Stunde im Bethmannpark. Mit etwas Glück wird diese Tochter auch da sein. Sobald ich mehr weiß, melde ich mich wieder.«

Jetzt war es raus. Franks Mitteilungsdrang ließ die Worte weiterfließen. Er berichtete Brenner von den Blumen, der Babymütze, dem Buch. Ein leiser Piepton unterbrach ihn. Das Display zeigte kein Netz. Wie lange schon? War überhaupt etwas von seiner Nachricht angekommen? Frank stöhnte auf. Super, jetzt hatte er selbst ein einfaches Telefonat vermasselt. Er hieb mit der Faust auf das Lenkrad ein. Na, dann eben nicht. Musste wohl ein Wink des Schicksals sein, dass er die Sache doch ganz allein durchziehen sollte.

Fünf Minuten vor der verabredeten Zeit passierte Frank den seitlichen Eingang zum Bethmannpark, neben den Gewächshäusern am Mauerweg. Blumenrabatten, Bänke, geradeaus befand sich ein Schachfeld auf dem Boden. Wo zum Kuckuck gab es hier einen chinesischen Pavillon? Eine weiße Mauer mit Fensteröffnungen, kleine Dächer obenauf. Er hastete den Weg nach links, bis er den Durchgang entdeckte. Zwei Steinlöwen, asiatische Schriftzeichen, das sah vielversprechend aus. Hinter dem Torbogen eröffneten sich gleich drei Pfade. Fein gestaltet mit Bruchsteinen, Platten und Mosaik führten sie rechts und links an einem künstlichen Teich vorbei und über eine Brücke zum ersten von zwei benachbarten Gebäuden. Ein Wasserfall plätscherte.

Frank folgte der Brücke über den Teich und entdeckte die breiten Rücken einiger Karpfen, die unter der Wasseroberfläche entlangglitten. Ein älteres Ehepaar fotografierte Fische und Blüten; eine Frau schob einen Kinderwagen vorbei. Gebogene Dächer lagen auf gedrehten Holzsäulen, ein verschnörkeltes Geländer – war das der Pavillon, von dem Strobel gesprochen hatte? Frank drehte sich einmal um die eigene Achse. Hier wartete niemand.

Ein ganz schön unübersichtliches Gelände, angesichts der geringen Größe des chinesischen Gartens. So hatte Frank sich das nicht vorgestellt. Ein überdachter Übergang führte zu dem zweiten Gebäude, welches zum Wasser und zur gegenüberliegenden Uferseite hin über filigrane Fenstertüren verfügte.

Vielleicht war er dort richtig. Frank überquerte den Teich. An einer der Türen stand ein großer, leicht untersetzter Mann, der sich suchend umsah. Frank schwitzte. Wenn das Strobel war, wo war dann das Mädchen?

Eine Horde Kinder rannte schreiend durch die offene Halle, einige sprangen auf die Bänke an der Wand. In einer Ecke saß eine zusammengekauerte Gestalt im Fenster. Ein Luftzug bauschte ihr geblümtes Kleid.

Das Gesicht lag im Schatten, es war unmöglich, ihre Züge zu erkennen.

»Herr Liebknecht?« Frank zuckte zusammen. Der große Mann streckte ihm seine mächtige Pranke entgegen.

»Hallo, Herr Strobel.« Automatisch zog Frank seinen Dienstausweis aus der Tasche und hielt ihn Strobel hin. Der wirkte erleichtert und zugleich nervös. Mit der Zungenspitze befeuchtete Strobel sich die Lippen. Rasch legte er Frank die Hand an den Oberarm und bugsierte ihn ein Stück beiseite, sodass er von einer der Flügeltüren verdeckt wurde.

»Sie ist so ängstlich«, erklärte Strobel. »Und ich weiß nie, wie sie reagieren wird. Als ich versucht habe, sie zu einem Arzt zu bringen, ist sie hysterisch geworden.«

»Verstehe. Ich werde ganz vorsichtig sein. Aber ich muss natürlich schon mit ihr sprechen. Also, sie ansprechen. Das ist Ihnen doch klar?«

Strobel nickte. Wieder fuhr er sich hektisch mit der Zunge über die Lippen. »Ich habe ihr gesagt, dass ich heute hier einen Freund treffe. Dass sie sich keine Sorgen machen muss. Und dass ich möchte, dass sie ihn – also Sie – kennenlernt. Sie schien mir nicht gerade begeistert.«

»Was wissen Sie über die Frau?«

Dieter Strobel zog die Schultern ein wenig nach vorn, dann ließ er sie absacken. »Nichts«, sagte er leise.

Frank spähte an der Tür vorbei. Die Frau im Fenster schaute in seine Richtung. »Nichts?«

»Nur dass sie plötzlich da war«, fügte Strobel an. »Und dass sie mir vorkommt wie ein Kind.« Leise erzählte er, wie er ihr begegnet war, wie er sie mitgenommen hatte und wie sehr er sich darum bemühte, ihre Eigenheiten zu verstehen. Frank unterbrach ihn nicht. Sein Herz hämmerte wild. Das passte, das alles passte so verflucht gut, dass er es kaum glauben konnte. Strobels Zusammentreffen mit ihr in Frankfurt etwa zwei Wochen nach Brettschneiders Tod. Ihre Angst, ihr Schweigen, ihr weltfremdes Benehmen, ihre Weigerung, etwas anderes als ein Kleid zu tragen. Unwillkürlich machte er einen Schritt vorwärts. Er musste sich endlich davon überzeugen, dass auch die Ähnlichkeit, von der Dieter Strobel gesprochen hatte, tatsächlich existierte.

»Herr Liebknecht, eins noch.« Strobel hielt ihn am Arm fest, sein Kehlkopf zuckte heftig. »Sie hat ein Messer.«

Ein Messer? Und das erwähnte der Mann erst jetzt, so ganz nebenbei. Frank nickte knapp und ging auf die Frau zu, die möglicherweise eine Mörderin und geistig nicht ganz auf der Höhe war – und die ein Messer mit sich herumschleppte.

Er hielt den Blick auf den grauen Fliesenboden gerichtet und blieb auf Armeslänge vor ihr stehen. »Hallo«, sagte er leise. »Ich bin Frank Liebknecht.«

Sie hatte die Sandalen abgestreift und die Füße auf der Bank übereinandergestellt. Ihre nackten Zehen krümmten sich, als er sich neben sie setzte. Erwartungsvoll hob er den Kopf. Keine Frage, kein Zweifel: das war hundertprozentig Marie Brettschneiders Tochter. Die Form des Gesichts, die geschwungenen Lippen. Dazu dieses Blau, dieses gleiche, unfassbar leuchtende Blau. Sie starrte auf den Nazar.

»Wir haben da anscheinend etwas gemeinsam.« Er berührte

das kühle Glas des Schmuckstücks. »Auch wenn ich nur ein so schönes Auge habe und du gleich zwei.«

Der Blick des Mädchens sprang zwischen seinen Augen hin und her und legte sich dann wieder auf den Nazar. Ängstlich und fasziniert, wie ein Kind. Strobel hatte recht. Ihr Brustkorb hob und senkte sich schnell, unter tiefen Atemzügen. Sonst verriet nichts, wie aufgeregt sie war. Ihre Hände ruhten verschränkt in ihrem Schoß, Rücken und Nacken bildeten eine gerade Linie. Ihre Nase war breiter als die von Marie, und die Haare möglicherweise ein wenig dunkler. Um den Kopf trug sie ein wollweißes Tuch geschlungen, unter dem nur wenige Strähnen hervorschauten.

»Ich glaube, hier kann man stundenlang sitzen, ohne dass es langweilig wird.« Er lächelte. »Du bist gerne hier, nicht wahr?«

»Ich habe doch gesagt, dass sie nicht antwortet.« Dieter Strobel stellte sich an ihre Seite, sein Tonfall klang gekränkt.

Beschwichtigend nickte Frank ihm zu. »Weiß ich doch. Und ich kann das vollkommen verstehen. Es gibt keinen Grund, mit jedem zu reden. Worte sind oft überflüssig. Sie können verletzen. Sie können sogar gefährlich sein, denn was einmal gesagt ist, kann nicht mehr zurückgenommen werden.«

Dieter Strobel setzte erneut zum Sprechen an, aber Frank schüttelte kaum merklich den Kopf. Das Mädchen starrte zu den glänzenden Balken an der Decke, sie schaukelte leicht vor und zurück.

»Es gibt aber auch Dinge, die gesagt werden müssen. Weil sie wichtig sind, weil sie wahr sind. Und weil wir schlimme Dinge, die uns Angst machen, nur loswerden können, wenn wir sie anderen mitteilen.« Eine peinliche Hitze stieg in ihm auf, er konnte direkt Neidhards Gelächter hören. Liebknecht als Psychologe, der Witz des Tages. Doch es blieb ihm nichts anderes übrig, als es weiter zu versuchen. Frank zog das Portemonnaie aus der Tasche. »Ich habe etwas, das dir gehört, und das möchte ich dir wiedergeben. Ich hoffe, du bist nicht böse, dass ich es kurz an mich genommen habe. Und ich verspreche dir, dass du es behalten darfst und von jetzt an nicht mehr verstecken musst.« Sein Puls raste. Er hielt ihr das Foto entgegen. »Maries Bild.«

Ihre Hand schnappte zu, und er ließ los. Sie rückte ein Stück von ihm ab und gab dabei einen seltsamen, klagenden Laut von sich.

»Marie, ist das ihr Name?« Dieter beugte sich zu ihr. »Bist du Marie?«

»Nein«, wehrte Frank leise ab. »Marie ist ihre Mutter und … Was ist?«

Mit einem heiseren Keuchen war das Mädchen auf der Bank zusammengesackt und duckte sich unter die Fensteröffnung.

»Was haben Sie gemacht? Was hat sie denn jetzt?« Strobels Stimme überschlug sich.

Frank blickte nach draußen in den Garten. Im Torbogen unter der weiß getünchten Mauer stand Arndt Missenharter, vielleicht dreißig Meter entfernt, auf der anderen Seite des Teichs. »Was zum Teufel will der denn hier?«

Frank schüttelte das Mädchen an den Schultern. »Schau mich an. Schau mich an! Der Mann dort drüben, mit dem Anzug – kennst du den?«

Sie presste die Augen zusammen und versuchte weiter, sich kleinzumachen.

»Was tun Sie denn da? Bestimmt schreit sie gleich wieder los. Hören Sie auf, Herr Liebknecht!«

Frank ignorierte Strobels Gezeter. Missenharter drehte den Kopf, seine Lippen bewegten sich. Wieder sah es so aus, als ob er verkabelt wäre, wie Frank es schon im Gemeindezentrum in Paderborn vermutet hatte. Tastend schob Missenharter die

Hand unters Jackett. Dorthin, wo er bei ihrer letzten Begegnung die Waffe im Schulterholster stecken hatte.

Das Mädchen weinte. Strobel konnte sich kaum noch beherrschen. »Was geht denn hier vor? So war das aber nicht verabredet! Lassen Sie Marie los.«

Frank zog das Mädchen ein Stück hoch und brachte ihr Gesicht unmittelbar vor seines. »Willst du, dass er dich findet?«

Ihr Mund verzog sich zu einer weinerlichen Grimasse, die Unterlippe bebte. Eine überdeutliche Antwort.

Aus dem Augenwinkel sah Frank, dass Missenharter die Brücke betreten hatte; mit dem rechten Arm machte er eine ausholende Bewegung. Demnach war er nicht allein, sondern dirigierte jemand am Wasserfall vorbei um den Teich herum.

Strobel packte Frank an der Schulter und versuchte das Mädchen seinem Griff zu entwinden.

»Wir müssen sie wegbringen«, zischte Frank. »Schnell!«

Strobel begriff nicht. »Ich sagte, Sie sollen sie loslassen, Herr Liebknecht!«

Missenharter riss den Kopf hoch, seine Hand fuhr erneut an die Waffe. Frank zerrte das Mädchen auf die Füße und hinter einen der Fensterflügel. Er deutete zur Brücke und fauchte Dieter an: »Wenn der sie kriegt, kann ich nichts mehr für sie tun.«

»Was soll das heißen?« Strobel starrte ihn an.

»Lauft!«, kommandierte er. »Lauft, so schnell ihr könnt!«

Das Mädchen machte einen Schritt zurück, um sich nach ihren Sandalen zu bücken. Frank packte sie am Arm. »Lauf!«

Durch die halb geöffneten Flügeltüren stürzten sie ins Freie. Das Mädchen klammerte sich an Franks Hand, während sie über die steinerne Brücke zum Haupttor rannten. Ihnen blieb keine Atempause. Dieter bremste ab, wurde langsamer, blieb hinter ihnen zurück. Er lief in die entgegengesetzte Richtung.

Verdammt, was sollte das? Frank warf den Kopf herum, schaute ihm nach. Keine Zeit, sich darum zu kümmern.

Der nächstliegende Parkausgang lag rechts von ihnen. Menschen bedeuteten Sicherheit. Sie querten die Fahrbahn, kamen schneller voran als auf dem Kies im Garten. Die nackten Füße des Mädchens patschten hart auf die Gehwegplatten.

Halb geduckt hinter parkenden Autos tauchten sie in den belebten Bereich der Bergerstraße ein. Frank drängte weiter vorwärts, bugsierte das Mädchen zwischen den Tischen eines Cafés hindurch und stieß sie schließlich in den Eingang eines Buchladens. Passanten gingen mit gemäßigtem Schritt über die Kreuzung. Er warf einen Blick zurück. Niemand, der ihnen folgte. Keine Spur von Dieter. Frank atmete geräuschvoll durch.

War es richtig gewesen wegzulaufen? Was wollte dieser Missenharter im Park? Wie konnte er wissen, dass Frank dort sein würde? Die Angst des Mädchens war echt, zum Greifen nah und real. Es war garantiert kein Fehler, sie nicht den Matthäanern in die Hände fallen zu lassen. Und sie konnte all seine Fragen beantworten. Vorausgesetzt sie redete. Er brauchte ihr Vertrauen, wenn er sie verstehen wollte.

»Du kennst den Mann aus dem Park.« Frank versuchte unaufgeregt zu klingen. »Ich kenne ihn auch, er heißt Arndt Missenharter. Und wir beide wollen ihm nicht begegnen. Richtig?«

Sie nickte.

»Ich kann dich vor ihm beschützen«, behauptete er und wünschte sich inständig, dass das der Wahrheit entsprach. »Aber das kann ich nur, wenn wir zusammenhalten und gemeinsam …« Er brach ab und ließ den Rucksack von den Schultern rutschen. »Warte, ich habe hier noch etwas.« Er wühlte im Hauptfach herum. *Tom Sawyer und Huckleberry Finn* kam ans Licht; der Schatz, den Indiana Jones auf dem Brettschneiderhof gehoben hatte, aus dem Versteck unter dem Bett.

Sie drückte das Buch vor die Brust und sah ihn so beeindruckt an, als wäre er ein Zauberer.

»Wir müssen es machen wie Tom und Huck und uns vor den bösen Menschen verstecken.« Fieberhaft versuchte er sich zu erinnern. Da gab es ein Floß, einen Sklaven und einen Mörder. Er hatte keinen Schimmer mehr, wie die Geschichte weiterging. »Und am Ende wird alles gut. Das weißt du doch?« Das musste einfach stimmen, schließlich war es ein Kinderbuch.

Überzeugt schien sie nicht. Aber sie folgte ihm die Straßen entlang zum Wagen, das Buch mit beiden Armen umschlungen, und stieg ein.

Verstecken klang tatsächlich prima und auch das von ihm vorausgesagte *Alles wird gut*. Doch auch wenn sie ihm glaubte, reichte das keineswegs, um seine eigenen Bedenken zu zerstreuen. Frank kurvte kreuz und quer durch die Stadt, sah immer wieder prüfend in den Rückspiegel. Keine Auffälligkeiten. Aber das beruhigte ihn kein bisschen. Schließlich war Missenharter auch im Park wie aus dem Nichts aufgetaucht. Sollte der ihn die ganze Strecke aus dem Odenwald bis nach Frankfurt verfolgt haben, hatte Frank nicht das Geringste davon bemerkt. Und wenn es nicht so abgelaufen war … er stöhnte innerlich auf. Die einzige andere Erklärung, die ihm in den Sinn kam, gefiel ihm noch viel weniger. Denn wenn nicht Frank selbst die Schuld daran trug, dass Missenharter ihn unbemerkt hatte verfolgen können, dann musste es einen Informanten geben, der ihm den Treffpunkt verraten hatte. Und dafür kamen nicht viele infrage.

Der Kollege aus dem Frankfurter Revier, POK Weidinger, könnte mitgehört haben, als Frank mit Strobel Zeit und Ort ihres Treffens vereinbarte – aber Weidinger wusste nichts von den Matthäanern.

Dieter Strobel? Der hätte das Mädchen direkt an Missenharter übergeben können, wenn er gewollt hätte. Außerdem war der ehrlich um ihr Wohlergehen besorgt gewesen. Was Frank bei Missenharter bezweifelte. Sein Magen krampfte sich zusammen.

Blieb Kriminalhauptkommissar Brenner. Karl hatte Frank geraten, die Schnauze zu halten. Aber er hatte ja unbedingt telefonieren und Brenners Anrufbeantworter alle Details mitteilen müssen. Wenn Brenner den Anruf später abgehört hatte, erklärte das Missenharters verzögertes Eintreffen im Park. Aber was war mit dem Funkloch? Wie viel von seiner Nachricht war überhaupt durchgegangen? Und welches Interesse sollte Brenner daran haben, ihm Missenharter hinterherzuschicken?

Das ergab keinen Sinn. Da konnte er ja gleich auch Brunhilde verdächtigen. Völlig absurd. Was hatte er ihr verraten? Nicht viel, nicht genug. Der Zettel! Er biss sich auf die Unterlippe. Den hatte er liegen lassen – neben der Uniform, wie er sich jetzt wieder erinnerte. Er hatte ihn aus der Hosentasche genommen, als er sich in seinem verwüsteten Schlafzimmer umzog. Brunhilde war allein in seiner Wohnung geblieben. Sie kannte Büchler; und sie besaß ein Grundstück im Borntal.

Er kämpfte die wilden Flüche nieder, die ihm auf der Zunge lagen. Das Mädchen beobachtete ihn. Er durfte sie nicht erschrecken. Ruhig bleiben und weiterdenken. Einen Zufall konnte er getrost ausschließen. Ein Typ wie Missenharter wartete nicht auf Zufälle. Der packte die Dinge selbst an.

Verdammt! Wo zum Kuckuck waren sie eigentlich? Eine rote Backsteinmauer zog sich die ganze Straße entlang. Die Parkplätze davor waren alle belegt. Frank setzte den Blinker und fuhr rechts ran. Dass er jetzt mitten auf der Straße stand, interessierte ihn nicht.

»Bleib sitzen, alles in Ordnung«, rief er dem Mädchen zu, sprang aus dem Wagen und öffnete nacheinander Motorhaube und Kofferraum. Seine Hände tasteten in jede Ritze, befühlten die Innenseite der Stoßstangen. Nichts. Über die Mauer schallten exotische Vogelstimmen. Auf Knien rutschte er um das Auto herum, legte sich schließlich flach auf den Rücken. Kein Peilsender.

Leidlich beruhigt kam er wieder auf die Füße. Immerhin etwas. Er schüttelte sich den Straßenstaub aus den Locken. In seiner Hose vibrierte das Telefon. Er erkannte Strobels Nummer auf dem Display.

»Hallo, Herr Strobel, wo …«

»Helfen Sie mir!« Strobel klang hysterisch.

»Was ist passiert? Wo sind Sie hin?«

»Die haben mich verfolgt. Jetzt stehen sie unten vor dem Haus. Ich weiß nicht, was die wollen!«

Frank ging ein Stück vom Wagen weg. Was auch immer da los war, das Mädchen sollte nichts davon mitbekommen. »Wer hat Sie verfolgt? Und von …«

»Drei Kerle aus dem Park. Haben sich an mich gehängt, als ich zum Tor raus bin. Die sind mir nach … die wollten, dass ich stehen bleibe. Oh Scheiße – die gehen zur Haustür rein! Was soll ich machen? Die haben Baseballschläger.«

»Ich habe Ihre Adresse nicht … Legen Sie auf, rufen Sie die Polizei, den Notruf 110. Hören Sie, Herr Strobel? 110, sofort! Egal wo Sie sind, ich kann nicht schnell genug da sein.« Er hörte im Hintergrund eine Türklingel schrillen, lang, endlos.

Strobel keuchte. »Die treten gleich die Tür ein!«

»Die Adresse!«, brüllte Frank ins Telefon. »Wohin soll ich Hilfe schicken?«

Holz splitterte.

»Herr Strobel, verdammt … Dieter?«

Nichts. Harte Schritte, laute Stimmen, unverständliche Worte. Gedämpft, wie aus einem anderen Zimmer. Ein dumpfer

Schlag, ein Schrei. Wimmern. *Wo ist sie?*, glaubte Frank zu verstehen.

Er presste die Hand vor den Mund, lauschte wie gelähmt. Krachen, der nächste Schlag, halb erstickte Laute. Unmenschliches Winseln. Einen Sekundenbruchteil später fasste Frank sich, legte auf, setzte selbst den Notruf ab.

»Hallo? Hier ist Polizeioberkommissar Frank Liebknecht. Ein Mann ist gerade in seiner Wohnung überfallen worden. Er heißt Dieter Strobel, und er wird mit einem Baseballschläger verprügelt. Er wohnt hier in Frankfurt. Aber ich habe nur seine Telefonnummer und keine Adresse. Schicken Sie eine Streife und einen Rettungswagen. Ich habe die Tat mitangehört, verstehen Sie? Dieter Strobel – Frankfurt. Haben Sie das? Ich kann nichts tun – machen Sie schnell! Bitte!«

Das Mädchen saß genauso auf dem Beifahrersitz, wie er sie zurückgelassen hatte: die Knie fest zusammengepresst, das Buch vor der Brust, die Augen weit aufgerissen. Frank rang sich ein Lächeln ab. Sicher hatte sie sein Tanz ums Auto und das folgende Gebrüll am Telefon nicht gerade beruhigt.

Beinahe hätte er sich übergeben müssen. Ein galliger Geschmack breitete sich in seinem Mund aus. Unter dem Eiskratzer, Taschentüchern und nicht näher zu definierendem Müll in der Türablage fand er ein Tütchen mit Lutschpastillen. Übrig von der letzten Halsentzündung, klebrig und leicht fusselig. Das Bonbon klapperte zwischen seinen Zähnen. Sein Pulsschlag näherte sich dem Normallevel.

»Wir können nicht zu Dieter«, sagte er, um überhaupt etwas zu sagen. Er bot ihr ein Bonbon an, das sie zögernd aus der Verpackung pulte.

Der Angriff auf Strobel ergab keinen Sinn. Jemanden im Park auszurauben, ihn zu bedrohen, um Geld und Wertsachen zu erbeuten, war eines – ihn bis nach Hause zu verfolgen, etwas völlig anderes. Andererseits hatte Frank keinen Schimmer von Dieter Strobels Leben. Nur weil er sich um das Mädchen gekümmert hatte, machte ihn das nicht zwangsläufig zu einem guten Menschen. Vielleicht steckten unbezahlte Rechnungen hinter der Attacke, oder Eifersucht. Dann wäre der zeitliche und räumliche Zusammenhang des Überfalls auf Strobel mit dem Treffen im Park ein reiner Zufall. Na sicher, so zufällig wie Missenharters Besuch im chinesischen Garten und der Einbruch in Franks Wohnung am Morgen. Drei Männer mit Baseballschlägern bei Dieter. Drei Jungs, die mit Missenharter in Paderborn in einen Lieferwagen geklettert waren. Dann hatte er sich das Auto mit Mirko in Vielbrunn also doch nicht eingebildet. Kein Zufall. Kein verdammter, beschissener Zufall, sondern ein gezielter Überfall auf Dieter Strobel. Der nicht ihm, sondern dem Mädchen gegolten hatte. *Wo ist sie?* Die Frage hatte Frank deutlich gehört – und sie sich nicht nur eingebildet. Es wurde langsam Zeit, dass er seinen eigenen Sinnen und seinem Bauchgefühl traute.

Wohin jetzt mit ihr? Nicht zu Dieter und auch nicht zu ihm. In seiner Wohnung herrschte ein unglaubliches Durcheinander, und sie war möglicherweise auch noch verwanzt oder wurde überwacht und war somit garantiert nicht sicher. Frank richtete sich ruckartig auf. Wanzen und Peilsender. Wenn er ernsthaft glaubte, dass Missenharter so etwas einsetzte, dann konnte der garantiert auch ein Handy orten. Hastig schaltete Frank das Telefon aus und startete den Wagen. Weg hier, sofort.

Auf dem Gehweg spazierte ein Rentner mit Hund vorbei. *Die Vogelstimmen.* Da hinter der Mauer musste der Zoo sein. Wenigstens etwas, dass er jetzt wusste, wo sie waren, wenn er schon nicht wusste, wohin sie gehen sollten. Frank gab Gas. Zuallererst brauchten sie einen Weg, der sie aus dem Verkehrsgewirr der Innenstadt rausführte.

Gedankenverloren lutschte das Mädchen an dem Bonbon und starrte auf die Straße. Er könnte mit ihr zum Polizeipräsidium fahren. Einfach hier in Frankfurt. Dort eine Aussage machen. Alles berichten und die Verantwortung abgeben: die für das Mädchen, die für Dieter Strobel, die für die Aufdeckung der Machenschaften der Matthäaner. Alles nicht mehr seine Sache.

Das Mädchen musterte ihn vorsichtig, die schmalen Schultern hochgezogen. Sie schaute weg, sobald er sich zu ihr drehte. Er musste nicht viel mehr als einen amtlichen Rüffel fürchten. Aber das Mädchen schon. Nach dem, was Strobel ihm von ihrem Verhalten geschildert hatte, stand ihr die Unterbringung in einer psychiatrischen Einrichtung bevor. Womöglich lebenslang. Auch wenn es kein Mord, sondern Totschlag oder Notwehr gewesen war. Er zweifelte nicht daran, dass sie Theodor Brettschneider erstochen hatte. Sie schleppte ein Messer herum, und am Tatort war keines gefunden worden. Unwahrscheinlich, dass es sich dabei um zwei verschiedene Messer handelte. Doch solange sie schwieg, blieben die Hintergründe der Tat ihr Geheimnis.

»Wir müssen irgendwohin, wo uns niemand findet.«

Wenn wirklich die Matthäaner einen Schlägertrupp auf Dieter Strobel gehetzt hatten, um das Mädchen zu finden – was würden sie mit ihr machen, wenn sie sie in die Finger bekamen?

Er musste dafür sorgen, dass sie die Gelegenheit erhielt, sich mitzuteilen. Am besten ihm. Ihm war nur nicht klar, wie er sie dazu bewegen sollte.

Sie schob das Bonbon im Mund hin und her, ganz konzentriert.

Frank konnte kaum noch jemandem vertrauen. Und er musste damit rechnen, dass er jeden in Gefahr brachte, den er kontaktierte.

»Wir brauchen einen sicheren Ort, an dem man uns gar nicht erst sucht.«

Montag, 25. Juli, Frankfurt, 16:00 Uhr
– das Mädchen –

Ein sicherer Ort, wo niemand sie fand. Wo niemand sie suchte. Aus den Augenwinkeln spähte sie zu dem Fremden hinüber. War das das Antlitz des wahrhaftigen Satans? Ihre Seele schleuderte die Frage gen Himmel, wie so viele Male zuvor, nur um wieder ohne Antwort zu bleiben.

Was führte dieser Mann im Schilde, der nicht nur zwei Augen hatte, von denen das eine das andere anzusehen versuchte, sondern noch ein drittes, welches er an einem Band um den Hals trug. Es hatte die gleiche Farbe wie ihre eigenen Augen, die er schön nannte und die die Alte nie hatte ansehen wollen.

Weil sie aussehen wie meine, hatte Marie gesagt.

Blau wie der Himmel, mein Täubchen, ganz himmelblau, wie die Freiheit, die mit dem Wind über die Berge weht, in diesem Land, ganz weit weg von hier. Da habe ich sie gespürt, die Freiheit, für eine kurze Zeit. Sie hat dort einen anderen Namen, und auch das Blau heißt nicht Blau, und alle Worte klingen so viel schöner als bei uns. Doch dann hat der Wind uns hierher getragen, und aus den alten Mauern sind neue geworden.

Vorsichtig befühlte sie das Buch. Der Mann mit den drei Augen wusste, dass das Buch einst Marie gehört hatte. Er hatte es ihr wiedergegeben, einfach so. Aber er konnte sicher nicht wissen, dass die Alte ihr verboten hatte, darin zu lesen. Die Alte hatte es verbrennen wollen wie das andere, in dem die Sätze so wundervoll gewesen waren, dass man weinen musste. So anders als die harte Sprache der Alten. Maries Sprache, wenn sie heimlich mit ihr las und flüsterte und von dem fernen Land Argentinien erzählte, in dem man die Freiheit *Libertad* nannte und den Himmel *Cielo*. Sie hörte noch das Knistern der Seiten im Feuer, spürte die Tränen, als die Flammen die *Sturmhöhe* fraßen. Doch die Melodie der Geschichte war in ihrem Kopf geblieben und ihr Zauber, auch wenn die Worte verloren waren.

Der Mann konnte auch nicht wissen, dass sie das Buch über *Tom Sawyer* verteidigt hatte. Sie presste die Lider fest zusammen, riss die Augen dann weit auf, wieder und wieder. Die Erinnerung blieb. Wenn er der Satan war, dann wusste er es vielleicht doch.

»Bist du okay?«, fragte der Mann.

Aber sie verstand nicht, was das bedeutete, und versuchte weiter, blinzelnd die Bilder zu verscheuchen. Wie sie die Schläge der Alten einsteckte, und dann der endlose Augenblick, als sie ein einziges Mal wagte zurückzuschlagen. Die Überraschung in dem Gesicht der Alten, das Taumeln und Stolpern. Der Schrei. Am Fuß der Treppe sammelte sie das Buch auf und setzte sich auf die Stufen. Blätterte und las, wartete. Die Alte stöhnte ganz leise, und ihr Blut lief über den Boden. Rot wie die Mohnblumen im Sommer. Lief und lief, bis alles still wurde.

Alles, was uns widerfährt, ist Gottes Wille, den wir zu erdulden haben, auch wenn es ihm gefällt, uns zu strafen.

Sie hatte der Alten den Tod bringen müssen. Und die musste ihn annehmen.

»Geht es dir gut?«, fragte der Mann, und sie nickte.

Er kannte den scheußlichen Missenharter und mochte ihn nicht, er wollte sie in Sicherheit bringen und vor ihm beschützen. Ja, das hatte er gesagt. Und dass sie sich verstecken müssten wie Tom Sawyer und Huckleberry Finn. Ihr Herz klopfte so wild gegen ihre Rippen, dass sie glaubte, er müsse sehen, wie es sich hinter dem Buch bewegte.

Die schnelle Fahrt machte sie schwindelig. Die Häuser, Bäume und Menschen vor dem Fenster drehten sich um sie. Sie kannte einen Ort, an dem nie jemand suchte.

Der Mann mit den drei Augen dachte nach, das konnte sie erkennen.

»Du bist von zu Hause weggegangen und hattest einen guten Grund. Bestimmt hast du dir vorgenommen, nie wieder zurückzukehren.« Er sprach leise. »Ich weiß nicht, ob es eine gute Idee ist, ob du es aushalten kannst, dort zu sein. Und ich werde es nicht von dir verlangen, wenn du nicht willst. Aber auf dem Hof werden sie uns garantiert nicht vermuten.«

Hastig drehte sie sich weg von ihm. Er las ihre Gedanken, sah in sie hinein. Auf keinen Fall durfte sie jetzt an das Messer denken, ihren Halt, ihren einzigen Schutz vor ihm – vor allen.

»Du weißt, dass Theodor dir nicht mehr wehtun kann, oder? Er ist weg, und er bleibt weg.«

Hilflos blinzelte sie die Tränen fort und flehte den Herrn um Gnade an. Ihre Hand suchte das Messer. Die Stimme des allwissenden Teufels schmeichelte sanft in ihren Ohren.

»Glaub mir, ich lasse nicht zu, dass dir noch mal irgendjemand wehtut.«

Montag, 25. Juli, unterwegs, 16:05 Uhr
– Frank Liebknecht –

Die Angst war in ihrem Gesicht so deutlich abzulesen, dass Frank nicht wagte weiterzusprechen. Das war wohl doch zu viel verlangt. Er konnte sich schließlich nicht einmal annähernd vorstellen, was das Mädchen auf dem Hof erlebt hatte. Die Kratzspuren an der Wand neben dem Bett und die Tatsache, dass man ihre Existenz geheim gehalten hatte, reichten ihm. Doch gerade, als er den Mund öffnete, um den Vorschlag zurückzuziehen, nickte sie.

»Du bist einverstanden? Wir fahren zum Hof?«

In Zeitlupe bewegte sie den Kopf auf und ab. Das war gut. Das war sogar sehr gut. Auch wenn er noch keinen Grund sah aufzuatmen. Ihr Griff in die Kleidertasche war ihm nicht entgangen, und er konnte sich denken, woran sie sich festhielt. Das Loch in Theodor Brettschneiders Bauch hatte Frank deutlich vor Augen. Auch wenn sie aussah wie ein verhuschtes Kätzchen, konnte sie doch gefährlich sein. Er durfte sie auf keinen Fall seine Unsicherheit spüren lassen. Vielleicht war die Polizeiausbildung doch zu etwas gut. Zutrauen konnte man gewinnen, wenn man etwas von sich preisgab, wenn man eine gemeinsame Basis fand. Und so erzählte er von seiner Musik, von dem Kaninchen, das er als Kind gehabt hatte, und seinen Lieblingsbüchern.

Ihre verkrampften Schultern entspannten sich ganz langsam.

Auf halber Strecke legte Frank einen kurzen Stopp an einer Tankstelle ein. Er widerstand der Versuchung, Strobels Nummer zu wählen oder die der Rettungsleitstelle, um herauszufinden, wie es ihm ging. Stattdessen kaufte er großzügig ein: belegte Brötchen, Schokolade, Kekse, einen Sechserpack Mineralwasser, dazu eine Taschenlampe und ein Paar Badeschuhe, die neben Schwimmflügeln und Grillkohle bei den Saisonartikeln lagen. Pinkfarben und mit je einer Gummiblume verziert. Frank stellte die Einkäufe auf den Rücksitz und legte dem Mädchen die Schuhe auf die Knie.

»Für dich. Weil deine Sandalen noch im Park liegen.« Er schnallte sich an und fuhr rückwärts aus der Parklücke. »Ja ich weiß, die Farbe ist furchtbar, aber andere waren in deiner Größe nicht da.«

Sie betastete die wackelnden Blütenblätter. Mit beiden Händen. Er lächelte. Immerhin, ein kleiner Erfolg.

Ab Laudenbach überkamen Frank erneut Zweifel. Jeden Moment konnte ihr Versteckspiel scheitern. Es brauchte ihnen nur jemand zu begegnen, der Frank kannte, jemand, der sich die Richtung merkte, in die er abbog, und der dies dann unbedacht im Dorf weitererzählte. Missenharter selbst konnte sie auf dem Hof erwarten mit seinen Schlägern. Oder Büchler. Auch wenn Brunhilde am Morgen behauptet hatte, dass seit Freitag keiner der Matthäaner mehr gesichtet worden war. Frank hatte Mirko gesehen. Am Sonntag. Es schnürte ihm die Kehle zu, dass er nicht einmal mehr Brunis Worten vertraute. Und er fragte sich, wieso er sich ausgerechnet heute wieder an die Vorschriften gehalten hatte. Seine Dienstwaffe bei sich zu haben hätte ihn jetzt ungeheuer beruhigt. Aber er war nicht im Dienst. Kein Dienst bedeutete: keine Uniform und keine Waffe. Eine klare Sache. Er seufzte. Und ein klarer Fall von Fehlentscheidung.

Das Auto holperte in einen selten befahrenen Waldweg und kam hinter einem Holzstoß zum Stehen. Vom Hauptweg aus konnte man den Wagen nicht mehr sehen.

»Wir gehen das letzte Stück zu Fuß.« Unwillkürlich senkte Frank die Stimme. »Du bleibst hinter mir. Ich will erst sicher sein, dass wirklich keiner auf dem Grundstück ist. Dann holen wir die Vorräte.«

Die Flip-Flops landeten auf dem Beifahrersitz, nur das Buch gab das Mädchen auch jetzt nicht aus der Hand. Sie folgte ihm so dicht, dass er den Saum ihres Kleides an den Waden spürte. An der Grundstücksecke spähte er über die Felder und lauschte. Grillen zirpten, Insekten brummten durch den späten Nachmittag, sonst blieb es still. Frank bedeutete dem Mädchen mit einem Handzeichen zu warten, er selbst schlich weiter zum Tor. Abgeschlossen. Das hatte er erwartet und doch das Gegenteil gehofft.

Ein leiser Fluch rutschte über seine Lippen. Die Stille konnte trügerisch sein. Nun musste er wohl oder übel wieder die Splitter auf der Mauer überwinden, um sich zu überzeugen, dass sich wirklich niemand auf dem Gelände befand.

Der geblümte Stoff wallte plötzlich wieder um seine Beine, als das Mädchen sich vor ihn schob, mit einer geschickten Bewegung die Hand durch eine Lücke neben dem Pfosten steckte und die Verriegelung der Durchfahrt öffnete. Zum ersten Mal sah Frank die Andeutung eines Lächelns in ihrem Gesicht aufblitzen, ehe sie die Augen niederschlug. Er drückte das Tor einen Spaltbreit auf. Keine Fahrzeuge, kein Lebenszeichen. Haus und Hof lagen verlassen vor ihnen. Auf sein Geheiß blieb das Mädchen im Hof zurück, während er das Gepäck aus dem Auto holte. Als er zurückgekehrt war, verschloss sie die Einfahrt hinter ihm und nahm ihm einen Teil der Sachen ab.

»Na, dann wollen wir mal«, murmelte Frank halblaut und stieg die Stufen zum Eingang hinauf. Er schaute durch das Fenster in die Küche. Die Möbel waren von den Wänden abgerückt und standen mitten im Raum herum. Büchlers Handlanger bereiteten offenbar schon die Entrümpelung vor. Zumindest musste Frank wohl nicht befürchten, dass die Kerle planten, es sich hier gemütlich zu machen.

Das Mädchen hatte sich nicht von der Stelle bewegt. Die Brötchentüte, das Buch und die Schuhe im Arm, schaute sie zu ihm hoch, dann über den Hof zu den oberhalb am Hang gelegenen struppigen Büschen nahe der Mauer.

»Was ist da?«, fragte er.

Sie lief los, vorbei an der Erntehelferbaracke und einem Holunderstrauch bis zu einem weiteren Nebengebäude, dessen frühere Verwendung sich Frank nicht erschloss. Sie stapfte in einen Blätterhaufen und fegte diesen mit den Füßen zur Seite. Eine hölzerne Klappe kam zum Vorschein, und das Mädchen trat einen Schritt zur Seite. Frank zog den kurzen Holzbalken aus der Führung und öffnete den Verschlag. Kalte Luft schlug ihm entgegen, eine Steintreppe führte ins Dunkel.

Er riss die Verpackung der Taschenlampe auf. Die Batterien funktionierten, der Lichtstrahl tanzte in die Tiefe. Das Mädchen verschwand bereits nach unten. Auf der zweiten Stufe kehrte Frank um, nahm das Holz mit und klappte die Kellerluke im Absteigen zu. Wenn doch jemand käme, sollte er sie zumindest nicht ohne Weiteres dort unten einsperren können. Außerdem war das Ding massiv und lag gut in der Hand. Nur für den Fall. Nachdenklich betrachtete er die schmale Gestalt vor sich. Er wollte sich nicht vorstellen, dass er sich gegen das Mädchen wehren musste.

Sie durchquerten ein ungenutztes Gewölbe, in dem Regale an der Wand verrieten, dass hier früher Lebensmittel gelagert worden waren. Es war kühl und dunkel. Kartoffelkörbe aus Draht, Kisten und leere Einmachgläser standen herum. Das Mädchen drückte sich in einen Spalt hinter einer aufrecht stehenden Palette. Erst auf den zweiten Blick erkannte Frank die Tür, durch die sie gegangen war. Instinktiv packte er das Holz fester und folgte ihr.

Sie stand mitten in einem kleinen Raum, die Schultern verkrampft hochgezogen, wie ganz am Anfang im Wagen. Winzig und verloren sah sie aus, barfuß, zwischen einer fleckigen Matratze, auf der eine ebenso fleckige Decke lag, und einem ausrangierten Küchentisch mit einem Stuhl. Auf dem Tisch stand eine Kerze, darunter ein Blecheimer. An den Armlehnen des Stuhles waren Lederriemen befestigt, an der Wand über der Matratze ein Eisenring, eine Kette. Der Eisenring und die Kette glänzten, sie waren keineswegs so alt wie das Gewölbe selbst. Man hatte einen Stein aus der Mauer gebrochen, um den Ring einzuzementieren. Durch einen schmalen Schlitz unter der Decke wehte ein leichter Luftzug, gedämpftes Tageslicht drang herein.

Ein sicherer Ort.

Der Blick des Mädchens huschte über ihn hinweg, und Frank war froh, dass er wieder am Nazar hängen blieb. Seine Nasenflügel bebten, er fühlte sich außerstande, seine Gesichtsmuskeln zu kontrollieren. Ein Ort, an dem garantiert niemand jemals sein wollte. Unfassbar, dass sie ihn hergebracht hatte.

»Wer…« Seine Stimme krächzte. Er brach ab und setzte neu an. »Wer war hier eingesperrt? Du?«

Natürlich sagte sie nichts dazu. Frank stellte die Wasserflaschen ab und ließ den Rucksack von den Schultern rutschen. Auch das Stück Holz landete auf dem Tisch. Er würde ihr keinen Grund geben, ihn anzugreifen.

»Ja, ich weiß, dass du nicht sprichst. Aber vielleicht kannst du verstehen, dass ich viele Fragen habe?« Es musste einen Weg geben, mit ihr zu kommunizieren. Immerhin schenkte sie ihm auch jetzt eine winzige zustimmende Kopfbewegung. Gut, sehr gut. Nur musste er sehr genau überlegen, was er fragte und wie. Sie war eine Zeugin, mehr noch, eine Verdächtige, deren geistigen Horizont er nicht einschätzen konnte. Streng nach Vorschrift musste er sie tatsächlich behandeln wie ein Kind. Er rieb sich die Nase. Folglich dürfte er sie nicht alleine befragen. Und schon gar nicht suggestiv, was schon bei normalen Erwachsenen oft eine Herausforderung darstellte.

In diesem Kellerloch konnte er kaum atmen, die Mauern des Gewölbes wirkten erdrückend. Wie sollte er da vernünftig denken? Schon die Aufforderung, sich hinzusetzen, erschien ihm widersinnig. Wohin denn? Auf diesen Stuhl, an den man sie höchstwahrscheinlich gefesselt hatte – oder auf die Matratze?

Frank betrachtete den Stuhl genauer. Die Riemen ließen sich nicht lösen. Er kippte ihn auf zwei Beine und verpasste einer der Armlehnen einen gezielten Tritt, dann noch einen zweiten und dritten, bis das Holz zerbarst, und wiederholte die Prozedur auf der anderen Seite. Ein wenig atemlos begutachtete er sein Werk, dann grinste er dem Mädchen entschuldigend zu, das sich in eine Ecke zurückgezogen hatte.

»Niemand wird mehr festgebunden«, erklärte er. »Weder hier. Noch dort.« Er deutete auf die Kette an der Wand, an der man eine Hand fixieren konnte. »Bist du oft hier unten gewesen?« Frank musste sich anstrengen, um ihre Reaktion zu erkennen. Ein kaum sichtbares Nicken. »Aber du warst nicht immer hier?« Ihr Kopfschütteln erleichterte ihn. »Du hattest auch ein Zimmer im Haus, dort wo das Buch versteckt war?« Nicken. Die Raumtemperatur lag sicher kaum über zehn Grad, da reichten wenige Stunden, um völlig durchgefroren zu sein. Er stellte sich vor, wie sie auf der Matratze hockte, die Decke hochgezogen bis zum Kinn, verängstigt und alleine. Zur Strafe oder um ihren Willen zu brechen.

Er rückte den Stuhl vor dem Tisch zurecht. »Ich werde dich zu nichts zwingen.« Um seine Worte zu unterstreichen, beschloss er, vorerst keine weiteren Fragen zu stellen. Er packte den Laptop und den Ersatzakku aus. Alle relevanten Fakten, die er gesammelt hatte, befanden sich in einer gesonderten Datei, inklusive einer ganzen Anzahl von Fotos, die er dem Mädchen zeigen konnte. Nach und nach, um ihre Reaktion zu testen und sie nicht zu überfordern. Er schaltete das Gerät ein, holte eine Tafel Schokolade aus der Einkaufstüte und wickelte sie aus dem Papier. Alles so gelassen wie möglich, als wäre nichts Ungewöhnliches an ihrem Zusammensein, als gäbe es keine potenzielle Gefahr, die draußen auf sie lauerte. Er zwang sich, sie nicht anzusehen, und achtete nur darauf, dass er ihr nicht den Rücken zudrehte. Kein unnötiges Risiko. Er steckte sich das erste Stück Schokolade in den Mund. Sie beobachtete ihn. Auf dem Bildschirm ploppten bunte Icons auf. Er langte noch mal zu, und schob die Tafel dann über den Tisch in ihre Richtung. »Magst du auch?«

Ihre Finger bewegten sich so vorsichtig heran, als fürchtete sie, jeden Moment zurückgepfiffen zu werden. Frank deutete auf den Stuhl. »Du kannst dich zu mir setzen.« Er selbst saß auf der Tischkante. Sie kauerte sich neben ihn. Krampfhaft versuchte Frank sich auf seine Notizen zu konzentrieren, spürte dabei ihre Blicke, die nun über ihn tasteten wie zuvor ihre Hand zur Schokolade. Ihm fehlte jede Idee, was sich in ihrem Innern abspielte. War sie wirklich hilflos und naiv? Oder gefährlich? Oder beides? Irgendwo unter den Schuhen und dem Buch auf ihrem Schoss bewahrte sie ein Messer auf. Auch wenn er es bisher nicht gesehen hatte, gab es keinen Grund Strobels Aussage anzuzweifeln. Genau dieses Messer hatte sie höchstwahrscheinlich ihrem eigenen Vater in den Leib gerammt. Und Frank saß hier herum und bot ihr den eigenen Bauch geradezu an. Die Vorstellung überrollte ihn entgegen jeder Vernunft. Seine Narbe pochte. Er rutschte vom Tisch, schwitzend trotz der Kälte, und ging neben ihr in die Hocke.

Die Uhr am Computer sprang um auf siebzehn Uhr und sechsunddreißig Minuten. Schlagartig wurde ihm klar, dass sie auf keinen Fall gemeinsam die Nacht in diesem muffigen Loch verbringen durften. Sie mit ihm. Allein. Was nutzte ein sicheres Versteck, wenn man kein Auge zumachen konnte. Wenn man den, den man zu beschützen versuchte, gleichzeitig fürchten musste.

Mit einem Seufzen schüttelte er den Kopf, besann sich dann und versuchte es wieder mit einem Lächeln. Ihre Miene verriet Skepsis. Offenbar spürte sie sehr genau, wenn er ihr etwas vorspielte. Das sollte er besser sein lassen.

Er verteilte eine weitere Runde Schokolade, dann tippte er gegen ihr Buch. »Hat Marie dir daraus vorgelesen?«

Ihr Kinn senkte sich um ein paar Millimeter. Ein Nicken.

»Kannst du auch lesen? Vielleicht sogar schreiben?«

Sie verzog das Gesicht, kaute auf ihrer Unterlippe. Kein Ja, kein Nein. Frank legte einen Finger vor den Mund. »Es ist ein Geheimnis? Ich bin gut darin, Geheimnisse für mich zu behalten. Und ich fände es toll, wenn du lesen und schreiben kannst. Das hilft dir, wenn andere dich belügen wollen. Warte.« Aus der hinteren Hosentasche holte er sein Portemonnaie. »Erinnerst du dich noch, dass ich dir meinen Namen gesagt habe? Der steht auch im Personalausweis. Hier, siehst du? Direkt neben meinem Bild. Ich habe dich also nicht belogen.«

Sie nahm den Ausweis und drehte ihn hin und her. Ihr Zeigefinger rutschte langsam unter Franks Namen entlang. Sie las – eindeutig. Buchstabe für Buchstabe setzte sie den Namen zusammen. Ihr Gesichtsausdruck blieb misstrauisch, die Stirn gekraust, die Augen leicht zusammengekniffen.

Ein leises Lachen entschlüpfte Frank, als er wieder ins Portemonnaie griff. »Das wird dir gefallen. Hoffe ich. Und du darfst auch über mich lachen, wenn du willst.« Der Schülerausweis aus der neunten Klasse zeigte ihn mit seinem allerersten flaumigen Bartwuchs. Ein rundum scheußliches Bild, aber eindeutig er. Gut zu erkennen an den dunklen Locken, die er damals sogar noch etwas länger getragen hatte, und an dem schielenden Auge. »Hey, ich war so was von stolz, dass ich mich endlich rasieren musste.« So stolz, dass er den Beweis zur Erinnerung behalten hatte.

Das Mädchen schaute zwischen seinem Gesicht und dem Bild hin und her. Ihre Lippen formten tonlos das Wort *Frank*, das unter der Fotografie stand. *Liebknecht* bereitete ihr mehr Schwierigkeiten, aber schließlich nickte sie.

»Kannst du mir deinen Namen aufschreiben?«

Sie schüttelte so wild den Kopf, dass ihr Tuch verrutschte. Mit einer Hand zog sie es sich rasch wieder über ihre Haare.

»Schon gut! Ist schon gut. Ich dachte nur, es wäre netter, wenn ich dich bei deinem Namen nennen könnte.«

Ihr Daumen rieb in winzigen Kreisen über den Schülerausweis. Hin und her, über die gleichen fünf Buchstaben.

»Ich mag es, wenn man mich mit meinem Namen anspricht. Auch wenn es kein besonders toller Name ist. Aber Frank, das bin eben ich. Und ich wüsste gern, wer du bist.«

Sie blinzelte.

»Du – du hast doch auch einen Namen, oder?«

Der Daumen bewegte sich nicht mehr. Jeder Mensch hatte einen Namen. Tränen schimmerten in ihren Augen, und sie wandte sich von ihm ab. Verdammt! Wie konnte es sein, dass sie namenlos geblieben war? Hier war mehr als nur ein Frauenversteher nötig, um den Schmerz zu lindern. Ein Psychologe oder ein … Poet. Ein Songschreiber.

»Es gibt einen Namen für dich. Auch wenn du ihn nicht kennst, er ist da, ganz bestimmt. Er – er schläft in dir drin, und ich bin sicher, ja ich bin sicher, dass du ihn finden wirst.« Oh Mann, zum Glück hörte niemand, was er hier erzählte. Frank der Softie. Hoffentlich lenkte er das Mädchen damit wenigstens von seinem Kummer ab. Höchste Zeit, dieses Thema zu beenden und die Kurve zu den dringenderen Fragen zu kriegen. Mit wenigen Klicks öffnete er eine Bilddatei, und Walter Jungs salbungsvolles Lächeln erschien.

»An manche Namen erinnert man sich gern, und bei anderen wäre man froh, man hätte sie nie gehört und den Menschen nie getroffen.« Mit dem Fingernagel klopfte er gegen den Bildschirm, um ihre Aufmerksamkeit dorthin zu lenken. »Den hier zum Beispiel. Kennst du ihn?«

Sie betrachtete das Bild und rutschte auf dem Stuhl nach hinten. Frank legte ein Notizbuch und einen Stift vor sie auf den Tisch. »Woran denkst du, wenn du ihn siehst? Mir reicht ein Wort – das erste, was dir einfällt.«

Krakelig und langsam malte sie das Wort *Gott* aufs Papier. Das nächste Foto zeigte den Ortsvorsteher Wilhelm Ruckelshaußen. Sie hob die Achseln. Auch Mirko löste keine Reaktion aus. Es folgte ein Handyschnappschuss von Clemens Büchler und Karl Hofmeister auf dem Missionsgelände. Sie atmete hörbar schneller. *Böse*, schrieb sie, und dann gleich noch einmal: *Böse*.

Oh ja, Frank teilte ihre Meinung. Büchler war verdammt böse. Böse, böse. Schnell klappte er den Laptop zu. Mehr brauchte er vorerst nicht.

»Wenn ich ein Bild von dir hätte, was würdest du dazu aufschreiben?«

Kein Zögern. Sie schrieb und schlug die Hände vors Gesicht. Das Wort sprang ihm anklagend entgegen. *Sünde.*

Frank biss die Zähne aufeinander. Wieso zum Teufel tat er ihr das an? Sie war so verletzlich, und er schaffte es nicht, im richtigen Moment die Klappe zu halten. *Sünde.* Neue Fragen formierten sich, die er zurückhalten musste. Wieso Sünde? Welche Sünde? Er setzte dazu an, das Wort durchzustreichen, doch dann ließ er es bleiben. Nichts gab ihm das Recht, ihre Aussage zu zensieren oder in Zweifel zu ziehen. Der Stift kratzte, als er schrieb. »Mein Wort zu deinem Bild.«

Sie linste zwischen den Fingern auf das Papier, während Frank sich vom Tisch erhob. *Himmelblau.* Wie ihre Augen.

»Hör zu, ich muss etwas erledigen, ein paar Dinge klären.« Er packte den Laptop ein. »Ein Freund von mir wird uns helfen. Er ist klug und weiß immer einen Rat. Ich kann dich nicht mitnehmen, aber ich hole dich ab, so schnell es geht.« Seine Armbanduhr legte er vor ihr auf den Tisch. »Wenn ich in zwei Stunden nicht zurück bin, musst du hier weg. Verstehst du? Dann … hat mich vielleicht einer der bösen Männer geschnappt. Der von dem Foto oder der aus dem Park. Oder ich wurde aufgehalten, weil ich ihnen aus dem Weg gehen musste. Wenn das passiert«, er riss ein leeres Blatt aus dem Notizbuch und kritzelte Dagmar Lorenz' Adresse darauf, »dann lauf. In die Richtung, aus der wir gekommen sind. Bis zu dem Dorf. Laudenbach. Geh nicht auf dem Weg. Geh zwischen den Bäumen, bleib in Deckung. Sieh mich an – verstehst du, was ich sage?«

Sie nickte mit weit aufgerissenen Augen.

»Sehr gut. Du gehst also ins Dorf und klopfst an eine Tür, irgendeine, und wer immer dir aufmacht, dem gibst du diesen Zettel. Die Adresse, die ich dir aufschreibe, dort willst du hin, das musst du ihnen verständlich machen. Dorthin, nirgendwohin sonst.« Frank faltete das Blatt zusammen, und sie ließ es sofort in der Tasche ihres Kleides verschwinden.

»Zwei Stunden«, schärfte er ihr nochmals ein. »So lange wartest du auf mich.«

Sie nickte mit großer Ernsthaftigkeit.

Es fiel ihm schwer, sie allein zu lassen. Er konnte nur hoffen, dass sie tatsächlich begriffen hatte. Und dass er mit seiner Einschätzung richtiglag und sich in der Zwischenzeit keiner von Büchlers Leuten auf den Hof verirrte. Dennoch hielt er es für sicherer, sie nicht mitzunehmen. Sie kannte den Keller, den Hof, das Haus bestimmt besser als jeder andere. Er setzte darauf, dass ihr das im Notfall einen kleinen Vorteil verschaffen konnte. Und er war allein flexibler, musste nicht auf sie auf-passen und konnte schneller in Deckung gehen, falls ein Pro-blem auftauchte. Immerhin war Missenharter bewaffnet. Und nicht allein.

An der Tür war sie plötzlich hinter ihm und hielt ihn am Är-mel fest. Über die Schulter starrte er für eine Schrecksekunde auf die erhobene Taschenlampe und duckte sich, in Erwartung eines Schlags.

Doch dann verstand er. Im Gang nach oben war es stockfins-ter, er würde die Lampe brauchen. »Danke«, murmelte Frank. Sie ließ den Kopf hängen, und er wusste nichts mehr zu sagen.

Montag, 25. Juli, Vielbrunn, 18:25 Uhr
– Frank Liebknecht –

Auf Höhe des Limesturmes bog Frank ab, den Hügel hinunter zum Dorf. Er nahm statt der Straße den Feldweg und parkte außerhalb. Wenn Missenharter in Vielbrunn nach ihnen suchte, dann hielt er garantiert nach Franks Auto Ausschau. Vielleicht observierte er seine Wohnung, die Dienststelle, Brunhilde. All die Orte, an denen Frank sich womöglich blicken ließ. Also auch das Haus von Karl. Minutenlang beobachtete er die Umgebung, ehe er sich in Bewegung setzte.

Er wartete nicht darauf, dass Karl sein Sturmklingeln hörte, sondern rannte über den Hof zur Werkstatt, aus der er wie immer Musik hörte.

»Frank!« Karl stürzte ihm entgegen und schüttelte ihn an beiden Schultern. »Na endlich! Wo hast du denn den ganzen Tag gesteckt? Ich warte seit Stunden …« Suchend schaute er an Frank vorbei nach draußen. »Du hast sie nicht dabei? Ist sie es doch nicht gewesen?«

Ein Gefühl der Erleichterung erfasste Frank. Endlich ein Mensch, mit dem er offen reden konnte. Jemand, der Bescheid wusste. »Doch, Karl, sie ist es. Kann ich reinkommen?«

»Aber ich bitte darum. Du musst mir alles erzählen. Mein Gott, ich bin ganz aufgeregt!« Karl lachte. »Ein bisschen hatte ich gehofft, dass du sie mitbringst und ich das Phantomkind mit eigenen Augen sehen kann.« Er ging voraus über den Hof ins Haus und ins Wohnzimmer.

»Sie ist es also«, sagte Karl und blieb mitten im Raum stehen. »Sollten wir darauf nicht anstoßen?«

Frank fuhr sich durch die Haare, und schüttelte den Kopf, als Karl zum Sessel deutete. Er konnte vor Nervosität die Hände nicht stillhalten, und hinsetzen kam auch nicht infrage. »Danke. Aber, wenn ich jetzt Alkohol trinke, haut mich das aus den Socken. Das war ein harter Tag, und ich fürchte, er ist noch lange nicht zu Ende.«

»Kann ich dir sonst etwas anbieten?«

Frank steckte die Hände in die Hosentaschen und hoffte, sich so zur Ruhe zwingen zu können. »Nein, wirklich nicht. Ich bin nicht zum Essen hier, sondern weil ich deine Hilfe brauche. Und dafür haben wir nicht viel Zeit.«

Im Schnellverfahren berichtete er von dem Treffen im Park, der Flucht vor Missenharter und dem brutalen Überfall auf Dieter Strobel.

Karl pfiff durch die Zähne. »Du hast das am Telefon mitangehört? Meine Güte. Das hätte wirklich nicht passieren dürfen …«

»Ich konnte es nicht verhindern!«

»Entschuldige, Frank, so habe ich das nicht gemeint. Und das Mädel ist einfach so mit dir mitgegangen? Erstaunlich, finde ich. Du musst sie sehr beeindruckt haben.«

»Ach was! Sie hatte einfach eine Heidenangst, als sie Missenharter gesehen hat. Die Tatsache, dass ich sie von ihm fortbringe, hat ihr gereicht.«

»Hm. Mach dich nicht kleiner, als du bist. Du hast in gewisser Weise charismatische Wirkung auf Frauen. Ist dir das noch nicht aufgefallen?«

Frank lachte leise, obwohl ihm eigentlich gar nicht danach zumute war. Was für ein absurder Einfall. Mit Daumen und Zeigefinger massierte er sich die Nasenwurzel.

»Was hast du dann mit ihr gemacht? Wenn das wirklich Missenharters Jungs waren in Strobels Wohnung, dann geben die ja nicht einfach auf. Du hast das Mädel doch nicht etwa zu dir nach Hause gebracht?«

»Ging doch nicht, wegen dem Einbruch.«

»Ach so. Dann hast du sie an Brenner übergeben?«

Ein dumpfes Rauschen füllte Franks Kopf, und ihn erfasste ein plötzlicher Schwindel. »Ich muss wohl doch was essen«, flüsterte er undeutlich und sagte dann lauter: »Wenn dein Angebot noch steht. Ich habe seit dem Frühstück nichts mehr zwischen die Zähne gekriegt, außer zwei Stückchen Schokolade. Was, ist egal – ein Apfel, ein Stück Brot –, irgendwas.«

»Na dann los, mein Junge! Schauen wir mal, was die Küche zu bieten hat.«

Mit einigen Schritten Abstand ging Frank ihm nach. Er starrte dem Mann mit dem federnden Gang auf den Rücken. Die grauen Haare und das locker über der Hose getragene Hemd wirkten so vertraut. Franks Puls hämmerte in seinen Schläfen. Die Schwarz-Weiß-Fotos auf dem Flur glänzten hinter Glas. Buenos Aires, 1973; Managua, 1978; Santiago, 1984; Rio de Janeiro … Er blieb stehen, sah genauer hin. Santiago de Chile.

»Wo bleibst du?« Karls Gestalt füllte den Durchgang. Er wedelte mit einem Weißbrot.

»Du warst oft in Südamerika.«

»Tolles Klima, sympathische Menschen. Wenn du willst, erzähle ich dir gern davon, aber lieber ein andermal. Ich denke, du bist mit deiner Geschichte über das Mädchen noch nicht fertig und …«

»Nein.« Frank unterbrach ihn heftiger als geplant. »Jetzt, Karl. Ich will jetzt wissen, wieso du mir nie gesagt hast, dass du 1984 in Chile gewesen bist.«

Karl hob die Hände, als wollte er sich ergeben. »Bitte, wie du willst. Ich hatte dich so verstanden, dass du es eilig hast und auch heute Abend noch etwas vor. Setzen wir uns.«

Er legte das Brot in einen Korb und stellte einen Teller vor Frank, dazu Butter und Käse. »Du erlaubst?« Er goss sich ein Glas Rotwein ein, diesmal einen französischen. »Ich war Anfang der Achtzigerjahre im Rahmen einer internationalen Ausstellung in Chile. Das hielt ich nicht für erwähnenswert.«

»Es war im gleichen Jahr, in dem die Brettschneiders von Chile nach Vielbrunn gekommen sind.«

»Möglicherweise – nach deiner Theorie.«

»Verkauf mich nicht für dumm, Karl. Was hast du mir noch verschwiegen?«

Karl trank einen Schluck, sprach aber nicht weiter.

Franks Hände fühlten sich eiskalt an. Der Schwindelanfall hatte nichts mit der ausgefallenen Mahlzeit zu tun. »Woher wusstest du von dem Einbruch bei mir?«

»Na, davon hast du doch vorhin erzählt.«

»Ja, das habe ich.« Am liebsten hätte Frank seinen Freund am Kragen gepackt und über den Tisch gezerrt. Verdammt noch mal, er war doch sein Freund, oder? »Ein Einbruch in meiner Wohnung, und alles, was du dazu zu sagen hattest, war: Ach so. Kommt dir das nicht selbst merkwürdig vor?«

»Mein Fehler.« Karl nickte. »Das war dumm, du hast recht. Dann ist wohl jetzt die Stunde der Wahrheit gekommen. Ein guter Augenblick, doch, doch. Ich schätze, du bist jetzt so weit.«

»Was soll das heißen?« Frank fixierte Karl, der sich bequem zurücklehnte. Er rieb mit dem Daumen über einen dunklen Fleck Holzlasur auf seiner Hand, dann schaute er Frank an. Wie immer mit einem Lächeln auf den Lippen.

»Verzeih, wenn ich ein wenig aushole. Aber das ist notwendig, um alles zu begreifen. Ich war etwa in deinem Alter, ein junger leidenschaftlicher Künstler, aber dummerweise ohne allzu großes Talent und ohne die Ausstrahlung, die man benötigt, um in der Kunstwelt zu bestehen. Mein Leben bestand aus einer nicht enden wollenden Abfolge von Rückschlägen, ein jämmerliches Bettlerdasein am Rande des Existenzminimums. Ich war dabei, vor die Hunde zu gehen, ohne jemals richtig gelebt zu haben. Aber dann änderte sich alles. Man bot mir eine Chance, von der ich nicht zu träumen gewagt hätte. Und ich habe zugegriffen, mein Glück gepackt, mein eigenes Schicksal in beide Händen genommen und es nicht mehr losgelassen. Bis zum heutigen Tag.« Genüsslich griff er zum Wein, brach sich ein Stück Brot ab und lächelte Frank zu. »Zu theatralisch für dich? Nun ja, es war ein Wendepunkt für mich, und der hat ein wenig Pathos schon verdient. Eine kleine Verfehlung, auf deren Einzelheiten ich nicht weiter eingehen möchte, bescherte mir die Aufmerksamkeit staatlicher Stellen. Man hat mir einen Deal angeboten, und ich wurde inoffizieller Mitarbeiter beim Bundesnachrichtendienst.« Er lachte auf. »Oh ja, das gab es beileibe nicht nur in der DDR. Und glaub mir, bundesdeutsche Spitzel und Handlanger sind keinen Deut besser – oder schlechter. Es gibt auf jeder Seite Leute, die einen wirklich guten Job machen. Zurück zu meinen Anfängen. Man hat mich als Künstler gefördert, andere bestochen und geschmiert, und meine Arbeiten so lange hochgejubelt, bis ich internationale Beachtung fand. Ein Künstler, dem die Welt offenstand. Von da an habe ich die Welt in doppelter Funktion bereist.«

»Was ist in Chile passiert?«, unterbrach ihn Frank, der es endlich geschafft hatte, seine Schockstarre zu überwinden.

»Ist dir der Beagle-Konflikt bekannt? Vermutlich nicht, du bist zu jung. Argentinien und Chile stritten damals um drei Inseln und die Seehoheit in dem betreffenden Gebiet. Militärisches Säbelrasseln auf hohem Niveau war angesagt. Der deutsche Geheimdienst unterstützte Pinochet; unter der Hand, versteht sich. Schließlich war er ein rechter Militärdiktator. Den, ganz nebenbei, die Amis vor lauter Kommunistenangst in den Sattel gehoben hatten. Ebenfalls unter der Hand, mithilfe der CIA. Kurz gesagt, habe ich im Gepäck mit meinen Ausstellungsstücken Nachrichten, Geld und was sonst noch so anfiel von einem Land ins andere gebracht. U-Boot-Geschäfte mussten eingefädelt werden, Waffendeals, die gelinde gesagt anrüchig waren. Was genau ich transportierte, habe ich in der Regel nicht gewusst. Anfang der Achtzigerjahre, da hatte sich mein Aufgabengebiet schon erheblich erweitert. Die Phase der Bewährung lag hinter mir. Und eine der unauffälligen, inoffiziellen Mitarbeiterinnen auf der Seite Pinochets war Johanna.«

Karl legte eine Pause ein. Seine Worte schwirrten durch Franks Kopf. Er versuchte, das Gehörte zu verarbeiten. Aber es gelang ihm nicht. »Geheimdienst – du verarschst mich doch!«

Die Lachfältchen um Karls Augen verdichteten sich. »Keineswegs, Frank.«

»Du warst Geheimdienstmitarbeiter in Chile und Johanna Brettschneider auch? Dann hatte ich also recht? Sie hat in der Colonia Dignidad gelebt.«

Karl nickte wortlos.

»Das will mir nicht in den Schädel. Waffendeals mit einem Diktator? Anrüchige Geschäfte? Wieso hast du so was mitgemacht?« Frank klopfte sich mit den Fingerspitzen beider Hände gegen die Stirn. »Ich kapier das nicht. Und wenn du Johanna schon aus Chile kanntest, heißt das, dass du die ganze Zeit genau gewusst hast, was auf dem Hof vor sich geht? Weißt du auch, wer Theodor ermordet hat?«

»Nein, jetzt überschätzt du mich. Als Theodor tot aufgefunden wurde, kam das für mich völlig überraschend. Leider. Dadurch bin ich ganz schön in Schwierigkeiten geraten.«

Frank stöhnte ungläubig auf. »Du arbeitest immer noch für den Geheimdienst? Und was ist mit den Matthäanern – arbeitest du auch für die?«

»Nicht für sie im engeren Sinne. Aber es besteht eine langjährige Kooperation mit dem BND, und ich bin einer der Verbindungsleute. Ähnlich wie Missenharter, nur steht er definitiv in beider Herren Dienst.«

Sekundenlang fehlten Frank die Worte, während Karl einfach dasaß und wartete. Die freundlichen Augen waren die gleichen wie gestern. Frank hatte geglaubt, diesen Mann zu kennen, ihm vertrauen zu können. Doch nun saß er plötzlich einem völlig Fremden gegenüber. An diesem Tisch, an dem er mit Karl Kaninchen gegessen hatte und Brombeerwein getrunken. »Was treibst du für ein mieses Spiel?«

»Es ist vielleicht ein hartes Spiel, wenn du es so nennen willst, aber kein mieses. Dass Strobel dabei auf der Strecke geblieben ist, tut mir aufrichtig leid.«

Frank stieß den Stuhl zurück. »Was soll das denn jetzt heißen – ist Strobel etwa …«

»Tot. Leider.« Karl schüttelte den Kopf und seufzte. »Missenharter ist ein Vollidiot, er hat seine Jungs nicht im Griff. Ich habe ihm das schon Dutzende Male gesagt, aber er will nicht hören, weil er selbst auch oft übers Ziel hinausschießt. Ein gewalttätiger Dummkopf. Zivile Tote machen immer nur zusätzlichen Ärger. Man gerät in Erklärungsnot und kann nie voraussehen, was dadurch aufgewühlt wird.«

»Ich versteh kein Wort.« Franks Stimme überschlug sich. Er konnte das nicht fassen. Strobel war tot. Und Karl hatte es gewusst. »Karl – was bedeutet das alles?«

»Lass mich noch mal auf Johanna zurückkommen. Sie war schon unter den ersten Siedlern um Paul Schäfer, die Anfang der Sechzigerjahre nach Chile eingereist sind. Ein Teenager voller Begeisterung, klug, lernfähig. Sie hat es als eine von ganz wenigen Frauen geschafft, sich zwischen den Männern in der Kolonie zu behaupten. Vielleicht, weil ihr jegliche Skrupel fehlten, sie kannte weder Mitgefühl noch Reue. Das war eine Eigenschaft, die sich im Laufe der Jahre viele zunutze machten. Johanna war in jeder Hinsicht eine perfekte Verbündete. Sie hinterfragte nichts, was Schäfer ihr auftrug. Sein Wort war Gesetz. Die Kolonie genoss Sonderrechte wie den Zugang zum Freihafen in Valparaiso, den die Kolonisten auf Geheiß des Staatschefs Pinochet nutzen durften. Ein bäuerliches Kollektiv, das munter im- und exportierte. Dementsprechend handelte Schäfer ganz in Pinochets Sinne und Johanna auch.« Karl nippte wieder am Wein, behielt ihn einen Moment im Mund, ehe er schluckte. »Dann lief dieser eine Auftrag schief. Ausnahmsweise hatte sie die Familie dabei. Ihre Tarnung war gefährdet, sie wäre womöglich aufgeflogen. Johanna war nicht mehr tragbar und musste sofort außer Landes. Santiago wimmelte geradezu vor Agenten. Jeder Geheimdienst hatte seine Leute dort, es war nicht klar, wer wie viel herausgefunden hatte. Doch zum Glück funktionierten die deutschen Kontakte reibungslos, unter anderem zu den Matthäanern, und so landeten sie alle hier und konnten ihr Leben unbehelligt weiterführen. Ich habe sie im Auge behalten, sie überwacht – ja –, aber ich habe sie auch geschützt. Wenn Theodor nicht blöderweise so unerwartet und öffentlich das Zeitliche gesegnet hätte, wäre nie an dieser Vergangenheit gerührt worden.«

»Du hast gewusst, dass Theodor eine Tochter hatte, die mit ihm auf dem Hof lebte.«

»Sicher, aber das konnte ich dir nicht sagen. Dann hättest du sie nicht gesucht. Du hättest Brenner informiert, statt auf eigene Faust zu handeln. Der Kleinkrieg mit deinen Kollegen kam mir sehr entgegen. Es brauchte nicht viel, um dich von der Einhaltung des Dienstweges abzubringen.«

Auf einen Schlag ergab alles Sinn, eins fügte sich zum anderen. Was Frank für uneigennützige Unterstützung gehalten hatte, war nichts weiter als Kontrolle gewesen. »Du hast mich benutzt. Durch mich warst du auf dem aktuellen polizeilichen Ermittlungsstand. Und ich Idiot habe freiwillig alle meine Kenntnisse mit dir geteilt, mit dir – und mit niemandem sonst. Das habe ich jedenfalls gedacht. Ich habe dir vertraut, Karl. Dabei wolltest du nur, dass ich das Mädchen für dich finde, für euch. Und ich dachte auch, dass …« Keuchend brach er ab.

Karl bedeutete ihm, sich wieder zu setzen und zu beruhigen. »Dass wir Freunde sind? Das sind wir, Frank. Das sind wir.«

»Freunde.« Frank spuckte das Wort aus wie einen vergifteten Köder. »Tolle Freunde, so wie Büchler und Jung es für dich sind?« Er rückte den Stuhl ein Stück weiter vom Tisch ab und nahm wieder Platz, um die ganze Wahrheit zu hören. Egal, wie widerlich sie auch sein mochte.

»Nein, Frank, das ist etwas ganz anderes. Dich betrachte ich tatsächlich als Freund, und ich bin froh, nun endlich offen mit dir sprechen zu können. Büchler und Jung dagegen sind alte Weggefährten, nichts weiter.«

Bilder blitzten in Franks Gedächtnis auf. Walter Jungs plötzliches Schweigen, als er Karl gegenüberstand, und Büchlers Händeschütteln bei der Begrüßung in Paderborn. Zumindest Büchler hatte gewusst, dass Frank kommen würde, er hatte ihn und Karl erwartet. Und Missenharter vermutlich ebenfalls.

»Was ich in Paderborn gesehen habe, bei meinem Alleingang, war irgendetwas davon real? Die Frau mit der Haube, der Alte im Rollstuhl …«

»Kleine Experimente, um zu sehen, worauf du ansprichst.«

Ein abgekartetes Spiel, alles nur Show, und er war drauf hereingefallen, hatte sich eingebildet, er sei besonders clever gewesen. »Zu welchem Ergebnis seid ihr gekommen?«

»Dass du ein guter Mensch bist, glaubwürdig. Bestrebt, den

Schwachen zu helfen und sie zu beschützen. Das sind ganz wunderbare Eigenschaften.«

»Ihr habt die Gespräche mitgehört?«

»Jedes Wort.«

»Aber der Alte …« Erst jetzt wurde Frank klar, was der Mann tatsächlich versucht hatte zu sagen. Die undeutlichen Worte, die er ausgestoßen hatte. »Er sprach von Gefahr und von Johanna.« Und gemeint hatte er, dass Johanna selbst Gefahr bedeutete.

»Ja ja, der war schon echt. Du hast ihn mit Maries Foto erschreckt. Er ist nicht mehr in der Lage, sich zu verstellen. In gewisser Weise ist es mit Walter Jung ganz ähnlich. Jung lebt im Gestern. Das hast du dort schon ganz richtig erkannt. Büchler ist es, der die Fäden zieht, ein verdammt gescheiter und extrem gefährlicher Mann, der sich über Jahre hochgearbeitet hat. Er verkörpert den Anbruch einer neuen Ära für die Matthäaner. Es ist äußerst ratsam, sich mit ihm gut zu stellen. Genau wie mit Missenharter. Das ist die neue Achse der Macht. Auch wenn es dir so erscheinen mag, ich habe dich nicht benutzt. Nein, nicht wirklich. Es liegt mir fern, dich zu kränken. Ich habe dich getestet. Es war mir wichtig, zu sehen, wie du vorgehst, welche Ideen und Strategien du entwickelst, wenn du gezwungen bist, die gewohnten Pfade zu verlassen. Du bist genau das, was wir brauchen. Frisches Blut für die Zukunft. Deine Durchsetzungskraft, dein absoluter Wille, den Dingen auf den Grund zu gehen – und ja, wie ich vorhin bereits sagte, dein Charisma, das es uns ermöglichen könnte, insbesondere mehr Frauen in den Dienst der Sache zu ziehen. Das kann dein ganz großer Coup werden, Frank.«

»Bietest du mir gerade eine Stelle als Geheimagent an? Oder sucht ihr einen neuen Guru für die Missionsarbeit?«

Karl wischte Franks Sarkasmus mit seinem warmen Lachen

einfach weg. »Das eine muss das andere nicht ausschließen, mein Junge. Mein Gott, sieh dich an: Du strotzt vor Kraft, bist jung und voller Energie. Und dann dieser Posten als Provinzbulle? Das kann doch nicht das sein, was du vom Leben willst. Du kannst viel mehr als ein paar Kuchenkrümel haben. Ein verdammt großes Stück der Torte, und die Geschmacksrichtung darfst du selbst aussuchen.«

»Was wird aus dem Mädchen?«

Ein wissendes Leuchten zog über Karls faltiges Gesicht. Auf diese Frage hatte er offenbar gewartet. Frank knurrte leise; war er schon wieder in eine Falle getappt?

»Übergib sie an uns. Ich garantiere, dass ihr nichts zustoßen wird.«

»Ach ja? Genauso wenig wie Strobel, nehme ich an.«

»Bedauerlich, wie gesagt. Aber hier geht es um Größeres, Belange der nationalen Sicherheit, um das Ansehen Deutschlands. In der Angelegenheit steckt enorme politische Sprengkraft. Stell dir die Außenwirkung vor, wenn beweisbar wäre, wie weit die Verstrickungen unserer Regierung in das Pinochet-Regime reichten – und auch die der ausländischen Partner.«

»Davon weiß ich nichts, und da muss ich nichts bedenken. Ob da irgendwer sein Gesicht verliert, das ist mir, gelinde gesagt, scheißegal.«

»Nun, das sollte es aber nicht sein. Diese Vorgänge können eine Krise heraufbeschwören, deren Ausmaß du dir nicht vorstellen kannst. Das ist mit Diplomatie nicht mehr zu retten.«

»Was wird aus dem Mädchen?«, wiederholte Frank bockig. Karls Lächeln konnte er kaum noch ertragen. »Was hat sie überhaupt damit zu tun? Oder ist sie nur diesem dämlichen Bauprojekt im Weg?«

Karl winkte ab, biss ein weiteres Stück Weißbrot ab und spülte mit Wein nach. »Büchlers neuer Lieblingsspielplatz wird mitnichten ein Ort der Erholung, wenn es nach ihm und Missenharter geht. Auch da hast du ein feines Näschen bewiesen. Nun ja, der Bau ist auch wichtig, aber zweitrangig. Es gibt einige Fragen, die wir dem Mädchen stellen müssen. Danach werden wir dafür sorgen, dass es ihr an nichts fehlt. Sei ehrlich, allein ist sie nicht lebensfähig. Ihre Seele benötigt Ruhe und keinen Psychiater, der in der Vergangenheit wühlt. Wir geben ihr die Sicherheit und Geborgenheit, die sie braucht.«

In der Obhut der Missionsgemeinde, wo alle aufpassten. So hatte Mirko sich ausgedrückt, als er über den Alten im Rollstuhl gesprochen hatte. Wo alle aufpassten, um einander zu helfen? Oder damit keiner redete? Wie hatte Frank so blind sein können? Die Aussteiger der Colonia Dignidad um sich zu scharen ermöglichte auch, sie mundtot zu machen. Und nun stand das Mädchen auf der Liste, das ohnehin nicht redete. Der Gedanke daran, mit welchen Mitteln man sie zum Sprechen bringen würde, nagte an ihm. »Welche Fragen habt ihr an sie?«

»Siehst du, da ist er wieder, dieser Biss, diese Kämpfermentalität!« Karl schlug mit der Faust auf den Tisch. »So gefällst du mir, Junge. Nun, vielleicht kannst du dem Mädel die Befragung sogar ersparen. Denn die dürfte schwierig werden, angesichts ihrer Sprachlosigkeit. Als du sie im Park von Strobel übernommen hast, hatte sie da etwas bei sich? Eine Tasche, eine Mappe, irgendetwas? Oder hat Strobel etwas Derartiges erwähnt?«

»Nein, nichts. Und Strobels Wohnung dürfte ja wohl inzwischen gründlich gefilzt worden sein. So wie meine.«

Karl seufzte mit bekümmerter Miene. »Ja, entschuldige, auch das war Missenharters Werk. Immerhin konnte ich ihm das Versprechen abringen, keinen Schaden anzurichten. Daran hat er sich doch wohl hoffentlich gehalten?«

Widerwillig nickte Frank. Wenn man von der Ratte absah,

die sehr wohl einen Schaden erlitten hatte. Ein Kolateralscha-
den. So wie Dieter Strobel. Mehr bedeutete sein Tod für die
Geheimdienstler wahrscheinlich nicht. Hastig griff er zur Wasserflasche und trank in großen Schlucken.

»Es gibt das Gerücht, dass der alte Friedrich Brettschneider
im Besitz von Dokumenten war, die ebenjene internationale
Krise auslösen könnten, von der ich gerade gesprochen habe.
Wenn sie in falsche Hände gelangen«, erklärte Karl.»Und diese Dokumente müssen noch irgendwo auf dem Hof versteckt
sein. Ich war sicher, wenn es etwas zu finden gäbe, würdest du
es aufspüren. Solange Johanna lebte, gab es keine Notwendig-
keit nach den Unterlagen zu suchen. Und auch danach nicht
unmittelbar. Theodor war ein so einfältiger Mensch. Doch sein
unplanmäßiger Tod hat die Lage ganz dramatisch verändert.
Polizei überall, und dann ist auch noch das verfluchte Mädel
verschwunden. Wir mussten sofort handeln.«

Wieder nickte Frank.»Schadensbegrenzung um jeden Preis.
Auf wessen Seite stehst du eigentlich, Karl?«

»Eine merkwürdige Frage. Wie ich schon sagte, ich vertrete
die Interessen unseres Landes. Soll ich es Vaterland nennen?
Soll ich vom deutschen Volk sprechen? Ich neige nicht zu de-
monstrativem Patriotismus. Ich lebe Patriotismus. Es gibt Dinge, die getan werden müssen, damit unsere Welt funktioniert.
Auch wenn sie nicht immer angenehm sind. Und ich sehe keinen Grund, warum die, die sich um die Drecksarbeit kümmern, nicht auch einen Vorteil davon haben sollten. Selbstverständlich sind die Unterlagen auf dem Hof nicht das einzige
Belastungsmaterial. In der Colonia Dignidad wurde fleißig ge-
filmt, dokumentiert und archiviert. Es gibt Tausende von Fotos und Protokollen, die aber niemals an die Öffentlichkeit gelangen werden. Sie sind in den Händen von Männern, die um
ihre Brisanz wissen und um einen Interessensausgleich bemüht

sind. Das ist bekannt, man kann es nachlesen. Jeder hütet die schmutzigen Geheimnisse des anderen, damit auch die eigenen verborgen bleiben. Zu viele Persönlichkeiten sind auf den Filmen zu sehen, unter anderem bei, sagen wir mal *Kinderspielen* der besonderen Art.«

Kinderspiele. Wie beiläufig er das sagte! Wie selbstverständlich. Angeekelt sprang Frank auf, machte drei Schritte zur Tür, kehrte dann um. Karl hatte sich nicht bewegt. Es traf Frank wie ein Faustschlag, zu sehen, wie sicher Karl sich war, dass er bleiben würde. Wie zuvor saß er einfach da, die Hände auf dem Tisch übereinandergelegt und schaute ihn an.

»Und was jetzt? Was stellst du dir vor, wie es nun weitergeht?«

»Ich verstehe, dass du aufgewühlt bist und noch eine Menge Fragen hast. Ich werde dir Rede und Antwort stehen. Danach bringst du mich zu dem Mädchen.«

Frank schaukelte vor und zurück, die geballten Fäuste unter die Achseln geklemmt, um nicht auf Karl loszugehen. Blinzelnd kämpfte er das Verlangen nieder, seinem *Freund* das Dauerlächeln aus dem Gesicht zu schlagen. »Okay. Als Erstes sag mir, ob du kein Mitleid mit den Opfern hast. Sie haben gelitten, sie wurden ausgebeutet, gefangen gehalten, benutzt, und sie erhalten keinerlei Entschädigung. Was du machst, schützt die Täter. Was ist mit deinem Gewissen?«

Karl deutete auf den leeren Platz am Tisch. »Willst du dich nicht wieder setzen? Du hast immer noch nichts gegessen.«

Frank kam näher, blieb aber hinter dem Stuhl stehen.

»Täter und Opfer.« Nachsichtig neigte Karl den Kopf zur Seite. »Die Welt ist nicht schwarz-weiß, mein Junge, und sie ist erst recht nicht bunt. Niemand ist frei, und niemand ist unschuldig. Das Einzige, was existiert, sind Millionen von Grauabstufungen.«

Bedächtig nickte Frank. »Verstehe. Ich denke, ich nehme jetzt doch etwas von dem Wein. Hast du ein Glas für mich?«

»Selbstverständlich. Lass mich nur kurz noch den Gedanken zu Ende führen. Die deutsche Wirtschaft und all ihre politischen Freunde haben an den Waffengeschäften mit dem Pinochet-Regime verdient – und von diesem Geld hat letztlich unser ganzes Land profitiert. So ist es, egal ob die Partner linke Despoten oder rechte Diktatoren sind. Sie alle foltern und morden. Doch was nutzt es, nicht mit ihnen zu paktieren? Dadurch können wir sie nicht stoppen. Dann machen nur andere die Geschäfte. Die Geheimdienste agieren im Hintergrund, schmieden heute die eine und morgen eine andere Allianz. Wir können nicht die ganze Welt retten, Frank. Aber wir können denen helfen, die uns wirklich am Herzen liegen, und denen ist mein Gewissen verpflichtet.« Er schaute Frank fest in die Augen, doch Frank reagierte nicht. »Na gut, ich verstehe, wenn du noch zweifelst. Ich hole dir jetzt erst mal ein Weinglas.«

Karl stand auf und öffnete den Schrank. Wie durch Watte hörte Frank ihn weiterreden, von einem passenden Glas, groß und bauchig, damit sich das Bouquet darin entfalten könne. Frank machte einen Schritt um den Tisch herum. Er fühlte die Kühle des Flaschenhalses in seiner Hand, die Muskeln seines Oberarms, die sich spannten, die Drehbewegung in der Schulter, als er ausholte. Glas splitterte. Der Inhalt der Flasche ergoss sich über seine Brust. Das dumpfe Geräusch eines aufschlagenden Körpers riss ihn aus der Trance. Frank ließ den Flaschenhals zu den anderen Scherben fallen. Der Kelch des Weinglases rollte über die Spüle. Und auf dem Boden lag Karl.

Montag, 25. Juli, Borntal, 19:40 Uhr
– Frank Liebknecht –

Feuchtes Laub wirbelte um seine Füße, Äste krachten. Frank schlitterte den Abhang hinunter, blieb an einer Wurzel hängen, überschlug sich, rappelte sich auf, lief weiter. Ob dieses Waldstück Brunhilde gehörte? Er war immer noch nicht sicher, welche Rolle ihr in diesem ganzen Theater zukam. Mühsam zügelte er sich, bevor er den Hof betrat. Er musste seinen Puls herunterfahren, bevor er dem Mädchen gegenübertrat. In Karls Küche war ihm jedes Zeitgefühl abhandengekommen.

Karl hatte versucht ihn hinzuhalten, geschickt vieles offengelassen und so Nachfragen provoziert. War das seine Taktik gewesen, um Missenharter einen Zeitvorteil zu verschaffen? Seine Schläger konnten schon nah an ihm dran sein. Oder ihn überholt haben. Er hatte keine Ahnung, ob Karl bereits wieder auf den Beinen war, auf welchem Wege Karl mit Missenharter kommunizierte und ob sie schon dahintergekommen waren, wo er das Mädchen versteckt hatte.

Vor der Kellerluke verharrte Frank, alle Sinne in höchster Alarmbereitschaft. Wie viele Minuten mochten vergangen sein, seit er sie allein gelassen hatte? Waren die vereinbarten zwei Stunden schon vorbei? Er ließ die Taschenlampe aufflammen. Nichts deutete darauf hin, dass das Mädchen das Versteck verlassen haben könnte, oder ein anderer eingedrungen wäre. Dennoch musste er auf alles gefasst sein. Schritt für Schritt tastete er sich voran, die Treppe hinunter, durch das Gewölbe. Schatten tanzten über die Wände.

Ob sie ihn hörte? Zu blöd, dass er kein Signal mit ihr ausgemacht hatte.

Er drückte die Klinke und öffnete die Tür. Der zum Wald gerichtete Lüftungsschlitz ließ kaum noch Tageslicht ein. Schwach hing der Geruch von Wachs und Rauch in der Luft, demnach hatte sie die Kerze erst vor Kurzem ausgepustet. Unruhig strich der Lichtkegel über Tisch und Matratze, bebte im Rhythmus seiner Hände.

»Ich bin es. Frank. Wo bist du?«, flüsterte er.

Einen Atemzug später trat sie aus dem Winkel hinter der Tür. Ihre Augen waren weit aufgerissen, sie hielt den Holzpflock fest umklammert.

»Gott sei Dank«, entfuhr es ihm. »Ich habe schon gefürchtet, du bist nicht mehr da.« Mit der Erleichterung überfiel ihn eine jähe Beklemmung. Eine weitere Flucht lag vor ihnen, und er hatte nicht einmal ansatzweise einen Plan. Entschlossen ging er an ihr vorbei, strich ein Streichholz an und entzündete die Kerze neu.

»Wir können nicht bleiben.« Auf dem Tisch lag noch der Zettel mit ihrer kantigen Schrift. *Böse. Böse.* Jetzt verstand er. Natürlich – sie hatte auf dem Foto nicht nur Büchler, sondern auch Karl Hofmeister erkannt. Vielleicht tat Karl gut daran, ihr Wissen zu fürchten.

»Mein Freund ist nicht …« Er unterbrach sich. Es gab keinen Grund, ihr zu sagen, dass er ausgerechnet Karl für einen Freund gehalten hatte. »Er kann nichts für uns tun. Hilf mir die Sachen zu packen. Wir … Was ist?« Frank folgte ihrem Blick und schaute an sich herunter. »Oh! Das ist kein Blut – das ist nur Rotwein. Keine Angst. Es ist nichts passiert. Alles in Ordnung.« Er zerrte sich das schmutzige T-Shirt über den Kopf und hielt es ihr hin. »Sieh es dir an. Nun nimm schon. Du kannst den Alkohol riechen.« Er kramte ein Sweatshirt aus dem

Rucksack. »Wir sollten uns besser beeilen und von hier verschwinden. Aber ich muss dich noch etwas Wichtiges fragen. Und bitte, es ist wirklich extrem wichtig, also hör mir genau zu.«

Sie stand plötzlich so nah neben ihm, dass er ihr beim Überziehen des Sweatshirts beinahe den Ellbogen ins Gesicht geschlagen hätte. Ihre Finger fühlten sich eiskalt an auf seiner Haut. Er hielt die Luft an, als sie die Narbe berührte.

»Du weißt, was das ist«, sagte er rau. Eine heiße Welle aus Scham überflutete ihn. Er ahnte, was in ihr vorging. Das war seine Chance, die Situation für sich auszunutzen. Er pokerte, setzte alles auf eine Karte. »Ein Messer hat das gemacht. So ein Messer, wie du eines hast.« Frank hielt ihre zitternde Hand auf der alten Wunde, nicht fest, aber bestimmt. »So sieht es aus, wenn man überlebt. So fühlt es sich an.«

Sekundenlang lauschte Frank ihrem flachen Atem, ehe er seinen Bauch mit Stoff bedeckte und auch ihre Finger, die sie erschreckt zurückzog.

»Ich weiß, dass du ein Messer hast und was du damit getan hast.« Demonstrativ drehte er seine leeren Handflächen hin und her. »Schau, ich habe keine Waffe. Und weißt du, warum nicht? Weil ich mir sicher bin, dass du mir nichts tun wirst. Bei Theodor konntest du nicht anders, er hat dich dazu gezwungen. Du musstest dich wehren.« Damit wagte er sich verdammt weit vor. An jenem Tag konnte alles Mögliche passiert sein, wovon er keinen Schimmer hatte. Auf jeden Fall konnte es nicht schaden, Verständnis zu signalisieren. Selbst Psychopathen glaubten oft, keine Wahl gehabt zu haben.

Ihre Reaktion gab ihm recht. Kein Zeichen von Abwehr. Sie hörte zu, stand still, ihre Schätze im Arm.

»Du tust mir nichts, weil ich dir nichts tue. Ich vertraue dir.«

Mit dem Ärmel wischte sie sich übers Gesicht und schniefte.

»Was muss ich machen, damit du mir auch vertrauen kannst?«

Das Mädchen hielt den Kopf gesenkt, und Frank ließ schnell einen prüfenden Blick durch den Raum gleiten. Es war nicht nötig, hier Spuren zu verwischen. Erst wenn sie den Hof verlassen hatten, mussten sie wieder vorsichtig sein. Genau wie Marie. Den Hof verlassen und ohne jede Spur untertauchen. Wie auch immer man das schaffen konnte. Er stöhnte auf, als er schlagartig begriff. »Ich weiß, wo Marie ist«, flüsterte er gepresst. »Und du weißt es auch, nicht wahr?«

Draußen ging Frank mit großen Schritten voraus zur Rückseite des Haupthauses. Das Mädchen stolperte hinter ihm her, nachdem sie wieder Laub über die Kellerluke geworfen hatte, immer noch barfuß, die Badeschuhe in der Hand. Zwischen den Holunderbüschen entdeckte Frank einen schmalen Durchschlupf. Kein Weg, nicht einmal ein Trampelpfad. Er bog eine Brombeerranke zur Seite, ignorierte dabei die Stacheln, die sich in seinen Daumen bohrten. Vor den Sonnenblumen hielt er an und stellte den Rucksack ab. Durch das Dachbodenfenster hatte der leuchtend gelbe Fleck wie ein vergessenes Blumenbeet auf ihn gewirkt. Aus der Nähe betrachtet wurde der Irrtum offensichtlich. Zwei Meter lang, einen knappen Meter breit, zur Mitte hin leicht eingesunken. Marie hatte ihre Tochter nie wirklich verlassen.

»Die Blumen würden ihr sicher gefallen.« Frank konnte weder tröstend den Arm um das Mädchen legen, noch konnte er ihr ausreichend Zeit für ihre Trauer geben. »Ich bin sicher, dass sie versteht, dass du nicht länger bleiben kannst.« Und er verstand nun, warum sie so lange nicht hatte gehen können. Vielleicht war ihre Mutter der einzige Mensch, den sie in ihrem früheren Leben nicht hatte fürchten müssen. Still rannen die Tränen über ihre Wangen.

»Die Männer, vor denen du Angst hast – Missenharter, Büchler und Hofmeister –, sie suchen dich, und sie suchen etwas, hier auf dem Hof. Es hat Friedrich gehört, deinem Großvater. Erinnerst du dich an ihn? Ich weiß nicht, was er versteckt hat, aber wenn wir es vor ihnen finden können, dann verlieren sie ihre Macht. Wie soll ich das erklären? Sie werden schrecklich wütend auf uns sein, aber dann sind sie es, die Angst haben müssen: vor dir.«

Undurchdringlich, der Ausdruck ihrer blauen Augen, die auf das Grab gerichtet blieben.

»Okay, wenn du nicht weißt, was sie haben wollen … Das ist nicht schlimm, aber dann sollten wir besser gehen.«

Sie streckte die Hand aus, strich sacht über die Blüten.

»Du kannst dich noch von Marie verabschieden, bevor wir …«

Ansatzlos drehte sie sich um, ließ die Flip-Flops fallen, raffte das Kleid zusammen und verschwand geduckt durch die dornige Hecke.

»Bleib hier – warte!« Fluchend setzte Frank ihr nach. Sein Rucksack verfing sich zwischen den unreifen Früchten und geriet ihm zwischen die Beine. Er ließ los, warf sich vorwärts. Die Arme schützend vorm Gesicht taumelte er auf den Weg und stand dann wie vor den Kopf geschlagen in der Stille des einsamen Gartens. Allein.

Er stampfte auf, wirbelte mit Fußtritten Staub empor. *Ich vertraue dir.* Die Worte hallten in seinem Innern nach. Vertrauen zu gewinnen erforderte Geduld. Verdammt, das war der falsche Moment für so etwas. Er zwang sich umzukehren, setzte sich neben das Grab, mit dem Rücken zum Durchschlupf. Die Sonne war hinter den Hügeln verschwunden und mit ihr die Wärme des Tages. Fröstelnd zählte er Sekunden. Er kam bis dreihundertsiebzehn.

Schnell wie ein Blitz schlug sie Haken, sprang auf ihren nackten Füßen über Steine und Stoppeln, quer durch den Garten. *Flink wie ein Windhund, das Kind.* Sie hörte ihn lachen. *Armes, kleines Ding. Kannst ja nichts dafür. Kannst es nicht verstehen. Sollst aber alles wissen, wenn du groß bist.*

Zuerst hatte sie nicht begriffen, von wem der Mann mit den drei Augen sprach, der seinen Namen auf einer Karte spazierentrug. *Friedrich* sagte er und meinte den Grauhaarigen, den die Alte *Fritz* gerufen hatte. Gebrüllt hatte sie nach ihm, wie sie nach allen brüllte. Fritz, ja Fritz, der flüstern konnte und ihr manchmal mit schwieligen, rauen Händen ein Stück Zucker zusteckte.

Es ist gut, wenn du nicht viel sprichst, dann kannst du nichts verplappern mit dem kleinen Mäulchen, und sie wird dich weniger schlagen. Da schau, wo ich es verstecke. Und dann vergiss und denke erst wieder dran, wenn du groß bist. Darfst es nicht sagen und nicht holen und keinem geben, der dir bös will. Versprich's! Musst es schützen, weil's dich schützt und die Marie.

Aber dann war Fritz tot, und nichts hatte Marie mehr schützen können vor dem Zorn der Alten. Sie presste die Hände auf die Ohren, um die Vergangenheit zum Schweigen zu bringen, wie sie selbst schwieg, seit sie Marie gefunden hatte. Bilder schoben sich vor ihre Augen, die sie nicht sehen wollte. Marie auf dem Dachboden. Marie, Marie!

Und der Tag, an dem sie das Messer benutzt hatte. Rückwärts war sie gewankt, taumelnd von den Ohrfeigen und betäubt von Theodors Stimme, die dröhnte wie der Motor des alten Traktors. Er zerrte sie weg vom Aufgang zum Speicher.

Das bleibt zu. Kapiert?

Erneut holte er aus, und sie duckte sich unter seinen Schlägen, die ihre Schultern, die Brust und den Rücken trafen, härter noch als sonst.

Vergessen sollst!

Sie hob die Arme über den Kopf, wich zur Seite aus, wollte unter der Leiter hindurchtauchen und zur rettenden Hintertür laufen. Der nächste Hieb brachte sie zu Fall, und sie spürte seinen Stiefel im Magen, während das Brüllen ihr Gehirn füllte, bis er für Sekunden von ihr abließ. Draußen im Stall entwischte sie, als ihm das Huhn flatternd das Gesicht zerkratzte. Doch dann war er wieder hinter ihr, und vor ihr lag das Messer.

Wen hatte sie verraten, als sie fortging? Marie oder Fritz? Oder beging sie nun Verrat an ihnen, wenn sie diesem Frank gab, wonach er verlangte? Zitternd versuchte sie, eine Antwort zu finden.

Allwissender Satan mit magischem Blick, wisperte die Angst. Oder war er ein Engel des Himmlischen, gesandt, um sie zu retten? Wieso sonst sollte er die Liebe im Namen tragen und die Knechtschaft, wenn nicht, um sich ihr als Diener des Herrn zu offenbaren.

Mit fliegenden Fingern räumte sie das Versteck, jagte zurück, als wäre der Hund noch da, bereit, sie in die Waden zu beißen.

Sie betete stumm, legte ihr Schicksal in die Hand des Fremden und die Tasche vor seine Füße. Honigbraunes, zerschlissenes Leder, das vom Alter mürbe war. Sie kniete daneben und ließ den Henkel nicht los, während sie ihm den Inhalt zeigte.

»Halleluja«, murmelte er und ein freudiger Schauer erfasste sie. Kein Teufel konnte diesen Ausruf tun.

»Das ist es. Das Ticket in ein neues Leben.« Er stand auf und strich durch die Blätter der Sonnenblumen, wie sie es getan hatte. »Danke«, sagte er und hielt ihr die Hand entgegen, um ihr aufzuhelfen. Sorgfältig steckte sie die Badeschuhe zwischen den Blumenstängeln in die Erde, die Gummiblüten zur Sonne gereckt. Dann fasste sie seine Hand.

Dienstag, 26. Juli, Vielbrunn, 0:10 Uhr
– Karl Hofmeister –

Als hinter ihm die Stereoanlage eingeschaltet wurde, verzog Karl das Gesicht zu einem düsteren Lächeln.

»Du bist spät dran. Ich habe dich früher erwartet.« Er blieb in seinem Sessel sitzen und kühlte seinen Hinterkopf. »Nun red schon. Habt ihr ihn erwischt?«

Arndt Missenharter nahm ihm den Eisbeutel ab und drückte ihn dann wieder fest auf die Beule. »Ist nur eine Frage der Zeit.«

»Ihr habt ihn mit der Kleinen entkommen lassen? Schon wieder? Herrgott noch mal, das kann doch wohl nicht wahr sein!«

Missenharter lachte laut und stützte sich mit beiden Händen auf den Armlehnen von Karls Sessel ab. Sein Gesicht nur wenige Zentimeter von Karls entfernt. »Natürlich ist das nicht wahr, Hofmeister. Denn heute Abend warst du es, der ihn entkommen lassen hat.« Er stieß sich schwungvoll ab und trat zwei Schritte zurück. »In deiner Küche hat er gesessen, und du bist von ihm überrumpelt worden. Soll ich raten, wieso? Weil du ihn überzeugen wolltest. Du sentimentaler alter Depp. Die ganze Geschichte ist nur passiert, weil du deinem Job nicht mehr gewachsen bist. So weit hätte es gar nicht kommen dürfen. Du hast geschlampt nach Johannas Tod. Und ich muss hinter dir den Dreck wegmachen. Nicht mal den Treffpunkt mit Strobel hast du mir genau sagen können. Wir waren gezwungen, uns an Liebknecht dranzuhängen. Im Stadtverkehr, bei der Parkplatzsuche. Einer meiner Jungs musste an der roten Ampel rausspringen und zu Fuß hinterher. Und heute Abend? Was hast du dem Burschen erzählt? Von deinem tollen Agentenleben und dass er bei uns mitmachen soll? Dein letzter Einsatz ist lang vorbei.«

Karl wollte etwas einwenden, doch Missenharter winkte ab.

»Du warst immer noch Verbindungsmann, ich weiß.« Er schüttelte den Kopf und seufzte mit gespielter Melancholie. »Weiter auf dem Abstellgleis als hier in der Provinz kann man überhaupt nicht sein. Das müsstest sogar du kapiert haben.«

Karl richtete sich auf. »Warum bist du hier, Arndt?« Sein Blick glitt wachsam über Missenharters Gestalt, der nun die Jacke aufknöpfte und zur Seite schlug. Die Waffe schimmerte matt.

»Keine Kugel für dich, Hofmeister.« Seine Stimme klang mitleidig, doch er grinste.

Die Aussage beruhigte Karl nicht im Geringsten. »Was ist es dann?«

»Wie gefährlich ist Liebknecht? Wir konnten seinen Laptop in der Wohnung nicht finden und auch nicht in der Dienststelle. Hat er etwas Konkretes in der Hand?«

Jetzt war es Karl, der lachen musste. »Ach, mein Wissen brauchst du also doch noch. Sieh an. Das Mädchen hat er. Konkreter geht es kaum, oder? Und ja, er weiß genug, um gefährlich zu werden. Mir wäre eine sofortige Lösung auch lieber gewesen, aber glaube mir: Frank kommt zurück. Ich habe einen Draht zu ihm, eine echt freundschaftliche Beziehung, die gibt er nicht einfach auf. Seine Neugier treibt ihn mir in die Arme. Und dann wird er bleiben. Der Junge ist noch formbar, weil er seinen Platz im Leben noch nicht gefunden hat. Du wirst sehen, er ist der Richtige.«

Durch die Terrassentür sah Karl hinaus in die Schwärze des nächtlichen Gartens. Missenharter schritt vor der Scheibe auf und ab, kam dann wieder näher zum Sessel und beugte sich zu Karl herab. »Ja, ich werde sehen, ob er der Richtige ist. Aber sag mir, Karl, der Richtige wofür? Ein neuer Messias für die Matthäaner, ein kleiner Spitzel für den BND, ein Funktionär für die rechte Bewegung ...«

Karl fühlte Missenharters Atem auf seiner Wange.

»Oder der Richtige für deinen Job?« Missenharter tätschelte ihm die Schulter, ehe er hinter den Sessel trat.

Die Musik Andrew Lloyd Webbers füllte Karl aus. Geigen-klänge umschmeichelten weich die kraftvolle Frauenstimme. Wie gern hätte er die echte Evita Peron selbst kennengelernt, der man ein musikalisches Denkmal gesetzt hatte und die nun für ihn noch einmal ihre Liebe zu Argentinien beschwor. Karl schloss die Augen. Im orchestralen Anschwellen der Melodie lag etwas Tröstliches. Ein Hauch von Ewigkeit. *Don't cry for me ...*

März 1984, Zug 705, Valparaiso – Santiago de Chile, 18:35 Uhr
– Karl Hofmeister –

… *Argentina.* Das war die Lösung. Nur musste er Johanna erst noch davon überzeugen. Das gleichmäßige Stampfen des Zuges untermalte Karls Gedanken. Im letzten Augenblick hatte er sich am Bahnhof Valparaiso Puerto unter die Reisenden nach Santiago gemischt. Der Spätzug war gut besetzt. Johanna saß mit ihrer Familie auf zwei einander zugewandten Bänken in der Mitte des Abteils. Niemand nahm besondere Notiz von ihnen, obwohl die beiden Frauen weiße Kopftücher und altmodische Schürzenkleider trugen. Man hatte sich an den Anblick der deutschstämmigen Kolonisten gewöhnt, die auch in Santiago ihre Waren zum Verkauf anboten. Friedrich und Theodor, mit ihren schlichten grauen Strickjacken, drehten Karl die Hinterköpfe zu. Sie hockten Johanna gegenüber, in exakt der gleichen Haltung. Marie schaute aus dem Fenster und betrachtete die Landschaft unter der rasch sinkenden Sonne. Der Zug nahm den Weg an der Küste entlang am Rande der Stadt. Schroffe Hügel erhoben sich rechts direkt neben der Strecke, an denen Häuser klebten und Kakteen. Doch Marie starrte auf der anderen Seite aufs Meer, das sich an einzelnen, zerklüfteten Felsen brach.

Karl stand am Ende des Waggons im Durchgang. An die letzte Sitzreihe schloss sich ein kurzer Flur an, mit links und rechts jeweils einer Toilette, dahinter folgte eine Kabine für das Zugpersonal, die aber unbesetzt geblieben war. Einen Übergang zum nächsten Wagen gab es nicht. Ein Umstand, der ihm entgegenkam und ihm im wahrsten Sinne den Rücken freihielt.

Es blieb nicht viel Zeit. Trotzdem durfte er nicht riskieren, dass jemand ihren Kontakt bemerkte. Noch jemand.

Er biss sich auf die Lippen. Mein Gott, er hatte es dermaßen verpatzt. Nur weil er es nicht hatte abwarten können, diese Frau zu sehen. Dabei ließ sie ihn jedes Mal nur allzu deutlich spüren, dass er ihr nichts bedeutete.

Die Übergabe war als beiläufiger Austausch zweier Umschläge geplant gewesen. Im quirligen Leben der Altstadt, wo sich zwischen den maroden Häusern Kabel wie Spinnennetze über die Gassen spannten, Wäsche vor den Fenstern baumelte und man als Verkehrsmittel am liebsten die Funicular nutzte. Jene Standseilbahnen, die die vielen steilen Hänge Valparaisos ächzend und doch mit Leichtigkeit überwanden.

Doch er war zu früh gekommen und ihr zu eilig begegnet, zu direkt, was sie zum Abbruch der Aktion veranlasst und zugleich ihren Verfolger zum Straucheln gebracht hatte. Letzteres war das einzig Gute, was Karl der Sache abgewinnen konnte. Der Kerl, der sie beobachtet hatte, war mindestens genauso ungeschickt vorgegangen wie er selbst. Nun kannten sie beide sein Gesicht.

Das wäre der Moment gewesen, sich abzusetzen, Meldung zu machen und auf neue Instruktionen zu warten. Doch Karl hatte sich anders entschieden und den Bahnhof über mehrere Stunden observiert, in der Gewissheit, dass Johanna kommen musste. Und sie war gekommen, mit ihrer Familie, die sie ablenkte und ihre Aufmerksamkeit beeinträchtigte. Und mit dem Kerl dicht auf ihren Fersen. Karl war keine andere Wahl geblieben, als ebenfalls in den Zug einzusteigen, um sie zu warnen. Ohne ihre Tarnung befand sie sich in höchster Gefahr. An die Erfüllung seines ursprünglichen Auftrages verschwendete er keinen Gedanken.

»Komm schon«, murmelte er mit zusammengebissenen Zähnen und legte Stirn und Nase gegen den Türrahmen, ein Auge weiter fest auf Johanna gerichtet. »Komm schon, schau mich an.«

Quälende Minuten verstrichen, bis sie den Kopf hob. Ihre Miene blieb ausdruckslos. Ohne ein Wort stand sie auf. Sie schob sich zwischen den Fahrgästen hindurch, die keinen Sitzplatz mehr bekommen hatten und sich müde an den Haltestangen festhielten, Pendler auf dem Weg nach Hause, die vor sich hin stierten, ohne etwas wahrzunehmen.

Karl trat ein paar Schritte zurück, ging im Halbdunkel des fensterlosen Flures in Deckung, sodass sie beide Platz hatten und den Waggon überblicken konnten.

»Was tun Sie hier?«, herrschte Johanna ihn an.

»Er ist im Zug«, antwortete Karl hastig. »Er hat Fotos von Ihnen gemacht. Und er hat am Bahnhof telefoniert. Sie müssen verschwinden.«

Johanna schien weder überrascht noch beeindruckt. »Morgen früh zurück nach Parral und in die Kolonie«, bestätigte sie.

»Verstehen Sie nicht? Die Rebellen sind hinter Ihnen her, ich muss Ihnen nicht sagen, was die mit Ihnen machen, wenn sie Sie erwischen. Sie können nicht zurück.«

Schweigend starrte sie ihn an.

»Und wenn die Rebellen Sie nicht kriegen, dann werden es unsere eigenen Leute sein, Pinochets Leute, die Sie fürchten müssen.«

Sie blieb stumm, balancierte das Schaukeln des Zuges ohne Mühe aus, während er sich festhalten musste, um nicht das Gleichgewicht zu verlieren.

»Johanna!« Beschwörend faltete er die Hände. »Was würden Sie mit einem Sicherheitsrisiko tun?«

Ihr Blick wanderte unverwandt über die Menschen im Abteil und verharrte auf denen, die mit ihr reisten.

»Töten«, antwortete sie schlicht.

Karl nickte. »Und Sie sind nicht die Einzige, die so denkt. Darum müssen Sie fliehen. Alle.«

»Ich soll die mitnehmen?«

»Aber … ja!«

»Ich wollte sie nicht dabeihaben«, fauchte sie. »Fritz ist schuld.«

»Das ändert nichts daran, dass sie hier sind.«

»Sie wissen nichts. Sie können nichts verraten.«

»Dennoch wird man sie … befragen. Und Ihnen ist doch klar, auf welche Weise.«

Sie presste die Lippen zu einer schmalen, blutleeren Linie zusammen.

»Johanna, es geht um Ihren Mann und …« Er verstummte, als er den Ausdruck ihrer Augen bemerkte.

»Drei zusätzliche Sicherheitsrisiken.«

Ihre Sachlichkeit nahm ihm den Atem und die Argumente. »Ich habe eine Idee, wie wir sie alle hier rausholen.« Er wagte einen letzten Vorstoß. »Über Argentinien nach Deutschland. Aber jetzt müssen wir uns nur um eines kümmern: das Risiko hier im Zug auszuschalten.«

Johannas Mundwinkel hoben sich. »Er sucht mich, aber wir werden ihn zuerst finden.« Unter ihrer Schürze zog sie einen dünnen Draht hervor, an dessen Enden sich jeweils ein Griff aus Holz befand. Eine Garrotte. »Und wir werden ihn erledigen. Jesaja 65,12: *Euch will ich dem Schwert übergeben, dass ihr euch alle zur Schlachtung hinknien müsst.*« Ein Hauch von Spott huschte über ihr Gesicht. »Ein Schwert habe ich leider nicht.«

Karl schluckte nervös. Diese Frau war mehr als nur praktisch veranlagt, sie war wehrhaft. Und konsequent. Ihr Ruf eilte ihr voraus. Jedes Mal, wenn sie einander begegneten, faszinierte sie ihn mehr, auf eine bedrohliche und erregende Weise.

»Wo ist er?«

»Im anderen Teil des Zuges. Er muss Sie am Bahnsteig aus den Augen verloren haben.«

»Dann steigt er beim nächsten Halt in Viña del Mar um.« Johanna ließ die Schlinge zurück in die Schürzentasche gleiten und umriss mit knappen Worten das weitere Vorgehen. Sie wartete weder auf seine Zustimmung, noch ließ sie ihm Zeit für einen Kommentar. Nach dem letzten Wort machte sie kehrt und setzte sich wieder auf ihren Platz. Friedrich sah kurz zu ihr auf, doch Johanna sprach nicht mit ihm. Marie drückte immer noch das Gesicht an die Scheibe. Draußen gab es nun einen sandigen Strand und vereinzelte Honigpalmen zu sehen. Theodor rührte sich nicht.

Die Ziffern auf Karls Armbanduhr leuchteten schwach. Ihm blieb nichts weiter übrig, als Johannas Anordnungen Folge zu leisten.

Sieben Minuten bis zum Eintreffen im Bahnhof. Er brach das Schloss zur Personalkabine auf, schlüpfte hinein und spähte durch den Türspalt, sobald der Zug stillstand.

Ein älterer Herr stieg ein, eine Frau mit einem Koffer. Dann kam er. Karl schätzte den Mann auf Anfang zwanzig. Seine Gesichtszüge deuteten auf eine indigene Abstammung hin. Wie schon bei ihrem Aufeinandertreffen in der Stadt verriet seine verkrampfte Haltung, wie unerfahren er war. Er taxierte hastig die Fahrgäste im Abteil, bis er Johanna entdeckte. Dann senkte er den Kopf und wandte sich in die entgegengesetzte Richtung. Wie sie es vorausgesagt hatte. Der Kerl hatte den Fotoapparat nicht mehr dabei. Verflucht!

Die Türen schlossen sich, der Zug setzte sich wieder in Bewegung. Der Rebell kam direkt auf Karl zu, und Johanna folgte ihm. Auf Höhe der Toiletten wurde er langsamer, doch da war sie bereits direkt hinter ihm und verpasste ihm unauffällig einen Stoß in den Rücken. Karl riss die Kabine weit auf. Mit dem nächsten Stoß torkelte der Mann hinein und krachte gegen die Wand. Ehe er auch nur ahnte, was vorging, lag der dünne Draht der Garrotte um seinen Hals. Karl schloss eilig die Tür hinter Johanna und presste sich mit dem Rücken dagegen. Ihn fesselte die Geschwindigkeit und Präzision, mit der sie arbeitete. Der Mann wand sich, röchelte. Arme und Beine zuckten, Hilfe suchend streckte er seine Hand aus. Karl konnte nicht wegsehen. Hohe Wangenknochen, tiefbraune Haut, schwarze Haare, alle Details der Gesichtszüge traten überdeutlich zutage. Für einen Augenblick entglitt Karl die Selbstkontrolle. Diese Anklage in dem noch so jungen Gesicht! Der stumme Hilfeschrei, den nur er erhören könnte. Sein Magen hob sich.

»Es – es tut mir leid«, flüsterte er, als ein letztes Zittern den schmalen Leib durchlief und die Augen brachen.

Johanna löste die Garrotte und ließ den Leichnam achtlos zu Boden fallen. Karls irrationales Mitgefühl strafte sie mit Missbilligung, verstaute ihr Mordwerkzeug und richtete die Falten ihres erdbraunen Kleides.

»Nach Argentinien also?«, fragte sie schließlich, ohne besondere Betonung.

»Ja. Ja, genau«, stammelte Karl. Schwerfällig setzte sein Denken wieder ein; er nannte ihr eine Adresse in Buenos Aires, einige Namen und die Zeitspanne, die sie verstreichen lassen sollte, ehe sie sich in der deutschen Botschaft meldete. Am Ende nickte sie, raffte ihren Rock zusammen, um über die Leiche zu steigen, und ließ ihn grußlos zurück.

Karl versperrte das Abteil von innen und kauerte sich für die nächste halbe Stunde auf die Bank. Das Kunstleder fühlte sich kühl an unter seinen Händen. Die Dämmerung zeichnete die Hügel vor dem Fenster weich und nahm auch dem Tod die Schärfe der Konturen. Der Würgereiz verebbte und mit ihm die Schuldgefühle. Der Junge hatte sich auf die falsche Seite gestellt und dafür bezahlt. Das war alles.

An zwei Haltestellen hielt Karl die Luft an, bewachte den Einstieg, immer darauf gefasst, dass ein Bahnbediensteter versuchen könnte, ins Personalabteil hereinzukommen. Als der Lokführer vor der Einfahrt in die Kleinstadt Limache abbremste, wappnete Karl sich für die nächste Etappe. Der planmäßige Stopp dauerte höchstens zwei bis drei Minuten. Er musste schnell handeln. Die Kabine verfügte auf beiden Seiten über eine eigene Außentür ins Freie, die normalerweise nur der Schaffner nutzte. Karl öffnete die Tür auf der dem Bahnsteig abgewandten Seite. Er packte den Toten unter den Armen, zerrte ihn zu der Öffnung und stieß ihn nach draußen. Nach kurzem Zögern setzte er den ersten Fuß auf die Stufe, kletterte dann entschlossen hinterher. Johanna brauchte seine Hilfe.

Ins Dunkel des Gleisbettes geduckt wartete er und starrte dem immer kleiner werdenden Zug nach, bis dieser in der Ferne verschwunden war und sich der Bahnhof geleert hatte.

Ins Triebwagendepot solle er den Leichnam bringen und ihn dort verstecken. Dort warte das Feuer der Hölle, um ihn spurlos zu verschlingen. Brennen solle er! Johannas Anweisung war eindeutig.

Bei Gott, sie war ein Todesengel!

Karl zweifelte keine Sekunde daran, dass sie wusste, wann das Inferno losbrechen würde, auch wenn sie ihm keine Einzelheiten des bevorstehenden Anschlags mitgeteilt hatte.

Die Kälte der sternenklaren Nacht schüttelte seinen Körper. Mit dem Verstecken des toten Rebellen endete Johannas Plan. Wie er seine eigene Flucht bewerkstelligen sollte, interessierte sie nicht. Dabei war die Gefahr für ihn die gleiche wie für sie, wenn ihn die falschen Leute in die Finger bekamen.

Karl setzte sich auf die Schienen und schaute hinauf in den Himmel. Er war ihr egal, und das wiederum war ihm egal. Diese Frau war sein Schicksal. Und was auch immer notwendig war, um sie zu schützen, er würde es tun. Immer.

Die Sonne brannte auf das ausgedörrte Feld und auf die gebeugten Nacken derer, die mit ihren Hacken Steine aus dem Boden holten. Frank schritt die Reihen ab, ohne die Hitze zu spüren. In seinem Glas klirrten Eiswürfel. Eine Frau streichelte seine kurz geschorenen Haare, doch sie konnte nicht mithalten, stolperte, stürzte, blieb liegen. Seine Aura leuchtete, sein Schatten spendete Abkühlung, und die, auf die er ihn fallen ließ, streckten ihm dankbar die Hände entgegen, lechzten nach seinen Worten, folgten seinen Befehlen kriechend im Staub. Ein Geier kreiste im Blau des Himmels und öffnete den Schnabel mit einem freudigen Schrei.

Blinzelnd rollte Frank sich auf die Seite. Er fühlte den Sand noch unter seinen Füßen und fuhr sich im Dunkeln über den Kopf. Alle Locken noch an ihrem Platz. Verlegen richtete er sich auf, doch da war niemand, der über ihn lachte. Nebenan schlief das Mädchen. In Sicherheit.

Was hatte ihn geweckt? Der Schrei des Vogels, der klang wie ein Lachen? Karls Lachen. Warm und tief, nicht höhnisch. Ein Lachen, in das man gerne einstimmte.

Frank lehnte den Kopf gegen die Wand, er machte kein Licht. Die Dunkelheit ließ ihn klarer sehen, als er es in den letzten Tagen geschafft hatte. Rückblickend erkannte er die Hinweise überdeutlich. Nicht ein einziges Mal hatte Karl Stellung bezogen, weder zu alten Nazis noch zu neuen, nicht zu den Matthäanern oder der Colonia Dignidad. Stattdessen hatte er sich immer neutral verhalten, niemanden verurteilt oder verteidigt, nie eine Antwort präsentiert. Seine Einwürfe gaben lediglich neue Denkanstöße, lenkten in eine bestimmte Richtung, und Frank war wie ein dämlicher Köter dem Stöckchen hinterhergehechelt, um die Schlüsse zu ziehen, die Karl für ihn vorgesehen hatte. In Frank rumorten widerstreitende Gefühle: Wut, auf die Tricks hereingefallen zu sein, und zugleich Bewunderung. Karls Lektionen ergaben Sinn. Es war so einfach, die Menschen zu verführen, wenn man ihnen einredete, etwas Besonderes zu sein.

Ihr seid das auserwählte Volk, die Kinder des lebendigen Gottes.

Ihr seid die Herrenrasse.

Mehr war nicht nötig. Es gab solche, die zum Führen bestimmt waren, und solche, die folgten, und wieder andere, die beherrscht werden mussten. Karl hatte seine Chance genutzt und war oben mitgeschwommen, ohne unterzugehen. Weil er es verstand, im richtigen Moment unsichtbar zu werden und andere agieren zu lassen, die darauf brannten zu handeln. Feuer und Flamme.

Ja, Karl hatte recht, es brauchte nicht viel. Gib den Menschen einen Hauch von Macht und die Möglichkeit, diese zum eigenen Vorteil zu nutzen. Herrsche und teile. Gib ihnen ein Opfer, dessen sie sich bedienen können. Überlegenheit schmeckte jedem, schmeckte nach mehr. In Paderborn hatte er selbst genau das gespürt: den Reiz der Dominanz. Die Frau mit der Haube war zusammengezuckt, als er ihr gegenüber entschieden aufgetreten war. Ihre Angst hatte ihm geschmeichelt. Autorität fühlte sich gut an.

Karl hatte ihm den Weg gezeigt. Frank konnte James Bond *sein*, statt nur von Indiana Jones zu träumen. Auch Idealisten hatten einen Preis. Und nur die Dummen bezahlten mit ihrem Leben.

Das Mädchen mit den blauen Augen war auf ihn angewiesen. Sie hatte ihm ihr Leben anvertraut. Es lag in seiner Hand, wie es weiterging. Für sie. Für ihn. Und was auch immer notwendig war, um sie zu schützen, er würde es tun. Immer.

Hinter ihrem Rücken vibrierte der Motor des Löschfahrzeugs, er wärmte und massierte zugleich ihre verspannten Muskeln. Der Wasserstrahl schoss weiß und schäumend aus dem Schlauch. Brunhilde konnte nichts tun, nur zusehen. Gähnend nahm sie das nächste Telefongespräch entgegen, leidlich beruhigt, als sie Kriminalhauptkommissar Brenners Nummer erkannte.

»Brunhilde Schreiner. Guten Morgen, Herr Brenner.« Sie machte sich nicht die Mühe, ihre Müdigkeit zu verbergen.

»Morgen, Frau Schreiner, entschuldigen Sie, dass ich so früh störe. Kurze Frage: Wo steckt Frank Liebknecht? Ich versuche ihn seit gestern Nachmittag zu erreichen.«

»Habe ihm freigegeben.« Ein weiteres unbezwingbares Gähnen überfiel sie.

»Habe ich Sie geweckt?«

»Schön wäre es. Ich bin seit fünf Uhr auf den Beinen. Was wollen Sie denn von Frank?« Feuerwehrleute wuselten durch ihr Blickfeld, kamen ihren Kollegen auf dem Grundstück zu Hilfe. Sie stemmten die Füße in den Boden, um den Druck der Wasserkraft im Schlauch zu bändigen.

»Ich hatte gestern eine Nachricht von ihm auf der Mailbox, ziemlich wirres Zeug, dachte ich zuerst. Aber angesichts der Laborergebnisse, die ich gerade reinbekommen habe, klingt das plötzlich ganz anders.«

»Kann ich vielleicht helfen?« Brunhilde presste sich den Unterarm vor den Mund. Das tiefe Einatmen beim Gähnen verursachte ihr Hustenreiz. »Frank hat noch den ganzen Tag frei. Ich nehme an, dass er sich in der Stadt rumgetrieben hat und gerade bei irgendeinem Freund seinen Kater ausschläft. Ich würde nicht damit rechnen, dass er sich allzu bald meldet.« Sie rieb sich die brennenden Augen und hustete nun doch. Ein leichtes Zittern fuhr ihr in die Knie, als der Gedanke, den sie die ganze Zeit verdrängte, zurückkehrte.

»Okay, Folgendes: Frank hat was von einer heimlichen Tochter Theodor Brettschneiders erzählt, die nach seiner Meinung mit auf dem Hof gelebt hat, möglicherweise abgeschottet von der Außenwelt. Und die neusten DNA-Analysen sprechen dafür, dass da was dran ist. Zumindest, was die Existenz der Tochter und ihre Anwesenheit im Haus betrifft. Es besteht dringender Tatverdacht in Bezug auf Brettschneiders Tod.«

Der Rauch verdunkelte den Himmel, über den die Sonne lange, freundliche Strahlen schickte. Heute hätte Regen nicht geschadet.

»Brunhilde, hören Sie mir zu?«

»Ja. Sicher.«

»Die Suche nach der Tochter wird heute noch eingeleitet. Ich muss unbedingt herausfinden, welchen Hinweisen Frank auf der Spur ist. Was wissen Sie über seine inoffiziellen Aktivitäten? Über die Konsequenzen reden wir später, die sind jetzt nicht wichtig.«

Brunhilde schwieg. Was sollte sie ihm sagen? Dass sie gar nichts wusste, weil sie es nicht hatte wissen wollen?

Brenner seufzte. »Also gut, denken Sie in Ruhe nach. Ich mag den Jungen auch, aber hier geht es schließlich nicht um eine Kleinigkeit, sondern um ein Tötungsdelikt. Ich mache mich schnellstmöglich auf den Weg, und Sie bitte auch. Wir treffen uns am Brettschneiderhof, ich muss der Sache nachgehen. Ich warte nicht, bis ich einen richterlichen Beschluss habe, mir fällt schon was ein. Aber bis ich da bin, lassen Sie niemand auf das Gelände. Klar? Auch wenn es Büchler …«

Der Rest seiner Worte ging in ohrenbetäubendem Lärm unter.

»Deckung! Zurück, zurück!«

Brunhilde drehte sich zum Löschzug um, verbarg den Kopf unter den Armen. Holzbalken knirschten und zerbarsten krachend, der Boden unter ihren Füßen erbebte. Eine Wolke aus Ruß und zerbröseltem Mauerwerk ging über ihr nieder. Sie hustete und spuckte.

»Frau Schreiner? Hallo? Was war denn das, um Himmels willen?« Das Brüllen aus dem Handy konnte das Dröhnen in ihren Ohren nicht übertönen. Sie hob das heruntergefallene Telefon auf und rieb sich Dreck aus den Augen. In diesem Augenblick hätte sie viel darum gegeben, nicht mehr im Dienst zu sein. »Tut mir leid, Brenner. Schätze, das ist der beschissenste Tag meines Lebens und auch für Sie kein Glückstag. Ich fahre nicht zum Brettschneiderhof raus.«

»Aber …«

»Nichts aber. Ich bin schon da. Und was Sie gerade gehört haben, war der Dachstuhl, der liegt jetzt im Erdgeschoss, und was immer es auf dem Gelände mal zu finden gab, ist Geschichte.« Sie lachte und kämpfte zugleich mit den Tränen. »Hier geht ein Teufel um, ein verfluchter Feuerteufel! Heute früh um fünf hat der Golfclub im Geierstal gebrannt, und als alle Kräfte draußen waren, kam die Meldung von einer brennenden Scheune in Hainhaus, das liegt einige Kilometer außerhalb in entgegengesetzter Richtung. Und anschließend hat es ein Wohnhaus mit Atelier in Vielbrunn erwischt. Der Bewohner … keine Ahnung, die Nachbarn haben ihn abends noch gesehen, aber er war nicht auf der Straße. Die Jungs von der freiwilligen Feuerwehr waren völlig am Ende.« Brunhilde schnaufte und riss sich zusammen. »Die Wehr aus Michelstadt ist uns zu Hilfe gekommen, und mit denen aus Bad König bin ich dann hierher zum Einsatz. Die Michelstädter löschen immer noch, zuletzt im Eulbacherweg. Dort ... das war Franks Wohnung, und von der ist nichts mehr übrig. Er muss woanders gewesen sein. Ganz woanders.«

»Sie meinen, er könnte da drin gewesen sein?« Brenners Stimme klang dumpf, aber vielleicht war das nur eine Nachwirkung der Druckwelle nach dem Einsturz des Hofs.

»Nein, nein, eigentlich glaube ich das nicht. Sein Auto ist weg. Es ist eher so, dass ...« Es auszusprechen war noch viel grässlicher, als es nur zu denken. Brunhilde bemühte sich um einen sachlichen Ton. »Bei Frank ist gestern eingebrochen worden. Er war der Meinung, dahinter könnte jemand vom Ortsbeirat stecken. Mit dem hat er sich angelegt, wegen der Baupläne der Matthäaner auf dem Brettschneiderhof. Und einem aus dem Ortsbeirat gehört die Scheune in Hainhaus. Frank hat auch einen Fall von Brandstiftung auf dem Golfplatz bearbeitet. Und ein Zeuge behauptet, Frank gegen Abend vor dem Atelier gesehen zu haben, das ebenfalls in Flammen aufgegangen ist.«

»Soll das heißen, Frank Liebknecht könnte der Brandstifter sein? Aber wieso sollte er seine eigene Wohnung mit abfackeln?«

Ein hilfloses Lachen stieg in Brunhilde auf, und sie trat mit der Stiefelspitze gegen das Vorderrad des Löschzugs. »Ich weiß es nicht, Brenner. Ich weiß gar nichts mehr.«

Mittwoch, 27. Juli, Paderborn, 15:00 Uhr
– Clemens Büchler –

Der Brand auf dem Brettschneiderhof brachte alle seine Pläne durcheinander. Nun trampelte schon wieder die Polizei über das Gelände. Clemens Büchler befürchtete, dass sie länger bleiben und tiefer graben würden, als ihm lieb sein konnte. Auch wenn die Brandstiftung ihn von einigen lästigen Auflagen der Denkmalschutzbehörde befreite.

Arndt Missenharter stand neben der Modelllandschaft und knickte gelangweilt ein paar Bäume um.

»Lassen Sie das!«, schnauzte Büchler.

Grinsend zerbrach Missenharter einen weiteren filigranen Stamm.

»Entspannen Sie sich, Büchler. Ich kriege den Burschen schon. Er kann nicht ewig abgetaucht bleiben. Freunde und Familie werden überwacht, Handy und Bankkonto auch, ebenso die polizeiliche Suche. Wir haben uns ins System gehackt.« Er lachte. »Wer weiß, vielleicht hat ihn die Kleine auch schon erledigt. Die ist nicht nur bissig, sondern anscheinend auch geschickt mit der Klinge.«

Unwillkürlich rieb sich Büchler den Unterarm. Tiefe Zahnabdrücke zwangen ihn sommers wie winters lange Hemden zu tragen. Es gab Augenblicke, in denen er Missenharter weit mehr als nur nicht mochte. Er hasste es, von Leuten wie ihm abhängig zu sein. Doch Missenharter war ebenso zuverlässig wie rücksichtslos, was ihn zu einem perfekten Partner machte. Persönliche Befindlichkeiten standen da nicht zur Debatte.

Er ließ das Telefon fünfmal klingeln, bevor er ranging. »Matthäaner-Gemeinde Paderborn, Clemens Büchler. Was kann ich für Sie tun?«

»Nennen Sie mir einen Preis.«

»Entschuldigung, ich verstehe nicht?« Mit einem Fingerschnippen beorderte er Missenharter heran und drückte dann die Lautsprechertaste.

»Sagen Sie bloß, Sie erkennen meine Stimme nicht? Dabei haben wir uns in Erbach so nett unterhalten.« Die Ironie war nicht zu überhören, und Clemens Büchler erinnerte sich sehr genau an den herablassenden Tonfall. »Sie wissen, wer ich bin, und Sie sollten zumindest ahnen, was ich anzubieten habe.«

»Kommissar Neidhard, wenn ich nicht irre? Ihr Ansinnen befremdet mich. Wofür soll ich Ihnen einen Preis nennen?«

»Vergessen Sie mal den Kommissar. Mein Anruf ist, sagen wir mal, inoffizieller Natur. Wundert mich eigentlich, dass Sie nicht damit gerechnet haben. Aber klar, das hatte ich glatt vergessen – Ihr Informant ist ja ausgefallen.«

Missenharter betätigte einige Knöpfe, um den Anruf zurückzuverfolgen und aufzuzeichnen. Eine illegale Dauereinrichtung, die er aus Sicherheitsgründen installiert hatte und die zugleich ein Störsignal aussendete, das dem Anrufer einen eigenen Mitschnitt vereitelte. Büchler runzelte die Stirn. Er hatte nicht vor, sich zu einer eindeutigen Aussage verleiten zu lassen.

»War ein cleverer alter Bursche, dieser Hofmeister. Nur hat er auf einen lahmen Gaul gesetzt, als er sich auf Liebknecht eingelassen hat. Der kapiert einfach nicht, wann ein Spiel verloren ist – oder wann es sich lohnt zu zocken.«

»Ich weiß immer noch nicht, wovon Sie reden.«

»Ach nein? Mir machen die ganzen Geschichten, die er erzählt hat, Lust auf einen Urlaub in Südamerika. Der chilenische Rotwein wird sehr gelobt ... Mich reizt auch ein längerer Aufenthalt, könnte mir sogar vorstellen auszuwandern. Ich meine, Polizisten werden überall gebraucht. Leute, die durchgreifen, zupacken, aufräumen. Was meinen Sie, wie viel Kohle braucht man so als Startkapital für einen Neuanfang? Wenn man alles zurücklässt, was einem lieb und teuer ist. Tonbänder, Fotos, Dokumente …«

Missenharter hielt den Lautsprecher zu. »Wollen Sie sich von dem kleinen Scheißer erpressen lassen?«

Büchler hob den Zeigefinger, um ihn zum Schweigen zu bringen, und dirigierte seine Hand beiseite. »Zweihundertfünfzigtausend sollten reichen«, antwortete er schleppend.

Neidhards Lachen klang blechern und verzerrt durch die Sprechanlage. »Kommen Sie, das ist nicht Ihr Ernst! Ich bin jung, ich will was erleben – und ja, auch eine Familie gründen, sesshaft werden. Da braucht man zum Job noch ein Haus, ein Auto. Gute Schulen für die lieben Kleinen sind teuer. Nicht zu vergessen die passende Frau, auch die kostet. Nett sollte sie sein und gut erzogen. Ich mag sie blond und blauäugig. Sie doch auch, nicht wahr? Oh, Entschuldigung, mein Fehler. Ich meinte die Frauen – nicht die Kleinen. Wenn ich mich recht an die Bilder erinnere, decken sich unsere Vorlieben dann doch nicht ganz.«

Clemens Büchler lockerte seine Krawatte. Sein linkes Auge zuckte zwanghaft, ein unangenehmer Krampf, den er nicht abstellen konnte.

»Haben Sie nichts dazu zu sagen? Ich habe fast den Eindruck, Sie missverstehen mich, Herr Büchler. Glauben Sie, ich will Ihnen schaden? Daran habe ich kein Interesse. Wenn ich die Unterlagen an eine staatliche Stelle übergebe, passiert gar nichts. Na ja, vielleicht passiert mir etwas. Die Welt steckt voller Gefahren, und Sie haben einflussreiche Freunde. Mir ist es völlig egal, ob irgendwer von Ihren Schweinereien erfährt. Wer auf Ihre Masche reinfällt, ist selbst schuld. Und was damals in Chile passiert ist … Daran lässt sich sowieso nichts mehr ändern. Ich biete Ihnen die Möglichkeit, diese Dokumente ein für alle Mal verschwinden zu lassen. Dass ich dafür eine gewisse Anerkennung erwarte, können Sie sicher verstehen. Ein einfacher Handel zwischen Geschäftspartnern. Und dann habe ich mit dem alten Krempel nichts mehr zu tun.«

Missenharter knurrte. »Das ist eine Falle«, flüsterte er.

Aber Büchler ließ sich nicht beirren. »Sie sind Polizist, Herr Neidhard.«

»Oh ja, in der Tat. Ausgenutzter und unterbezahlter Staatsdiener. Meinen Sie im Ernst, Polizisten sind per Definition gute Menschen und fühlen sich der Gerechtigkeit verpflichtet? Ich kann Ihnen gar nicht sagen, wie sehr ich die Schnauze voll habe von dieser Heuchelei.«

»Wieso sollte ich Ihnen glauben?«

»Aus dem gleichen Grund, aus dem Sie mir schon die ganze Zeit zuhören. Sie brauchen, was ich habe. Und ich brauche Sie für meinen Neuanfang. Das ist mehr als ein Patt; eine Win-win-Situation.«

»Und woher haben Sie das, was Sie mir anbieten?«

»Na, von Liebknecht.« Neidhard lachte laut auf. »Das hirnlose Lockenköpfchen hat ausgerechnet mich um Hilfe gebeten, nachdem er endlich geschnallt hat, dass er von Hofmeister gelinkt worden ist. Aber ich finde das Angebot, das der Alte ihm gemacht hat, echt nicht übel. Also, haben wir einen Deal?«

Abwägend schwieg Büchler, überschlug, verwarf, kalkulierte neu. »Vierhunderttausend.«

Mit Daumen und Zeigefinger deutete Missenharter einen Kopfschuss an.

Am anderen Ende der Leitung lachte Marcel Neidhard schon wieder. »Schon besser. Machen Sie fünf draus, und ich kümmere mich auch weiter um das lebendige Andenken des Brettschneiderhofs. Ich nehme das Mädchen einfach mit, und was dann aus ihr wird – mal sehen. Das kommt drauf an, wie sie sich anstellt. Vielleicht bringe ich sie einfach in die Kolonie. Sie wäre jedenfalls eine nette Reisebegleitung, die nicht so viel redet. Und Sie haben auf einen Schlag noch ein Problem weniger. Das ist doch ein super Geschäft, finden Sie nicht?«

»Das wird Zeit brauchen. Ich kann nicht so einfach …«

»Ach, kommen Sie, was soll das? Wir wissen beide, dass Ihnen genügend Geld zur Verfügung steht. Oder habe ich Sie überschätzt – sind Sie nicht der Mann, der das Sagen hat, soll ich lieber mit Missenharter reden? Dann holen Sie ihn ans Telefon. Er hört doch ohnehin mit.«

Büchler bemühte sich, Ruhe zu bewahren. Dieser dreiste Kerl kannte sich aus und traf genau seinen wunden Punkt.

»Ich stelle mir das folgendermaßen vor: Wir treffen uns an einem öffentlichen Ort. Sie und ich. Wir plaudern ein wenig. Sie haben ein Köfferchen dabei, ich habe ein Köfferchen dabei. Und wenn wir uns verabschieden, liegen auf dem Tisch ein Pass für das Mädchen und zwei Tickets. Alle sind glücklich und ziehen ihres Weges.«

Missenharter schüttelte energisch den Kopf.

»Kein Treffen in der Öffentlichkeit«, forderte Büchler.

»Sie wollen nicht mit mir gesehen werden? Jetzt werden Sie mal nicht albern. Immerhin bin ich volljährig. Ein Hotelzimmer fände ich kompromittierender. Außerdem möchte ich sichergehen, dass wir einander allein gegenüberstehen. Ohne Ihren Sekundanten. Ich gebe Ihnen zwei Tage, dann teile ich Ihnen den genauen Ort mit.«

Unvermittelt beendete Neidhard das Gespräch. Büchler warf den Hörer auf die Gabel.

Missenharter schnalzte mit der Zunge. »Hätte nicht gedacht,

dass ich das sagen muss, aber der Bursche ist nicht schlecht. Keine Rückverfolgung möglich und seine Forderung, alle Achtung. Der weiß sich zu verkaufen. Was schlagen Sie vor?«

Clemens Büchler rieb sich die kalten Hände. Die ganze Angelegenheit zerrte an seinen Nerven, und je länger sie andauerte, umso stärker wurde Missenharters Position. Vielleicht war es kein Fehler, ein Gegengewicht zu installieren. Ein korrupter Ex-Polizist im Ausland konnte durchaus interessant sein. Die rein finanzielle Motivation erleichterte den Umgang. Mit Überzeugungstätern, Fundamentalisten und Ideologen hatte er es oft genug zu tun, sowohl in der Gemeinde als auch beim BND. Ein gewissenloser Söldner traf genau seinen Geschmack. »Wir spielen mit.«

Missenharter tätschelte grinsend seine Waffe, und Clemens Büchler schüttelte nachdrücklich den Kopf.

»Nein, nicht so. Genau wie ich sagte, wir spielen mit und erfüllen seine Bedingungen. Mag sein, dass er uns nützlich ist. Wenn nicht, können wir ihn in Chile immer noch aus dem Weg räumen. Dort verschwinden Leichen leichter als hier.« Der Gedanke, welche Leute er mit Neidhards Unterlagen möglicherweise in der Hand haben konnte, stimmte ihn großzügig. Gut möglich, dass er nicht das gesamte Material vernichten würde. »Sollte es dazu kommen, überlasse ich Neidhard und das Mädchen selbstverständlich Ihnen. Und bitte, verschonen Sie mich dann mit den Details.«

Freitag, 29. Juli, Wiesbaden, 16:55 Uhr
– Marcel Neidhard –

Unübersehbar lag die Villa Clementine, das Literaturhaus in Wiesbaden, an der Ecke, an der die Frankfurter Straße und die Wilhelmstraße aufeinandertrafen, charmanterweise in unmittelbarer Nähe des Justizministeriums. Marcel Neidhard blieb auf der Straße stehen, um sich das Gebäude anzusehen. Sollte Büchler ihn beobachten, wollte er einen möglichst gelassenen Eindruck erwecken, auch wenn das nicht den Tatsachen entsprach. Sein Körper stand unter Hochspannung, pendelte zwischen freudiger und panischer Erregung. Noch fünf Minuten.

Marcel nahm die goldenen Buchstaben ins Visier, an der Fassade unter dem reich verzierten Giebel, der von vier mächtigen Säulen getragen wurde. Die schönste Villa der Stadt, behauptete das Internet, im Stil des Historismus. Was auch immer das bedeuten mochte. Er sah nur den bürgerlichen Protz eines vergangenen Jahrhunderts, mit geflügelten Löwen auf dem Dach. Da hatte einer Geld gehabt und das Bedürfnis, es allen zu zeigen – was ihm zweifellos gelungen war. Marcel fiel eine Menge ein, was man mit einem solchen Haufen Kohle Besseres anfangen konnte. Ein Sportwagen stand ganz oben auf seiner Wunschliste.

Betont lässig schlenderte Marcel die Treppe zum Eingang hinauf, schlenkerte den Aktenkoffer und verschwand kurz in der Toilette, ehe er das Café betrat. Drinnen verschaffte er sich zunächst einen raschen Überblick: hohe Räume mit Stuckdecken, eine Akustik, die jedes Flüstern zum Orkan machte. Tolle Idee, sich ausgerechnet hier zu treffen. Skeptisch musterte Marcel die wenigen Gäste. Intellektuelle Seidenschalträger, Theaterpublikum mit Torte auf dem Teller, Kaffeespezialität und Tageszeitung daneben. Alle wirkten desinteressiert an ihrer Umgebung. Viele der Tische waren unbesetzt, aber reserviert.

Er nahm einen Platz im hinteren Teil des Raumes ein, mit dem Rücken zur Wand, und bestellte einen Espresso, der mit einem Glas Wasser serviert wurde. Neutraler hätte er das Terrain wirklich nicht wählen können, hier gab es definitiv keinen Heimvorteil für ihn.

Als er Clemens Büchler kommen sah, brach Marcel der Schweiß aus. Entgegen der Absprache folgte Arndt Missenharter einen halben Schritt hinter ihm. Trotz der vom Tag aufgestauten Hitze im Café behielt er sein Jackett an.

Büchler streckte Marcel wortlos die Hand entgegen, Missenharter drückte ihn mit einem süffisanten Grinsen an die Brust und tastete seinen Oberkörper unauffällig nach Waffen und Verkabelung ab. Sichtlich zufrieden ließ er los und checkte mit einer schnellen Handbewegung die Tischunterseite, ehe er sich setzte. Das Schulterholster mit Pistole fehlte, so viel hatte Marcel bei der Zwangsumarmung feststellen können. Allerdings war dies kein Grund, zu glauben, Missenharter sei unbewaffnet. Nicht auszuschließen, dass er eine Pistole hinten im Hosenbund stecken hatte. Respekt, der Typ war ein echter Profi. Gerade deshalb hätte Marcel es bevorzugt, bei diesem Gespräch auf seine Gesellschaft zu verzichten.

Büchler verzog amüsiert das Gesicht, als er Marcels Verärgerung über Missenharters Anwesenheit bemerkte.

»Dachten Sie wirklich, ich komme allein?« Demonstrativ stellte er den Koffer auf den Stuhl zu seiner Rechten und schaute Marcel fragend an, der keine Tasche bei sich trug. »Wo haben Sie die Dokumente?«

»Dachten Sie wirklich, ich hätte sie bei mir?«, äffte Marcel ihn nach. »Keine Sorge. Sie kriegen, was ich versprochen habe. Eins nach dem anderen. Zuerst will ich sehen, was Sie mitgebracht haben, dann zeige ich Ihnen eine erste Probe aus Friedrichs Fundus.« Er winkte die Kellnerin heran. »Und während wir hier sitzen, werden Sie mir noch ein paar Fragen beantworten. Ich will genau wissen, wie Ihr Laden tickt und mit wem ich mich einlasse. Das soll schließlich der Beginn einer wunderbaren Freundschaft werden, nicht wahr?«

Die Kellnerin erschien mit gezücktem Block. Marcel schaute auffordernd von einem zum anderen. »Also, meine Herren, was darf es sein?«

Nachdem beide bestellt hatten, legte Büchler den Koffer auf den Tisch. Die Schlösser schnappten auf, kurz wurden Geldbündel sichtbar. Marcel stieß ein leises Pfeifen aus. Eine verdammt sympathische Portion Scheinchen.

Büchler holte einen Umschlag heraus. »Tickets und Ausweise«, sagte er, behielt ihn aber vor sich auf dem Tisch.

»Sekunde – kann ich das noch mal kurz sehen?« Hastig schätzte Marcel die Geldmenge im Koffer ab. »Das ist nicht die ganze Summe.«

»Sehr richtig, Herr Neidhard. Es ist die Hälfte. Das sollte zur Ausreise reichen. Den Rest erhalten Sie in Santiago.«

Marcel kippte den Espresso hinunter. Seine Nervosität ließ langsam nach. »Einverstanden. Und sobald ich dort wohlbehalten angekommen bin, sage ich Ihnen, wo Sie die letzten Dokumente finden.« Er entfaltete ein graues Blatt Papier. »Mein Spanisch ist noch nicht besonders gut. Daran werde ich arbeiten müssen. Ganz schön knifflig, so eine Übersetzung mit dem Wörterbuch. Das hier ist das Protokoll einer Aussage und der angewandten Befragungsmethode. Netterweise versehen mit den Namen der Anwesenden. Sicher, die Echtheit könnte man anzweifeln. Doch ich habe auch den passenden Film dazu, der all jene zeigt, die auf der Liste stehen.« Er reichte Büchler das Protokoll, der es überflog und an Missenharter weiterreichte. Dass er die Authentizität erkannte, konnte Marcel deutlich in Büchlers Gesicht ablesen.

»Wie sind Sie da rangekommen?«, fragte Büchler.

»Habe ich doch schon am Telefon gesagt.« Marcel wich seinem Blick aus. »Mit freundlicher Unterstützung von Frank Liebknecht.«

»Und der hat Ihnen die Dokumente einfach so überlassen?«

»Äh, na ja, so ähnlich. Im Gegenzug, weil ich ihm Deckung gebe.«

»Soll ich raten?« Missenharter feixte. »Er hat keine Ahnung.«

»Was gibt es da zu grinsen?« Die Gesprächsrichtung behagte Marcel nicht. Er musste wieder zum Thema zurück. »Liebknecht kriegt im Moment von der Welt nur mit, was ich ihm sage. Und das ist ja wohl auch gut so.« Er wandte sich wieder Büchler zu. »Sie sind dran. In dem Film ist auch eine Frau zu sehen, die nicht genannt wird. Erzählen Sie mir von ihr. Ich will wissen, wer Johanna Brettschneider wirklich war.«

»Wenn Sie den Film gesehen haben, wissen Sie, wer Johanna war.« Büchler verstummte kurz, als die Kellnerin den Kaffee servierte. »Oder vielmehr, *was* sie war. Ein begnadeter Teufel. Sie arbeitete im Krankenhaus der Colonia Dignidad und galt als Spezialistin darin, Menschen ruhigzustellen und gefügig zu machen.«

»Aha. Geht das ein bisschen genauer? Wen hat man da warum ruhiggestellt? Ich gebe zu, diese ganze alte Geschichte habe ich mir nicht in allen Einzelheiten reingezogen.«

»Zu Anfang waren es nur aufmüpfige Koloniebewohner, die die Strukturen infrage stellten, Bezahlung für ihre Arbeit verlangten, über sich selbst bestimmen wollten, statt zu akzeptieren, dass Schäfer ihnen vorgab, wann sie zu essen und zu schlafen hatten, wann und mit wem sie reden durften. Später wurden Staatsfeinde Chiles an Johanna übergeben – Oppositionelle, Kommunisten, Gewerkschaftler –, was eben so anfiel.«

»Klingt doch nach einem krisensicheren Job. Wieso hat sie Chile verlassen?«

»Das wissen Sie nicht?« Missenharter beugte sich nach vorn und berichtete mit sichtlichem Genuss. »Sie musste. Und das war Hofmeisters Schuld. Er sollte Johanna im Auftrag des BND in Valparaiso treffen. Aber die beiden haben die Übergabe versaut, Hofmeister, genau genommen. Sie wurden beobachtet, und ein Regimegegner hat Johanna verfolgt. Pech für ihn. Sie hat ihn elegant entsorgt und dazu einen Anschlag von Pinochet-Anhängern genutzt. Eigentlich ging es denen darum, den Bahnverkehr lahmzulegen und die Buslobby zu stärken. Ist auch egal, jedenfalls haben sie an der Bahnstrecke ein Gebäude abgefackelt, und genau dort lag die Leiche. Die Guardia Civil hat dafür gesorgt, dass die Feuerwehr stundenlang nicht löschen konnte. Eine perfekte, saubere Lösung. Da aber leider nicht klar war, ob außer dem Toten noch jemand über Johanna Bescheid wusste oder ob einer aus den eigenen Reihen den Einsatz verraten hatte, musste sie weg und alle, die bei ihr waren, auch. Aus der Familie Kirchgäßner wurde die Familie Brettschneider. Jung war immer der Meinung, dass Friedrich der Verräter war. Vielleicht wollte er genau das erreichen, was dann auch passiert ist: dass Johanna Chile verlassen musste.«

Einer der Schaltträger hustete. Missenharters Aussage passte zu den Unterlagen aus der Tasche. Das Husten wurde lauter. Marcel drehte dem Mann kurz den Kopf zu, der sich mit der Zeitung Luft zufächelte. Der würde ja wohl hoffentlich nicht gleich ersticken. »Interessant, aber welchen Nutzen hatte die Matthäaner-Gemeinde davon, einer ehemaligen Agentin zu helfen?«

Der Hustenanfall am Nebentisch legte sich.

Clemens Büchler lächelte sanft. »Wieso ehemalige? Sie hat nie aufgehört, für den Geheimdienst zu arbeiten. Was dachten Sie denn, wie sich dieser öde Hof über Wasser gehalten hat? Die Familie schuftete auf dem Acker, war beschäftigt von früh bis spät, aber Johanna hielt sie am Leben.«

»Das kapiere ich nicht. Wie meinen Sie das?«

»Vorträge, Seminare, Workshops – nennen Sie es, wie Sie wollen. Befreundete Organisationen aus aller Welt schätzten ihr Wissen. Sehen Sie, Folter kommt nie aus der Mode«, erklärte Missenharter. »Ich habe viel von ihr gelernt.« Aus seinen Worten sprach echte Bewunderung. Der Teil der Kooperation zwischen Geheimdienst und Matthäanern war Marcel neu. Nun, der Zweck heiligte die Mittel.

»Das heißt also, dass Johanna Brettschneider auf dem Hof Folterworkshops veranstaltet hat?«

»Nein. Die Workshops fanden in den Räumen der Missionsgemeinde in Paderborn statt. In Zukunft werden wir jedoch das Gelände dafür nutzen. Wobei mir die Wortwahl missfällt. Folter ist ein so negatives Wort.« Büchler entspannte sich zusehends. »Das Spektrum umfasst auch die Bereiche Sicherheitstraining, Selbstverteidigung, ideologische Schulung, Motivation … Befragungstechnik ist nur ein Teilaspekt. Wir Matthäaner stellen gegen ein kleines Entgelt den äußeren Rahmen zur Verfügung.«

Das hörte sich nach einem gut durchdachten Konzept an. »Es lebe die freie Marktwirtschaft. Und wer sind die befreundeten Organisationen?«

»Aufrechte Nationalisten«, antwortete Missenharter wie aus der Pistole geschossen. »Die sich gegen die staatlich verordnete

Gleichmacherei und den Multikultiwahnsinn zur Wehr setzen. Die noch an Werte glauben wie …«

»Das reicht.« Büchler legte Missenharter die Hand auf den Arm. »Sie haben Ihre Spielwiese für Propaganda. Ich denke, Marcel«, zum ersten Mal nannte er ihn beim Vornamen, »hat genug davon gehört.« Er gab Marcel den Umschlag. »Nun ist es an der Zeit, dass Sie sich mit Ihrem neuen Leben vertraut machen.«

Aus dem Kuvert rutschten zwei Flugtickets und Ausweise für das Mädchen und ihn auf den Tisch. »Hey, ich kriege auch eine neue Identität? Cool. Ich dachte eigentlich, dass ich meinen Namen behalte.«

»Natürlich *könnten* Sie das.« Büchler legte eine Pause ein, die Marcel aufhorchen ließ. Jetzt kam wohl endlich der Haken auf den Tisch, auf den er die ganze Zeit gewartet hatte. Bisher war alles viel zu glattgelaufen.

»Wie Sie wissen, bringt man Frank Liebknecht derzeit mit zwei Todesfällen und einer Serie von Brandstiftungen in Verbindung.«

»Weiß ich, ja. Was hat das mit mir zu tun?«

»Nun, ich sehe da eine kleine Parallele, auf die komme ich gleich zurück. Es gibt einiges, was auf Liebknecht als Täter hindeutet.«

Marcel nickte. »Geschickt eingefädelt, das muss ich Ihnen lassen.«

Büchler wehrte lächelnd ab und deutete auf Missenharter.

»Ah, also gebühren Ihnen die Lorbeeren dafür, hätte ich mir ja denken können. Untergräbt ganz wunderbar Liebknechts Glaubwürdigkeit. Wobei mir immer noch nicht klar ist, warum dieser Strobel und Hofmeister eigentlich sterben mussten.«

»Ein Sachzwang«, erklärte Büchler lapidar. »Manchmal ist es nötig, reinen Tisch zu machen.«

Zu viele Menschen, die zu viele Gesichter und Namen kannten. Marcel starrte auf den Ausweis mit seinem Bild, das dennoch einen Fremden zeigte. *Martin Sattler.* Ihm war längst klar, von welcher Parallele Büchler gesprochen hatte, aber er wollte es aus dessen Mund hören. »Also verstehe ich das richtig: Ich könnte meinen Namen behalten – aber ich sollte besser nicht?«

»Richtig erkannt«, stimmte Missenharter ihm zu. »Sie sollten nicht. Sehen Sie, Frank Liebknecht ist verschwunden, und dabei muss es auch bleiben. Wenn Sie nicht selbst dafür sorgen wollen, kümmere ich mich darum. Und nun raten Sie mal, auf wen der Verdacht fallen wird, sollte seine Leiche doch eines Tages wieder gefunden werden.«

Marcel hob den Zeigefinger und deutete auf Missenharters Brust. »Sie haben echt Spaß an solchen Sachen, was?«

»Wie gesagt: reiner Tisch. Gefühlsduselei ist hier fehl am Platz. So was müssen Sie schon aushalten können. Oder sehen Sie etwa eine andere Lösung?«

Marcel überlegte. Obwohl er die Frage erwartet hatte, zögerte er, ehe er schließlich den Kopf hin und her bewegte. »Nein. Nein, sehe ich nicht.«

»Wunderbar, dann wäre das geklärt. Bleibt die Frage: Sie oder ich?«

Marcels Puls beschleunigte sich. »Ich«, bestätigte er und musste grinsen. »Ich erledige das.« Es gefiel ihm, den Satz auszusprechen. »Ja, ich nehme mir Liebknecht vor.« Er betonte es mit Genuss. »Nur eins noch, Herr Missenharter, weil ich ungelöste Rätsel hasse wie die Pest. Brettschneiders Frau Marie – hatten Sie bei ihrem Tod auch die Finger im Spiel?«

»Oh nein, das war ich nicht. Marie hat sich aufgehängt. Hat ihr sündiges Leben wohl nicht mehr ertragen können und es mit einer weiteren Sünde beendet.« Missenharter lachte. »Noch so eine Kleinigkeit, die die gute Johanna zur Weißglut gebracht hat. Sie müssen wissen, dass sie nicht nur eine perfekte Teufelin, sondern auch ein wirklich gläubiges Mitglied in Paul Schäfers Herde war. Sie war sich sicher, dass sie immer auf der richtigen Seite stand und nach Gottes Willen die strafte, die Strafe verdienten. Und dann hauste die Sünde aller Sünden unter ihrem eigenen Dach.«

»Ein Übertragungsfehler bei der Bestellung der falschen Papiere«, gestand Büchler ein. »Theodor und Marie waren nie verheiratet.«

Missenharter präzisierte: »Sie waren Geschwister.«

»Was?« Marcel stieß prustend die Luft aus. »Da-das ist mal eine Überraschung.« Für einen Augenblick verlor er den Faden. »Wow!« Damit hatte er nicht gerechnet. Er zwang sich, nicht weiter zu überlegen, was das genau bedeutete. Es war nicht sein Bier und durfte ihn nicht länger aufhalten. »Genug jetzt von der Vergangenheit. Kommen wir zur Sache und zur Zukunft. Ich bin dran, mit dem Geschenkeverteilen. Natürlich habe ich nicht nur dieses eine Protokoll dabei. Mehr von dem Zeug finden Sie draußen, auf der Toilette. An der Tür klebt ein Zettel mit der Aufschrift *defekt*. Die Tür zu öffnen sollte für Sie ja wohl kein Problem sein.« Er zwinkerte Missenharter zu. »Sie können es gern jetzt holen gehen. Ich warte mit Herrn Büchler hier. Keine Sorge, ich brenne schon nicht mit der Kohle durch. Wir sind jetzt Partner, da sollten Sie mir schon ein bisschen vertrauen.«

»Ihnen traue ich nicht. Niemals.« Missenharter stand auf und bedachte Marcel mit einem geringschätzigen Blick.

Marcel antwortete mit einem Grinsen. In dem Punkt gab er Missenharter durchaus recht: Einem Verräter zu vertrauen grenzte an Dummheit.

»Die Rechnung, bitte.« Er winkte der Kellnerin und sah Missenharter nach, der durch das Café ging und im Vorraum verschwand. Drei der Seidenschalträger erhoben sich und folgten ihm. Im gleichen Moment trat die Kellnerin an den Tisch. Sie versperrte ihm die Sicht und präsentierte die Rechnung. Eine Zehntelsekunde später lag Büchler am Boden, und die Frau kniete auf seinem Rücken. Mindestens fünf Waffen richteten sich auf den Geschäftsführer der Matthäaner-Gemeinde Paderborn. Die Kuchenteller an den Nachbartischen standen verlassen an ihrem Platz.

»Lage gesichert. Zwei Mann unter Kontrolle«, knarrte es aus einem der Funkgeräte.

Ein nahezu geräuschloser Zugriff, der Marcels Herz fast zum Stillstand gebracht hätte. Er presste sich mit dem Stuhl gegen die Wand und hielt unwillkürlich den Atem an. Langsam hob er die Hände hoch.

Freitag, 29. Juli, Michelstadt, 23:00 Uhr
– Frank Liebknecht –

Das Mädchen schlief. Ihr Kopf lag auf Franks Schoß. Ganz langsam fiel die Aufregung des Tages von ihm ab. Endlich war kein Versteckspiel mehr nötig. Der Gedanke, Büchler und Missenharter bei der Festnahme gegenübergestanden zu haben, beide mit auf dem Rücken fixierten Händen und wutverzerrten Gesichtern, erfüllte ihn mit Genugtuung. Sie hatten ihre Niederlage nicht kommen sehen. Waren sich zu sicher gewesen. Alle Probleme schienen gelöst, und der Neue im Team – der korrupte Bulle – zu allem bereit. Auch dazu, Frank zu töten.

Ich nehme mir Liebknecht vor. Unfassbar, mit welcher Selbstverständlichkeit Neidhard das über die Lippen gebracht hatte.

Vorsichtig strich Frank dem Mädchen über die Haare. Sie hatte seit dem Morgen auf ihn gewartet. Nur dagesessen und auf die Tür gestarrt. Vielleicht, weil er auch auf sie gewartet hatte, an Maries Grab. Vertrauen gegen Vertrauen.

Aus der Küche kam Neidhard herüber und brachte ihm einen Teller aufgewärmte Nudeln.

»Sie ist niedlich«, sagte er leise. »Mag man sich gar nicht vorstellen, was sie durchgemacht hat.«

Schweigend nickte Frank, stellte den Teller auf die Armlehne und begann hungrig zu essen. Er hatte vor Nervosität den ganzen Tag nichts runtergebracht. Zuerst hatte es ihn gekränkt, dass man nicht ihn ausgewählt hatte, um Büchler in die Falle zu locken. Aber er hatte einsehen müssen, dass ihm niemand den Gesinnungswechsel abgenommen hätte. Nur Karl war da anderer Meinung gewesen. Der Gedanke stieß Frank bitter auf. Ausgerechnet Karl, der ihn wahrscheinlich besser gekannt hatte als alle anderen. Der seine Schwachstellen durchschaut hatte, seinen Wunsch nach Anerkennung, nach Bedeutung – seinen Beschützerinstinkt. Karls Tod schmerzte, trotz allem.

»Ich kann nicht fassen, dass sie keinen Namen hat.« Neidhard, der ewig Kaltschnäuzige, zeigte sich von einer völlig neuen Seite, wenn es um das Mädchen ging.

»Johanna, die alte Hexe, hat sie nicht mal direkt angesprochen«, nuschelte Frank mit vollem Mund. »Nicht *du*, immer nur *sie*, in der dritten Person.« Jetzt endlich wusste er, wieso. Keinen Namen sollte es haben, das Kind der Sünde, das unehelich gezeugt und geboren war, von Bruder und Schwester. Das man darum vor der Welt versteckte. Und damit es keine Einflüsse von draußen auf den Hof bringen konnte und niemand etwas über die Vorgänge im Inneren erfuhr.

»Brenner hat gesagt, dass sie nicht in ein Zeugenschutzprogramm vermittelt werden kann.«

»Hmhm«, brummte Frank. »Wie sollte sie denn auch allein klarkommen? Sie muss erst mal lernen, sich in der Welt zurechtzufinden, und rauskriegen, wer sie eigentlich ist. Psychologische Betreuung und Polizeischutz sind bis auf Weiteres genehmigt.« Er schob Nudeln nach, die er viel zu schnell runterschluckte. »Solange sie schweigt, wird es echt schwierig, ihr zu helfen.«

»Immerhin schreibt sie dir jetzt Liebesbriefchen.«

Frank warf Neidhard einen finsteren Blick zu und hieb die Gabel in die Nudeln.

»'tschuldigung, blöder Witz. Es ist schon toll, dass sie wenigstens schriftlich mit dir kommuniziert. Blöd halt, dass sie alle anderen wegignoriert. Der Kollege von der Schutzpolizei, der heute bei ihr war, hat mir gesagt, dass er sich ziemlich überflüssig vorgekommen ist als ihr Wachhund. Kein Ton, kein Blick, nicht die leiseste Reaktion. Ich habe ihm erklärt, dass es nicht an ihm liegt und dass ich auch bloß Luft für sie bin.«

Frank schaute ihn an. Der Kloß in seinem Hals kam diesmal nicht von den Nudeln. Neidhard hatte die Rolle des Verräters verdammt gut gespielt. »Das war echt klasse von dir, was du für sie getan hast. Und für mich.« Eine Momentaufnahme blitzte in seiner Erinnerung auf, als Büchler zu Boden gegangen war und der leitende Beamte sich zwischen den Tischen hindurchzwängte, um Neidhard auf die Schulter zu schlagen.

»Gut gemacht«, hatte der gesagt. »Auch wenn du gern etwas dichter an den Absprachen hättest bleiben dürfen. Den ganzen Kram über diese Familie hätten wir nicht unbedingt in allen Einzelheiten gebraucht.«

Neidhard hatte nichts gesagt, nur genickt und über alle Köpfe hinweg Franks Blick gesucht. Zur Klärung des Falls brauchten sie die Details nicht. Aber Frank brauchte sie.

»Du hast Büchler alle meine Fragen gestellt. Also, danke. Das wollte ich dir in den letzten Tagen schon sagen. Danke, dass du uns hier aufgenommen hast, und für alles andere …«

»Hey, komm, Liebknecht, halt's Maul und werd bloß nicht sentimental. Sonst flenn ich noch vor Rührung.« Neidhard verdrehte die Augen und warf mit einem Turnschuh nach ihm. Flach, auf Bodenhöhe, sodass er auf keinen Fall das Mädchen traf. Frank zog den Fuß weg und grinste. Neidhard konnte ein echtes Arschloch sein, aber er musste nicht. Diese Erkenntnis war eine echte Überraschung.

Bei der Flucht mit dem Mädchen hatte Frank ein zweites Mal einen Unterschlupf suchen müssen. Dabei war er der gleichen Prämisse gefolgt wie beim ersten Mal und vom Brettschneiderhof aus dorthin gegangen, wo ihn niemand vermuten konnte. Als er mitten in der Nacht bei Marcel Neidhard geklingelt hatte, war er auf vieles gefasst gewesen, aber nicht auf dessen uneingeschränkte Hilfe. Doch genau die hatte er bekommen. Gemeinsam hatten sie die Dokumente in der alten Ledertasche gesichtet, hatten verschiedene Vorgehensweisen diskutiert. Einen Tag lang hielt Neidhard komplett dicht, sammelte die offiziellen Fakten zu den Bränden und hörte sich die Kommentare Brenners und Brunhildes an. Um sicherzugehen, auf wen man wirklich zählen konnte. Brunhilde war außer sich gewesen, und es hatte Frank in der Seele wehgetan, sie noch länger im Unklaren lassen zu müssen. Zumal sie seine Unschuld sofort als erwiesen ansah, als man den E-Bass in den Trümmern seiner Wohnung fand. Den hätte er den Flammen niemals überlassen, das wusste sie. Als auch Brenner sich eindeutig hinter Frank stellte, weihte Neidhard ihn ein.

Friedrich Brettschneiders Hinterlassenschaft belegte Gräueltaten, auch von Clemens Büchler, stellte aber keine direkte Verbindung der Colonia Dignidad zur Matthäaner-Gemeinde her.

Um die Falle zuschnappen zu lassen und die fehlenden Beweise zu beschaffen, hatten sie die Hilfe der Staatsanwaltschaft gebraucht, einen richterlichen Beschluss und eine Spezialeinheit. Welche Hebel Brenner gezogen hatte, um das in so kurzer Zeit zu bewerkstelligen, würde Frank vermutlich nie herausfinden.

Er starrte vor sich hin, ohne etwas zu sehen, dann wandte er sich den letzten Nudeln zu. Diese Wissenslücke konnte er ertragen.

Gähnend räkelte sich Neidhard im Sessel gegenüber. »Ich musste mich so beherrschen, diesem Büchler im Vorbeigehen keinen Tritt zu verpassen, als er mir zu Füßen lag. Aber das wäre unprofessionell gewesen, und die Blöße wollte ich mir vor diesem Scheißkerl nun wahrlich nicht geben. Meinst du, dass

die Drecksäcke von der Mission und der Geheimdienstler ein-
fahren? Genug Material hat die Staatsanwaltschaft ja jetzt, mit
den Dokumenten und der Undercover-Lauschattacke.«

Ihre Gedanken bewegten sich offenbar in eine ähnliche
Richtung. »Das will ich doch sehr hoffen. Obwohl ... wissen
kann man es nicht. Kerle wie die mogeln sich verdammt oft
wieder aus der Affäre. Und wie viel am Ende wirklich öffentlich
bekannt wird ...« Frank hob die Schultern und ließ sie tief fallen. Er war hundemüde und ausgelaugt. Das Hochgefühl, das
die geglückte Aktion in ihm ausgelöst hatte, war im anschlie-
ßenden Behördenrundlauf schnell verflogen. Dass der ganze
Aufwand möglicherweise vergebens gewesen sein könnte und
die Ermittlungen irgendwo versandeten – darüber wollte er
jetzt nicht nachdenken.

»Hey, was soll'n das heißen?« Neidhard richtete sich im Sessel auf. »Mensch Liebknecht, ich dachte immer, du bist ein
langweiliges Weichei und nur zum Drüberlustigmachen gut.
Aber was du in der Sache abgeliefert hast, war großes Kino.
Und mein Anteil war auch nicht übel, wenn ich das mal so sagen darf. Das lässt du dir doch jetzt nicht mehr versauen? Ich
meine, ob die Geschichte unterm Deckel bleibt oder durch
die Medien geht, wenn die Gerichte versagen, liegt doch bei
dir.«

Frank stellte den leeren Teller auf dem Fußboden ab. Langsam dämmerte ihm, was Neidhard meinte. In dem ganzen
Durcheinander hatte er diese Option glatt vergessen.

»Hast du ihnen alle Dokumente übergeben? Wirklich alle?«,
hakte Neidhard nach.

»Klar. Sämtliche Originalunterlagen«, bestätigte Frank.

»Und die Kopien?«

»Welche Kopien?« Seine Mundwinkel zuckten.

»Na die, die wir vorher noch ... Sag mal, du willst mich wohl verarschen?« Neidhard feuerte den zweiten Turnschuh dem ersten hinterher, und Frank begann zu lachen. Er lachte, bis sein ganzer Körper bebte und ihm die Tränen übers Gesicht liefen.

Samstag, 30. Juli, Marbachstausee, 14:00 Uhr
– Frank Liebknecht –

Das Wasser schwappte gegen die Staumauer. Der See glitzerte, Badegäste tummelten sich auf der Wiese, Boote kreuzten übers Wasser. Frank blinzelte in die Sonne, die die Erde mit Wärme verwöhnte und den Traumtag perfektionierte.

Das Mädchen stand am Geländer, wie immer in einem geblümten Kleid und mit Kopftuch. Ihre Füße steckten in einem neuen Paar Badeschuhe, die ebenso pink waren wie die, die sie auf Maries Grab zurückgelassen hatte.

Das Mädchen in ein neues Leben zu begleiten war eine schwierige Aufgabe, eine Herausforderung. Es hatte Franks gesamte Überredungskunst gebraucht, um ihre Unterbringung bei Frau Lorenz durchzusetzen, für deren Wohnhof nun unerwartet wieder Gelder sprudelten. Ohne Brenners Fürsprache wäre es sicher nicht gelungen. Auch dass Frank das Mädchen persönlich dort hinbringen durfte, verdankte er ihm.

Es blieb nicht mehr viel Zeit, um das Problem zu lösen, das Frank vor sich herschob, seit sie bei ihm war, und das er auch vor Neidhard geheim gehalten hatte. Frank stieß sich mit dem Fuß vom Wagen ab und stellte sich zu ihr ans Geländer.

»Ich kann dich besuchen kommen. Sooft du willst, hat Frau Lorenz gesagt. Aber eigentlich brauchst du mich nicht mehr. Du kannst ihr aufschreiben, was du sagen möchtest.« Ein gelbes Schlauchboot schaukelte auf den Wellen, das er nicht aus den Augen ließ. »Und du brauchst jetzt auch das Messer nicht mehr.«

Enten jagten im Tiefflug über die Wasserfläche. Ein Surfer

verlor das Gleichgewicht. Fahrräder fuhren klingelnd vorbei. Frank fühlte ihre Bewegung mehr, als er sie sah, lautlos und fließend. Das Mädchen schob das Messer auf dem Geländer zu ihm und zog still die Hand zurück. Einfach so. Auf der rostigen Klinge klebte getrocknetes Blut. Frank rührte sich nicht. Es brauchte nicht mehr als ein Fingerschnippen, eine winzige Ungeschicklichkeit … Es wäre so leicht. Eine Sekunde verging. Eine weitere. Zwei. Er versenkte das Messer in einem Plastikbeutel und steckte diesen in seine Hosentasche. Beweisstück im ungeklärten Todesfall Theodor Brettschneider gesichert. Frank löste seinen verkrampften Kiefer, schluckte, atmete.

»Es gibt aber etwas anderes, das du für deine Zukunft brauchst«, sagte er rau. »Einen Namen. Du kannst ihn dir aussuchen. Er gehört dir ganz allein.«

Sie legte den Kopf in den Nacken. Frank folgte ihren nach oben ausgestreckten Armen mit den Augen. Eine Propellermaschine knatterte über sie hinweg. Wieder einmal fragte er sich, ob sie wirklich verstand, was er sagte. Sie schauten dem Flugzeug nach, das sich entfernte und auf der anderen Seeseite hinter den grünen Hügeln verschwand.

Entschlossen klopfte Frank auf das Geländer. Es war Zeit, aufzubrechen und die letzte Etappe anzugehen.

Ihre Flip-Flops schlappten über den Asphalt, während sie nebeneinander zum Wagen gingen. Die geballten Fäuste des Mädchens verrieten ihre Anspannung. Frank verstaute das Messer außer Reichweite unter dem Reserverad. Er wollte nicht noch mal in Versuchung geraten, es verschwinden zu lassen. Sie hatte nichts zu befürchten. Kein Mord. Nur Totschlag, ganz sicher, und mildernde Umstände. Er knallte den Kofferraumdeckel zu und stieg ein. Das Mädchen rutschte auf den Beifahrersitz, und er ließ den Motor an.

Frank spürte ihren Blick, dann eine leichte Berührung. Sie legte einen zerknüllten, ausgerissenen Fetzen Papier auf sein Bein. Darauf stand das Wort, das er im Keller für sie aufgeschrieben hatte. Das Wort, das seiner Meinung nach am besten zu ihr passte. Die Farbe ihrer Augen.

Ihre Gesichtsmuskeln bewegten sich zögerlich. Unsicher tippte sie mit dem Zeigefinger auf ihre Brust. »Celeste.«

Alle Härchen auf Franks Körper richteten sich auf. Erschrocken über ihre eigene Stimme schlug sie die Hand vor den Mund. Dann rollte ein heiseres Glucksen über ihre Lippen. Kaum merklich reckte sie das Kinn vor und deutete auf den Zettel. Fast glaubte Frank, einen Anflug von Selbstbewusstsein auf ihren Zügen zu erkennen.

»Celeste«, erklärte sie, »bedeutet Himmelblau.«

Freitag, 30. September, Vielbrunn, 16:30 Uhr
– Frank Liebknecht –

Mit einem wehmütigen Gefühl nahm Frank den Schlüssel vom Haken und setzte den Fahrradhelm auf. Das war es dann. Er steckte den Brief des Staatsanwalts ein, den er gar nicht oft genug lesen konnte. Endlich lag der Termin für den Prozessbeginn gegen Büchler und die Matthäaner fest. Die Anklage stand auf sicheren Füßen, das Medieninteresse übertraf all seine Erwartungen. Dennoch sah er keinen Grund zur Euphorie. Es hatte schon viele Aufklärungsversuche für die großen politischen Zusammenhänge gegeben, die gescheitert waren, und wichtige Zeugen, die plötzlich schwiegen. Die Kopien der Dokumente Friedrich Brettschneiders verwahrte er an einem sicheren Ort, für alle Fälle.

Auf dem Schreibtisch lag aufgeschlagen der Odenwälder Gemeindebote. Ein ausführlicher Bericht würdigte Brunhilde Schreiners jahrelanges Wirken auf ihrem Polizeiposten in Vielbrunn.

Im Kalender an der Wand zierte ein dicker roter Kringel den dreißigsten September. Die Vorbereitungen für ihren offiziellen Abschied liefen nebenan im Saal der Limeshalle auf Hochtouren. Der Gesangsverein probte, die Landfrauen tischten auf, und Brunhilde warf sich sicher gerade zu Hause in Schale.

Der letzte Dienst mit Brunhilde lag jetzt also tatsächlich hinter ihm. Ihre Lieblingstasse und den unsäglichen Pulverkaffee hatte sie stillschweigend dagelassen. Frank grinste in sich hinein. Sie wussten beide, warum. Auch im Ruhestand würde sie garantiert gelegentlich hereinschneien. Und sich dann noch ein bisschen wie zu Hause fühlen.

Er schloss die Tür der Dienststelle ab und schwang sich aufs Rad. Bevor er sich auf die Party einstimmen konnte, musste er noch eine Anzeige wegen Diebstahls aufnehmen. Danach wollte er sich ein paar Minuten allein mit seinem neuen E-Bass gönnen. Im Dorfkrug, wo er seit dem Brand zur Untermiete wohnte. Gut möglich, dass er sich demnächst bei der örtlichen Jazzband melden würde, die einen Ersatzbassisten suchte.

Die Herbstsonne stand tief, der Himmel leuchtete blau wie der Nazar auf seiner Brust. Vielleicht hatte der ihn tatsächlich beschützt und ihm Glück gebracht.

Im Vorbeifahren grüßten ihn die Stammtischbrüder, die sich auf den Weg machten, um zu Brunhildes Ehren vorab schon ein paar Schnäpse zu trinken. Ab sofort war Frank ihr Beamter des besonderen Bezirksdienstes. Und es gab nichts, was er lieber hätte sein wollen.

Nachwort der Autorin,
Erläuterungen und Dank

Die Geschichte, die Sie in diesem Buch gelesen haben, ist so nicht geschehen. Sie ist fiktiv wie auch alle handelnden Personen. Zu sagen, sie wäre komplett frei erfunden und enthielte keine realen Begebenheiten, entspräche jedoch nicht der Wahrheit.

Ein Forsthaus im Brunnthal, das mich durch seine abgeschiedene Lage inspirierte, stand mir für den Brettschneiderhof unfreiwillig Modell. Das Original liegt an einem romantischen Ort, ohne Mauern und finstere Geheimnisse. Für meine Zwecke habe ich das Tal in der Beschreibung ein wenig verbreitert und auf den älteren Namen Borntal zurückgegriffen, der im 15. Jahrhundert verwendet wurde.

Die beschriebenen Bewohner Vielbrunns sind keinen tatsächlich dort lebenden Menschen nachempfunden.

Anders verhält es sich mit dem Wohnhof für Sektenaussteiger in Leibenstadt. Dieser existierte bis 2009, danach fehlten die finanziellen Mittel, um das Modellprojekt weiterzuführen. An dieser Stelle möchte ich der damaligen Leiterin Inge Mamay für ihre Beratung danken.

Ebenso danke ich Herrn Samuel Rachdi vom Verein Freunde Lateinamerikanischer Bahnen FLB für seine Informationen zum chilenischen Eisenbahnverkehr und seine inspirierenden E-Mails sowie der hessischen Polizei und dem Institut für Rechtsmedizin Frankfurt, die mir freundlich und hilfreich Auskünfte erteilten.

Ein weiteres Dankeschön geht an Ulrike Gerstner, Alexandra Panz, Christina Knorr und das gesamte restliche Team meines Verlages Egmont LYX, an meine Lektorin Lisa Kuppler und natürlich an meinen Agenten Dr. Michael Wenzel, der sich als Erster für die Geschichte begeistern ließ.

Der größte Dank gebührt – wie immer – meinem Mann, der mich durch alle Höhen und Tiefen begleitet, dabei nie die Geduld verliert und ohne den mein Leben nicht so wäre, wie es ist: glücklich.

Die historischen Geschehnisse in und um die Colonia Dignidad, die politischen Verwicklungen, auch der Geheimdienste und Rüstungsfirmen, die die Grundlage meiner Geschichte bilden, sind leider nicht fiktiv. In Büchern, Dokumentationen und im Internet können die Fakten in aller Ausführlichkeit nachgelesen werden.

Sämtliche Bezüge zwischen der Colonia Dignidad und der Familie Brettschneider sowie die in der Gegenwart angesiedelten Ereignisse sind allein meiner Phantasie entsprungen.

Die »Matthäaner-Gemeinde Paderborn« ist ebenfalls eine Erfindung. Ähnlichkeiten mit existierenden Sekten und Religionsgemeinschaften ergeben sich zwangsläufig aus deren innerer Struktur und ihrem Auftreten. Informationen, die auf deren Internetseiten zur Verfügung gestellt werden, sind in meine Darstellungen der Matthäaner eingeflossen.

Die Frage nach politischer Schuld, Verantwortung und Wiedergutmachung bezüglich der Ereignisse in der Colonia Dignidad ist längst noch nicht hinreichend beantwortet. Einige wenige Mitglieder der Colonia Dignidad wurden verurteilt, viele Profiteure des Systems jedoch nicht. Politische und wirtschaftliche Interessen haben dies bis heute verhindert.

Mein Roman dient in erster Linie der Unterhaltung. Wenn

sich aus der Lektüre am Ende der Wunsch ergibt, sich intensiver mit der Thematik zu befassen, würde mich das außerordentlich freuen. Die Auswahl an Quellen im Anhang eignet sich zur Vertiefung und lässt sich beliebig verlängern.

Machen Sie es doch einfach wie Frank Liebknecht: Folgen Sie Ihrer Neugier!

Mit herzlichen Grüßen
Ihre Brigitte Pons
November 2013

Quellen und weiterführende Links:

Friedrich Paul Heller: »Lederhosen, Dutt und Giftgas«, Schmetterling Verlag, Stuttgart, 2008 (3. Auflage)

Protokoll einer Anhörung des Bundestages 1988 zu Menschenrechtsverletzungen und Freiheitsberaubung:
   http://www.agpf.de/Colonia-Bundestagsprotokoll.htm
   zuletzt aufgerufen am 04. 11. 2013

Dokumentation von Martin Farkas und Matthias Zuber:
   http://deutsche-seelen.de/index.html
   zuletzt aufgerufen am 04. 11. 2013

Gaby Weber zur »Notvernichtungshandlung« von Colonia-Dignidad-Akten durch den BND:
   http://www.politaia.org/sonstige-nachrichten/der-bnd-und-die-colonia-dignidad/
   zuletzt aufgerufen am 04. 11. 2013

Bestens dargelegt sind sowohl Hintergründe als auch bestehende Missstände in der Antwort der Bundesregierung vom 04. 10. 2011 auf die *Kleine Anfrage* (Drucksache 17/6401) an den Deutschen Bundestag, gestellt von den Abgeordneten Jan Korte, Andrej Hunko, Ulla Jelpke, Michael Leutert, Petra Pau, Jens Petermann, Frank Tempel, Kathrin Vogler, Halina Wawzyniak und der Fraktion DIE LINKE:
   http://dip21.bundestag.de/dip21/btd/17/072/1 707 280.pdf
   zuletzt aufgerufen am 04. 11. 2013

Bericht der *Süddeutschen Zeitung* zu politischen und wirtschaftlichen Verbindungen der Colonia Dignidad:

http://www.sueddeutsche.de/politik/colonia-dignidad-gebunkerte-geheimnisse-1283689-2
zuletzt aufgerufen am 04.11.2013

Quetzal – Onlinemagazin – zum Buch von Gero Gemballa: *Colonia Dignidad.* Ein Reporter auf den Spuren eines deutschen Skandals. Campus-Verlag, Frankfurt/New York, 1998
http://www.quetzal-leipzig.de/rezension-buch-literatur/gero-gemballa-colonia-dignidad-19093.html
zuletzt aufgerufen am 04.11.2013

Frank Liebknecht ermittelt weiter!

Brigitte Pons

RAUBJAGD. EIN ODENWALD-KRIMI

Frank Liebknechts zweiter Fall

Wenn der Ermittler zum Verdächtigen wird …
Auf einem Dorffest begegnet der junge Polizist Frank Liebknecht der attraktiven Linda, die heftig mit ihm flirtet. Sie erzählt ihm von ihrer Suche nach dem Lieblingsgemälde ihrer Großmutter – das Bild mit vier blauen Pferden verschwand im Zweiten Weltkrieg. Kurz darauf wird Linda ermordet aufgefunden. Frank steckt in der Klemme, denn er war vermutlich der Letzte, der sie lebend gesehen hat. Als Tatverdächtiger wird er von den Ermittlungen ausgeschlossen. Doch Frank stellt eigene Nachforschungen an – und kommt dabei Geheimnissen auf die Spur, die Jahrzehnte lang begraben waren …

Dieser Krimi ist in einer früheren Ausgabe unter dem Titel »Der blauen Sehnsucht Tod« erschienen.